BEL MOONEY

LEBEN MIT BONNIE

BEL MOONEY

LEBEN
MIT BONNIE

WIE MEIN HUND
MIR NEUEN MUT GAB

AUS DEM ENGLISCHEN
VON CHRISTINE HEINZIUS

PAGE & TURNER

Die Originalausgabe erschien 2010 unter dem Titel
»Small Dogs Can Safe Your Life. A Story of Survival«
bei Collins, an imprint of HarperCollinsPublishers, London.

Die Auszüge aus Konrad Lorenz' »So kam der Mensch auf den Hund«
wurden nach folgender Ausgabe zitiert:
Konrad Lorenz: So kam der Mensch auf den Hund
© 1965 Deutscher Taschenbuch Verlag, München, S. 60 u. 68

Die Übersetzung der Auszüge aus Philip Larkins Gedicht
»An Arundel Tomb« wurden nach der Nachdichtung von Wilfried Flach
zitiert, erschienen in Otter Memorial Papers, Number 1, p. 38,
Chichester 1996. Der Abdruck erfolgt mit freundlicher Genehmigung
von Dr. Wilfried Flach.

FSC www.fsc.org MIX Papier aus verantwortungsvollen Quellen FSC® C014496

Verlagsgruppe Random House FSC-DEU-0100
Das FSC®-zertifizierte Papier *Super Snowbright* für dieses Buch
liefert Hellefoss AS, Hokksund, Norwegen.

Page & Turner Bücher erscheinen im
Wilhelm Goldmann Verlag, München,
einem Unternehmen der Verlagsgruppe
Random House GmbH.

1. Auflage 2011

Redaktion: Ilse Wagner
Gesetzt aus der Janson-Antiqua
Druck und Einband: GGP Media GmbH, Pößneck
Printed in Germany
ISBN: 978-3-442-20364-2

www.pageundturner-verlag.de

Für Gaynor und Ernie
(und auch für Bertie)

Ich mache mir Sorgen.
Ich muss, weil es sonst niemand tut.
Ein fremdes Auto fährt in die Auffahrt –
sie reden einfach weiter. Sie vertrauen,
ich nicht. Bedrohung kriecht mir in die Nase,
zwanzig Mal am Tag.
Kein Wunder, dass ich belle und drohe,
wer weiß, wer an der Tür sein könnte,
besonders heutzutage.

Arthur Miller, *Lola's Lament*

Wie dem Nichts widerstehen? Welche Macht
erhält, was einmal war, wenn die Erinnerung nicht bleibt?
Denn ich erinnere mich an wenig. Ich erinnere mich an so wenig.
Tatsächlich würden wiederhergestellte Augenblicke das Jüngste Gericht bedeuten,
das von Tag zu Tag aufgeschoben wird, vielleicht aus Gnade.

Czeslaw Milosz, *Über den Abschied von meiner Frau Janina*

Eure Geister sind vielleicht zu aktiv, zu vielseitig …
Aber mir gegenüber wart ihr aufrichtig.
Ihr wart nie Herrchen, sondern Freunde. Ich war euer Freund.
[…]
Tiefe Liebe bleibt
bis ans Ende und weit darüber hinaus. Falls das mein Ende ist,
bin ich nicht einsam. Ich habe keine Angst. Ich bin immer noch euers.

Robinson Jeffers, *The Housedog's Grave*

INHALT

VORWORT

Was zählt, ist nicht unbedingt die Größe des Hundes im Kampf – es ist die Größe des Kampfes im Hund.

Dwight D. Eisenhower,
Rede vor dem Republican National Committee, USA, 31. Januar 1958

Wenn ich in den Spiegel schaue, sehe ich eine recht kleine Person: nicht groß und ziemlich schmal. Meine Haut bekommt leicht blaue Flecken, und je älter ich werde, umso mehr Schwächen entdecke ich, von Falten über steife Glieder bis zum Haar, das nicht mehr dick und schön wie früher ist. Das ist natürlich alles unausweichlich. Ich kann nicht mehr dagegen tun als gegen all die Erfahrungen, gute wie schlechte, die Verstand und Geist in dieser verletzlichen, sterblichen Hülle geformt haben. In dieser Hinsicht bin ich genau wie Sie, der Leser, den ich mir beim Schreiben immer als Freund vorstelle. Wir (Männer wie Frauen) können uns mit Lotionen eincremen, in dem Versuch, noch etwas Zeit zu schinden, aber das nützlichste Training für die Seele ist, das eigene Leben in Ordnung zu bringen, egal, wie sehr es einen schreckt, und sich zu bemühen, es zu verstehen. Das ist die wahre Arbeit der Selbsterhaltung, und das ist es, was ich in diesem Buch zu erreichen versuche, in der Hoffnung, dass diese kleine individuelle Reise, die persönliche Erfahrung der Liebe, des Verlusts und des Überlebens einer Frau (ganz schlicht) nützlich sein kann. Viele von uns haben in unserem Leben Schmerz erlitten oder werden es noch. Wenn dieses

Buch eine Botschaft hat, dann die, dass Heilung und Rettung aus völlig unerwarteten Quellen kommen können und dass die Geistesgröße einen am meisten für den persönlichen Kampf wappnet.

Als ich an einem Sommertag in meinem Büro arbeitete und etwas Journalistisches schrieb, das die Rechnungen bezahlt, fragte ich mich, ob ich je zur Belletristik zurückkehren würde, und wurde ein bisschen panisch. Etwas, irgendetwas sollte diese Blockade durchbrechen. Ich streckte meinen nackten linken Fuß aus und berührte meine Malteserhündin Bonnie. Sie schläft auf einem kleinen blauen Bett mit Rosenmuster, das unter meiner selbst gebauten Arbeitsfläche steht. Den ganzen Tag über wartet sie auf Aufmerksamkeit, steht auf, um mir zu folgen, wo auch immer ich im Haus hingehe, und ersehnt den Augenblick, wenn ich endlich und mit schlechtem Gewissen einen kleinen Spaziergang vorschlage. Dann springt sie auf, rast die Treppe vom Keller hinauf und kratzt an der Haustür wie ein Gefangener in der Bastille, der die Befreier draußen hört und schreit: »Ich bin hier! Rettet mich!«

An diesem Tag 2008 wurde mir plötzlich bewusst, welch großen Anteil mein Hund an meiner eigenen Rettung hatte und dass ich über diesen Prozess schreiben wollte. Ich wurde von der Erfahrung eines Künstlers, den ich sehr bewundere, ermutigt, David Hockney, dessen Gemälde und Zeichnungen seiner beiden Dachshunde, Boodgie und Stanley, die Tiere zusammengerollt auf Kissen zeigen, beim Wasser trinken oder wie sie auf dem Rücken liegen. Man muss kein Liebhaber kleiner Hunde sein, um von diesen Arbeiten begeistert zu sein, und doch sollten sie trotz ihrer Einfachheit nicht unterschätzt werden. Was wie eine Reihe von rasch hingeworfenen Bildern von zwei leicht absurden braunen Wursthunden aussieht, wird in der Summe zu einer eigenwilligen Aussage über die Liebe.

In der Einleitung zu *Dog Days* (das Buch von 1998, das seine Arbeiten zusammenfasst) schreibt Hockney: »Ich entschuldige mich nicht für die offensichtliche Motivwahl. Diese beiden geliebten kleinen Wesen sind meine Freunde. Sie sind intelligent, liebevoll, lustig und oft gelangweilt. Sie beobachten mich bei der Arbeit. Mir fielen die lebendigen Formen auf, die sie gemeinsam annahmen, ihre Traurigkeit und ihre Freude.«

Was meinte er mit »offensichtlicher Motivwahl«? Er malt seine witzigen röhrenartigen Hunde, oder nicht? Das war's. Und doch nicht. In einem Interview erklärte der Künstler: »Ich glaube, der wahre Grund, warum ich sie gemalt habe, ist die Verarbeitung des Todes einiger meiner Freunde … ich war sehr niedergeschlagen. Und ich habe angefangen, die Hunde zu malen, und bemerkt, dass es für diese Zeit ein wunderbares Motiv für mich war, weil sie kleine, unschuldige Wesen waren wie wir und nicht viel wussten. Es war einfach ein fantastisches, liebevolles Motiv.« Auf die (verrückte!) Frage, ob die Hunde das Gefühl hatten, dass sie das Motiv von Hockney Porträts waren, erwiderte der Künstler: »Die Hunde denken sich nichts dabei. Sie würden genauso gut darauf pinkeln. Ihnen bedeutet Kunst nichts, da sie sich schlicht um höhere Dinge kümmern, um die Quelle der Kunst, das heißt, die Liebe. Darum geht es bei den Gemälden eigentlich um Liebe.«

Auf einer unbewussten Suche, Verlust zu verarbeiten und Liebe zu feiern, blieb einer der beliebtesten Künstler unserer Zeit zu Hause und »sah das, was mir am nächsten war, nämlich zwei kleine Hunde auf Kissen«. Auf meiner eigenen Suche danach, wie Liebe sogar ein Ende überleben kann, wie eine Ehe auch nach der Scheidung noch nachwirken kann und wie der Prozess der Neuerfindung in einem menschlichen Leben die Bewegung des Universums selbst widerspiegelt und daher begrüßt werden muss, blieb ich ebenfalls zu Hause und streichelte das, was mir am nächsten war, nämlich einen winzigen weißen Hund mit einem fedrigen Schwanz, der mich so sehr braucht wie ich ihn. Ich musste noch so viel von der Kraft zur Hingabe in diesem winzigen Körper lernen.

Hunde haben Geduld mit uns, sie haben keine Wahl. Sie machen mit ihrer Hundearbeit, unser Leben zu retten, weiter, selbst wenn wir nicht wissen, dass es geschieht. Lange bevor mein Fuß an diesem Tag ihr weiches weißes Fell streichelte, bat mich mein Schoßhund, ihn als Muse zu sehen. Sie sagte: »Ich bin hier!« Und es funktionierte. Seitdem hat mein »tierischer Gefährte« (dieser moderne Ausdruck beharrt eher auf Gleichheit denn auf Besitz) meine »Bonnie«-Serie von sechs Büchern für Kinder inspiriert, die mit einem kleinen weißen Hund aus einem Tierheim beginnt, der im Laufe der Reihe dabei hilft, einen unsicheren, unglücklichen Jungen und seine Familie aufzumuntern und wieder aufzubauen.

Jetzt taucht Bonnie auch am Anfang, in der Mitte und am Ende der Geschichte dieses Buchs auf, und wie Hockney »entschuldige ich mich nicht für die offensichtliche Motivwahl«. Ich schreibe über das, was mir zwischen 2002 und heute passiert ist, meinen Hund nutze ich als Weg in eine schmerzhafte Geschichte und auch als Weg hinaus. Während dieser Zeit ging meine Ehe zu Ende, und mein Leben wurde auf den Kopf gestellt. Was wissen Hunde über die Ehe? Wahrscheinlich ziemlich viel, weil sie unsere Gefühle empfinden und es schwierig ist, Dinge vor dem eigenen Hund zu verheimlichen. Je älter ich werde, umso mehr möchte ich teilen, umso weniger verbergen. Deswegen bin ich bereit, andere auf einen Spaziergang mit meinem Hund einzuladen, in der Hoffnung, dass diese Aktivität für sie genau wie für mich eine Art »Therapie« ist. Hunde sind gute Therapeuten, meiner wird mir also helfen, diese Geschichte einer Liebe(sgeschichte) zu erzählen. Oder eher die Geschichte vieler Lieben.

Es ist nicht leicht, mit etwas, das einer Autobiografie nahekommt, anzufangen, auch wenn die Buchhandlungen vor normalerweise von Ghostwritern geschriebenen Promibänden zu platzen scheinen und es eine begierige Leserschaft zu geben scheint für (sagen wir) die Erinnerungen eines Fußballers oder seiner Frau, die noch nicht einmal dreißig Jahre alt sind. Nur allzu oft ist das nicht mehr als eine Erweiterung von Klatsch und Tratsch aus Zeitungen oder Zeitschriften. Was geschrieben wird, ist unweigerlich voller Halbwahrheiten und verschwommenen »Fakten«, wenn die Prominenten ihre gewünschte Perspektive diktieren. Selbst die beste Biografie wird von Unwissen behindert.

Wenn der Biograf das Bedürfnis hat, Dinge zu glätten, anstatt sie bloßzulegen (und heutzutage wird viel bloßgelegt, sowohl in Büchern als auch in Kolumnen, und ich bezweifle, dass es einen positiven Effekt hat), wie viel eher wird da der Autor einer Autobiografie das Bedürfnis haben auszuweichen? Während ich an diesem Buch arbeitete, amüsierte (und erschreckte) es mich, ein bekanntes Zeitungstagebuch über meine Arbeit zu lesen, das »Enthüllung!« schrie, wenn auch nicht in so wenigen Worten. Der Journalist sagte voraus, dass ich Beziehungen innerhalb der Familie meines Exmannes aufdecken würde und so weiter. Jetzt frage ich Sie, warum sollte ich so etwas tun wollen? Ich stimme dem Historiker Thomas Carlyle aus dem neunzehnten Jahrhundert zu, dass Sympathie die motivierende Kraft bei einer Biografie sein muss. Ich habe kein Talent zum Brückenverbrennen, und ich bin froh, sagen zu können, dass ich glücklich ins Grab fallen werde, wenn ich nie die Kriegskunst erlernt habe.

Ein Teil eines Lebens ist eine Scheibe der Realität, ein Vorgeschmack, der nach mehr verlangt. Die facettenreiche Kunst der Memoiren legt nahe, dass sogar ein paar Monate eines Lebens, in denen etwas Außergewöhnliches geschehen ist, eine Geschichte von fast mythischer Kraft bieten können. In den »neuen« Biografien (ein faszinierendes Thema im Moment, besonders in den Vereinigten Staaten) ist die Freiheit der Fiktion in die Autobiografie eingeführt worden, und Schräges wird erlaubt. Der Autor kann also sagen: »Das ist in diesem Sommer und danach passiert. Es ist bei Weitem nicht die gesamte Geschichte, weil so vieles privat bleiben muss. Und doch biete ich das als Vermittlung an. Wenn es dir passiert ist, dann könnte es dir beim Überleben helfen. Es könnte gut zwischen dir und deinem Albtraum stehen.« Das ist es, was ich in diesem Buch zu leisten versuche, allerdings nicht ohne das Wissen um die Fallstricke.

Am Ende 2003 traf ich eine erfolgreiche Schriftstellerin, die in der Zeitung über das Ende meiner Ehe nach fünfunddreißig Jahren gelesen hatte. »Ich hoffe, Sie werden ein Buch darüber schreiben!«, sagte sie fröhlich. Ich schüttelte den Kopf. »Aber das müssen Sie!«, fuhr sie fort. »Erzählen Sie, wie es war! Und wenn Sie es nicht als wahre Geschichte schreiben wollen, dann machen Sie daraus einfach einen Roman. Die Leute werden wissen, dass es die Wahrheit ist. Sie werden das wirklich gut machen.« Als ich protestierte, dass ich die Vorstellung hasste, fragte sie: »Aber warum sollten Sie nicht?«

Vielleicht ergab ihr Rat kommerziell einen Sinn, aber ihre Gier trieb mich nur noch weiter in die Schweigsamkeit. Es gibt genug persönliches Elend, das sich auf den Regalen der

Buchhandlungen ansammelt, auch ohne dass ich dem Kummer noch etwas hinzufügte, dachte ich. Schließlich muss heute jede Prominentenbiografie einen wilden Ritt von Schwierigkeit zu Schwierigkeit bieten: unzuverlässige Eltern, Darmkrebs, psychische Erkrankungen, Alkohol- und Drogenmissbrauch und den ganzen Rest. Die Geschichten von Nicht-Prominenten handeln von Armut, Misshandlung, Krankheit und Perversion, und zwar zu einem Grad, der sogar Dickens, der um die Schattenseiten des Lebens wusste, staunen ließe. Ein Verlagszug rollt voran, angetrieben von Schmerz und Leiden, bei dem die Worte »Elend und Memoiren« zusammenpassen wie »Liebe und Ehe« oder »Pferd und Kutsche«. Glückliche Leben, so scheint es, bieten keine »guten« Geschichten. Aber einiges von dem, was veröffentlicht wird, geht weniger zu Herzen, als dass es auf den Magen schlägt.

Das ist also keine Elendsbiografie. Nein, das sind Memoiren des Glücklichseins, auch wenn es um Trauer und Heilung geht. Es ist nur ein Teil der Erzählung einiger Jahre in meinem Leben und im Leben einer anderen wichtigen Person, dem Mann, den ich 1968 geheiratet habe. Andere Menschen, die uns nahestehen, habe ich außen vor gelassen, ich möchte weder seine zweite Ehefrau noch meinen zweiten Ehemann in Verlegenheit bringen oder enthüllen, was Teile unserer beider Familien gesagt, gedacht oder getan haben. Und doch, seit ich dieser Frau sagte, dass ich nicht die Absicht habe, über den dramatischen Zusammenbruch meiner ersten Ehe zu schreiben, haben sich die Dinge verändert, auch wenn meine Ablehnung, »zu erzählen, wie es war«, dieselbe ist. Denn es gibt immer mehr als eine Wahrheit. Weil das Erlebnis und seine Nachwirkungen nicht verschwanden, schrieb ich ein »Steinbruch«-Notizbuch für den Roman, der ungeschrieben bleiben wird, neben meinem essenziellen Tagebuch und meinen Notizbüchern, und mir wurde bewusst, dass mein eigener Lernprozess weitergehen würde. Am Ende wurde der Schreibimpuls zu einem inneren Geysir. Das Ziel muss immer sein, einen Sinn in dem, was geschehen war, zu finden, denn was kann ein Schriftsteller sonst tun? Ich muss der Drehbuchautorin Nora Ephron zustimmen, die von ihren Schriftstellereltern geradeheraus beigebracht bekommen hat, das eigene Leben als Quelle anzusehen.

So, ja, Memoiren des Glücks, irgendwie, denn die guten und die schlechten Zeiten sind in meiner Erinnerung untrennbar vermischt und laufen auf ewig vor dem geistigen Auge ab wie eine Laterna-Magica-Vorstellung oder (um moderner zu sein) wie das, was Joan Didion »ein digitales Editiersystem« nannte, »auf dem ich Ihnen gleichzeitig all die Erinnerungsbilder zeige, die mir jetzt einfallen … die leicht unterschiedlichen Ausdrücke, die verschiedenen Interpretationen derselben Zeilen«. Wenn Didion über den Tod (innerhalb von Tagen) von ihrem Ehemann John Gregory Dunne und ihrer Tochter Quintana schreibt (in *Das Jahr magischen Denkens*), erklärt sie, dass das Buch ihr Versuch ist, der Phase, die auf die Todesfälle folgte und die sie zwang, so viele ihrer Vorstellungen über Leben, Glück, Ehe und Trauer zu überdenken, eine Bedeutung zu geben.

Wie Joan Didion war ich gezwungen, zwar nicht dem körperlichen Tod gegenüberzutreten, aber einer anderen Art von Verlust: dem Ende des Lebens, von dem ich (ein bisschen selbstgefällig) gedacht hatte, dass ich es bis in ein gemütliches Alter weiterführen würde. Dass diese Überzeugung zerstört wurde, bedeutete, dass ich eine Unmenge an anderen Sicherheiten überdenken musste, und es hat mich auf den seltsamen Weg durch den Wald geleitet, der nach einer Weile zu der Entscheidung führte, dieses Buch zu schreiben.

»Nein«, sagte ich zu Leuten während des Schreibens, »ich schreibe keine Autobiografie, ich schreibe ein Buch über Hunde.« Das klang so merkwürdig, dass niemand mehr nachfragte. Eines Tages wurde mir bewusst, dass alle Qualitäten, die wir mit Hunden assoziieren, von Treue bis zu einem Sinn für Vergnügen, die Qualitäten sind, die ich bei Menschen am meisten bewundere. Ich weiß auch, dass kleine Hunde darüber in konzentrierter Form verfügen, pure Hingabe, destilliert, um das Miniaturgefäß zu füllen. Natürlich ist Vermenschlichung gefährlich. Es gefällt uns, Hunden, die keinerlei Sinn für Moral haben, Tugenden zuzuschreiben, aber als die Entscheidung gefallen war, ein großartiges Denkmal im Zentrum Londons für die im Krieg getöteten Tiere zu errichten, erinnere ich mich, dass ich es schwachsinnig fand, Worte wie »Loyalität« und »Heldentum« und »Mut« für Wesen zu benutzen, die nichts über solche Abstraktionen wussten.

Es gibt eine berühmte Geschichte aus dem Zweiten Weltkrieg über einen amerikanischen Kriegshund namens Chips, der von seinem Herrchen, Private John R. Rowell, an Land geführt wurde, als seine Truppe an einer Stelle namens Blue Beach an der Südküste Siziliens landete. Sie marschierten in der Dunkelheit auf die feindlichen Linien zu, als sie von einem Maschinengewehrnest aus, das als Bauernhütte getarnt war, beschossen wurden. Die Truppe warf sich auf den Boden, aber der Hund griff trotz des Kugelhagels das Maschinengewehrnest an. Private Rowell sagte: »Es gab furchtbar viel Lärm, und der Beschuss endete. Dann sah ich einen der italienischen Soldaten herauskommen, mit Chips an seinem Hals. Ich habe ihn zurückgepfiffen, bevor er den Mann umbringen konnte. Drei andere Männer folgten, mit den Händen über den Köpfen.«

Ich bezweifle, dass Chips ein winziger Malteser, ein Yorkshire Terrier oder ein Papillon war, auch wenn ein temperamentvoller kleiner Jack Russell trotz seiner Größe wohl einigen Schaden hätte anrichten können. Und doch, die Frage ist: Kann man einen Hund »mutig« nennen? Hatte ein zeitgenössischer Autor recht, der schrieb: »Dieser amerikanische Kriegshund hat allein und unter großen Risiken für sein Leben eine feindliche Maschinengewehrstellung eliminiert und das Leben vieler seiner Kameraden gerettet«? Selbst der leidenschaftlichste Hundeliebhaber muss zugeben, dass der Soldat, der so handelt, es im vollem Bewusstsein um die Konsequenzen tut, in seinem Herzen und Geist dabei das Bild seiner Eltern, seiner Frau oder Freundin, seiner Kinder trägt und trotzdem sein Leben riskiert. Aber der Hund nicht. Männer und Frauen handeln mutig, Tiere handeln einfach nur.

Stimmt das? Ich weiß nicht, und heutzutage ist es mir auch egal. In ihrem tiefgründigen Werk *Animals And Why They Matter* weist die Philosophin Mary Midgely daraufhin, dass »eine Flut neuer und faszinierender Informationen über Tiere« in den letzten Jahren Menschen erzogen hat, die gedanklich das Wohlbefinden von Tieren »ans Ende der Schlange« gestellt hatten. Sie glaubt, dass »die große Bandbreite an Empfindungen, an Reichtum und Vielfalt auch bei den einfachsten Wesen zu finden ist« und findet es irrelevant, dass die Erfahrungen eines Hundes sich sehr von unseren unterscheiden. Philosophen und Autoren haben beide die Vorstellung vom Hund als (ja) moralischen Lehrer angeregt. Das ist nicht überspannt. Jeder, der (zum Beispiel) die Psychologie von Serienkillern erforscht hat, wird das Argument »Was Fliegen sind den müß'gen Knaben, das sind wir den Göttern; Sie töten uns zum Spaß« hinter den folgenden Worten Kants wiedererkennen: »Denn wer grausam zu ihnen ist, wird den Menschen gegenüber ebenso unempfindlich sein. (…) Je mehr man sich mit der Beobachtung der Tiere und ihrem Betragen abgibt, desto mehr liebt man die Tiere, wenn man sieht, wie sehr sie für ihre Jungen Sorge tragen.«

Ich war einmal eine dumme junge Frau, die behauptete, diese Tiere nicht zu mögen. Jetzt, mit über sechzig, je mehr ich über Hunde lese und erfahre, welchen Einfluss sie auf ihre Besitzer gehabt haben, und je mehr ich mein eigenes kleines Exemplar der Spezies liebe, umso mehr verstehe ich Franz Kafkas Aussage: »Alles Wissen, die Gesamtheit aller Fragen und alle Antworten sind im Hund enthalten.«

Diese Geschichte stellt Fragen und gibt ein paar Antworten über Veränderung und wie wir damit umgehen können, um zu überleben. Es geht darin auch um Hunde in der Geschichte, der Kunst und der Literatur, Hunde für die Therapie, Hunde als alles, was sie für Menschen sein können, wie sie uns beim Leben helfen. Die Erzählung wird von diesen Tage- und Notizbüchern, die so eine Katharsis boten, sowie von ein paar Auszügen aus meinen Artikeln ergänzt. Ich habe mich entschlossen, diesen Teil eines Lebens plaudernd zu erzählen, weil ich noch nie auf einem Weg geblieben bin und die Nebenstraßen, die zu verborgenen Schreinen führen, liebe. Während einer langen Karriere, die 1970 begann, habe ich viele Masken getragen: Reporterin, Autorin von Kurzbiografien, Kolumnistin, Kinderbuchautorin, Kommentatorin zu Frauenfragen, Reisereporterin, Kritikerin, Radio- und Fernsehmoderatorin – aber es ist meine neueste Inkarnation, die schließlich den letzten Anstoß zum Schreiben dieses Buches gab. 2005, als ich mein Leben wieder neu aufbaute, bekam ich, eigentlich per Zufall, wie ich noch erläutern werde, eine Lebensberatungskolumne in erst einer, dann in einer anderen landesweiten Zeitung. Die Wahrheit ist, dass ich, obwohl ich alle Aspekte meines Arbeitslebens geliebt habe, finde, dass das die absolut *nützlichste* Rolle ist, die ich je gespielt habe, abgesehen von den Rollen als Ehefrau, Mutter, Tochter und Freundin.

Aber die Arbeit bereitet mir auch viel Kummer. So viele Briefe, so viel Herzschmerz, alles auf mich übertragen, ohne einen der Wächter, über die qualifizierte Psychotherapeuten verfügen. Das hat mir auf eine vorher unmögliche Weise die Augen geöffnet für den Schmerz, den das Ende der Liebe und das Zerbrechen einer Ehe bereitet, auch wenn die beiden nicht unbedingt gleichzeitig geschehen. Oh, ich kenne auch die anderen Formen des Verlusts. Wenn Witwen oder Witwer mir aus der Tiefe ihrer Trauer und Einsamkeit heraus schreiben, ist es sehr schwierig, irgendetwas dazu zu sagen. Dem Tod muss man entgegentreten, aber so eine oberflächliche, wenn auch existenziell wahre Aussage hilft dem Trauernden nicht weiter. Und doch tue ich mein Bestes. Ich habe nie Angst davor gehabt, über die Trauer zu schreiben. Es ist einfacher, als Rachsucht, Egoismus und Verzweiflung zu thematisieren.

Was soll man Leuten raten, die gerade mit dem Ende einer Liebe klarkommen müssen oder (vor allem) mit dem »Tod« einer langjährigen Ehe? Woraus kann man schöpfen, um den Verlust von allem, was man war und was man dachte, weiterhin zu sein mit dieser Person an seiner Seite, zu verarbeiten? Wie heilen wir uns? Das völlig unerwartete Ende meiner langen Ehe konfrontierte mich mit diesen Fragen, und ich bringe etwas des dabei erlangten Wissens in meine Arbeit und in dieses Buch ein. Manche Leute werden denken, dass so etwas privat bleiben sollte, aber ich war nie fähig, mich völlig zurückzuziehen, und bin auch nicht davon überzeugt, dass dies nützlich ist. Zum einen hält das Erinnern die davoneilende Zeit auf und ist auch zutiefst heilend. Seamus Heaney drückt diese Idee in *Changes* so aus: »Erinnere dich daran. Es wird gut für dich sein, diesen Ort wiederauferstehen zu lassen, wenn man sich davon wegentwickelt hat und schließlich genau im Zentrum der leeren Stadt steht.«

Zum anderen weiß ich, dass es hilft, Geschichten zu teilen. Meine Arbeit an der Kolumne zur Lebensberatung hat mir zweifellos bewiesen, dass es anderen Menschen wertvollen Trost spendet, wenn man erzählt, wie es für einen selbst war. Zur Hölle mit der Privatsphäre, sage ich, wenn auch nicht ohne Zurückhaltung. Wir brauchen die Geschichten voneinander, wir alle, genauso wie ich meinen kleinen Hund brauche. Wir müssen mutig sein, genau wie mein Hund tapfer ist, egal, wie klein. Wir können voneinander lernen und weiterlernen, wie ich von ihm gelernt habe. Der Dichter und Naturforscher David Whyte hat die Motivation hinter dieser Beschwörung des Lebens und der Hunde so zusammengefasst:

Menschlich zu sein
bedeutet, sichtbar zu sein,
indem man das,
was verborgen ist,
anderen schenkt.

1
FINDEN

Man kann so viel von den Hunden lernen.
Und wir müssen diese Dinge
immer und immer wieder lernen.

Ich habe nie erfahren, woher sie stammt. Dieses zentrale Geheimnis wird immer da sein, wenn ich sie anschaue, und mich daran erinnere, dass mein Spiegel ein ähnliches Geheimnis bietet: *Wer bist du?* Es ist eine Zen-Frage, an die Gauguin gedacht haben muss, als er *Woher kommen wir? Was sind wir? Wohin gehen wir?* gemalt hat. Jeder lebhafte Pinselstrich sagt uns, dass man die Antwort nie erfahren wird und dass das zentrale Geheimnis auf deiner Reise auf das Ende zu akzeptiert werden muss. All das wusste ich. Aber die Ankunft meines kleinen Hundes verkündete ein tieferes Bewusstsein: dass wir nicht wissen können, was mit uns geschehen wird. Nie.

Und doch habe ich immer das Bedürfnis gehabt, die Dinge zu kontrollieren. Spontaneität macht mich unsicher. Ich kenne gerne die Geschichte eines Hauses, die Herkunft eines Bildes, den Ursprung eines Zitats, weil solch ein Wissen das Chaos eindämmt. Ich schmiede Pläne. Meine Bücher sind alphabetisch geordnet oder (je nach Thema) chronologisch, und meine Schuhe und Handschuhe müssen nach Farben geordnet sein. Vor Jahren war das Kinderkriegen ein philosophischer Schock dem körperlichen und emotionalen Schmerz ebenbürtig, weil ich das Ergebnis nicht kontrollieren konnte. Ein totgeborener Sohn und eine sehr kranke Tochter verstärkten mein Bedürfnis nach Form und Struktur nur noch. Mich in die vier Wände des Lebens, das ich plante, zurückzuziehen, bot die einzige Sicherheit. Das war mein Zuhause. Alles dort konnte organisiert werden, eine perfekte Bastion, erschaffen, um der Unvollkommenheit der Welt draußen entgegenzutreten.

Dann, ziemlich unerwartet, kam aus dem Nichts der kleinste Hund. Er tippelte in mein Leben, bevor ich darüber nachdenken konnte, aber hätte ich überlegt, wäre er sicher nicht eingelassen worden. Das sind die Augenblicke, in denen das Universum lächelt und dir einen Streich spielt. Man steht eines Morgens auf, ahnungslos, dass der Tag einen lebensverändernden Moment birgt. Das Gesicht eines zukünftigen Geliebten auf der anderen Seite eines Zimmers, ein plötzlicher Sturz, der einem ein blaues Auge beschert, ein Anruf, der die Karriere ruiniert, zumindest für eine Weile. Man kann nicht wissen, was aus dem Schachtelteufel herausspringt. Sei also auf alles gefasst (das rate ich den Leuten), denn dann wirst du nicht überrascht. Aber Bonnie überraschte mich. Sie schaffte es, meinen Radar zu unterlaufen. Mein permanentes Wachsystem musste einen Kurzschluss gehabt und mich völlig ungeschützt gelassen haben. Der kleine Hund kam mit der unaufhaltsamen Kraft eines Panzers und änderte das Leben für immer.

Man sollte Dinge immer mit den Leuten teilen, die man liebt, und Entscheidungen gemeinsam treffen, aber ich habe mich spontan für dieses winzige Wesen entschieden. Ich habe es niemandem gesagt, nicht einmal meinen Allerliebsten, dass ein »Spielzeughund«, der nur auf Schöße und Satinkissen passt, zu uns auf den Bauernhof kommt. Was dachte ich, als ich ihn das erste Mal sah, abgesehen von dem offensichtlichen »*Oh*, wie kann ein Hund nur so klein sein?«. Wie gesagt, ich habe überhaupt nicht *gedacht*. Aber wenn ich zurückschaue, und zwar voller Fantasie, dann wusste ich sicher, dass er dazu bestimmt war, mein Leben zu teilen. *Sein* Gesicht war das eines zukünftigen Geliebten auf der anderen Seite des Zimmers, die neue Person, diejenige, welche. Woher sollte ich wissen, dass dieser Hund ein dringendes Bedürfnis ansprach, das ich noch nicht erkannt hatte, dass seine Mischung aus Verletzlichkeit und Härte perfekt zu meiner eigenen passen würde? Bonnie, das verlassene Wesen, würde in meiner eigenen Zeit des Verlassenseins zu meinem Retter werden. Sie, die so klein war, brachte mir das meiste bei, was ich über Geistesgröße lernen würde. Die Lektionen aus der Seele meines kleinen Hundes gehen weiter und weiter. Aber ich greife voraus …

Es geschah folgendermaßen:

Am 13. Juni 2002 fuhr ich zu einem Treffen des Kunstausschusses ins Bath's Royal United Hospital. Unsere Aufgabe war es, die Flure des Krankenhauses mit Kunstwerken freundlicher zu gestalten und eine Skulptur mit den Mitteln der National Lottery in Auftrag zu geben, um »den Luftraum zu beleben«. Mir gefiel dieser Ausdruck, es wäre eine Art hängende, fliegende Kreation im Atrium. Sie könnte Patienten ablenken, die Angst vor diesem Teil ihrer Lebensreise hatten, Familien, die so viel warten müssen, neue Energie verleihen und ganz allgemein jeden fröhlicher stimmen, der dort vorbeikam, vom Facharzt bis zur Putzfrau. Mein eigenes Leben wird jeden Tag von Kunst bereichert, natürlich stimmte ich zu, dass das auch für Krankenhäuser gelten sollte. Also sagte ich, dass ich dem Ausschuss beitreten und Zeit und Enthusiasmus für die »unnötige« Dekoration eines nötigen Ortes opfern würde.

Aber ich mag keine offiziellen Treffen, meine Klaustrophobie meldet sich innerhalb von Minuten, und ich will gehen, abhauen, weg von den »wohltätigen Taten« und ab nach Hause zu einem Glas Wein und zu Al Green, der laut in der Küche singt. Ich kam mir wie eine Betrügerin vor: eine »öffentliche« Person, die eigentlich jemand Verwerfliches ist, die nur herumhängen und nichts tun will. Doch da war der Wunsch, Kämpfen aus dem Weg zu gehen, und mein Bedürfnis, etwas zurückzugeben. Denn wenn man ein Leben voller Segnungen führt, dann muss man sie aufstocken. Das ist Karma: das Essen auf Rädern eines guten Lebens. An diesem Tag brachte es mich meinem seelenverwandten Hund näher.

Der Ausschuss traf sich im Wohltätigkeitsbüro des Krankenhauses, und wir saßen alle herum und warteten darauf, loszulegen, als sich die Tür öffnete und Lisa (eine der jüngeren Ausschussmitglieder) hereinkam und etwas in der Hand hielt. Wegen des Tischs konnte ich sie nicht genau sehen, sie kam weiter ins Zimmer, und mir wurde klar, dass es eine Hundeleine war. Mit etwas an ihrem Ende. Ich reckte mich und erhaschte einen Blick auf etwas Weißes, Wuscheliges. Es war der winzigste Hund, den ich je gesehen hatte.

Lisa war die verantwortliche Spendensammlerin für das Tierheim von Bath. Merkwürdigerweise waren J und ich gerade zwei Tage vorher zum allerersten Mal dort gewesen. Wir waren dort gewesen, um seinen wunderschönen Labrador Billie zu holen, mein Geschenk zum fünfzigsten Geburtstag des Ehemannes, der alles hatte und deswegen einen Hund brauchte. An dieser Stelle muss ich erklären, dass ich nie ein Hundefan gewesen bin, weder als Kind, als meine Oma einen bissigen Corgi namens Whiskey besaß, noch jemals später in meinem Leben. Doch als J und ich uns im zweiten Jahr am University College London trafen und seine Mutter besuchten, war ich von seinem Umgang mit den Labradoren seiner Familie, Bill und Ben, beeindruckt.

Das war Ende 1967, ich war einundzwanzig Jahre alt und verliebt, und alles war neu. Alles, was der dreiundzwanzigjährige Philosophiestudent tat, beeindruckte mich: wie er seine Schultern in seinem dunkelblauen Caban hochzog, in seiner grünen Cordhose marschierte und diesen eleganten schwarzen Tieren zupfiff. Seine Stimme sang und verlängerte ihre Namen »Biiiiill-ieee! Bennn-ieee!« voller musikalischer Autorität. Ich war verlegen und nervös, als ich ihre samtigen Ohren streichelte, ich schmeichelte mich bei den Hunden ein, weil ich *ihn* beeindrucken wollte, den klügsten, witzigsten, sexiesten, erwachsensten Mann, den ich je getroffen hatte. Diese »echten« Hunde schienen eine Erweiterung seiner Fähigkeiten zu sein. Aber ich war unfähig, den Sinn des geschätzten kleinen Dachshundes seiner Mutter zu erkennen.

Siebenundzwanzig Jahre später, im Januar 1994, wusste ich, dass ich zum ersten Mal in meinem Leben würde lernen müssen, mich um einen Hund zu kümmern, sollte ich ihm den schwarzen Labrador zu seinem Geburtstag im Juli kaufen. Es war eine ernste Entscheidung, denn da J viel unterwegs war, würde ich den Hauptteil der Arbeit haben. Und so kapitulierte ich, die sich gegen das Betteln unseres Sohnes Daniels, einen Hund haben zu dürfen, während seiner gesamten Schulzeit taub gestellt hatte, schließlich vor der Realität von Hundehaaren, Hundegeruch und Dosen voller ekligem Matsch. Ich wählte Billie (Ich hatte sie nach Billie Holliday benannt. Ein Kontrollfreak gibt sogar dem Geburtstagshund ihres Mannes einen Namen.) und mochte sie, aber ich konnte sie nicht lieben. Natürlich war J glücklich über die Überraschung und genauso froh, als ich ihm achtzehn Monate später Sam, einen strubbeligen Border Collie, zu Weihnachten schenkte. Jeder hätte glauben können, dass ich zu einer Hundeliebhaberin geworden war, aber das stimmte nicht. Ich mochte sie, aber das genügt Hunden nicht. Sie sind nicht zufrieden, nur *gemocht* zu werden. Ich war ein Hunde*betreuer*, das war alles.

Es ist auch eine Geschichte vom Zuhause, denn Hunde kennen ihren Platz im Rudel, und das Rudel braucht seinen Bau, seine Festung, seine Zuflucht. 1995 waren wir auf unseren Bauernhof gezogen, Js Traumzuhause, inmitten von ungefähr vierundzwanzig Hektar, die wir biodynamisch bestellen wollten. Er lag eine Meile an einem Feldweg kurz hinter Baths Stadtgrenze und am Rand eines Tals wie im Roman *Sturmhöhe* mit dem passenden Winterwetter.

J hatte kurz ein Mädchen eingestellt, um seine Pferde zu bewegen, und eines Tages, als es mit den Hunden nahe der Straße geritten war, kam Sam mit ihm nach Hause, aber Billie nicht. Auch zum Abendessen tauchte sie nicht auf.

Sie war verschwunden.

Das war im Juni 2002. In der warmen Nacht, durch die die spitzen Schreie der Füchse gellten, lief J mit einer Taschenlampe über die Felder, rief ihren Namen und befürchtete, sie sei gestohlen worden – denn Billie mit den Samtohren war eine wunderschöne Hündin. Er war verzweifelt. Am nächsten Tag schrieb ich einen Steckbrief, stieg ins Auto und klebte meine Notiz an jeden Briefkasten im Umkreis einer halben Meile. Eine Stunde später klingelte das Telefon, und ein Paar, das an der Hauptstraße oben in Lansdown wohnte (der Bergzug, um den im Bürgerkrieg erbittert gekämpft worden war), sagte mir, dass sie einen schwarzen Labrador ohne Halsband auf der Hauptstraße gefunden und den Hundefänger angerufen hatten. Billie ging es gut.

Wir stürzten aus dem Haus und fuhren zum Tierheim, um

sie abzuholen. Eines der wunderbaren Dinge bei Hunden ist, dass man keinen Beweis braucht, dass man der Besitzer ist, *eigentlich* nicht. Natürlich ist der Mikrochip idiotensicher, aber der Punkt ist, dein Hund *kennt* dich. Als sie aus ihrem Zwinger gebracht wurde, sah man Erleichterung und Freude in Billies Gesicht, genau wie auf unseren Gesichtern. Das ist etwas, das Nicht-Hundemenschen nicht verstehen: wie ausdrucksstark ein Hundegesicht ist. Die Gesichtsausdrücke der Hunde ändern sich, genau wie ihr Bellen und ihre Körpersprache. Sie sind vielleicht nicht ganz so hochentwickelt wie unsere Primatencousins, aber menschliche Liebe dient dazu, sie auf die ausdrucksstärkste Weise zu »vermenschlichen«.

Als wir sie fest an der Leine hielten, sahen wir reihenweise Zwinger und hörten die traurigen Geräusche der Hunde, die ein Zuhause suchten, ein Wunsch, dessen sie sich unmöglich bewusst sein konnten, in dem Sinn, indem wir unsere eigenen tiefsten Wünsche und Bedürfnisse, manchmal nur allzu schmerzhaft, kennen. Und doch lag ein verzweifeltes Wünschen in diesem Bellen und Jaulen, in den traurigen Augen der heimatlosen Hunde, der Haustiere ohne Haus, der Arbeitshunde ohne Job. Die Hunde, die *gekannt* werden wollten, so wie Billie uns kannte.

»Lass uns mal schnell schauen«, sagte ich zu J.

Wir schlenderten herum, aber es war zu traurig.

»Lass uns nach Hause fahren«, sagte J.

Das taten wir. Sam begrüßte Billie mit überschwänglicher Freude und hechelnder Zunge, beschnüffelte sie als Willkommensgruß. Selbst die Katzen, Django, Ella, Thelonius (abgekürzt Theo) und Louis, sahen recht zufrieden aus, denn Katzen mögen es, wenn die Welt, über die sie regieren, komplett ist.

Und dann, zwei Tage später, betritt Lisa dieses Büro mit einem Hund an der Leine, aber nicht irgendeinem Hund. Meinem Hund.

»Ich habe noch nie einen so kleinen Hund gesehen«, sagte ich. »Was, um Himmels willen, ist das?«

»Ich glaube, sie ist ein Shih Tzu«, erwiderte Lisa. »Sie lebt zurzeit im Tierheim. Ich nehme sie heute Abend zu mir nach Hause, deswegen ist sie hier, weil ich nach dem Treffen heimgehe. Diese sehr kleinen Hunde quälen sich ziemlich, wenn sie über Nacht im Tierheim bleiben müssen. Wenn so ein Hund da ist, dann wechseln wir uns alle ab und nehmen ihn mit nach Hause.«

Meine erste Vermutung war, dass der kleine weiße Hund entlaufen war, so wie Billie entlaufen war, aber so war es nicht. Lisa erklärte: »Sie wurde ausgesetzt, wurde im Henrietta Park an einen Baum gebunden.«

Der Henrietta Park ist eine hübsche Grünfläche, aber ziemlich zentral gelegen, und ich konnte einfach nicht glauben, dass jemand so einen kleinen Hund an einem Ort aussetzen konnte, an dem – wer weiß? – betrunkene Idioten ihn als Fußball missbrauchten.

»Unmöglich«, sagte ich. »Auf keinen Fall! Vielleicht musste jemand schnell zu einem Zahnarzttermin oder so und hat sie einen Moment lang vergessen.«

Lisa erläuterte, dass es schon vor zwei Tagen passiert war und niemand angerufen hatte, und wenn sich sieben Tage lang niemand nach dem Hund erkundigt, »werden wir ein neues Zuhause für ihn suchen«.

Inzwischen saß der anonyme Shih Tzu auf meinem Schoß, aber er wollte wieder weg. Er wand sich und suchte bei der Person, die ihn hergebracht hatte, nach Sicherheit, aber ich wurde von einem Bedürfnis überwältigt, ihn zu beruhigen und von ihm *gemocht* zu werden. Das war der magische Moment der Rettung.

»Ich werde ihm ein Zuhause geben«, sagte ich.

»Sind Sie sich sicher?«

»Sehr sicher.«

Rückblickend weiß ich, dass ein Moment der Rettung ein zweischneidiges Schwert ist.

Ich dachte überhaupt nicht an den matschigen Bauernhof (kein Ort für einen weißen Schoßhund) oder an die Katzen (von denen eine, Django, die Geißel der Ratten und Kaninchen, sicher größer war als dieser Kleinstköter) oder an J, einen Liebhaber »ordentlicher« Hunde. Echter Hunde. Großer Hunde.

Paare sollten Entscheidungen diskutieren, das wusste ich. Aber in dieser Sekunde, in der ich »*Ich werde* ihm ein Zuhause geben«, sagte, in diesem spontanen, herzlichen Willkommen des kleinen weißen Hundes, wusste ich instinktiv, dass nur das Personalpronomen wichtig war. Das würde *mein* Hund sein. Wenn ich diese Absicht bei meinem Mann, meinem Sohn, meiner Tochter, meinen Eltern oder Freunden erwähnt hätte, hätten sie alle den Kopf geschüttelt, geseufzt, mich an die schrecklichen Anlagen zum Kläffen erinnert und gesagt, dass es eine schlechte Idee sei. Sie hätten es mir ausgeredet, und diese kleine Hündin wäre bei jemand anderem gelandet, der ihr auf keinen Fall (da war ich mir sicher) ein so gutes Zuhause bieten könnte wie ich. Also würde ich schweigen. Das hier ging niemanden etwas an. Ich, die niemals einen eigenen Hund gehabt hatte, weil ich nie einen eigenen Hund gewollt hatte, hatte mich in dem Augenblick in eine Dame mit einem Schoßhund verwandelt.

Ich kannte Tschechows Erzählung »Die Dame mit dem Hündchen«, die Vladimir Nabokov als »eine der größten

Erzählungen, die je geschrieben wurden«, beschreibt. Diese Erzählung einer ehebrecherischen Liebe verrät uns viel über Menschen, aber nachdem ich meinen Hund kennen und lieben gelernt hatte, hatte ich das Gefühl, dass sie viel weniger über Frauen und Hunde erzählt, als ich gedacht hatte. Bevor man mir vorwirft, ein großes Werk der Literatur zu trivialisieren, weil es über zu wenig Hundewissen verfügt, sollte ich noch darauf hinweisen, dass der mächtige Kunstkritiker John Ruskin auch nicht anders dachte, als er schrieb: »Mein Genuss der gesamten *Odyssee* wird dadurch gemindert, dass Odysseus kein nettes oder bedauerndes Wort für Argus hat – den treuen Hund, der ihn nach zwanzig Jahren wiedererkennt.«

Tschechow erzählt, wie eine zufällige Liebesgeschichte zwei Leute vereinnahmt und sie gegen ihren Willen verändert. Die Geschichte endet damit, dass sie weit voneinander entfernt leben und sich nur sehr selten sehen können. Gurow und Anna sind beide verheiratet. Er arbeitet in einer Bank in Moskau, Anna lebt in einer toten Provinzstadt nahe St. Petersburg. Jeder hat einen heimlichen Urlaub auf Jalta verbracht, einem modischen Urlaubsort auf der Krim, berühmt für die Liebesaffären seiner Gäste. Gurow ist ein erfahrener vierzigjähriger Schürzenjäger mit einer strengen Ehefrau; Anna ist mit einem langweiligen Provinzbeamten verheiratet, der zehn Jahre älter ist als sie. Der erste Satz der Erzählung gibt trocken den Urlaubstratsch wieder, der zu Gurows Interesse führt: »Es hieß, auf der Strandpromenade sei ein neuer Kurgast aufgetaucht – eine Dame mit einem Hündchen.«

Der Hund ist der Schlüssel zu Annas Identität, wo auch immer sie hingeht, »ein weißer Spitz folgte ihr«. Der Hund gehört offensichtlich unzertrennlich zu seinem Frauchen. Gurows Jagdinstinkt ist geweckt. Eines Tages sieht er Anna neben sich im Stadtparkrestaurant sitzen. Ihr Hund knurrt, und er wedelte mit dem Zeigefinger. Errötend sagt sie: »Er beißt nicht.« Gurow fragt, ob er dem Hund einen Knochen geben darf … und so beginnt die Affäre.

Aber hier beginnen auch die Probleme für Liebhaber kleiner Hunde. Eine Woche später küssen sich Anna und Gurow und landen im Bett. *Aber wo ist dieser Spitz?* Das will ich wissen. Die Affäre geht weiter, Mittagessen, Abendessen, Kutschfahrten, Abendspaziergänge, die Intimität des Schlafzimmers, ohne dass das kleine Wesen, das von seinem Frauchen, »der Dame mit dem Hündchen«, unzertrennlich schien, erwähnt wird. Kein Hund. Trotz all seines Wissens über die menschliche Natur versteht Tschechow wenig von Damen und ihren Hündchen, oder genauer, dem beschützenden und besitzergreifenden Wesen der Spitzrasse. Der Hund wäre immer präsent gewesen. Dieses Knurren hätte sicherlich nicht aufgehört, besonders nicht, als der fremde Mann mit dem Menschen intim wurde, den der Hund liebt. Kleine Hunde geben sich nicht so schnell hin wie Frauen. Der schnell gelangweilte Gurow wäre wahrscheinlich von dem Gekläffe genervt gewesen und sicher gebissen worden. Als eine echte Dame mit einem Schoßhündchen weiß ich das. Der Hund hätte von einem Mann, der sich auskennt, nicht so leicht aus der Erzählung herausgeschrieben werden können.

Kleine Hunde vertreiben alleinstehenden Frauen die Einsamkeit. Kleine Hunde können einen auf die Strandpromenade treiben, weil man ja an seinen Hund denken muss, egal, wie man sich fühlt. Dieser Spitz hat Anna sicher getröstet, wenn sie nachts eine Hand ausstreckte, um mit ihren Fingern das weiche weiße Fell zu kraulen, und sich fragte, ob ein Mann so viel Schmerz wert war. Oder eine Affäre.

Bonnie knurrte ebenfalls Männer an. Ihre natürliche Abneigung gegen einen leichten Hauch von Testosteron war so groß, dass wir spekulierten, dass es ein Mann gewesen sein muss, der sie an diesen Baum gebunden hatte, oder ein skrupelloser Züchter, der entschieden hatte, dass ihre Hinterpfoten für den »Standard« ein wenig zu lang waren, oder ein unfreundlicher Sohn, dessen alte Mutter an Demenz litt und der sich nicht um ihr Haustier kümmern wollte. Die Schriftstellerin in mir erfand Geschichten, aber nie überzeugend, da meine Vorstellungskraft kaum für die Vorstellung reichte, wie irgendjemand diesen verletzlichen jungen Hund an einen Baum bindet und einfach geht. Ich stellte mir vor, wie das kleine Wesen sich anstrengte, ihm zu folgen, und dann an der Leine zurückgerissen wird. Oder war es ein Seil? Ich habe die Details nie erfahren.

Es mochte vielleicht keine Männer, aber es war nie feindlich gegenüber J gesinnt. Er war am 20. Juni in London, als mich das Tierheim anrief, um mir zu sagen, dass sich niemand gemeldet hatte und ich den Hund daher abholen und behalten könne. Ich sollte noch hinzufügen, dass eigentlich ein Hausbesuch zu ihrer Vorgehensweise gehört, um sicherzustellen, dass der mutmaßliche neue Besitzer verantwortlich handelt und die Wohnung passend ist, aber Lisa kannte unser Zuhause und uns gut, daher war es nicht nötig. In der Zeit zwischen dem »Finden« meines Hundes und dem Abholen hatte ich nachgeforscht und herausgefunden, dass der »Shih Tzu« tatsächlich ein Malteser war, und hatte ihm schon den Namen Bonnie gegeben, nach Bonnie Raitt, der Sängerin, die ich immer im Auto hörte. Diese Gewohnheit, Tiere nach Sängern zu benennen (Sam war Sam Cooke, Billie Billie Holiday), war ein Tick von mir und verband die Menagerie.

Ich stürzte aus dem Haus, fuhr in den Supermarkt, um Futter für kleine Hunde zu kaufen, und dann sofort zum Tierheim, um Bonnie abzuholen. Ich zahlte ihnen eine ansehnliche Summe für dieses Privileg. Sie schätzten ihr Alter auf sechs Monate, aber abgesehen davon, dass sie in einem guten Zustand war, als sie gefunden wurde, wussten sie immer noch nicht, woher sie stammte. Sie würde ihr Geheimnis nie lüften, ich sah in ihre schwarzen Knopfaugen und fragte mich, wen sie vielleicht vermisste, welche Art von Haus sie kannte und welcher Schaden ihr zugefügt worden war. Experten für Hundepsychologie und -verhalten wissen, dass Hunde aus Tierheimen oft Trennungsängste haben, aber damals wusste ich das nicht. Bonnie und ich begannen unsere gemeinsame Reise ja gerade erst.

Sie war immer noch mein Geheimnis, das ich noch bei niemandem erwähnt hatte, weder bei meiner Tochter und Vertrauten Kitty noch beim engen Freund der Familie Robin, einem Fotografen, der das Cottage direkt neben unserem Bauernhof gemietet hatte (und mit dem ich manchmal bei Aufträgen zusammenarbeitete), noch bei meinen Eltern und ganz sicher nicht bei meinem Ehemann. Ich wusste, dass er diese alberne Kreatur nicht haben wollen würde und daher mit vollendeten Tatsachen konfrontiert werden musste. Aber er war nicht da, als ich wegen der Neuigkeit anrief, sodass ich meinen Triumph mit einer ungläubigen Tochter teilte, die damals in unserem Londoner Haus wohnte.

»*Du? Du* hast einen kleinen Hund? Nein!«

Einen Tag später dann Js Stimme am Telefon, kühl und leicht anklagend.

»Was höre ich da von einem kleinen Hund? Er hat doch wohl keine Schleife im Haar, oder?«

»Noch nicht«, antwortete ich.

Er klang nicht gerade begeistert.

Zwei Tage später kam J nach seinem sonntäglichen politischen Programm auf ITV wieder auf dem Bauernhof an, nach einer zweistündigen Fahrt von London war er froh, wieder zu Hause zu sein. Wie immer rannten Billie und Sam auf sein Auto zu, und von Anfang an lief Bonnie mit den großen Hunden, die sie mit verwirrter Belustigung ansahen, überallhin mit. Ganz ohne Probe wurde sie zum Teil des Willkommenskomitees. Als J sie sah, fiel er in seinem italienischen Anzug auf die Knie und breitete, während der Labrador und der Collie um ihr Herrchen herumsprangen, die Arme für den kleinen Hund aus, der sein Gesicht ableckte. Das ist nämlich das Besondere bei *wahren* Hundeliebhabern, solchen, die mit dem Hundegeist in Kontakt stehen. Sie können kein Vorurteil über Größen aufrechterhalten, wenn sie merken, dass die Augen zwar winzig sind und der Schwanz gerade mal ein Seidenpinsel ist, aber das Potenzial zur Hingabe, was den Ur-Hund auszeichnet, in der Spielzeugausgabe enorm ist. J war vernarrt in sie, und es dauerte nur eine Woche, in der wir versuchten, sie im »Hundezimmer« in ihr Bett zu bringen, mit den anderen Hunden und den vier Katzen, eine Woche, in der wir hörten, wie sie durch die Hundeklappe hinausging in die Dunkelheit voller Gerüche nach Füchsen, Dachsen, Eulen, Hermelinen, Ratten, bis sie sich in unser Bett geschmuggelt hatte. Und genau da gehören Kuschelhunde auch hin.

Glauben Sie an Zeichen? Ich schon, dass Billie entlaufen war und wir so ins Tierheim gelangten, war eines. Und weniger als einen Monat, bevor ich meinen kleinen Hund zum ersten Mal sah, hatte ich zwei andere Hunde getroffen, die mich faszinierten. Seit ein paar Jahren war ich die Moderatorin einer jährlichen Serie auf BBC Radio 4 namens *Devout Sceptics*, also fromme Skeptiker, für die ich Interviews über Glauben und Zweifel mit bekannten Personen der Literatur,

Politik, Wissenschaft und Philosophie führte. Im Mai 2002 war ich mit meinem Produzenten und Freund Malcolm Love in Kalifornien gewesen, um Dr. Pamela Connolly in Los Angeles zu interviewen, Amy Tan in San Francisco und Isabel Allende in San Rafael. Am 24. Mai standen wir früh auf, um von Los Angeles nach San Francisco zu fliegen. Während des Landeanflugs spürte ich dieses alte Gefühl, wie sich das Herz vor Aufregung hebt, nicht bloß wegen des ewigen Versprechens und Risikos des Reisens, sondern weil ich die Vereinigten Staaten liebe und mich dort immer sehr wohl fühle.

Wir fuhren mit einem Taxi zum Holiday Inn an der Ecke Van Ness und California und checkten ein, hatten aber keine Zeit, uns umzuziehen, da unser Treffen mit Amy Tan anstand. Ich freute mich auf das Interview, ich liebte Tans Romane und erwartete ein gutes Gespräch über Gott und Schicksal. Nachdem wir unser Ziel im schicken, grünen Presidio-Viertel auf dem Plan gefunden hatten, schlug Malcolm vor, dass es an einem so schönen Morgen nett wäre, zu Fuß hinzugehen. Ich stimmte zu, aber keiner von uns dachte daran, dass es in San Francisco ständig bergauf und bergab geht, mit dem Ergebnis, dass ich bei der Ankunft durcheinander und verschwitzt war, was noch schlimmer zu werden schien, als Tans persönlicher Assistent uns in die riesige elegante Wohnung führte, die mit orientalischen Möbeln und edlen *objets* eingerichtet war, die einem Angst machten, sich zu bewegen. Aus der Ecke ertönte ein Kläffen, zwei Miniatur-Yorkshire-Terrier regten sich bei unserem Anblick auf. Sie befanden sich hinter einem fünfundzwanzig Zentimeter hohen Zaun. Ich starrte die Hunde an, damals waren es die Kleinsten, die ich je gesehen hatte. Aber durch sie fühlte ich mich besser, denn als Amy Tan selbst ins Zimmer schwebte, überraschend schön in grüner gefalteter Seide und weichen knöchelhohen Stiefeln, konnte ich meine Verlegenheit, so gar nicht elegant zu sein, verbergen, indem ich ihre Hunde lobte. Denn so viel wusste ich: Alle Menschen mögen es, wenn man ihre Tiere beachtet.

Was mir nicht bewusst war, war, dass Bubba und Lilly für Amy sehr viel mehr als Hunde waren. Wir setzten uns zum Interview hin, und Malcom richtete die Mikrofone ein. Es gefiel ihm, wie ruhig die Wohnung war, denn die Akustik wurde durch dicke Teppiche, Vorhänge und all diese Möbel verbessert. Die kleinen Yorkies lagen auf ihrem Schoß, und Tans schmale Finger spielten mit ihren Ohren, während Malcolm eine Tonprobe machte. Dann hielt er inne.

»Äh ... Amy ... ich habe hier Geräusche des Hundes drauf.«

»Ach ja? Was tut er?«

»Er leckt ihre Hände und schnüffelt. Äh ... könnten die Hunde vielleicht in einem anderen Zimmer warten, während wir das hier machen?«

Es entstand einer dieser Augenblicke der Stille, in denen die Temperatur ein wenig sinkt und man als Interviewer weiß, dass dieser Fauxpas alles ruinieren könnte. Ich sah Malcolms Blick aus dem Augenwinkel und wusste, wie sehr er (ein sehr sensibler Mann, gerade bei Frauen) wünschte, er könnte den unverschämten Vorschlag ungesagt machen.

Dann sagte Amy Tan kühl: »Die Hunde müssen *bleiben*. Die *Hunde* sind *wesentlich*.«

»Natürlich sind sie das!«, rief ich aus.

Malcolm ruderte zurück. »Ja, ich verstehe das *vollkommen* ... äh ... aber vielleicht müssen sie nicht Ihre Hände lecken?«

Pause.

»Sicher.«

Die Schriftstellerin hielt ihre Hände außer Reichweite der rosa Zungen ihrer Haustiere, und die Hunde legten sich in den Falten der grünen Seide schlafen, doch ab und zu erhaschte ich einen Blick aus Knopfaugen, die mich fragten, was, zur Hölle, ich da eigentlich tat. Oder vielleicht witterten sie auch diesen leichten Schweißgeruch. Sie kläfften ein Mal während der nächsten Stunde, aber das Interview lief so gut, dass es egal war. Und als es vorbei war, sagte mir Tan (jetzt entspannter), wie sie es hasst, nach Europa zu reisen, weil sie ihre Hunde nicht mitnehmen kann, wie sie es hasst, allein in Hotelzimmern zu sein, und wie sie den Gedanken fürchtet, ihren geliebten Tieren könne etwas passieren. Ihre Worte verstärkten meinen Eindruck von Verletzlichkeit unter einer verschlossenen, exzentrischen Hülle.

Als Malcolm und ich zu dem Restaurant gingen, das sie uns fürs Mittagessen empfohlen hatte, verkündete ich meine Meinung, dass diese »Teetassen«-Yorkies Ersatzkinder für Amy Tan und ihren Mann Louis waren. Oh, da sprach ich das Offensichtliche aus! Was wusste ich schon? Auf dieselbe Art hatte ich es vor Jahren, als wir jung waren, erbärmlich/pathetisch gefunden, dass Js ältere Tanten, die zusammenwohnten, sich Geburtstagskarten mit den »Unterschriften« ihrer kleinen Pudel Lavinia und Amanda-Jane schickten. Später schüttelte ich dann ungläubig den Kopf, als ich in einem Zeitschriftenporträt las, dass die Autorin Jilly Cooper ein Bild ihres toten Mischlings in einem Medaillon trug. Ich war selbstgefällig in meiner Weigerung, den wahren Wert dieses Niveaus von Zuneigung zu einem Tier zu erkennen. Wie passend, dass die Hybris in Form eines kleinen Hundes an meinem Horizont erschien.

Malcolm neckte mich ein paar Wochen später, als er dieses Gekläffe und ein oder zwei Hundeseufzer für das fertige Programm löschte und ich mich bereits in Bonnie verliebt hatte. Er lachte und meinte, dass der Tag in San Francisco mich zu einer ehrgeizigen Kopiererin gemacht hatte, der klar geworden war, dass wahre literarische Ladys Hunde besitzen müssen. Ich lachte bei diesem Witz über mich und wehrte mich immer noch gegen die Vorstellung, dass ich als eine dieser Frauen mit einem Handtaschenhund angesehen werden könnte.

Was wichtig ist, ist, wie tiefgreifend ich dann verstanden habe, was es Amy Tan bedeutete, diese beruhigenden Hunde als Glücksbringer und Inspiration auf ihrem Schoß zu haben. Und jetzt bin ich es, die sich ganz ohne Ironie als »Mummy« ihres Hundes bezeichnet. Sie ist mir so wichtig, wie Amy Tans zwei Hunde ihr wichtig waren, und schränken meinen Reisewunsch oder auch nur den Wunsch, ins Restaurant zu gehen, genauso ein. Ich schicke Karten in ihrem Namen und erwarte Antworten. Nur drei Wochen nach dem Treffen mit Amy Tan und ihren Hunden steht in meinem Tagebuch: »Ich liebe Bonnie. Sie hat alles verändert.«

Aber selbst damals konnte ich noch nicht wissen, dass mir die wahre Veränderung noch bevorstand. Der Hund würde mich dazu bringen, mich weniger ernst zu nehmen, würde mich in eine alberne Frau verwandeln, die später in Minnesota ein Kissen kaufen würde, auf dem steht: »Hunde hinterlassen Pfotenspuren auf deinem Herzen«, in Portland, Maine, ein Gobelin von einem Spitz so wie ein Set aus Regenmantel, Leine und Halsband mit Hummern, in Santa Fe eine Navajojacke und eine Leine mit Halsband aus türkisfarbenem Wildleder mit silbernen Conchos, in Rapid City, South Dakota, coole Harley-Davidson-Accessoires, in Nizza glamouröse Glitzersachen und noch mehr. Um das lila Krokodilkunstleder aus dem Internet für ihr Brautjungfernoutfit gar nicht erst zu erwähnen … aber das war viel später. Kleiner-Hunde-Wahnsinn ist ein weltweites Phänomen, fand ich heraus.

Ich konzentriere mich bewusst auf das Triviale. Das sind die notwendigen kleinen Schritte vor dem großen Sprung in das Unbekannte, das Bonnie mit sich brachte, die mich aber auch in einen Abgrund der Unwissenheit zogen.

Ich bemerkte, dass die kleine Körpergröße manche Menschen mit einem irrationalen Hass erfüllt, wenn sie einen Chihuahua, einen Pekinesen, einen Yorkshire Terrier, einen Japan Chin, einen Shih Tzu, einen Mops sehen. »Was ist *das*?«, fragte ein junger Mann, den ich kenne, als ich Bonnie zum Mittagessen ins Haus seiner Eltern mitnahm. Um nicht außen vor zu bleiben, stieß sein Vater ins selbe Horn und behauptete mit leichtem Spott, dass Bonnie kein »ordentlicher Hund« sei.

»Ist der Zaunkönig weniger ein Vogel, weil er klein ist?«, wollte ich wissen und richtete mich zu meiner vollen Größe von einem Meter sechzig (ohne Absätze) auf.

»Dürfen wir dich wegen deines Hundes nicht aufziehen?«, fragte er trocken.

Ich machte eine bedächtige Handbewegung, und das Thema wurde fallenlassen.

Eines Tages sagte ein gepiercter und tätowierter Mann in Bath laut zu seinem großen Hund, der bedrohlich an seiner Leine in Richtung Bonnie zerrte: »Lass es! Das ist kein Hund, das ist eine Ratte an der Leine!« Ich wurde von einer beschützenden Wut ergriffen, die mich überraschte. Dieses neue Gefühl war eines von vielen Zeichen, dass auch ich den antiken Vertrag eingegangen war, den alle Besitzer kleiner Hunde durch die Jahrhunderte kennen. Was ist es anderes als ein Beispiel für darwinsches Überleben? Überleben wird sich natürlich nach und nach als das Thema dieses Buchs herausstellen, daher passt es, es hier einzuführen als Schicksal eines kleinen Hundes.

Natürlich stammt Bonnie, wie alle Hunde, groß oder klein, vom Wolf ab, und irgendwo, ganz, ganz weit hinten in ihrem genetischen Fingerabdruck, streicht ein Teil ihrer Seele durch Wälder und über Hügel, erfüllt die Nacht mit melancholischem Jaulen zu anderen ihrer Art. Aber ich gebe zu, dass in der lebendigen Puderquaste auf meinem Schoß wenig von der Erinnerung an dieses Verhalten zu sehen ist. Jetzt gehöre *ich* zu ihrer Art, bin die Anführerin ihres kleinen Rudels, und mich ruft sie in diesen unverwechselbaren schrillen Tönen. Sie weiß, dass ich sie hören, nehmen, trösten, halten werde. Da draußen in der Wildnis würde der kleine Hund sicher eingehen, und daher hat er eine effektive Überlebensstrategie entwickelt: liebenswert zu sein. Der Vertrag lautet: »Ich werde dich lieben, und als Gegenleistung wirst du, mein persönlicher Mensch, mich beschützen. Wohin du gehst, werde ich gehen, und wenn du voller Trauer bist, werde ich dich trösten, und im Gegenzug wirst du mein Schild gegen die Welt sein.«

Oder wie Elizabeth Barrett Browning es formulierte, als sie sich in ihren kleinen Spaniel Flush, der ihr Tröster und Retter wurde, verliebte: »Er und ich sind untrennbare Gefährten, und ich habe ihm meine ewige Gesellschaft geschworen im Austausch für seine Hingabe.«

Diejenigen, die kleine Hunde aus Prinzip nicht mögen, fragen manchmal: »Wozu sind sie *gut*?« Der hochintelligente Border Collie wird gezüchtet, um Schafe zu hüten, und wenn er nicht darauf trainiert wird, wird er neurotisch alles, was ihm in die Quere kommt, zusammentreiben wollen, als bedeutete der Verlust der Funktion auch den Verlust der Identität. Arbeitshunde haben einen Zweck. Der Tierarzt Bruce Fogle erklärt, dass der Haushund (*Canis familiaris*) dieselbe Anzahl Chromosomen hat wie der Wolf, nämlich achtundsiebzig, und dass über die Jahrtausende verschiedene Hundekulturen entstanden sind. Es gab Jagdhunde, Hütehunde, Wachhunde und später Rassen, die »jagen, anzeigen, stellen, apportieren oder ruhig auf Satinkissen sitzen sollen«.

Später schreibt Folge, dass der Chihuahua »gezüchtet wurde, um als Wärmflasche zu dienen«. Darin steckt etwas Wahres, und doch vermute ich, dass zwei Verweise auf Kissen in seinem Buch *Was geht in meinem Hund vor?* auf einen Mann deuten, dessen Liebe zu Hunden analog zu ihrer Größe wächst. Viele Männer sagen, dass sie kleine Hunde nicht leiden können. Ist das Gegenteil eines ordentlichen Hundes ein falscher Hund? Oder könnte es ein »unordentlicher« Hund sein, bei dem etwas von duftender, schmusender, sinnlicher, streichelnder Intimität mitschwingt, die jeden Mann eifersüchtig machen würde? Im sechzehnten Jahrhundert verbreitete ein Pfarrer namens William Harrison in seiner Beschreibung Englands einen satirischen Angriff auf Frauen und Schoßhunde:

> Sie sind klein und hübsch, proper und fein und werden nah und fern gesucht, um das vornehme Zartgefühl von eleganten Damen und die Wünsche schamloser Frauen zu befriedigen; Werkzeuge der Torheit, mit denen man spielen und scherzen kann, die wertvolle Zeit verschwenden, um ihren Geist von löblicheren Aufgaben abzulenken und ihre verwerflichen Begierden mit eitlem Zeitvertreib zufriedenzustellen, eine närrische, arme Ausrede, um ihrem ärgerlichen Müßiggang auszuweichen. Diese genusssüchtigen Welpen, je kleiner, umso besser angenommen, umso mehr Freude machen sie als billige Spielkameraden für affektierte Damen, die sie an ihren Busen tragen, denen sie Gesellschaft in ihren Kammern leisten, mit denen sie im selben Bett

> schlafen und die von ihnen am Tisch gefüttert werden, auf deren Schoß sie liegen und deren Lippen sie lecken, während sie in ihren Kutschen und auf ihren Diwanen liegen.

Ich fragte mich angesichts des Tonfalls, ob die Frau des Domherrn von Windsor einen Schoßspaniel hatte. Ich fand dann heraus, dass er von einem wissenschaftlichen Werk abgeschrieben hatte, das sieben Jahre zuvor veröffentlicht worden war von John Caius, Doktor, Hofarzt von Edward VI., Mary und Elisabeth I. und Präsident des Royal College of Physicians. Unser westliches Konzept der Rassen wurde zum ersten Mal in seinem Werk *Short Treatise of English Dogges* von 1570 erwähnt. In diesem nützlichen Buch fand ich Bonnie:

> Neben denen, von denen wir bereits berichtet haben, gibt es noch eine Sorte von sanften Hunden auf unserer englischen Erde … Die Hunde dieser Art nennt Kallimachos *Melitoeos*, von der Insel Melita, in der sizilianischen See (die heute *Malta* heißt, eine wahrlich berühmte und bekannte Insel …), wo diese Hunderasse ihren Ursprung hat. Diese Hunde sind klein, hübsch, schicklich und zart …

Auch wenn der wundervolle Ausdruck genusssüchtig allein von Reverend Harrison stammt. Dr. Caius macht dann eine aufmerksame Aussage über Schoßhunde, die ich 2002, als Bonnie noch neu war, nicht so verstanden hätte, wie ich es jetzt kann. Er kritisiert eine Tendenz von Frauen, mehr Freude an Hunden als an Kindern zu haben, und vermutet mildernde Umstände: »Doch dieser Missbrauch herrscht ungefähr dort, wo es schon lange nicht mehr gilt oder wo Kinderlosigkeit die beste Blüte der Schönheit ist.« Der kleine Hund als Kindersatz? Natürlich, denn es gibt so viele Wege, ein Leben zu retten, und das ist einer, auf den ich zurückkommen werde.

In diesem Sommer nahmen wir Bonnie mit auf unser neues Boot, ein Puget-Sound-Kabinenboot, das in Dittisham lag, auf dem Fluss Dart in Devon. J kaufte dem Hund ein winziges »Tierfloß«, stand dann jeden Morgen früh auf, zog Bonnie ihre rote Schwimmweste an und ruderte ans Ufer, damit sie Gassi gehen konnte. Meine fehlenden Ruderfähigkeiten waren eine gute Ausrede, aber er hat sich tatsächlich nie beschwert. Ich stand an Deck und beobachtete ihn und erinnerte mich an unsere Flitterwochen in ebendiesem Dorf (das im Februar 1968 sehr kalt war, während dieser Juli den heißesten Tag des Jahres bereithielt) und liebte die Tatsache, dass er sich auf dem Wasser, das ich als Nichtschwimmerin Angst einflößend fand, so zu Hause fühlte. Inzwischen liebte er meinen Hund, warum hätte er sonst zugestimmt, dass sie mit in Urlaub kommen sollte, während Billie und Sam und all die Katzen auf dem Bauernhof in der Obhut meines Vaters blieben? Der Hund kam mit uns überallhin, und als ich nach ein paar Tagen unerklärliche Schmerzen in meinem rechten Arm bekam, vermutete meine Tochter, dass es eine Ermüdungssache sein müsse, weil ich Bonnie immer festhielt. Natürlich.

Bonnie saß zwischen uns, als J und ich uns die Sendung *Devout Sceptics* um neun Uhr morgens auf Radio 4 anhörten, Amy Tans Stimme füllte die Kabine, während die Wellen sanft gegen den Schiffsrumpf klatschten und J mit seiner typischen Intensität zuhörte. Ich stellte mir diese winzigen Yorkies auf ihrem Schoß vor, ihre langen Finger, die sie sorgfältig außer Reichweite hielt, während sie redete, und zwar über

> … das Gefühl, dass es einen Geist gibt und dass dieser Geist gütig ist, oder sicher nicht bösartig, und dass er größer ist als jeder Einzelne. Das Konzept eines Gottes passt hier. Es hat auch etwas mit dem Konzept von Mitleid, nicht so sehr mit der Vergebung im christlichen Sinn, zu tun. Und daher habe ich es zu meinem Ziel gemacht, mehr über diese Idee des Mitleids zu lernen, über eine vollständige Empathie mit Menschen, was, wie ich denke, eine andere Art ist, »Liebe« zu sagen. Dieses Gefühl der Liebe können wir nicht messen, sie hat keine Ausmaße, die wir wissenschaftlich nachweisen können, genauso wie wir auch wissenschaftlich nichts über das Jenseits beweisen können. Aber das ist etwas, an dem ich mich festhalten und sagen kann: »Ja, ich glaube daran«, weil ich eine intuitive, emotionale Wahrheit darin finde, Tag für Tag und in meiner Literatur.

Das Merkwürdige ist, dass ich jetzt, da ich diesen Auszug abschreibe (er wurde in meinem Buch *Devout Sceptics* abgedruckt), weiß, dass Amy Tans Philosophie mein eigenes Leben inspiriert hat und dass alles, was mir geschehen ist, seit Bonnie aus dem Nichts zu mir gekommen ist, sie sowohl ausgetestet als auch bestätigt hat. Noch wichtiger, die völlig ernsten Lektionen, die mein kleiner Hund mich gelehrt hat, bestätigen sie ebenfalls. Ich muss keinen Augenblick darüber nachdenken, wozu kleine Hunde »gut« sind und dass ihr Zweck sich zeigen wird.

Aber es war noch so neu. Meine Tagebucheinträge beschreiben den Fortschritt bei der Hundeverhexung, denn das war es wirklich. Wie das amerikanische Genie Amy Hempel in seiner Kurzgeschichtensammlung *The Dog in the Marriage* schreibt: »… man liebt Hunde nicht einfach, man verliebt sich in sie.« Im Sommer 2002 schrieb ich in mein Tagebuch:

27. Juni – Bonnie hat alles verändert. Sie ist so süß, ich möchte sie gern ständig bei mir haben.

3. Juli – Es fällt mir schwer, mich auf den Roman zu konzentrieren, weil ich zu viel Zeit mit Bonnie verbringe.

23. Juli – Bonnie begeistert mich immer noch. Es ist ein merkwürdiges Gefühl, einen Hund zu lieben.

Bonnie passte gut in den Devon-Teil unseres Lebens, auch wenn einige unserer alten Freunde die Dame mit dem Schoßhund aufzogen. Ich kann das wohl nachvollziehen, weil es so unerwartet war, mich in dieser Rolle zu sehen, trotzdem müssen wir alle es Menschen erlauben, sich zu verändern. Und ich hatte mich verändert. Anstatt auf dem Boot ungeduldig zu sein und mich von der Außenwelt abgeschlossen zu fühlen, entspannte ich mich, ging mit dem Hund spazieren und schaute aufs Wasser, das stetige Klappern der Takelage im Wind beruhigte mich. Im Rückblick erscheint dieser Sommer idyllisch. Robin war mit seiner Harley Davidson ins Dorf gefahren und leistete uns auf dem Boot Gesellschaft. Unser Sohn Daniel kam angespannt, aber befreit nach dem Ende einer langen Beziehung. Kittys Freund fuhr früher ab, und sie war aufgebracht. Wir verbrachten Zeit mit den Großeltern, ich kochte in der kleinen Kombüse, J kümmerte sich um Bonnies Bedürfnisse … und so lief das Familienleben. Unsere Kinder hatten schon als Babys dieses Dorf geliebt, den Schauplatz vieler gemeinsamer Familienferien, ganz zu schweigen von unseren Flitterwochen.

Es war heiß, doch ein plötzlicher Sturm unterbrach Js Geburtstagsfeier am letzten Julitag. Keine Drinks an Bord für Familie und Freunde, sondern ein Abendessen im örtlichen Café für uns alle. Mein Tagebucheintrag lautet: »Der Wein floss, und der Geräuschpegel stieg, und Bonnie saß auf meinem Schoß, und ich dachte, wie viel Glück wir doch haben, all diese talentierten, interessanten und herzensguten Freunde in Devon zu haben. Es war ein fantastischer Abend.« An einem anderen Abend gingen wir zu Freunden, um am Strand zu grillen. Plötzlich war der Himmel voller Feuerwerk, voller Blumen und Sterne von einer Feier flussaufwärts, und sie »erleuchteten die Vergänglichkeit des Ganzen«.

2002 feierte die Queen ihr Thronjubiläum. Das Land, das im März alle Republikaner verwirrt hatte, indem es den Tod von Queen Mother betrauerte, feierte nun das fünfzigjährige Thronjubiläum deren Tochter. J und ich hatten uns die Londoner Umzüge im Fernsehen angeschaut. Wir sind beide Monarchisten: Meine Großmutter putzte Häuser und gab das Mittagessen in einer Mädchenschule aus, um Geld zu verdienen, und doch war die königliche Familie ein Teil ihrer Identität, wie ihr stiller Glaube an Gott und die Liebe ihrer Familie. Sie zeigte mir gern Fotos des jungen Prinz Charles und der kleinen Prinzessin Anne, die sie aus dem *Daily Mirror* ausgeschnitten hatte. Ihr gefielen die schicken Wollmäntel mit Samtkragen und -knöpfen, die die Kinder der Upperclass trugen.

Ganz im Gegensatz dazu war Js Vater, Richard Dimbleby, eine Ikone der Generation meiner Großeltern und Eltern: der berühmteste Moderator, den das Land je gekannt hatte. Das Publikum verehrte ihn zunächst für seine furchtlosen Kriegsberichte, für seine schockierenden, vernichtenden Depeschen als erster Journalist in Belsen und dann für seine Kommentare zu großen Ereignissen (den Beerdigungen von Georg VI., Sir Winston Churchill und John F. Kennedy und der Krönung von Elizabeth II.), in denen die poetische Würde seiner gesprochenen Prosa die tiefsten Gefühle der Mehrheit der britischen Bevölkerung ausdrückte. Als ich den Philosophiestudenten zum ersten Mal traf (zwei Jahre nach dem Tod seines Vaters) und meinen Eltern erzählte, dass ich mit »Richard Dimblebys Sohn« verabredet war, erstarrten sie vor Ehrfurcht. Auch ich fand es schwer zu glauben.

Wir entstammen unterschiedlichen Welten, J und ich, trafen uns im zweiten Jahr unserer jeweiligen Studien und heirateten nach ungefähr drei Monaten, da wir so verliebt waren, dass nichts anderes zu tun blieb. Es war wie ein Feuerwerk, und natürlich würden die Jahre als Ehepaar auch rauschen, knistern und knallen, manchmal sogar gefährlich. Doch diese ersten Flammen hatten immer noch die Kraft, uns zu wärmen, und die Sternenschauer hingen immer noch am Himmel, wenn auch manchmal hinter Wolken.

1994 hatte er seine viel bewunderte Biografie des Prinzen von Wales veröffentlicht, eine ziemliche Leistung, die auch Stress bedeutete – vor allem, weil Js gleichzeitig entstandene zweistündige Dokumentation über den Prinzen auf ITV ein kurzes Geständnis des Ehebruchs beinhaltete. Die Welt schien wahnsinnig zu werden. J, ein politischer Journalist, der zu Anfang Zweifel hatte, das königliche Projekt anzunehmen, wusste, dass er den Prinz nach dem Zustand seiner Ehe mit Prinzessin Diana und seiner Beziehung zu Camilla Parker Bowles fragen musste. Er hatte das Gefühl, dass all diesem schmierigen Klatsch und Tratsch etwas entgegengehalten werden musste, und unter seinen eindeutigen, aber sanften Fragen enthüllte der Prinz so den zuschauenden Millionen, dass er eine Beziehung mit Camilla begonnen hatte, da seine Ehe mit Diana unwiderruflich ruiniert war. Er wäre verflucht worden, hätte er die Wahrheit nicht gesagt, aber er wurde auch verflucht, weil er sie gesagt hat. Gleichzeitig sagten viele Leute, dass J die Frage gar nicht hätte stellen dürfen, obwohl er sicher angeprangert worden wäre, als Journalist zu versagen, hätte er sie nicht gestellt.

Es war eine anstrengende Zeit. Seite an Seite haben wir alles gemeinsam durchgestanden, doch auch als erfahrene Journalisten waren wir nicht auf die Gier der Boulevardzeitungen und der Menge an Gift, das sie auf den Thronfolger verspritzten, vorbereitet gewesen. Der Thronfolger, ein stark missverstandener Mann, den J auf den letzten Seiten seiner Biografie »einen Menschen von herausragender Würde und Ehre« nannte. Ich erinnere mich daran, wie J in unserem Garten stand oder in der Bibliothek auf dem Bauernhof und endlose Interviews mit CNN, ABC, Sky, etc. führte, und eine Weile schien es, als wäre er der Einzige, der nicht nur den Prinzen von Wales, sondern die gesamte britische Monarchie für den Rest der Welt erklären und analysieren könne. Obwohl er es mit kühlem Wissen tat, war es keine Rolle, die er genoss, gar nicht, aber sie würde sich wiederholen, nach diesem furchtbaren Tag Ende August 1997, als Prinzessin Diana bei einem Autounfall zusammen mit ihrem Geliebten Dodi Fayed ums Leben kam.

Im Rückblick kommt mir diese Phase der Biografie und der Fernsehdokumentation merkwürdig unschuldig vor. Es ist erstaunlich, sich daran zu erinnern, dass der Prinz von Wales seine getrennt lebende Ehefrau schützen wollte, indem er all die detaillierten Informationen über Diana und ihre vielen Probleme *nicht* veröffentlichen wollte. Ein paar Jahre später tauchte eine Flut billiger, geschwätziger Bücher, lüsterner

Fernsehprogramme und übler Memoiren von schmierigen Angestellten auf, ohne jegliches Mitleid oder Respekt für die tote Prinzessin oder für ihre lebenden Söhne und ihren Exmann. Großbritannien wurde zu einem Pitbull-Land.

Der Prinz liebt Hunde, und in Js Dokumentation tauchte einer seiner zwei Jack Russells auf. Er sprang in einem Landrover ganz nach Art der Jack Russell herum, und ihm wurde deutlich gesagt: »*Runter* da, Tigger!« Tigger bekam Welpen, einer ging an Camilla Parker-Bowles, und der Prinz behielt einen anderen, den er Roo nannte, aber Prinz William taufte ihn zu Pooh um. Im April 1995 verschwand Pooh in Balmoral. Das wurde sofort von den Medien aufgegriffen, das tierliebe britische Publikum reagierte mit dem ganzen Interesse, das ein geliebter entlaufener Hund verdiente. Jilly Cooper schrieb im *Daily Mirror* einen herzzerreißenden Artikel über die »arme kleine Pooh«, während die *Daily Mail* Fotos von dem Hund brachte, mit der Überschrift: »Pooh: Geliebt und verloren von einem Prinzen.« Der Jack Russell war mit seinem Herrchen und seiner Mutter spazieren gewesen, als er in den Wald lief. Charles' Pfeifen blieb ohne Reaktion, und auch eine drei Tage dauernde Suche von Angestellten brachte keinen Erfolg. Weder eine Anzeige in der Lokalzeitung noch das Angebot einer ordentlichen Belohnung von der *Daily Mail* führte zu einem Ergebnis. Als ein Prinz mit gebrochenem Herzen am 21. April nach London zurückkehrte, gab es endlos viele Theorien über Poohs Schicksal. Einige vermuteten, der Hund sei in einem Hasenbau stecken geblieben, wie es Jack Russells schon mal passiert, während eine Hellseherin behauptete, dass sie ein »sehr klares Bild« sehe von Pooh, die in einem Abwasserkanal feststeckt. Die *News of the World* vermutete fröhlich, dass sie von einer Wildkatze gerissen worden war, die sie das Biest von Balmoral nannten.

So viel Theater um einen Hund. Doch der wahre Hundeliebhaber, zu dem ich 2002 wurde, versteht es. Wenn man einmal einen Hund liebt, erträgt man den Gedanken nicht, das eigene Tier zu verlieren, und man wird sich mit der Vorstellung quälen, der eigene Hund sei entführt worden oder liegt irgendwo im Sterben. Kein Wunder, dass der Prinz von Wales in Highgrove einen Gedenkstein für Tigger hat aufstellen lassen, nachdem sein geliebter Hund 2002 wegen Altersschwäche eingeschläfert werden musste.

Im selben Jahr besuchte Bonnie zufällig Highgrove und traf den Thronerben. Für die meisten Menschen wäre das aufregend gewesen, aber es war ein ziemliches Ereignis für einen Niemand, einen Hund aus dem Nirgendwo, der Monate zuvor an einen Baum gebunden und verlassen worden war, ein Fortschritt, der sicherlich einer Eliza Doolittle würdig war. Doch wie Eliza kam sie spielend damit klar.

Unnötig, zu erwähnen, dass Bonnie königlich empfangen wurde.

Seit Jahrhunderten sind Hunde die Lieblingstiere der königlichen Familie. Seit dem siebzehnten Jahrhundert sind auf offiziellen Porträts Könige, Königinnen und ihre Kinder fröhlich neben ihren geliebten Tieren abgebildet, von Möpsen bis zu Windhunden, vom Spaniel bis zu Corgis. Auch wenn wir bei der britischen Aristokratie meist an Jagdhunde denken, an große Hunde mit einer ernsten Rolle im Leben, hat die königliche Familie auch immer kleinere Hunde geliebt. Einige Haustiere haben sich sogar ihr eigenes Porträt verdient und wurden als Familienmitglied angesehen (wie in vielen Haushalten). Fotos aus der königlichen Sammlung beweisen, wie sehr Hunde geschätzt wurden. Ein Foto des Sohns von Königin Viktoria, dem Herzog von York, zeigt ihn mit seinem Mops und strotzt vor einer spielerischen Menschlichkeit, die wir alle erkennen. Der Hund trägt einen Mantel, und sein königliches Herrchen hat ihm ein Taschentuch um den Kopf gebunden. Der Hund sieht in die Kamera, der Prinz schaut amüsiert auf den Hund.

1854 summierten sich die Kosten für das Fotografieren der Hunde der königlichen Familie und dem Binden der Fotos zu einem besonders schönen Album auf £ 25,19, was ungefähr £ 1650 von heute entspricht. Als der geliebte Collie Noble von Königin Viktoria 1887 in Balmoral starb, wurde er auf Schlossgrund begraben und erhielt seinen eigenen Grabstein mit folgender Inschrift:

Nobel in Namen und Eigenart
Treuer Begleiter, sympathisch und ehrlich
Seine sterblichen Überreste liegen hier.

Einen Terrier namens Caesar, der Eduard VII. gehörte, wurde eine noch höhere Ehre zuteil, als er bei dem Leichenzug hinter dem Sarg seiner Majestät laufen durfte.

Elisabeth II. bevorzugt Corgies. Die Rasse wurde von ihrem Vater Georg VI. 1933 in die königliche Familie eingeführt, als er einen Corgi namens Dookie von einem örtlichen Züchter kaufte. Das Tier war bei seinen Töchtern beliebt, also wurde ein zweiter Corgi namens Jane gekauft, der Welpen bekam, von denen die Familie zwei, Crackers und Carol, behielt. Zu ihrem achtzehnten Geburtstag bekam die Königin einen Corgi namens Susan geschenkt, der zum Stammhund vieler Tiere wurde. Ein paar der Corgis wurden mit Dackeln gekreuzt (am bekanntesten Pipkin, der Prinzessin Margaret gehörte), um »Dorgis« zu bekommen. Die Corgis der Königin reisten mit ihr zu den königlichen Residenzen, und Ihre Majestät kümmert sich so oft wie möglich selbst um sie.

Andere Mitglieder der Königlichen Familie besitzen Hunde unterschiedlicher Rassen. Die Herzogin von Cornwall hat zwei Jack Russell Terrier, Tosca und Rosie.

An dem Tag, an dem Bonnie zur königlichen Residenz reiste, peitschten Stürme mit Böen bis zu hundertfünfzig Stundenkilometern übers Land und heulten um unseren Bauernhof auf dem Hügel. Äste brachen von den Buchen, und die Bäume stöhnten gequält. In mein Tagebuch schrieb ich: »Ich fühle mich von allem, was ich zu tun habe, überwältigt, aber Bonnie ist so ein Trost.« Doch an diesem Tag war es schwer, mit drei Hunden spazieren zu gehen, ohne von den Böen zur Seite geweht zu werden. Wenn man Bonnie ansah, konnte man glauben, dass sie wie eine Pusteblume davongeweht werden könnte.

Anfang der Woche waren wir beim Booker-Prize-Dinner gewesen und Zeugen davon geworden, wie der Außenseiter Yann Martel für *Schiffbruch mit Tiger* die Feder gewann, außerdem trafen wir Kollegen und tauschten Klatsch und Tratsch aus. Bei solchen Veranstaltungen fühle ich mich immer zweigeteilt: Ein Teil fühlt sich im Rampenlicht und dem literarischen Glamour ganz zu Hause, aber der andere Teil bleibt distanziert und will nach Hause, besonders nachdem der Malteser bei uns eingezogen war. Das Tagebuch fängt dieses Gefühl ein, dort steht, lieber als in London zu sein, »möchte ich zu Hause sein und Bonnie sehen. Dieser kleine Hund bindet mich emotional mehr denn je an den Bauernhof.« Ich schrieb auch: »Zu Hause, zu Hause, zu Hause«, ohne Erläuterung, als würde die Wiederholung dessen, was mir Sicherheit gab, es für immer richten. Jetzt sehe ich darin ein Glaubensbekenntnis. Es war der einzige Glaube, der mich ganz packte.

Am Sonntagabend hatten J und ich eine Einladung zum

Dinner in Highgrove, und unser Freund und Nachbar Robin bot an, uns hinzufahren. Es ist nur eine Fahrt von fünfunddreißig Minuten von unserem Haus, doch es wäre unsozial gewesen, hätte J ein oder auch drei Gläser Wein abgelehnt, und noch unklüger, danach an den Polizisten vorbei hinauszufahren. Also ließen wir die Hunde zurück und fuhren an gestürzten Bäumen vorbei bis zu dem hübschen georgianischen Haus, kurz vor Tetbury in Gloucestershire. Ich liebte es, dorthin zu fahren. Das Haus ist nicht zu pompös, es hat auch keine einschüchternde Atmosphäre. Von den Hüten, Stiefeln und Körben am Eingang bis zu den bequemen Möbeln, auf denen manchmal Hundespuren zu sehen sind (ich erinnere mich an einen alten Chintz, der zerschlissen war und auf seine Reparatur wartete), ist Highgrove ein wahres Zuhause, voller Familienfotos und geschätzter Erinnerungen.

Camilla fuhr selbst und kam zu spät. Der Prinz mixte uns Drinks an einem Teewagen, und wie immer spürte ich bei ihm den Drang, mit jemandem wie J über die Themen zu sprechen, die ihm wichtig sind: Landwirtschaft, die Umwelt, Bildung und so weiter. Wie schon bei vielen früheren Besuchen wirkte er merkwürdig einsam: ein guter Mann, der in einer schwierigen Rolle feststeckte, oft missverstanden wird und sehr darunter leidet. Schließlich rauschte Camilla wie eine Bö aus einer viel robusteren Welt herein. In meinem Tagebuch heißt es: »Sie ist warmherzig und humorvoll, sie ist froh, dass die Sendung *Panorama* über sie heute Abend läuft und sie sie nicht sehen muss, weil sie mit uns zusammen ist!« Während die Männer über ernste Dinge sprachen, hockte ich mit ihr auf einer Lederarmlehne, und wir teilten uns frech eine Zigarette, deren Rauch wir beim Plaudern den Kamin hinaufpusteten.

Es war ein schöner Abend, und als es Zeit wurde, dass Robin uns abholte, waren wir überrascht, als Bonnie ins Zimmer stürmte. Nachdem sie vom Tor aus vorgewarnt worden waren, hatten die Bediensteten die Haustür geöffnet, und sie kam herein, kleine Hunde legen keinen Wert auf Zeremonien. Robin erzählte uns später, dass er es nicht übers Herz gebracht hatte, sie zurückzulassen, da sie sich so bedauernswert anstellte, als er seinen Mantel anzog. Der Prinz und Camilla waren von ihrer Größe überrascht (sehr klein im Vergleich zu einem Jack Russell), schenkten ihr ihre volle Aufmerksamkeit und waren von ihrer Geschichte, wie sie ausgesetzt und gerettet worden war, fasziniert. Camillas alter, fast blinder Terrier roch das süße junge Weibchen und wurde deutlich munterer und lief mit ihr herum. Bonnie reagierte mit Flirten, und der Prinz, sehr amüsiert, lachte lauthals sein ansteckendes bellendes Lachen, auf das Falstaff stolz gewesen wäre.

Auf dem Weg nach Hause stimmten J und ich beide darin überein, »Hundemenschen« sehr zu mögen. Endlich zählte ich mich selbst auch dazu.

Die traditionelle Zuneigung der königlichen Familie zu Hunden könnte eine Art Gegengift zu dem Rummel sein, der um sie herum herrscht. Für seinen Hund ist der Prinz von Wales einfach nur ein Herrchen, ein menschlicher Begleiter, der Leckerlis und Streicheleinheiten bietet und immer bereit ist, zum unbeschreiblich aufregenden Gras und zu den Bäumen zu spazieren. Der Hund ist immer da, immer treu. Er wird seine Memoiren nicht verkaufen, und er wird auch nicht die Hand beißen, die ihn füttert. Es gibt keine Komplikationen, der Hund muss nicht »Sir« sagen oder sich verbeugen, und doch wird er gehorchen. Ich kann mir vorstellen, dass der Prinz über das Land spaziert, das er liebt, und einem Hund alles erzählt, da er weiß, dass alles, was er sagt, niemals in die Zeitungen gelangen oder vom Teleobjektiv eines Paparazzo eingefangen werden wird.

Ich würde lügen, wenn ich sagen würde, dass ich zu diesem Zeitpunkt in meinem weißen Schoßhund einen Lehrer gesehen habe. Und doch hätte ich es tun sollen, denn die Lektionen hatten bereits begonnen. Ich schlug Bonnie eines Tages – zum ersten und letzten Mal. Es war kein harter Schlag. Die großen Hunde hätten so einen Klaps gar nicht gespürt, und die Katzen wären ihm problemlos ausgewichen. Ein gepolsterter Umschlag mit meinem neuesten Kinderbuch war angekommen, dem allerersten Exemplar, frisch aus der Druckerei. Das ist für einen Autor immer ein aufregender Moment, diese befriedigende Pause, wenn man die Früchte seiner Arbeit in der Hand hält, den eigenen Namen bewundert und denkt: Das habe ich gemacht. An diesem Tag hatte ich das Buch auf den Futon in meinem Büro gelegt, hatte mir Kaffee gekocht, und als ich zurückkam, musste ich feststellen, dass der junge Hund (schließlich noch kein Jahr alt) an den Ecken meines neuen Buches kaute. Und da hob ich sie hoch, gab ihr einen Klaps und schrie: »Nein!«

Ich wusste nicht (so eine Anfängerin war ich), dass »NEIN!« das grausamste Wort ist, das man einem Hund zurufen kann, selbst wenn man es manchmal tun muss. Ich hätte auch nicht vorhersagen können, dass sie zurückzucken und wie zum Schutz eine Pfote heben und vor Angst zittern würde. An diesem Tag habe ich, als ich mich voller Reue zum Kuscheln zu ihr hinabbeugte, die Lektion gelernt, dass sie schnell verzeihen kann. Sie leckte mich, als wolle sie sagen, es täte ihr leid, es sei alles ihre Schuld und ich solle nicht mehr so aufgebracht sein, alles sei in Ordnung. Sie schmollte nicht. Dieses winzige Wesen hatte mehr Größe als ich, und ich war erstaunt. Über die Treue von Hunden wurde schon immer viel geschrieben, doch diese Fähigkeit zu verzeihen, sollte nicht unterschätzt werden.

Samstag, der 12. Oktober, war wunderschön. Die Sonne glitzerte auf dem Teich, in dem das Wasser von der durch den Herbstregen angeschwollenen Quelle in die Luft spritzte. Die Bäume im Buchenwald hatten sich rotgolden verfärbt, und die Silberbirke am Teich ließ goldene Äste hängen wie eine mythische verwandelte Prinzessin. J und Robin beschlossen, auf unserem Land Holz zu hacken, um sich auf den Winter vorzubereiten. Die großen Hunde rannten herum, weil sie nichts lieber mochten, als auf den rauen Feldern zu sein, die Hasen, Füchse und Dachse zu riechen und sich im Dreck zu wälzen. Wie immer schlichen die Katzen am Rand herum. Aber ich musste die Bande verlassen und eine Stunde nach Cheltenham fahren, um beim Literaturfestival an einer Podiumsdiskussion über die Ehe teilzunehmen. Als ich rückwärts aus dem Carport herausfuhr, sah ich, wie J Bonnie hochhob, dann drehte er sich mit ihr auf dem Arm um und ging wieder zum Traktor, der in einer goldenen Landschaft wartete.

Ich hatte einen Beitrag in einem kleinen Buch namens *Maybe I Do: Marriage and Commitment in Singleton Society* (*Vielleicht ja: Ehe und Verbindlichkeit in einer Singlegesellschaft*) veröffentlicht, das vom Institute of Ideas herausgegeben wurde. Über die Jahre hatte ich als erfolgreiche Journalistin viele tausend Wörter zu diesem Thema geschrieben, und 1989 hatte ich eine Anthologie von Lyrik und Prosa über die Ehe zusammengestellt. Es hatte als Geschenk zur Silberhochzeit für J begonnen, wurde dann aber mit einer Widmung an ihn veröffentlicht. Wir hatten den gemeinsamen Auftritt perfektioniert: Bei Festivals und Wohltätigkeitsveranstaltungen lasen wir einen Teil des Buches. Mir gefiel es, verheiratet zu sein, und ich sah (und tue es immer noch) die Institution der Ehe als Fundament der Gesellschaft, jedoch ohne Illusionen darüber, wie schwierig sie ist. »Der größte Charaktertest, den wir jemals zu bestehen haben«, so beschrieb ich die Ehe in der Einleitung zu meiner Anthologie.

Jetzt versammelte sich eine Gruppe von uns, um in der ausverkauften Stadthalle in Cheltenham über die Ehe zu diskutieren: die Schriftstellerin Fay Weldon, die Journalistin und Schriftstellerin Yvonne Roberts, die radikale Journalistin Jennie Bristow, Claire Fox vom Institute of Ideas (meinem Verlag) und ich. Es war eine gute, umfassende Diskussion, und wie üblich war ich die konventionellste aller Sprecherinnen und engagierte mich für das, woran ich wirklich glaube: wie wichtig eine stabile Ehe für die Erziehung von Kindern ist, vorausgesetzt, sie funktioniert. Mein Kapitel im Buch hieß »Für das Wohl der Kinder« und schloss mit diesen Worten, die meinen Beitrag zu der Podiumsdiskussion zusammenfassen:

> Natürlich gehen Ehen schief, aber ich glaube nicht, dass irgendjemand das Recht hat, seine eigenen Bedürfnisse/Gefühle/Wünsche über die der eigenen Kinder zu stellen. Die meisten von uns hätten irgendwann einmal, auf der Suche nach Romantik, womit ich frischen Sex meine, aus unseren Ehen ausbrechen können. »Wegen der Kinder zusammenzubleiben« wurde zu einem oft verspotteten Mantra, aber ich sehe es als potenzielle Quelle von etwas Gutem. Wer weiß – indem man das Ego ein wenig zurückstellt, können viele Ehepaare die Stürme überstehen und in der besten Freundschaft zusammenbleiben, um das Alter gemeinsam in ehelicher Liebe zu verbringen.

Heute bereue ich den abgedroschenen Zynismus der Formulierung »frischer Sex«, aber ich gebe zu, dass der letzte Satz pure Autobiografie ist, nicht Theorie. Ich dachte, dass wir uns beide an dieser Stelle befänden. Das war es, was ich mir am meisten wünschte.

An diesem Abend gingen wir zu einer Dinnerparty nahe Bath. Eine wunderschöne umgebaute Scheune, mit makellosem Geschmack eingerichtet. Schubert wehte durch die parfümierte Luft. Holzscheite brannten im Ofen. Hervorragender Champagner, kalt und lieblich in hohen Gläsern. So viele Menschen, wir kannten gar nicht alle. So ein Durcheinander. Kunstgespräche unter (vor allem) praktizierenden Künstlern. Leckeres Essen, das von unserer perfektionistischen Gastgeberin und Autorin gekocht und serviert wurde und jede Menge Wein derselben Güte. Am langen, langen Tisch saßen fröhliche Leute, das Lachen füllte den Raum.

Wie viele solcher Abende hatten wir schon vor dem Herbst 2002 genossen? Wie viele Leute getroffen, mit ihnen geredet, geflirtet, Freundschaft geschlossen und sie dann wieder vergessen? Da J und ich beide sehr gesellige Menschen sind, haben wir Treffen, bei denen die Konversation funkelt und nicht langweilt, immer genossen, und dieses war eines der Besten. Er saß am entgegengesetzten Ende des langen Tisches, zwischen unserer Gastgeberin und einer blonden Frau, die mir während dem Aperitif noch nicht aufgefallen war. Ich konnte ihr Gesicht im Kerzenlicht nicht mal erkennen, sie war zu weit weg. Und warum sollte sie mir auch auffallen? J und ich hatten einen langen Weg gemeinsam zurückgelegt, sodass man sich keine Sorgen wegen einer Person neben dem einen oder anderen von uns bei einem Abendessen machen müsste.

Das sind die Augenblicke, in denen das Universum lächelt und dich austrickst. Man steht eines Morgens auf, ahnungslos, dass der Tag einen lebensverändernden Augenblick bringen wird. Das Gesicht eines zukünftigen Geliebten auf der anderen Seite eines Zimmers, ein plötzlicher Sturz, der einem ein blaues Auge beschert … Man kann einfach nicht wissen, was aus der Box des Angst einflößenden Schachtelteufels herausspringt, um die Grundfesten der eigenen Welt zu erschüttern. Als wir nach Hause fuhren und uns über Einzelheiten der Gespräche unterhielten und Klatsch und Meinungen austauschten, wie wir es immer taten, erzählte J mir von seiner Tischnachbarin. Er mochte sie sehr, aber er gab zu, dass er etwas verärgert war, weil sich herausgestellt hatte, dass sie eine sehr bekannte Opernsängerin war, die sich gerade auf der internationalen Bühne einen Namen machte, und doch hatte er noch nichts von ihr gehört. Ich auch nicht.

Ihr Name war Susan Chilcott.

2
VERLIEREN

Es war spät letzten Abend, als der Hund von dir sprach;
die Schnepfe hat tief im Moor von dir gesprochen.
Dass du der einsame Vogel im Wald bist
und ohne Gefährtin bleibst, bis du mich findest.

Lady Gregory, *Poets and Dreamers*

Unser Bauernhof war Js Kindheitstraum, ein Widerhall seines glücklichen Familienzuhauses mit den Scheunen und all den Tieren. Unser Bauernhof glich dem seiner Kindheit auf merkwürdige Weise. Ein altes, niedriges, breites Gebäude, das vor den schlimmsten Winden geschützt war, weil es in einer Senke stand wie der Platz, den sich Hunde machen, indem sie sich vor dem Hinlegen mehrfach auf der Stelle drehen. Ein Haus mit Scheunen und Ställen, ein Gebäude, in dessen alte Steine wir unsere Geschichte prägen würden, um sie allen anderen hinzuzufügen, die es über die letzten drei Jahrhunderte gekannt hatte. Ein Zuhause, das nach unserem Bild geschaffen wurde. Der feuchte innere Hof sollte ins Haus integriert werden, indem er verglast zu einem Atrium werden sollte, das Dach getragen von vier Säulen aus Bathstein, die vor Ort nach meinem Design von einem Kunsthandwerker behauen werden sollten. Sie stellten die vier Jahreszeiten dar, die vier Elemente, literarische Themen und so weiter. Wir wollten, dass unser Haus ein Kunstwerk war und unsere Sammlung beherbergte.

Aber es musste vergrößert werden, da wir aus einem großen Pfarrhaus in einem hübschen Dorf nur wenige Meilen entfernt dorthin zogen (wegen Js Traum vom biodynamischen Bauernhof), und das bestehende Bauernhaus war zu klein für unsere Bedürfnisse. Also wurde ein langer, heruntergekommener Stall, der im rechten Winkel zum Haupthaus stand, renoviert, um daraus ein Büro für mich zu machen sowie ein spektakuläres Wohnzimmer über zwei Etagen mit Fenster auf drei Seiten und (am allerbesten) eine niedrige friedliche Bibliothek mit zwei Fenstersitzen, die aufs Tal hinausführten. Dem Haus gegenüber lag ein kleines Gebäude, das ein Cottage wurde für Robin (wenn er da war, er arbeitete viel im Ausland) und für unseren Sohn Daniel und (später) für Js Pferdepflegerin und ihre Familie. Dort gab es auch zusätzliche Zimmer für uns, und auf der anderen Seite des Hofs befand sich die große Scheune, die schließlich zu einem Spieleraum umgebaut werden sollte. Wir liebten es, das Haus voll von Freunden und Familie zu haben. An Silvester brauchten wir zum Beispiel viel Platz. Der Ort war ungewöhnlich und ausgefallen, mit einem 145-Grad-Blick, der wunderbar war, wenn im Tal der Nebel lag, aber die Hügel und Bauernhöfe am Rand wie Schiffe auf einem schäumenden Meer darüberragten. Ich finde es fast unmöglich, die magische Atmosphäre des Zuhauses, das J und ich erschufen, oder seine wilde Schönheit zu beschreiben.

Der Sommer, in dem wir dorthin zogen (1994), war der heißeste seit Jahrzehnten, und das ganze Tal war goldbraun verbrannt. Es sind die klassischen Hundstage des Sommers, wenn Sirius hell am Nachthimmel strahlt. Das ist der Hundsstern, das treue Wesen, das Orion folgt, dem hellsten Stern in Canis Major, und der von den Römern Canicula (kleiner Hund) genannt wurde. Merkwürdigerweise bringen die indianischen Völker ihn auch mit Hunden in Verbindung. Die Cherokee sehen ihn als Hüter des »Seelenwegs«, die Blackfoot nennen ihn »Hundegesicht« und die Inuit in Alaska »Mondhund«. Ja, es war richtig, dass der hellste Stern am Firmament in der schwülen Nacht über unserem neuen Zuhause stand. Aber in der *Ilias* beschreibt Homer dieses gefrorene Feuerwerk als »zum schädlichen Zeichen geordnet/ denn er bringt ausdörrende Glut den elenden Menschen«. Das stellte sich als wahr heraus.

Wir feierten die zwei Etappen des riesigen Bauprojekts mit Festen für die Schreiner, Steinmetze, Elektriker und Arbeiter, die so vertraut wie Freunde und außerdem unglaublich braun geworden waren, weil sie mit nacktem Oberkörper gearbeitet hatten. Aber am Ende dieses ersten Winters erfuhren wir Genaueres über die Lage des Hauses: Der Wind heulte um das Haus wie die Geister von Cathy und Heathcliff, und da es nach Norden ausgerichtet war, blieben Reste von Schnee und Eis wochenlang in Kuhlen und Ecken liegen. Unsere Herde Lleynschafe drängte sich unter den Fenstern der Bibliothek zusammen, hustete und grummelte neben den alten Steinmauern, bloß ein paar Meter von meinen Büchern entfernt. Nachts durchschnitten die kurzen, scharfen Schreie der Füchse und Eulen die bitterkalte Luft. Upper Langridge Farm wurde ihrem Ruf als »meilenweit kältester Hof« gerecht, so hatte ein Nachbar sie hilfreich genannt, als wir einzogen und ich mich fragte, was wir da taten. Ich hatte geweint, als ich unser früheres Zuhause verließ, in dem die Kinder aufgewachsen waren und wo die fünfzehn Jahre (größtenteils) schön gewesen waren. Noch lange Zeit hatte ich einen immer wiederkehrenden Traum, in dem ich das alte geliebte Pfarrhaus aufschloss, durch die Zimmer ging, die so leer waren, wie ich sie hinterlassen hatte, und dann auf den Speicher stieg, um mich dort zu verstecken – für immer.

J und ich zeigten uns einander gegenüber mutig, aber manchmal wusste ich, dass sogar er sich fragte, ob wir das Richtige getan hatten. Wir hatten Fehler bei der Auswahl des Gebäudes gemacht, es war so kalt, kalt, kalt. Der Wind heulte nicht bloß um es herum, sondern auch durch es hindurch. Der Dichter Michael Longley fing sowohl das Gute als auch das Schlechte in diesen Zeilen ein:

Keine Isolierung –
ein Haus voller Durchzug,
Besucher, Freunde:
Seine Wärme entflieht –
der Schnee auf unserem Dach
schmilzt als Erster.

Der unbeleuchtete Hof war pechschwarz. Eines Nachts, nachdem ich meine Tochter zu einer Freundin gefahren hatte (wie es Mütter von Teenagern tun müssen), blieb ich auf dem Weg zum Hof stehen, weil niemand zu Hause war und ich die dunkle Leere nicht ertrug. Ich weinte, als mich plötzlich etwas Weißes und das gedämpfte Trippeln von Pfoten erschreckten. Ein Dachs lief vor meinem Wagen über den Feldweg und in die Dunkelheit hinein. Aufgeregt nahm ich das als gutes Zeichen und ging nach Hause.

Die Isolation konnte das Herz sprachlos machen angesichts der Nacht und all ihren Geräuschen. Es ist nicht die Angst vor Einbrechern, verstehen Sie, auch wenn Freunde mich fragten: »Findest du es nicht gruselig so allein hier?« Es ist die Stille, die unter dem rauen Krähen der Raben in der flüsternden Baumgruppe liegt sowie das Gefühl, dass in den

Steinen dieses windigen Hügels sich ein Kampf über Generationen hinweg eingeprägt hatte. Diesem immensen Himmel ausgesetzt zu sein, unter dem man sich seiner eigenen Unzulänglichkeit stellen muss – und der Sterblichkeit. Die merkwürdigste Wahrheit war diese: In all den Jahren, die J und ich auf dem Hof lebten, fand ich (die ich bis dahin fünf Romane und viele Kinderbücher geschrieben hatte und gern malte) es unmöglich, etwas zu *erschaffen*. Nachdem das Zuhause selbst fertig war, erforderte es fast all meine Energiereserven, einfach nur dort zu leben und mich um unsere Tiere zu kümmern. Feng-Shui-Anhänger würden sagen, dass das *Chi*, die Energie, in so einem Haus nicht bleiben konnte, weil die Vorder- und die Hintertür einander genau gegenüberlagen. *Wusch* – weht sie hindurch und nimmt einen Teil deiner Seele mit. Traktoren. Heckenpflanzen. Kranke Schafe. Ausgebrochene Kühe. Leute, die kommen und gehen. Glatteis von der Größe des finanziellen Lochs des Hofes. Futter, das von rumpelnden Lieferwagen gebracht wird. Ablammung während eines Maifrosts. Der Feldweg so voller Löcher, dass die Taxis sich weigern, ihn zu befahren, also musste er, weitere Kosten, neu angelegt werden. Die Futtertröge zugefroren. Giftiges Jakobskraut. Kaputte Zäune. Ausgelaufenes Öl. Der Fuchs, der zwei kopflose Hühner hinterlässt. Ein Küchengarten, der sehr kostspielig aus dem Hügel gegraben wird. Tote Schafe.

Aber an Sommertagen floss das Licht über den hellen Steinboden unseres Eingangs und des Atriums, und unser Zuhause bekam ein mediterranes Flair, und jeder Besucher roch den Duft des Thymians, der im Hof angepflanzt worden war, und rief begeistert aus, was wir doch für uns erschaffen hätten. Es gab eine Wiese namens Aldermoor, auf der ungefähr zwanzig verschiedene Wildblumen blühten. Das Haus erschien in Zeitschriften. J sagte, es wäre sein Lieblingsplatz auf der ganzen Welt, und jeder, der zu Besuch kam, verstand, warum, selbst wenn derjenige nicht auf einem windigen Hügel leben wollte.

Man muss es Orten erlauben, einen zu verändern, sonst wird man nie irgendwo ankommen, geschweige denn glücklich sein. Ich gebe zu (mir hat es das Herz gebrochen, aus *meinem* Traumhaus, dem Pfarrhaus, auszuziehen), dass ich nicht verstand, warum mein Ehemann zu einer Zeit, in der es der Landwirtschaft nicht gut ging, so besessen davon war, einen Bauernhof zu betreiben. Doch das war tief in seiner Kindheit verwurzelt. Widerwillig begriff ich das, auch wenn ich nicht zustimmen konnte. Nicht nur, dass er als Teenager ein erfolgreicher Turnierreiter gewesen war, er hatte auch Landwirtschaft studiert, auf der königlichen Farm in Windsor Castle gearbeitet, als Profi erfolgreiche Turnierpferde eingeritten und trainiert, und all das, bevor er an das University College in London kam, um Philosophie zu studieren, wo er (ein exzellenter Student und studentischer Verleger, der die Collegeleitung mit dem Radikalismus der späten sechziger Jahre angriff) eine Doktorarbeit zum Thema »Grundlagen und Überbau bei Marx« schrieb. Eine herausragende Karriere folgte, während der er aus der ganzen Welt berichtete, in Äthiopien Geschichte geschrieben und sein Leben riskiert hat, als er undercover im Chile Pinochets gearbeitet, schreckliche Dinge gesehen und Führer interviewt, unzählige Dokumentationen gedreht (in der goldenen Zeit der BBC, die heute zurückgewünscht wird), Bücher geschrieben, für mehrere Wohltätigkeitsorganisationen wichtige Arbeit geleistet hat … Doch während all dem hat er nie den Wunsch nach dem echten Landleben verloren, das tiefe Bedürfnis, Hecken zu pflanzen, gute Erde zu bearbeiten und über eigenes Land zu wandern.

Immer wenn ich ihn, nachdem er in London Politiker für seine, nach ihm benannte wöchentliche Sendung interviewt hatte, wieder auf dem Hof begrüßt habe, zog er seinen Anzug aus und alte Kleider an und marschierte in den Stall, um beim Ablammen zu helfen, wie ein echter Renaissancemann. Als er ein Pferd kaufte (dann zwei, dann drei) und immer noch (mit Mitte fünfzig) in der Lage war, ohne auch nur einen Fuß in den Steigbügel zu stellen, aufzusitzen, wusste ich, dass auch der geschickteste Gaucho in Argentinien seine Fähigkeiten bestätigt hätte. Frauen mögen Männer, die mehr als eine Welt bewohnen.

Nach und nach wurde ich härter, auch wenn mein Schwager mal sagte, dass ich die untypischste Bauersfrau sei, die er je gesehen habe. Ich habe mir Gummistiefel gekauft, trug sie aber kaum. Ich habe gelernt, dicke Pullover über schweren Röcken zu tragen. Einmal bin ich sogar mit dem riesigen uralten Landrover im Schnee gefahren, weil ich sonst eingeschneit gewesen wäre. Allein auf dem Hof (was ich oft war), lernte ich Unabhängigkeit. Einmal trieb ich sogar, den Mantel über dem Nachthemd, die ausgebrochenen Kühe zusammen, die den Garten zerstörten. Ich platzierte Billie und Sam wie Truppen an der Flanke und marschierte furchtlos vor, dabei rief ich laut »Los!« und schlug sie mit meinem Stock. Ich trieb sie zum Stall, sodass ich alles unter Kontrolle hatte, als der Farmarbeiter mit seiner Frau endlich ankam. J war sehr stolz auf mich (und ungläubig). Die Geschichte, wie die Stadtautorin die Herde zähmte, wurde im ganzen Tal weitererzählt. »Felder-Coolness« nannte ich es.

An einem Frühlingsmorgen, als wir noch nicht ganz ein Jahr dort wohnten, hatte ich den Aha-Moment, der mich zum Thema des Buchs zurückbringt – jetzt sehe ich das, aber damals hätte ich es unmöglich wissen können.

Es war Ende April, und ich war allein. Das Sonnenlicht weckte mich sehr früh, und durch das Fenster sah ich einen Morgen von so klarer Vollkommenheit, dass es unmöglich war, drinnen zu bleiben. Ich zog mich schnell an, um nicht das Tauglitzern zu verpassen, und ließ Billie und Sam aus der Waschküche, wo ihre Betten standen. Leinen waren unnötig. Raus ins wässrige Gold des Tages mit den Hunden, die herumsprangen und vor Aufregung in die Luft schnappten.

Ich ging am Brunnen vorbei über das große Kiesrund, vorbei an der hübschen Scheune und dann direkt auf die Felder. Und dann sah ich sie. Die Hereford-Rinder standen dicht zusammengedrängt am Zaun, ihre dunkelbraunen Flanken glänzten im Sonnenlicht, als sie ihre hellen wolligen Köpfe senkten, um Gras abzuzupfen. Kühe haben etwas Zartes, das mir vorher nie aufgefallen war: ihre sanften, aufmerksamen Augen in den großen weißen Mondgesichtern. Dieser schwere, grasartige Geruch und die rhythmischen Kaugeräusche, die sie machen, das leise, leicht protestierende Muhen. Weil es noch kalt war, bliesen sie kleine Atemwolken aus wie Ektoplasma, das in der Luft hing. Die flüsternden Geister einer Rinderherde. Was hatten sie seit dem siebzehnten Jahrhundert alles gesehen, diese Herefords mit Stammbaum, welches Zuchtgedächtnis schaute aus diesen runden Augen?

Sie käuten wider und betrachteten mich. Ich lehnte mich an den Zaun und schaute zurück, und wir hatten keine Angst voreinander. Die Luft wartete. Und plötzlich kam es mir in den Sinn, laut zu sagen: »Guten Morgen, Mädchen. Ihr seht heute früh so wunderschön aus! Seid ihr nicht *großartig*?«

Einfach so mit ihnen zu sprechen, ihre Gegenwart anzuerkennen, wie ich es bei einem anderen Menschen täte, und ihre individuelle, lockenköpfige, eckige Pracht zu bewundern, bedeutete, uns auf ein Niveau zu stellen. Meinen Teil in der

Gesamtheit der Dinge anzunehmen. Mir wird jetzt bewusst, dass es genau an diesem Punkt war, dass ich zuließ, mich vom *genius loci*, dem Geist des Ortes, rühren zu lassen. Und es waren die Tiere, nicht die Bäume oder das entfernte Land oder das erstaunliche Gefühl der Bewunderung, das ich angesichts der ersten Primeln und dem Meer von Schlüsselblumen empfand, die mein Herz schließlich lieben ließen. Es war meine Bescheidenheit vor der umfassenden Schönheit, zu der die Tiere gehörten. Indem sie mir die Wahrheit ihrer Existenz innerhalb des großen Ganzen aufzeigten, übten sie eine *moralische* Kraft auf mich aus, die ich vorher noch nie erlebt hatte.

Es ist nicht das, was man empfindet, wenn man sich ein Tier im Zoo ansieht, auch wenn man sich über die Größe der Giraffe wundern kann oder die Komplexität der Zeichnung einer Schlange. Es ist auch nicht das, was man fühlt, wenn man eine Dose öffnet, Trockenfutter in den großen metallenen Hundenapf schüttet und lächelnd zuschaut, wie er sein Abendessen verschlingt. Man kann diesem Gefühl allerdings nahekommen, wenn man seine Katze dabei beobachtet, wie sie ihre Glieder streckt, und einem klar wird, dass man sich in keiner Parallelwelt jemals mit solch nachlässiger Eleganz bewegen wird.

Ich habe es von den Kühen gelernt.

Die Freude, die sie mir durch diesen kurzen Blick- und Atemwechsel bereitete, an diesem kristallenen Morgen, als das Sonnenlicht, der Tau und all unsere Leben mir den Atem verschlugen, war etwas, das ich niemals vergessen werde. Es war so nachhaltig wie Js Landwirtschaft. Damit begann für mich eine Reise. Billie und Sam waren auch dabei, aber es war Bonnie, die in einer Zukunft, die ich nicht hätte vorhersehen können, meine treueste Gefährtin werden würde.

Eine meiner Lieblingsschriftstellerinnen ist Edith Wharton, die im mittleren Alter ihre Freunde damit nervte, dass sie solch ein Theater um »den verdammten Pekinesen« machte. Ihr erster Biograf, Percy Lubbock, schrieb: »Zu Hause waren immer ein oder zwei Hunde um Edith, ein kleiner Hund der kläffenden Art und ein noch kleinerer der zappelnden, jaulenden Art – Hunde, die gerufen und gestreichelt werden mussten …« Aber in einer Autobiografie, die Edith Wharton mit über siebzig Jahren schrieb, erinnerte sie sich an einen Spaziergang mit ihrem Vater 1865 (als sie vier Jahre alt war) auf der Fifth Avenue in Manhattan, als ein Freund ihres Vaters ihr einen spitzartigen Hund namens Foxy gab, der Erste in einer Armee kleiner Hunde. Am Ende ihres Lebens, nach einer unglücklichen Ehe, aber einer herausragenden Karriere, als viele Menschen, die sie geliebt hatte, und auch viele Hunde gestorben waren, verortete Wharton den Anfang ihres kreativen Bewusstseins: »Mein erster Hund machte aus mir eine bewusste, empfindsame Person, sehr besitzergreifend, ängstlich aufmerksam, und ließ in mir diesen langen Schmerz des Mitleids für Tiere und alle Wesen, die nicht für sich selbst sprechen können, erwachen, der bis heute nicht gestillt wurde.«

Die ersten Monate des Jahres 2003 waren (wie immer für J und mich) sehr stressig. Was brachte uns dazu – wir trieben uns beide sehr an, nahmen immer noch weitere Projekte, Wohltätigkeitsarbeit und so weiter an –, und warum konnten wir deswegen nicht viel Frieden auf unserem Hof finden? Die zu einfache, psychologische Antwort könnte sein, dass er stets danach strebte, mit einem berühmten Vater und einem älteren Bruder, der selbst ein ausgezeichneter Moderator war, zu wetteifern. Doch die protestantische Arbeitsethik spielte eine wichtige Rolle, noch über und vor der Familiengeschichte. Ich dachte immer, dass die letzten Worte von *Die Wood-*

landers J beschrieben, Marty South's leidenschaftliche Klage am Grab ihres geliebten Gile Winterborne: »... du warst ein guter Mann und hast Gutes getan!« Gutes zu tun braucht Zeit und Energie.

Was mich angeht, ich wollte mich (das Mädchen aus bescheidenen Verhältnissen) immer beweisen und machte mir doch stets Sorgen, dass ich entlarvt würde: der ausgezeichnete Universitätsabschluss, die Ehe, die wunderschönen Häuser, die erfolgreiche Karriere als Journalistin, der bescheidene Glamour, die Bücher, die TV-Sendungen, die immense Fröhlichkeit der Partys, die wir gaben, alles weggefegt, wenn man herausfände, dass ich eine Betrügerin bin. Um Angst und Langeweile zu vertreiben, um mich als Multitasking-fähiges, perfektionistisches Alphaweibchen zu beweisen, nahm ich – wie so viele Frauen – zu viel Arbeit an. Ich musste auch mit meinem Ehemann Schritt halten. Hätte ich das nicht getan, wäre ich über die Jahre seiner Erfolge als internationaler Reporter, Autor und politischer Journalist untergegangen. Der Schlüssel zu unserer Ehe war die geistige Freundschaft. Trotz all der Fehler (und welche Gemeinschaft hat die nicht?) weiß ich nicht, was man Besseres sagen kann.

Der Teich war mit dickem Eis und einer dünnen Lage Schnee bedeckt. Im Januar und Februar 2003 kämpfte ich mit dem Buch zu meiner Radiosendung *Devout Sceptics*, las *Daniel Deronda* noch einmal (weil es an der Zeit war), grübelte über strukturelle Probleme meines sechsten Romans, *The Invasion of Sand*, übernahm den Vorsitz eines 2,2-Millionen-Pfund-Projekts, um ein neues Kindertheater in Bath zu bauen, half meiner Tochter beim Umzug in ihre erste Wohnung in London und während des einschüchternden Starts ihres neuen Jobs beim *London Evening Standard* und bereitete en detail eine halbstündige Sendung für Radio 4 zum hundertsten Geburtstag der Harley Davidson vor. Kitty und ich schrieben gemeinsam einen Artikel für die *Daily Mail*, J war im Irak, um den Premierminister, trotz unheilvollen Gepolters der USA, zu interviewen, und in mein Tagebuch schrieb ich: »Die Welt ist so ein schrecklicher Ort im Augenblick – über allem hängt eine Wolke.«

Doch unter alldem findet sich im Tagebuch auch Trost:

11. Januar: Bonnie und ich kehren um Mitternacht durchgefroren in den leeren Hof zurück. Ihre Gesellschaft ist mir inzwischen so wertvoll, so wichtig. Wer hätte gedacht, dass ich von einem kleinen Hund abhängig würde?

13. Januar: Es ist so gut, dass J wieder hier ist – er ist so viel klüger, als ich es je sein könnte –, um Ideen auszutauschen. Was wäre ich ohne ihn? Heute Nachmittag waren wir mit Bonnie in der Tierhandlung, um ein neues Hundebett zu kaufen, und der Ausflug hat Spaß gemacht. Wir haben Würstchen gegessen, gelesen und vor dem Feuer gedöst.

20. Januar: … es ist so gut, wieder mit Bonnie zu Hause zu sein. Sie repräsentiert jetzt das Zuhause.

2. Februar: … kam nach Hause und wurde von einem ekstatischen, hüpfenden kleinen Hund begrüßt.

Bonnie hat mich immer aufgeheitert, mir Nähe vermittelt und uns beide von der Arbeit abgehalten.

Der Tag vor unserem fünfunddreißigsten Hochzeitstag war ein normaler Samstag, daher hörte ich meinem Ehemann im Radio zu, ging mit den drei Hunden in unserem Wald spazieren und empfand großes Glück in der ruhigen, kalten

Luft. Es war merkwürdig, glücklich zu sein, dachte ich, da die Nachrichten von dem bevorstehenden Krieg im Irak berichteten, aber das Sonnenlicht glitzerte auf dem harten Frost, und ich brachte meinen kleinen Hund zum Hundefriseur, um ihn später, ein frisch riechendes geschorenes Lamm, wieder abzuholen. Wie kann man natürliche Freude unterdrücken? Sie war jeden Tag in Bonnies Verhalten zu sehen: das unbändige *Jetzt* jeder Sekunde, die ständige Bereitschaft zu Aktion und Abenteuer, auch wenn es nur darum ging, ein Blatt zu jagen. Jeder Abschied wurde mit einem vorwurfsvollen Blick und hängendem Schwanz kommentiert, obwohl sie mit zwei großen Hunden zusammenblieb. Wenn ich eine Stunde später vom Einkaufen nach Hause kam, wurde ich mit so überbordender Freude, so fröhlichem Lecken begrüßt, dass ich einfach lachen musste.

An unserem Hochzeitstag, dem 23. Februar, kam J nach seiner üblichen Sonntagssendung im Fernsehen zurück und überreichte mir sein Geschenk: eine hübsche dicke Halskette aus antiker Koralle, da der fünfunddreißigste Hochzeitstag die korallene Hochzeit ist. Aus dem Augenblick heraus hatte er das Wettbüro Joe Coral betreten (zum ersten Mal überhaupt) und eine Wette abgeschlossen, dass Liverpool (meine Heimatmannschaft) ihr nächstes Auswärtsspiel gewinnen würde. Er gab mir den Wettschein, und wir lachten. An diesem Abend gingen wir in unser Lieblingsrestaurant (nicht das pompöseste in Bath, aber wir aßen nicht oft auswärts, wir zogen es vor, in unserer blau-gelben Küche zu sein), und in meinem Tagebuch steht: »Wir haben gut gegessen und noch besser getrunken und am allerbesten gesprochen. Perfekt. Wie ich so oft sage, ich habe so viel Glück.«

Das war's.

Liverpool hat nicht gewonnen.

Wie ich schon in der Einleitung erklärt habe: Erinnerungen aufzuschreiben bedeutet, nur einen Ausschnitt eines Lebens zu zeigen, einen Teil der Wahrheit – wie ein Artefakt, das ein Archäologe findet, unbezahlbare Scherben, die trotzdem nur Einzelteile sind, Fragmente, die vom Ruin übrig geblieben sind.

Manchmal, wenn mein Hund auf meinen Knien schläft, fahre ich mit den Fingerspitzen über ihre Rippen, eine nach der anderen, und stelle mir vor, wie zerbrechlich ihr Skelett in der Erde wäre. Doch heutzutage kann ein Computer einen ganzen Kopf aus Knochenfragmenten wiederherstellen, ein Bild dessen, was einmal war (ein rekonstruiertes Gesicht, totes Gewebe seit Jahrhunderten), dreht und dreht sich im virtuellen Raum, um uns zu beeindrucken. Die DNS meines Hundes wird also ewig in der Erde liegen und meine auch, und daher ist das Wesen dessen, was wahr ist, unangreifbar.

So empfinde ich diesen letzten Hochzeitstag.

Was auch immer vorher passierte, und egal, was danach noch kam, was an diesem Tag geschah und in diesen wenigen Worten zusammengefasst wurde, bleibt *die* Wahrheit.

Und doch kennen nur er und ich diese Wahrheit, daher sind das, was der Öffentlichkeit präsentiert wird, nur Bruchstücke.

J war Vorsitzender des Bath International Music Festivals und arbeitete unermüdlich, um Werbung dafür zu machen. Er hatte mich zu meinem ersten großen Klassikkonzert mitgenommen, 1968 in der Festival Hall, auch wenn ich mit achtzehn Jahren angefangen hatte, eine kleine Sammlung von billigen Klassik-LPs aufzubauen. Als wir uns kennenlernten, amüsierte es ihn, dass ich sein Klavierspiel so sehr bewunderte, da ich so wenig über Technik wusste. Als ich dreißig war, nahm mich eine Freundin zum ersten Mal ins Royal Opera House in Covent Garden mit, und mit meinen Tränen am Ende von *La Bohème* begann eine Begeisterung für die Oper, die mich in einige der großartigen Opernhäuser weltweit geführt hat und mich den berühmten Kobbé-Opernführer studieren ließ, damit ich all die Geschichten kannte. Doch 2003 hatte ich genug von dieser Musikform und war zu Jazz und Blues als meiner Lieblingsmusik beim Kochen zurückgekehrt und zu klassischen Popstücken (»Leader of the Pack« etc.), Cajun, Country, um städtische Grooves wie Fishbelly Black gar nicht erst zu erwähnen. Unser Musikgeschmack hatte sich etwas auseinanderentwickelt, obwohl wir die Liebe zur Kammermusik teilten.

Ich weiß immer noch nicht genau, wie es geschah, aber Folgendes weiß ich: Kurz nach unserem Hochzeitstag war J gebeten worden, Susan Chilcott zu Hause zu interviewen, sie wohnte in einem Dorf namens Blagdon, nicht weit von Bath und Bristol entfernt. Der Artikel sollte in der örtlichen Abendzeitung erscheinen, als Werbung für das etablierte Mid-Somerset Festival, so wertvoll wegen seiner Unterstützung junger Künstler jeden März. Später erstaunte es die Leute, dass jemand so Bekanntes wie J bereit war, für eine Lokalzeitung zu schreiben. Damals wusste ich kaum, dass es so war, weil ich eine Reise nach Milwaukee plante und an einer öffentlichen Vorlesung zum Thema Pornografie an der Universität von Bath arbeitete. Und wäre es mir aufgefallen, dann hätte ich angenommen, dass er einfach helfen wollte. Und ich weiß sicher, dass an diesem Treffen nichts Verdächtiges war – auf einer Ebene. Doch bei dieser Dinnerparty vier Monate zuvor hatten sie Gefallen aneinander gefunden, und sie hatte einer gemeinsamen Freundin gesagt (wie ich später erfuhr), dass sie ganz aufgeregt war, ihn wiederzusehen.

Ich an ihrer Stelle hätte wahrscheinlich dasselbe empfunden. Über die Jahre musste sie bei Abendessen neben einer ganzen Reihe von egozentrischen Männern gesessen haben. Sie kennen den Typ, der nie eine Frage stellen würde, und ganz erfüllt vom bedürftigen, männlichen Ego vermuten Sie, dass Ihr Gegenüber jegliche Leistung und die Interessen in Ihrem Leben entdecken wird. Neben J wäre sie wohl geblendet gewesen, aber auch bezaubert, da er, der perfekte Interviewer, immer herausfand, wie er sich auch noch dem bescheidendsten Menschen nähern konnte, geschweige denn einer wunderschönen Sopranistin.

Er fuhr an diesem Tag nach Blagdon.

Sie verliebten sich ineinander.

Woher kann ich wissen, was geschehen ist? Die Schriftstellerin in mir könnte eine Szene voller berauschender Spannung beschreiben. Aber ich habe nie gefragt, wie alles entstanden ist, und es ist irrelevant, zu spekulieren. Wichtiger noch, in den folgenden Tagen fiel mir keine Veränderung auf. Unser Leben lief normal weiter, und ich hatte keine Ahnung von einer Unterströmung, die an meinem Ehemann zerrte, um ihn in tiefere Gewässer zu ziehen. Aber genau wie man einen Roman anders liest, Musik anders hört oder ein großes Gemälde anders sieht, wenn man die Umstände der Entstehung des Kunstwerks oder seine Zukunft kennt, so ist es unmöglich, zurückzusehen, ohne die Wolken zu bemerken, die sich über unserem Hof und unserem Leben zusammenballten.

Heute sehe ich alles, was wir nach dem 23. Februar taten, im Licht dessen, was noch kommen würde. Abende mit Freunden in London, bei denen wir über den Irak stritten, wie ich Ben Okri beim Bath-Literaturfestival interviewte, wie unsere Kinder übers Wochenende zu Besuch kamen und uns von ihrer Arbeit erzählten, ein besonderer Abend, an dem J und ich Kaviar (ein Geschenk eines Freundes), Blinis und Sauerrahm aßen und mit Bisongraswodka hinunterspülten, danach ein geschmorter Fasan und Kartoffelpüree mit einem guten Rotwein und dann hausgemachter Rhabarberstreusel und mein eigenes Eis – alles bei Kerzenschein, vor einem knisternden Esszimmerfeuer. Alles gute Zeiten, und doch liegt jetzt ein Schatten darauf.

Meine eigenen Tage wurden durch meine Arbeit an der Vorlesung für die Universität Bath verdüstert. Entgegen der Laissez-faire-Haltung vieler meiner Kollegen ist meine Haltung zur Pornografie und der schleichenden Pornografisierung unserer Gesellschaft – ein Thema, mit dem ich mich oft journalistisch beschäftigt habe – über die Jahre gleich geblieben: Ich hasse sie aus Gründen, die über den Feminismus hinausgehen und vielleicht humanistisch genannt werden können. Und jetzt hebt die grausame Hydra der Internetpornografie ihr unzerstörbares Haupt. Ich habe recherchiert, gelesen und wurde depressiv. Die dunkle Welt, die ich entdeckte, verabscheute ich noch mehr als erwartet. Rückblickend war es ein Fehler, die Vorlesung zu halten. Durch diese vorbereitenden Arbeiten zog ich mich zurück und wurde vielleicht weniger aufmerksam für das, was in Js Leben passierte, als ich es sonst gewesen wäre. Ein Tagebucheintrag ist sehr deutlich:

20. März: Der Hof liegt im Sonnenlicht, aber ich mache mich selbst ständig elender, indem ich auf Pornoseiten suche, um herauszu-

finden, was gratis und einfach zugänglich ist. Es war viel, viel schlimmer, als ich erwartet hatte, und während ich weitermachte, überwältigte mich der Schrecken all dessen so sehr, dass mein Mund trocken wurde – und an einem Punkt musste ich in den Garten gehen, um Luft zu schnappen. Die Vögel sangen, die Krokusse standen blassgolden im Sonnenlicht, und die süße kleine Bonnie sauste um meine Füße herum, ganz weiß, ganz unschuldig. Doch nicht mal durch sie fühlte ich mich besser. Diese andere Welt war »in« meinem Computer, »in« der Luft, die ich in meinem Büro geatmet hatte. Ich fühlte mich beschmutzt. Alles war dadurch verdorben. Die Gewalt und der Hass gegen Frauen lässt sich nicht beschreiben. Diese verdammte Vorlesung lastet wie eine schreckliche, schwarze Bürde auf mir.

Währenddessen verbrachte J viel Zeit in London, wo er Sondersendungen zum Irak produzierte. Neben der Vorlesung plante ich eine Reise nach Kenia, für die Wohltätigkeitsorganisation Plan International, um mein Patenkind zu besuchen und für den *London Evening Standard* darüber zu schreiben. Es ging mir auch nicht gut, ich hatte keine Schmerzen, litt aber unter unangenehmen Frauenproblemen, die schlimmer und schlimmer wurden. Und unter der ständig in meinem Tagebuch wiederholten Beschreibung von Erschöpfung sehe ich einen Eintrag, der heute völlig ironisch klingt. Ich hatte eine Freundin besucht, die kürzlich nach Bath gezogen war, und geschrieben: »Wie wäre es wohl, mittelalt und allein zu sein, weil der Ehemann gegangen ist? Ich sollte mir wahrscheinlich bewusst machen, wie viel Glück ich habe.«

Zwei Monate später lag ich in der Klinik in Bath. Meine Gebärmutter war weg, aber mein Zimmer voller Blumen. Als der Anästhesist kam, um mich zu sehen, bewunderte er sie, und ich sagte: »Ja, ich habe Glück.« Er war ein großer Südafrikaner mittleren Alters. Er lächelte und sagte: »Sie machen Ihr Glück selbst.«

In der Stille, nachdem er gegangen war, fragte ich mich, ob das stimmte. Ich hatte gerade erfahren, dass mein Ehemann sich in jemand anderes verliebt hatte – und doch war das nicht das Schlimmste. Während der letzten Wochen hatte er so niedergeschlagen gewirkt. Es war unausweichlich, dass er es mit mir teilen würde, denn wir teilten schließlich fast alles. Wenn ein Ehepaar nach vielen Jahren symbiotisch verbunden ist, dann leben sie vielleicht eher als Bruder-Schwester, beste Freunde und Seelenverwandte denn als Geliebte, doch sie wissen, was der andere denkt, noch bevor er den Gedanken formuliert hat. Wie Judith Thurman sagt (wenn sie über Colette schreibt): »Eine Ehe kann durch eine tiefe Komplizenschaft der Ehepartner aufrechterhalten werden, lange nachdem die Begierde erloschen ist.« Man spürt die Nuancen der Stimmung, außer natürlich, man erlaubt es der Arbeit und anderen Sorgen, einen blind zu machen. Nachdem die Vorlesung gehalten war, die Sendungen fertiggestellt waren und alles andere wegen meiner dringenden Hysterektomie beiseitegeschoben war, wurde mir wieder alles bewusst, und ich erwachte in der Wirklichkeit. Und die Horizonte um unser Zuhause waren alle voller Traurigkeit.

Daten und Details sind unwichtig. Die schlichte Wahrheit lautete: J und Susan Chilcott hatten sich leidenschaftlich ineinander verliebt, aber ihre Affäre sollte nicht lange dauern – *eigentlich*. Denn nur drei Monate später entdeckte sie, dass der Brustkrebs, gegen den sie zwei Jahre vorher behandelt worden war, zurückgekehrt war, sich Metastasen in ihrer Leber gebildet hatten und ihr das Leben nehmen würden. Die schöne Frau von vierzig Jahren, auf dem Höhepunkt ihrer Kräfte (oder vielleicht auch nicht, da Opernsängerinnen je reifer umso besser werden), mit einem vier Jahre alten Sohn, den sie abgöttisch liebte und das Licht ihres Lebens nannte, hatte ihr Todesurteil erhalten. Sie hatte vielleicht noch drei Monate zu leben. Ich lag in meinem Zimmer in der Klinik, ohne meine Gebärmutter, sah meine Blumen an, voller Trauer wegen ihr, und grübelte hoffnungslos über die erbarmungslose Unausweichlichkeit. Wie J fragte ich mich, wie Menschen an einen Gott glauben konnten.

Morphiumfantasien lassen die Seele frieren. Ich hatte in diesem duftenden Raum einen Traum. Ich bin eine Frau, die viele Kinder verloren hat, und doch bin ich außerhalb, schaue zu. Sie geht mit meinem Ehemann in eine bestimmte Kirche, läuft über den blumigen Friedhof wie auf der Flucht. Sie wird von einer gewundenen Treppe angezogen, um auf die Galerie zu steigen, und ihr Ehemann folgt ihr. Da oben befindet sich ein aufwendiges Denkmal voller Staub und Spinnweben. Es besteht aus schwarzem und grauem Marmor mit Totenköpfen darunter. Sie schaut auf und sieht, dass die Namen der Toten auf dem Grab die Namen ihrer eigenen Kinder sind, und während sie ungläubig starrt, regt sich etwas, eine gemeißelte Figur wird lebendig und streckt die Arme nach ihr aus. Und sie wird gepackt, in die Luft gehoben, dann nach vorn über das Geländer geschleudert, um unten auf den Fußboden der Kirche zu fallen und zu sterben. In dieser kurzen Zeit war ihr Ehemann an der Treppe erstarrt. Jetzt springt er vor, um über das Geländer auf den zerbrochenen Körper hinabzusehen. Doch noch während er schaut, erhebt sich eine Figur daraus, ein Geist, die Personifizierung des Bösen. Es blickt auf, er kann nicht einmal weinen, denn das, was er sieht, verschlägt ihm die Sprache. Und dann ist da ein Schnitt und ein Sprung wie in einem Film. Ein Bahnhof und ein junges Mädchen, das auf einen Zug wartet. Er kommt angedampft, einer der altmodischen mit einzelnen Abteilen. Das Mädchen entdeckt eines mit einer Frau darin, den Kopf in einen Schleier gehüllt, und steigt ein, weil sie sich sicher fühlt. O nein, aber ich *wusste*, selbst im Traum wusste es der Zuschauer. Dieser Geist würde die Kinder anderer Leute töten. Nirgendwo gab es Sicherheit.

(»O Gott«, schrieb ich, »worum ging es denn dabei?«)

Unser wunderschönes Zuhause wartete auf mich, und es war sonnig, als ich zurückkehrte. Daniel und Kitty kamen zu Besuch, meine Eltern, die in der Nähe wohnten, ebenfalls. Wegen der benötigten Ruhe nach der Operation war es nicht schwierig, das, was ich wusste, vor allen zu verbergen. Ich hatte mich auf diese Zeit der Ruhe und des Lesens gefreut, Bonnie auf meinen Knien, in der Rolle, die Elizabeth Barrett Brownings Flush perfektioniert hatte: »auf seinem ewigen Platz in meinem Bett«. Bonnie war wie die kleinen Hunde zu Füßen der Damen auf mittelalterlichen Grabmälern, immer aufmerksam, die personifizierte Hingabe. Der Punkt ist, dass ich in diesem Augenblick keinen Zweifel hatte, dass das, was gerade in Js Leben geschah, ertragen und verarbeitet und überlebt haben würde.

In meinem Tagebuch steht: »In mir gibt es einen Raum, wo das, was wir als ›Frausein‹ ansehen, gewesen ist. Der Verlust davon scheint weniger eine Quelle der Trauer als der Feier. Platz in meinem Körper. Platz in meinem Geist. Platz in meinem Leben. Ein Vakuum wird immer gefüllt, oder nicht? Wir werden also warten und sehen, was nach innen fließt.«

Ich wusste nicht, dass mein Zuhause nie wieder dasselbe sein würde.

Susan Chilcott sang im Juni 2003 zum letzten Mal, bei einem Konzert in Brüssel. Sie wurde von ihrem Freund, dem Pianisten und Radio-3-Sprecher Iain Burnside, begleitet, und die Schauspielerin Fiona Shaw las bei dem Auftritt aus Shakespeare. Susan trug weißes Leinen. Sie sang (unter anderem) die Weidenarie aus Verdis Othello, wo sich die dem Tod geweihte Desdemona voller Trauer an ein Lied ihrer Kindheit erinnert:

Das muntre Bächlein hemmt
Mitleidig seinen Lauf
In den beblümten Auen,
Das Gras der Wiese fängt
Die Tränen auf,
Die von den Augen tauen.
O Weide, grüne Weide!
Ja singet: Trauerweide,
Mein Kranz, mein Brautgeschmeide!

Später steigt ihre Stimme in einem Crescendo an, als sie bittet: »Ch'io viva ancor, ch'io viva ancor!« (»Lass mich länger leben, lass mich länger leben!«), während der Tod in Gestalt ihres Ehemanns Othello neben ihr steht.

J befand sich im Publikum, mit anderen Freunden. Man müsste ein Herz aus Granit haben, um nicht zu sehen, wie unerträglich ergreifend es gewesen sein muss. Der Ausdruck »zum Herzerweichen« wird zu oft benutzt, genau wie »tragisch« und »Held«. Jeder, der Susan Chilcotts letzten Auftritt gesehen hatte und wusste, dass ihr Leben bereits beendet war, dem musste das Herz brechen.

Ich schrieb:

Ich denke wie betäubt an sie und ihren Sohn, weil der Schrecken von alldem so schwer vorstellbar ist. Was seine Gefühle angeht … nun, mein eigenes Wissen über die Liebe ist so weit von den engen

Vorstellungen der Boulevardpresse entfernt, dass ich nur Mitgefühl haben kann. Haben wir denn die Wahl bei solch einer Liebe auf den ersten Blick? In diesem Fall glaube ich es nicht. J ist konstant aufgeregt, wie könnte er es nicht sein? Ich weiß nicht, wie er das, was kommen wird, ertragen wird, aber er hat sich dazu entschlossen, sich zu engagieren, *und daher hat er keine andere Wahl, als es zu ertragen.*

Betroffen fragte J mich, ob ich verstand, dass er Zeit mit Susan verbringen wolle, die drei Monate, die ihr noch blieben. Ich sagte ihm, dass ich es verstünde. Weil ich es *tat*, und es machte keinen Unterschied, dass andere Frauen mich vielleicht für verrückt hielten. Es war nichts Billiges oder Heimliches, er ging von mir weg (und ich bekam täglich mehr Kraft, mit enormen Reserven der inneren Stärke, die sich über die Jahre aufgebaut hatten), um sich um jemand sehr Besonderen zu kümmern, dessen Kräfte schwanden. Und um sich auch um ihren Sohn zu kümmern.

Ich schrieb:

Ich kann einer sterbenden Frau nicht die Liebe meines Ehemanns übel nehmen. Können wir denn wählen, wen wir lieben? In einer Buchhandlung zu stehen heißt, mitten in einer großen, stürmischen, kochenden, sich windenden, krümmenden, bebenden Masse komplexer menschlicher Gefühle zu stehen und von den Schreien der Leidenschaft und des Schmerzes taub zu werden. Wer bin ich, um ihnen allen, all den Schriftstellern und ihren Geschöpfen, zu sagen, dass sie falschliegen? Ich nehme an, dass ich vor allem deswegen traurig bin, weil ich mir gewünscht hätte, dass J und ich einander alles wären, und doch, nach dieser ersten intensiven Leidenschaft, sollte es nicht sein. Ich frage mich, warum? Er ist immer noch der Mensch, mit dem ich am liebsten spreche und dessen unterschied-

liche Rollen im Leben ich am faszinierendsten finde. Wenn ich auf unsere Jugend zurückblicke, wie wir uns verliebt und ein Zuhause aufgebaut haben, unsere Abschlüsse gemacht und unsere Karriere begonnen haben, dann wundere ich mich über den bloßen Mut hinter alldem. Doch diese verwegene Liebe ist zur Seite getreten und hat sich in den Fluren anderer Leute, anderer Leben, Selbstmitleid und Schuld verloren. Und dann haben wir den Weg einfach nicht mehr gefunden.

Gestern traf mich die Erkenntnis, dass Dan und Kitty nie wieder bei mir zu Hause wohnen werden. Heute fühlt sich dieser Hof so leer an … und doch geht es mir ehrlich gesagt gut. Ich werde es überstehen. Ich weiß, dass J normalerweise heute nicht hier wäre, doch er wäre im Geiste hier, aber heute ist er nicht einmal im Geiste hier. Aber mein kleiner Hund liegt zu meinen Füßen. Ich bücke mich und streichle ihn. Ich höre das Wasser im Brunnen und die Vögel. Ich muss wieder damit beginnen, etwas zu machen.

Stumpfsinnig hatte ich ihn beobachtet, wie er mit einer gepackten Tasche die Treppe herunterkam. Was wäre passiert, wenn ich mich auf ihn geworfen hätte, mich an sein Bein geklammert und gebettelt hätte, er solle nicht gehen? Ich werde es nie wissen, weil ich es nicht tat. »Ich bin dumm wegen menschlicher Würde«, schrieb Yeats. Und ich weiß, was er meint. Ja, ich bin stolz, aber vielleicht auch dumm. Später begann ich einen unvollendeten Roman, der folgendermaßen anfing:

> Sie gab ihren Ehemann weg.
>
> Nicht, dass sie ihn nicht mehr wollte. O nein, an diesem Punkt wollte sie ihn vielleicht mehr als jemals zuvor. Aber wahrscheinlich passte es nicht zu ihr, das Kind zu spielen, das sich an ein altes Spielzeug klammert, weil

ein Freund plötzlich damit spielen möchte, es dann aber schließlich doch aufgibt. Vielleicht wäre es nicht so gekommen, wenn sie ein bisschen fester geklammert hätte.

Doch ich sah zu, während leere Passivität über sie kam, und die Frau, die in der Vergangenheit so wunderbar böse gewesen war, nahm eine perverse Art von Heiligkeit an. Sie wurde zu der Art von Person, die Freunde als »so gut« beschrieben, mit diesem leichten Kopfschütteln, das Unruhe bedeutet und ihren eigenen Egoismus infrage stellt, aber auch ihre gewöhnliche Menschlichkeit. Gutes Verhalten kann manchmal unerträglich erscheinen, da wir uns wünschen, dass andere sich über das Verlöschen des Lichts aufregen, wie wir selbst es tun würden.

Ich schüttelte meinen Kopf, als sie, so großzügig, so ruhig, ihren Ehemann weggab und sich dann zu mir umdrehte, als wolle sie fragen: »Warum ist das passiert?«. Diese großen Augen füllten sich, dieser großzügige Mund zu einem Schmollen der Trauer verzogen. Man könnte so eine Frau schlagen. Man könnte sie schütteln, bis ihre Zähne klapperten und all ihre Züge entgleisten, die Schönheit für immer zerstört, zusammen mit dem Rest. Aber ich war ihre Freundin, und dadurch war meine Rolle festgelegt – alles zu beobachten, alles zu erlauben, bis zu dem Augenblick, an dem sie beide in die Grube fielen. Dann würde ich meine Hand ausstrecken, um zu helfen.

Manchmal ist es einfacher, eine Geschichte in der dritten Person zu erzählen. Aber mir ist bewusst geworden, dass ich inzwischen keine Personen mehr erfinden möchte (außer für Kinder), da ich täglich durch meine Arbeit an der Lebensberatungskolumne mit der Realität zu tun habe und zu sagen versuche, wie es wirklich ist. Als wir beide junge Journalisten waren, fragte J mich, ob ich je daran dachte, einen Roman zu schreiben. Er meinte, ich solle in diese Richtung gehen. Damals fand ich es spannend, Berichte aus allen Ecken Großbritanniens für Zeitschriften und Zeitungen zu schreiben, und sagte, ich hätte daran kein Interesse. Warum sollte ich mir etwas ausdenken?, fragte ich ihn. Aber er ermutigte mich geduldig über die Jahre hinweg, Belletristik zu schreiben. Ich bezweifle, dass ich es ohne ihn jemals getan hätte. Ich bezweifle, dass ich es ohne ihn jemals wieder tun werde.

Am 20. Juni kamen meine Eltern zum Mittagessen, um den Geburtstag meiner Mutter und Bonnies »offiziellen« Geburtstag zu feiern, da sie vor einem Jahr zu uns gekommen war. Wir aßen draußen im Hof unter dem cremeweißen Sonnenschirm. Ich hatte Bänder an den Stuhl meiner Mutter gebunden, an Bonnies Korb und um ihren Hals. Niemand sagte etwas, weil J fehlte, denn es war nicht erwähnenswert. Er hatte viel zu tun. Die Anwesenheit des Hundes machte alles viel einfacher. Indem ich mich auf Bonnie und das Essen konzentrierte, konnte ich von jeglicher Sorge, die meine Mutter beim Blick in mein Gesicht empfunden haben muss, ablenken.

Hier habe ich eine Grenze erreicht bei dem, was ich über diesen Sommer schreiben kann. Von vielem werde ich nicht berichten, obwohl ich es nie vergessen kann. Es ist zu schmerzhaft, sich an die Hoffnung zu erinnern, die wir teilten, dass wir alles wieder hinbekämen, nachdem es vorüber war (es war unmöglich, die brutalen Worte »nach ihrem Tod« auszusprechen). J und ich hatten in unserer langen Ehe so einiges durchgemacht, aber wir erkannten, dass dieses Erdbeben tatsächlich so entsetzlich war wie nichts vorher. Ich fragte mich später, ob wir feststellen würden, dass wir einen Schritt zu weit gegangen waren, was ein Umkehren unmöglich machte. *Kann* man zurückgehen? Ich fragte mich, ob ich fähig sei, mit einem perfekten Geist zu leben – Mein Ehemann, der für immer von dieser erstaunlichen Stimme verfolgt wird wie ein Seemann, der – an den Mast gebunden – die tödlichen Gesänge der Sirenen hört. Ich fragte mich – als ich es schließlich unseren Kindern erzählte und wir drei darüber sprachen, Weißwein tranken und uns bis spät in die Nacht hinein in Rage redeten, während die Motten ans Küchenfenster flogen –, ob ich je den Mann, den ich gekannt hatte, zurückbekommen könnte.

Susan Chilcott starb am 4. September in Js Armen. Die Nachrufe waren einstimmig.

Im *Independent* hieß es: »Ihr Tod kam drei Monate nach ihrem Operndebüt im Royal Opera House, bei dem ihr »glänzender« und »wunderbarer« Auftritt noch den ihres Bühnenpartners Placido Domingo überstrahlte.«

Der *Guardian* schrieb: »Susan Chilcott, die mit vierzig Jahren an Krebs gestorben ist, war eine der fesselndsten und beeindruckendsten englischen Opernstars des letzten Jahrzehnts, mit einer wunderbar frischen, attraktiven und offenen Persönlichkeit und einer seltenen Hingabe an ihre Arbeit. Ihre Karriere war so entsetzlich kurz, dass zu wenig ihrer besten Arbeit auf DVD oder CD eingefangen wurde. Aber ihr Gesang hatte eine Reinheit und eine kraftvolle, dramatische Wirkung, die aus ihr eine herausragende Operndarstellerin gemacht hat. Ihre letzte Bühnenrolle war Jenufa, die sie im März auf Englisch für die Welsh National Opera gesungen hat, mit Sir Charles Mackerras als Dirigent … Als die Spielzeit zu Ende war, war Chilcott leider schon zu krank, um die

Arbeit mit Mackerras, wie von ihm geplant, fortzusetzen. Ihr letzter Auftritt, im Juni in Brüssel, fand mit dem Pianisten Iain Burnside und der Schauspielerin Fiona Shaw statt, und sie sang besser denn je. Chilcott hinterlässt bei denen, die sie gesehen und gehört oder die mit ihr gearbeitet haben, einen unauslöschlichen Eindruck.«

Am Tag ihrer Beerdigung in der Wells Cathedral versammelten sich Hunderte von Menschen, um ihr die letzte Ehre zu erweisen. Zu diesem Zeitpunkt war ich zornig geworden, weil es J in den Augen all dieser Menschen »erlaubt« wurde, die Rolle des Witwers einzunehmen. Tatsächlich war Susan mit ihrem Manager verheiratet, auch wenn sie nicht als Mann und Frau zusammengelebt hatten und er nicht der Vater ihres Sohnes war. Doch was bedeuteten schon solche Details? Ich hatte meine eigene Tasche gepackt, mich von den Hunden und Katzen verabschiedet, den (stärker werdenden) Schmerz beim Abschied von Bonnie gespürt und war auf dem Weg nach Heathrow. Im Augenblick ihrer Beerdigung befand ich mich hoch über dem Atlantik, auf dem Weg in meine geliebten Vereinigten Staaten. Ich musste Arbeit erledigen, aber ich musste auch fliehen.

Schnappschüsse in einem Familienalbum können sich mit der Zeit von den Überschriften lösen, die Leute, Zeit und Ort identifizieren. Werden zukünftige Generationen wissen, wer all diese Gesichter mit den aufgesetzten Lächeln waren? Wird *irgendetwas* davon überleben? Obwohl ich alles weiß, mich an alles erinnere, kann ich doch nur ertragen, vorbeiziehende Bilder dessen anzubieten, was Philip Larkin »eine Vergangenheit, die jetzt niemand mehr teilen kann« nennt.

In Point Reyes, Marin County, hatte jemand ein Schild an einer Mauer bemalt, sodass nicht mehr »No Parking« dastand, sondern »No Barking« (Bellen verboten), und ich lache völlig übertrieben, hysterisch. Doch als ich kurz danach auf einem Pfosten hoch über San Francisco ein Graffiti entdecke, das lautet: »Ich bin hier fast gestorben – hatte dieses Glück aber nicht«, rege ich mich darüber lächerlich auf. Der Blick von der Marina-Landzunge – mit der Golden Gate Bridge, winzigen Segelbooten, weißen Mützen auf glitzerndem Wasser – ist perfekt, und doch habe ich das Gefühl, mein Kopf zerbricht.

Ich spreche wie besessen über Bonnie, mit jedem, der zuhören will (zum Glück mögen Amerikaner Hunde), vermisse sie schrecklich und notiere: »Wer hätte gedacht, dass ich so von ihr abhängig würde?« Als ich ihr Foto hervorhole, um es unserer hübschen netten Nichte, die mit Freunden in einem Haus in Oakland wohnt, zu zeigen, muss ich an Amy Tan und meinen letzten Besuch denken, als ich mir dieses Elend nicht mal im Traum hätte vorstellen können. Der springende Punkt ist, indem ich über die Liebe zu meinem Hund rede, spreche ich eigentlich über meine Liebe zu meinem Zuhause, zu J, genau wie Elisabeth Barrett Browning Flush als Ersatz benutzte.

Bedrückt entdecke ich ein Hotel namens Diva. Alles hat sich verschworen, um mich zu erinnern. Nicht weit weg, direkt bei Geary, in einem Jazzclub namens Biscuits and Blues, singt ein Kerl namens R. J. Mischo Blues. Er erinnert mich an Snooks Eaglin. Die Mundharmonika jammert, und die Slidegitarre heult und zittert, imitiert meine Stimmung, während die Leidenschaft, die er in seine Songs legt, mir zu Herzen geht:

I wake up every night around midnight –
Cos I just can't sleep no more.

Ich wache jede Nacht gegen Mitternacht auf,
weil ich nicht mehr schlafen kann.

Ja.

You have yourself to blame now baby –
For breaking up our happy home.

Du kannst dir jetzt nur selbst die Schuld geben, Baby,
weil du unser glückliches Zuhause ruiniert hast.

Ja.

If you don't do right –
How you gonna be treated right yourself?

Wenn du es nicht gut machst,
wie solltest du dann gut behandelt werden?

Ja.

Ich ging zu einem Empfang der Sacred Dying Foundation, die von einer theologischen Autorin und Ritualerfinderin namens Megory Anderson gegründet worden war. Einer der vielen Gründe für diese Reise ist ein Auftrag des *Times Magazine*: ein Artikel über die neue amerikanische Art zu sterben, etwas, das ich vor Monaten, in einer anderen Ära, vorgeschlagen hatte. Ich hatte vor zwei Tagen ein erstes Treffen mit Megory arrangiert, aber anstatt über ihre Arbeit zu sprechen, redete ich panisch von meinen Problemen wie ein dünner alter Seemann von Coleridge, der sich an den Ärmel jedes freundlichen Fremden hängt. Als Ausgleich für meine Selbstsucht beschloss ich, ihre Einladung zum Empfang anzunehmen.

Im eleganten Haus in der Vallejo Street sitze ich auf beigem Samt unter einer hohen holzgetäfelten Decke und bin entschlossen, mich zu engagieren. Da ist ein Bischof, dort sind vier Priester und eine Gruppe intelligenter Laien, die alle aussehen, als hätten sie eine Berufung. Ihre Gesichter wirken sensibel. Ich weiß, dass sie Mitleid mit mir hätten, wenn sie wüssten, was ich fühle. Aber ich rede nicht, und eine Diskussion im Zimmer, die mich normalerweise fasziniert hätte, lässt mich verloren und panisch werden:

> *Es ist nicht nur unser Wirken an den Sterbenden, sondern ihr Wirken an uns, das zählt.*
>
> *Der Hauptpunkt ist nicht nur, Menschen zu helfen, würdevoll zu sterben, sondern Menschen zu helfen, den Tod geliebter Menschen würdevoll zu überleben.*
>
> *Zu beten bedeutet, sich jeden Tag an die Schwelle des Todes zu begeben. Weil es eine Art ist, das Leben in seiner ganzen Fülle zu leben.*

Nein, ich kann das nicht tun. Jahrelange habe ich Artikel und Sendungen zum Thema Trauer produziert. Ich habe sogar einen Preis der Wohltätigkeitsorganisation Cruse für diese Arbeit erhalten, den mir die Queen als Schirmherrin überreicht hat. Aber was weiß ich schon? Zu Hause in England ist mein Ehemann (in seinen eigenen Worten) »von einer Trauer gebrochen, die schlimmer ist als jeder Schmerz, den ich mir vorgestellt hatte«. Ich weiß, dass er diesen eleganten Raum würde auseinandernehmen und schreien wollen, dass Sterben nichts Würdevolles hat, für niemanden. Er würde diese guten Menschen unehrlich nennen und ihnen sagen, dass solch sanftes Wirken nichts nützt, wenn man das Trauma eines schrecklichen Todes überlebt hat. Er würde vor Wut über Megorys »Rituale zur Begrüßung des Lebensendes« aufstampfen. In diesem Zimmer, als ich verzweifelt vor allem davonlaufen wollte, wurde mir bewusst, dass ich den Auftrag nicht erfüllen konnte.

Danach bin ich drei Blocks weit gelaufen, bis nach Union, um geliebte Freunde und Vertraute zu treffen, meinen Produzenten Malcolm und den Fotografen Robin, die sich amüsiert hatten, als sie auf einer gemieteten Harley Davidson durch diese gewundenen Straßen gekurvt sind, während ich mir pathetisches Gerede über den Tod angehört habe. Jetzt tranken sie Weißwein in einem Restaurant namens Prego. Sie stimmten mir zu, dass es richtig sei, den Auftrag abzulehnen, und wir tranken und redeten und aßen und lachten, als gäbe es kein Morgen. Wie noch nie zuvor spürte ich die mexikanischen Pappmaché-Totenköpfe in meinem Büro zu Hause, die alle murmeln, dass es *kein* Morgen gibt. Ha!

Andere Arbeit zu erledigen, andere Tage – Malcolm und ich produzieren Sendungen mit Armistead Maupin und Professor Jared Diamond. Weitere *Devout Sceptics*, mehr Gespräche über Gott und Zweifel und das Ende der Welt. Was sicherlich nah ist. Im Büro von Professor Diamond in der Universität von Los Angeles steht ein Totenkopf, und ich habe das Gefühl, dass mir die Kontrolle über die Interviews entgleitet. Es ist, als könne ich gar nichts mehr. Auf dem Werbefoto, das Robin auf Maupins Terrasse aufgenommen hat, grinse ich furchtbar – wie eine Wahnsinnige.

In der Grace Cathedral geschieht etwas, eine Offenbarung, ähnlich wie meine Begegnung mit den Kühen an jenem wunderbaren goldenen Morgen. In dem aufstrebenden Wunder aus Beton (das 1964 beendet wurde, als ich noch vier Jahre vom Treffen mit dem Mann, mit dem ich mein Leben teilen würde, entfernt war) fand ich ein bisschen Frieden.

Vor dem großen Eingang liegt ein imposantes Teppichlabyrinth in den weichen Farbtönen Lila, Violett und Grau. Das Labyrinth ist weltweit ein (wie ich lese) uraltes Symbol. Prähistorische Labyrinthe wurden als Falle für böse Geister genutzt oder als Wege für Ritualtänze. Im Mittelalter symbolisierte das Labyrinth einen schweren Weg zu Gott mit einem Eingang (der Geburt), der über den endlosen, gewundenen, verschlungenen, rätselhaften Pfad zum Zentrum (Gott) führt. Wenn Menschen sich Pilgerreisen nicht leisten konnten, dann war das Symbol des Labyrinths ein Ersatz, man konnte mit den Fingern darüberspazieren, falls man krank war. Später verlor sich die Kraft der Labyrinthe als religiöse Symbole, sie wurden zu Irrgärten der Unterhaltung. Aber jetzt, im New Age, werden sie von Leuten genutzt, die hineingehen, um dem Alltag zu entkommen, und von Mystikern als Meditationshilfe. Die Wege entlangzugehen, an Stellen vorbeizukommen, die man bereits passiert hat, um dann eine andere Richtung einzuschlagen, aber immer vorwärtszugehen, das lässt einen den Orientierungssinn und das Gefühl für die Außenwelt verlieren. Der Geist beruhigt sich. Das (so lese ich) ist eine Art der Meditation.

Also stelle ich meine Sandalen ordentlich neben die anderen und betrete den Teppich. Wie seltsam es ist, langsam zu gehen, als befände man sich zwischen engen Wänden, obwohl es keine Trennwände gibt. In der Stille der riesigen Kathedrale falte ich meine Hände auf dem Rücken und gehe durch das Labyrinth. Und ich denke voller Mitleid an Susan Chilcott, sodass es sich anfühlt, als würde von unsichtbaren Händen eine weitere Last von meinen Schultern genommen. Ich weiß, dass J nicht vorhatte, mich zu verletzen, nichts hätte von seiner Absicht oder seinem Willen weiter entfernt sein können. Doch er wurde von einer *Wahrheit* überwältigt: einem intensiven Gefühl, das weder geleugnet noch zurückgehalten werden konnte – nicht unter diesen Umständen. Ich überlege, warum sie *nicht* seine Seelenverwandte für diese kurze Phase sein sollte? Wer kennt schon die Zeit oder den Ort eines Treffens oder welche Form die Seelenwanderung annimmt? Als ich schließlich das Zentrum des Labyrinths erreiche, in einem Lichtstrahl stehe und hinauf ins Nichts schaue, danke ich für mein Leben. Dann gehe ich denselben gewundenen Weg wieder zurück, widerstehe der Verführung, geradeaus zu gehen, und bin erstaunt, wie viel Liebe in dieser Geschichte steckt. Dann komme ich wieder am Anfang an, der auch das Ende ist.

Zwei Tage später am Eingang zur Mission San Carlos Borromeo in Carmel versucht eine Frau, mir etwas zu geben, es mir in die Hand zu drücken. Es sieht wie eine Spielkarte aus, klein und laminiert, und zuerst schüttelte ich den Kopf, da ich kein religiöses Traktat bekommen möchte. Aber sie hat ein sanftes Gesicht, und ich will nicht unhöflich erscheinen, also sage ich: »Danke«. In der Kirche schaue ich die Karte an und sehe auf der einen Seite ein Bild von Vater Junipero Serra, dem Gründer der kalifornischen Missionen im siebzehnten Jahrhundert, auf der anderen Seite ein Bild der Carmel Mission und die Worte: »Geh immer voran und schaue nie zurück.« Sie glänzen. Als ich vor dem verzierten schönen gotischen Altar stehe und auf Vater Serras Grab blickte, frage ich mich, zu welchem Anlass er diese Worte gesagt hat, die jetzt in meinem Gehirn herumwirbeln. Als frommer Agnostiker zünde ich in katholischen Kirchen immer eine Kerze für meinen 1975 totgeborenen Sohn an. Aber jetzt, zwischen diesen Ziegelsteinmauern, habe ich keine Wahl, ich muss eine Kerze für jemand anderes anzünden.

Nein, für zwei Menschen.

Sie denken vielleicht, ich hätte meinen kleinen Hund vergessen. Unmöglich. Zu sagen, dass ich mich nach ihr, nach meinem Zuhause, meinem Ehemann und meinem alten Leben sehnte, wäre eine Untertreibung. Jedenfalls spielte Bonnie eine sehr wichtige Rolle zu Hause auf dem Hof. J war in meiner Abwesenheit wieder dorthin gezogen, und unsere Tochter kümmerte sich um ihn. Nachts schlief Bonnie, natürlich, auf seinem Bett. »Sie ist ein großer *Trost*«, sagte er mir am Telefon.

So erfüllte mein kleiner Hund ein uraltes Schicksal als »Trosthund«. Ihre Rasse ist eine der Ältesten in der gesamten Geschichte, ungefähr achttausend Jahre alt. Sehr früh wurden Maltesern heilende Kräfte nachgesagt: Man sollte sich einen auf den Bauch oder die Brust legen, um sich besser zu fühlen. Es ist nicht schwierig zu verstehen, warum alle Schoßhunde Trost schenken. Die Körpertemperatur eines Hundes liegt zwischen 37,9 und 39,4°C, und so hält er einen warm, wenn er (zum Beispiel) in einem zugigen Schloss auf meinem Schoß sitzt. Daher rührt wohl auch die Vorstellung des Tierarztes Bruce Fogle von einer Wärmflasche. Orientalische Fürsten und ihre Höflinge nannten ihre Tiere »Ärmelhunde«, ein Pekinese in jedem weiten Ärmel muss im Winter von unschätzbarem Wert gewesen sein.

Der Legende nach hat Marie Antoinette 1793 die Guillotine bestiegen, ihren Zwergspaniel auf dem Arm, der ihr Kraft geben sollte. Eine weitere verurteilte Königin, Maria Stuart, wurde von ihrem treuen Tier für ihre lebenslange Liebe zu Hunden belohnt. Manche sagen, es war ein Skye Terrier, andere meinen, ein Malteser oder ein King Charles Spaniel. Es ist nicht wichtig. Maria war im Schloss Fotheringhay ungefähr achtzig Meilen nördlich von London von ihrer Cousine Elisabeth I. eingekerkert worden. Elisabeth wurde in einem hübschen kleinen Gemälde von Marcus Gerards mit einem Malteser dargestellt, sodass man annehmen muss, dass es ihr Hund war. Maria Stuart zog ihren Tieren gern blaue Samtkragen an und bat in einem Brief aus dem Gefängis den Erzbischof von Glasgow um zwei »hübsche kleine Hunde« aus Lyon und erläuterte: »… mein einziges Vergnügen sind all die kleinen Tiere, die ich bekommen kann. Sie müssen in Körben geschickt werden, gut verpackt, damit sie es warm haben.« Sie stickte ein wenig, Hunde, die zwischen Blumen und Blättern laufen.

Am Morgen des 8. Februar 1587 wurde Maria in die Great Hall geführt, um hingerichtet zu werden. Nachdem die schreckliche, verpfuschte Hinrichtung vorbei war, berichtet ein Augenzeuge: »Dann fiel einem der Henker ihr kleiner Hund auf, der sich unter ihren Kleidern versteckt hatte. Er wollte die Leiche nicht verlassen, sondern legte sich zwischen ihren Kopf und ihre Schultern.« Das blutbespritzte Tier lag wimmernd da und weigerte sich, sein Frauchen zu verlassen, bis es weggezerrt wurde, um gewaschen zu werden. Aber der kleine Hund trauerte, verweigerte das Fressen und überlebte sein Frauchen nur kurze Zeit.

Hätte ich einen üppigen Rock über all den Unterröcken von damals getragen, hätte Bonnie (die manchmal wie mit einem unsichtbaren Gummiband an meine Fersen gebunden scheint) unbemerkt mit mir das Schafott besteigen können. Auf eine gewisse Weise tat sie das auch. Als der Sommer vorbei war und der Herbst in den Winter überging, war J weiterhin fort, blieb bei Freunden, unfähig, seine Trauer zu überwinden oder sich von dem, was wie eine posttraumatische Belastungsstörung aussah, zu befreien. Ich sah ihn im Fernsehen, hörte ihn im Radio und wunderte mich, dass er immer noch professionell und zu einigen verlogenen Politikern höflich sein konnte. Ich dachte, er würde zurückkehren, aber das tat er nicht. Viel später erklärte er (in der Einleitung zu seinem wunderbaren Buch *Russland*, das 2008 veröffentlicht wurde) mit schlichter Ehrlichkeit: »Ich war nicht in der Verfassung, den Schaden, den ich in meiner Ehe angerichtet hatte, zu reparieren.« In dieser dunklen Zeit, in der ich in einer Art Schwebezustand existierte, griff ich nachts neben mich, wo er früher gelegen hat, und meine Finger berührten den kleinen weichen Körper meines Hundes.

Zu diesem Zeitpunkt versuchte ich immer noch, seine Abwesenheit geheim zu halten, auch wenn enge Freunde Bescheid wussten. Für Journalisten waren wir beide naiv. Susan Chilcott hatte viele, viele Freunde und Bewunderer, daher war es eigentlich keine Überraschung, dass ihre Beziehung *das* Gesprächsthema im musikalischen London war. Die Leute reden immer, aber ich war so in meinem langsam brennenden Schock gefangen, dass mir nicht bewusst war, wie viele Leute wussten, was los war. Als Vorsitzende der Initiative für ein Kindertheater (das heute unter dem Namen The Egg gut läuft) musste ich öffentliche Auftritte absolvieren und so britisch wie möglich sein, also mir nichts anmerken lassen. Aber eines Tages war ich Gastgeberin einer Veranstaltung zum Spendensammeln auf dem Hof, und mitten in meinen Small Talk mit den großzügigen Reichen und Guten von Bath tauchte ein Reporter der *Mail on Sunday* auf der Türschwelle auf und fragte mich nach dem Zustand meiner Ehe. So etwas passierte öfter, und ich log dann stotternd über meine eigene Freundschaft zu Susan Chilcott und versuchte immer noch zu verbergen, was alle wussten. In solchen Augenblicken träumt man von einem großen, hohen Fenster und dem Moment, in dem man sich hinaus in die blaue Leere stürzt und, von glänzenden Splittern umgeben, fällt.

Eines Abends musste ich auf eine ähnliche Feier gehen. Sie wurde von einer Freundin veranstaltet und fand im Herrenhaus St. Catherine's Court statt, direkt außerhalb von Bath, was damals der Schauspielerin Jane Seymour gehörte. Einer aus unserem Komitee holte mich um halb acht Uhr ab, und ich erinnere mich noch, wie merkwürdig ich es fand, dass ich, die Unabhängige und Kontrollierende, dankbar war, weil man sich um mich kümmerte. Der Freund, der mich fuhr, gehörte zu denjenigen, denen ich mich zögernd anvertraute, nur um festzustellen, dass er bereits alles wusste. Natürlich tratschen die Leute gern, aber es ist nicht immer boshaft gemeint. Der Wunsch, Bescheid zu wissen, und das Bedürfnis, faszinierende Informationen über unsere Mitmenschen weiterzuerzählen, sind so alt wie die Menschheit selbst. Es ist die Boshaftigkeit, die ich verabscheue. Zu viele Zeitungen beschäftigen Kolumnisten, deren einzige Funktion es ist, zu lästern und wie ein Wahnsinniger in einem Bus mit einer Säureflasche Gift zu verspritzen, ohne Rücksicht darauf, wen es verätzt und verletzt.

Übrigens ist es mir ein Rätsel, dass der Ausdruck »Bitch«, also Hündin, seit Jahrhunderten negativ besetzt ist und den Ruf des weiblichen Hundes verleumdet. Laut dem großen Wissenschaftler Konrad Lorenz (der 1973 den Nobelpreis für Physiologie und Medizin erhielt) ist eine Hündin treuer als ein Hund und auch intelligenter. In *So kam der Mensch auf den Hund* (1950) schreibt er: »Ich schmeichle mir, sehr viele Tiere gut zu kennen, und ich sage aus vollster Überzeugung: Dasjenige unter allen nicht-menschlichen Lebewesen, dessen Seelenleben in Hinsicht auf soziales Verhalten, auf Feinheit der Empfindungen und auf die Fähigkeit zu wahrer Freundschaft dem des Menschen am nächsten kommt, also das im menschlichen Sinne edelste aller Tiere, ist eine vollwertige Hündin. Wie seltsam, daß im Englischen ihr Name zum ärgsten Schimpfwort geworden ist!«

An diesem Abend bewies meine kleine Hündin ihren Wert. Der Abend zog sich in die Länge, und ich machte Konversation (wie man muss) und sah den Schauspieler Bill Nighy auf der anderen Seite des Zimmers. Mir war bewusst, dass mein altes Ich ihn begeistert getroffen hätte, doch dieses neue Ich hatte nicht den Mut dazu. Wenn die eigene Ehe zerbricht (und zu diesem Zeitpunkt dachte ich noch nicht, dass sie unwiederbringlich kaputt sei), sieht man die Menschen um sich herum wie Außerirdische an, und man fragt sich, wie sie trinken und reden und lachen können, während die Welt auseinanderbricht. Aber natürlich nicht *ihre* Welt. Doch Leute, die leiden, suchen einander unbewusst. Ich traf eine mir unbekannte Frau, die sich in einer ähnlichen Situation befand, und wir stießen auf unsere Stärke an. Dann war es endlich vorbei, und gegen halb zwölf fuhr eine andere Freundin einen großen Umweg, um mich nach Hause zu bringen. Während wir über das erste Viehgitter ratterten und auf den Feldweg fuhren, der an dem neuen Stall, in dem die Rinder überwinterten, vorbeiführte, wurde ich noch niedergeschlagener, falls das überhaupt möglich war. Die Spielscheune, das Haus, das Cottage, alles war leer. Sue schwieg. Ich wusste, dass sie mich nicht verlassen wollte, denn das war etwas, das sie selbst durchgemacht hatte.

Ich sah zuerst die Augen, Smaragdsplitter im Scheinwerferlicht. Wir hatten ein sehr großes Hofgatter, das wir schlossen, wenn wir wegfuhren, damit die Hunde nicht wegliefen. Seit Bonnies Ankunft mussten wir feinen Hühnerdraht unten befestigen, sonst hätte sie leicht darunter hindurchkriechen können. Als ich an diesem Abend um halb acht gegangen und ins Auto meines Freundes jenseits des Gatters gestiegen war, war sie mit Billie und Sam herumgelaufen. Alle drei hassten es, dass sie für den Abend allein zurückblieben. Aber für große Hunde sind zwei volle Näpfe und ein gemütliches Bett sehr verlockend, sie wissen, dass sie, sobald sie das Auto zurückkommen hören, durch die Hundeklappe hinausrasen und den Hof in Aufregung versetzen können. Im Gegensatz dazu halten kleine Hunde Wache. Kleine Hunde warten.

»Sieh mal!«, sagte Sue.

Bonnie stand auf den Hinterbeinen, die Vorderpfoten auf dem Holz, und wartete. Als sie das Auto sah, kläffte sie wild, und Billie und Sam kamen wie aufs Stichwort herausgelaufen. Aber als ich mich von meiner Freundin verabschiedet und das Gatter geöffnet hatte, um meinen begeistert sich windenden Hund auf den Arm zu nehmen, merkte ich an ihren eiskalten Pfoten und dem kalten Kopf, dass sie ihren Wachposten am Gatter seit meiner Wegfahrt nicht verlassen hatte. Vier Stunden in bitterkaltem Wind, zweihundert Meter über dem Meeresspiegel.

Der amerikanische Dichter (und Autor von *Dog Years*, einem der besten Bücher, die je über Hundeliebe geschrieben wurden) Mark Doty glaubt, dass Hunde eine echte »Heilung« für die essenzielle, spirituelle Einsamkeit des Menschen sind. Als J und ich frisch verliebt waren, stimmten wir eines Abend überein, dass die Verbindung zweier Seelen unmöglich sei: Sowohl der Kopf als auch der Körper konnten leidenschaftlich und freundschaftlich lieben, doch Liebe ist nur möglich, »wenn zwei Seelen getrennt bleiben« (wie ich in einem Liebesgedicht an ihn geschrieben habe). Diese Idee war wahrscheinlich durch den Zeitgeist geprägt: der Radikalismus der sechziger Jahre, der Sartre und de Beauvoir (die wir bewunderten) so vieles schuldete und auch von Reformeifer und existenzieller Angst geschürt wurde. Warum begannen wir damit, etwas zurückzuhalten? Keiner von uns beiden hatte sich je so verliebt, wie wir es Ende 1967 waren, und doch hingen wir an etwas so luftig Theoretischem wie der Vorstellung, dass es keine Seelenverwandtschaft gab. Es war eines der vielen Dinge (wie mir jetzt bewusst wird), die wir falsch verstanden hatten. Die Vorstellung, dass es einen Seelenverwandten gibt, sich an einem anderen festzuhalten, zu geben und zu nehmen, dies alles ist sicherlich die einzige Heilung für die Einsamkeit, die einen umfängt, wenn die Nabelschnur durchtrennt wird. Dass das so schwer zu erreichen ist, ist kein Grund, nicht danach zu streben. Denn die Liebe verlangt Großes von einem, auch Opfer.

Mark Doty behauptet, dass die Anwesenheit von Tieren ein Zugang zu Gefühlen und Verständnis darstellt. Sein Bericht über seine Liebe zu seinen Hunden Arden und Beau und über den schrecklichen Tod seines ersten Partners Wally an AIDS zeigt die tiefe Wahrheit, dass man sich, wenn man sein Herz solcher Liebe, so unterschiedlich sie auch sein mag, öffnet, auf die Schwelle zwischen Freude und Kummer begibt. Er schreibt: »Man kann die Welt nur durch das verstehen, was direkt vor einem ist.« Und wenn das die »Intelligenz und Sensibilität … komplexe Bedürfnisse und Erinnerungen, Gewohnheiten und Erwartungen« eines Hundes sind, warum sollte das nicht auch Einblicke in das menschliche Befinden bieten? Der Dichter hatte den Golden Retriever Beau gekauft, um seinem Partner einen Gefallen zu tun. Doch Großzügigkeit und Liebe können direkt als Belohnung auf einen zurückstrahlen, wie ich noch entdecken würde. Doty schreibt: »Als ich Beau nach Hause brachte, dachte ich, er wäre ein Geschenk für Wally, doch in Wirklichkeit war er das Geschenk von ihm an mich oder von mir an mich selbst oder beides. Ich hätte nichts Besseres planen können, um mein Leben zu retten.«

Auf dieselbe Weise war Bonnies Wache am Gatter ein weiterer Schritt in meiner eigenen Entwicklung. So sehr geliebt zu werden war Balsam für einen verletzten Geist. Für dieses eine kleine lebende Wesen der Mittelpunkt der Welt zu bleiben, bedeutete Trost für die Seele. An manchen Tagen hatte ich das Gefühl, wenn alles andere wegfallen sollte, dann blieben immer noch Bonnie und ich, die dem Universum voller verschwundener Ehemänner, toter Geliebten, tratschender Zuschauer, neugieriger Freunde und trauernder geliebter Menschen gegenübertreten könnten. Indem sie mich so sehr brauchte, warf sie mir eine Rettungsleine zu, ohne dass ich es wusste. Mehr noch, ein Hund (oder eine Katze oder ein Pferd) verankert einen in der Realität. Selbst wenn jeder Schritt langsam geht und das Gesicht im Spiegel einem fremd erscheint und voller Schatten ist, muss man sich jeden Tag um die Tiere kümmern. Denn was wissen sie schon von der Veränderung? Es war nicht ihre Schuld. Mark Doty versteht das gut: »Ein Spaziergang ist ein Spaziergang und muss gemacht werden, Frühstück und Abendessen gibt's zur üblichen Zeit. Die Routinen der Lebenden sind unzerstörbar, keine Unterbrechung wegen Elend, seelischer Krise oder schlechtem Wetter.«

Das Jahr bewegte sich auf Weihnachten zu, das Fest, das in unserer Familie immer so wichtig war, wirklich ein Lichterfest. Aber J kam nicht zurück. Das würde das erste Weihnachten seit fünfunddreißig Jahren sein, an dem wir getrennt waren. Die Situation war fast unerträglich. Mein Vater hatte einen Herzinfarkt gehabt und sich (mehr oder weniger) davon erholt. Meine Tochter hatte im Krankenhaus gelegen und sich (mehr oder weniger) davon erholt. Dazwischen hatten Malcolm Love und ich Radiosendungen mit dem Schriftsteller Ian Rankin (in Edinburg) und Professor Sir Robert Winston produziert. Wenn ich zurückschaue, weiß ich nicht, wie ich es überhaupt geschafft habe, auch nur zwei Wörter zusammenzubringen, geschweige denn vernünftige Fragen zu stellen. Meine Tage fühlten sich an, als stolpere ich über ein Feld in der Dunkelheit und schaffte es gerade so, aufrecht zu bleiben, dabei hörte ich meinen eigenen Atem, während Männer mit Lampen und Schießwaffen sich näherten. Nachts lag ich hellwach und lauschte den Geräuschen draußen, diesen plötzlichen Schreien und dem geheimnisvollen Rascheln, und es war, als geschehe dies alles in meinem Kopf, nicht da draußen: Wildheit, die hinausgelassen werden will.

Ich bin zu ein paar Sitzungen zu einer Psychotherapeutin vor Ort gegangen, in dem Bemühen, herauszufinden, was geschah, aber als ich ihr friedliches Sprechzimmer betrat und der ruhigen Frau meine Geschichte erzählte, konnte ich fast sehen, wie sie zusammenzuckte. Komischerweise tat sie mir leid, ich spürte, dass sie lieber bei einer kleinen Depression helfen würde, als dieser manischen, sich selbst analysierenden Frau, deren wilder Entschluss, mit allem *klarzukommen*, ein zu starker Schild gegen eine sanfte Therapie war. Damals wusste ich wenig über so etwas, seitdem habe ich mich gefragt, ob J und ich unsere Ehe hätten retten können, wenn wir zusammen mit jemandem gesprochen hätten. Doch das schlug niemand vor, niemand, mit dem er sprach, niemand in meinem Umfeld, und so machten wir in unseren privaten Höllen weiter. Zu diesem Zeitpunkt, kurz vor Weihnachten, war aller Frieden, den ich in der Grace Cathedral gefunden hatte, verschwunden, alle Vergebung vergessen. Ich war wütend, dass er immer noch so sehr um eine Frau trauerte, die er nur kurze Zeit gekannt hatte, zornig, dass er vor mir und allem, was wir erschaffen hatten, zu fliehen schien. Der schlimmste Gedanke – in diesen wunden Stunden vor dem Morgengrauen, wenn die Tabletten nicht wirken und selbst der Hund sein Pflichtbewusstsein vergessen hat und eingeschlafen ist – war, dass die falsche Person gestorben war. Ich konnte den furchtbaren Gedanken nicht verdrängen, dass er nicht so sehr getrauert hätte, wäre ich, seine Ehefrau, gestorben.

(Heute denke ich, dass der Vergleich ebenso absurd wie hypothetisch ist. Aber damals habe ich es so empfunden.)

Wie sollten wir Weihnachten ertragen? Ich stellte wie üblich einen großen Baum am Ende unseres großen Wohnzimmers auf und schmückte ihn mit dem üblichen bunten Flitter, darunter eine schmale rote Girlande, die schon die Bäume meiner Kindheit in Liverpool geschmückt hatte, und ein paar Dekorationen, die Dan als kleiner Junge gebastelt hatte. Unser Weihnachtsbaum war immer sehr üppig geschmückt, es war unmöglich, Platz für weitere Kerzen oder Schmuck zu finden. (Mir gefällt Extravagantes und Übertriebenes, das war ein Unterschied zwischen J und mir.) Die meisten Karten waren an mich adressiert, weil genug Leute nun wussten, was passiert war, aber die, auf denen »Mr und Mrs« stand, schienen sich unschuldig über den Baum, die aufgehängten Sterne, die Mistelzweige und alles andere lustig zu machen. Wer würde den Truthahn zerteilen? Was war mit den süßen, albernen privaten Weihnachtsritualen?

Weihnachten musste verwässert werden. 1987 hatte ich eine Produzentin von Radio 4 getroffen, Gaynor Vaughan-Jones. Wir machten eine kleine literarische Serie namens *American Authors* zusammen und wurden enge Freunde. Danach folgte eine Serie *Turning Points*, deren Höhepunkt ein Interview mit Seamus Heaney über den Umzug vom Norden in den Süden Irlands war, was einem politischen/kulturellen/

spirituellen Umbruch gleichkam. Gaynor war mittlerweile mit Ernie Rea verheiratet, dem Leiter der religiösen Sendungen bei der BBC, derjenige, dem ich meinen ursprünglichen Vorschlag für die *Devout Sceptics* vorgelegt hatte. Sie hatten diesen Sommer einen traurigen Urlaub mit den Kindern und mir verbracht und uns alle sehr unterstützt und bedauert. Jetzt beschlossen die Kinder und ich, sie zu Weihnachten einzuladen. Als sie zusagten, habe ich tatsächlich vor Erleichterung geweint, denn die Lücke, die J hinterlassen hatte, war so schockierend, so enorm, dass sie gefüllt werden musste.

So wurde Weihnachten 2003 zu einem überraschend fröhlichen Treffen mit Daniel und Kitty, meinen Eltern, Gaynor und Ernie und Robin und seinem bestem Freund Lawrence. Und ich war sogar fast glücklich. Js üblicher Weihnachtstoast wurde stattdessen von mir ausgebracht, bevor die Geschenke ausgepackt wurden. Meine Kinder taten alles, um den Platz ihres Vaters einzunehmen, buchstäblich und im übertragenen Sinn, während Ernie, nur ein Jahr jünger als J, eine echte Vaterfigur war. Wir bemühten uns alle so sehr, dass wir es schließlich schafften. Gaynors wilder kleiner Border Terrier Bentley starrte Bonnie drohend an, als wäre sie ein weißes Kaninchen, und als er bei dem Anblick anfing zu sabbern, wurde meiner Freundin klar, dass sie ihren Hund an einer kurzen Leine halten musste. Die Katzen hielten sich von ihm fern. Die großen Hunde waren wie immer munter und wunderbar. Ich fragte mich, ob sie ihr Herrchen so sehr vermissten wie wir.

Und doch musste ich solche Gefühle unterdrücken. Ich öffnete Js Geschenk in der Abgeschiedenheit meines Büros. Er öffnete meines irgendwoanders. Wir telefonierten miteinander. Nichts war für mich so schlimm, wie es für ihn war.

3
UMZUG

Ein Mann und ein Hund steigen die Vordertreppe hinab.
Der Hund sagt, lass uns in die Stadt gehen und uns betrinken,
lass uns alle Mülleimer, die wir finden, umwerfen.
So gehen Hunde mit der Aussicht auf Veränderung um.

Stephen Dobyns, *How to Like It*

Stellen wir uns eine Welt vor, in der niemand einen Namen trägt. Wie beeinflusst ein Name die eigene Identität? Bevor ich Bonnie gefunden hatte, trug sie einen anderen Namen oder zwei andere Namen. Der kleine Hund, der an einen Baum gebunden wurde, musste von demjenigen, der ihn in den ersten sechs Lebensmonaten gekannt hat, einen Namen bekommen haben. Dann haben die netten Leute im Tierheim ihr einen anderen Namen gegeben, denn ich erinnere mich, dass man mir sagte: »Wir nennen sie …«, aber ich kann mich nicht mehr an den Namen erinnern. Als sie Bonnie wurde, bekam sie eine neue Identität. Mit ihrem dritten und letzten Namen wurde sie wirklich meine Hündin.

Ich stimme dem Hundeliebhaber und Dichter Mark Doty zu, dass die traurigsten Hunde im Tierheim diejenigen sind, die keine Namen haben, weil sie niemandem auch nur so viel wert sind, sie mit ordentlichen Informationen abzugeben. Wie Bonnie wurden sie einfach ausgesetzt, ohne Namen und Daten. Mich berühren Fotos von lang verstorbenen Hunden immer wieder (zum Beispiel die, die Libby Hall sammelt und in

Büchern wie *These Were Our Dogs* veröffentlicht), weil man sich danach sehnt, ihre Namen zu erfahren, als würde dieses Wissen den Tod besiegen, da die Tiere ihre Wichtigkeit zurückerhalten. All den Menschen auf alten Fotos, die man in Trödelläden findet, waren ihre Haustiere wichtig genug, dass sie sich mit ihnen fotografieren ließen, doch nur wenige schrieben deren Namen auf. Aber ein Foto (in dem erwähnten Buch) zeigt einen Soldaten mit Schnurrbart, der mit überkreuzten Beinen dasitzt zusammen mit einem Bernhardiner und einem Jack Russell Terrier. Jemand hat vorn auf das Foto geschrieben: »Hissy und Jack«. Auf der Rückseite steht Genaueres: »Frankreich, August 1916. Unser Truppenhund, ein Bernhardiner namens Hissy, acht Monate alt, und der Terrier namens Jack. Kurz nachdem wir hierherkamen, sechzehn Monate alt und unser Staff Sergeant Farrier Len Nusse.«

Der Soldat, der das Foto gemacht hat, muss diese Hunde geliebt haben. Mitten im Gemetzel in Frankreich nahm er ein Foto und zeigte seine Zuneigung, indem er ihre Namen sowohl auf der Vorder- wie auf der Rückseite notierte. Ihre Identität war ihm wichtiger als die des Sergeants seiner Einheit, der – wie nachträglich – doch noch erwähnt wird. Ich stelle mir gern vor, welchen Trost diese Tiere den Soldaten boten, wie sie trotz des bedrohlichen Geschützdonners mit dem Schwanz wedelten. Darüber hinaus hat der robuste Name Jack etwas Zuverlässiges und Britisches, wohingegen der Name des Bernhardiners ein wenig merkwürdig und unerwartet albern klingt. Vielleicht war Hissy die Abkürzung eines würdevolleren Namens, aber sie (vermutlich ein Weibchen?) bleibt für immer Hissy, und mit diesem Wort assoziiert man ein leichtes Streicheln.

Ich frage mich, ob ein Name Einfluss auf das Schicksal hat. Ungefähr drei Jahrhunderte vor Christi Geburt veröffentlichte der griechische Schriftsteller Xenophon eine Abhandlung über die Jagd, in der er Ratschläge zur Hundeerziehung gibt und dazu rät, »kurze Namen zu wählen, damit wir sie leicht rufen können«. Er bietet eine Auswahl an wie Pylax (Bewacher), Chara (Freude), Bia (Kraft) und Horme (Eifer). Alle Namen klingen positiv. George Orwell nannte seinen Pudel Marx, es machte ihm aber Spaß, geheim zu halten, ob sein Tier nach Karl oder Groucho benannt worden war. Sicher würde man einen Hund anders betrachten, wenn er nach dem Vordenker des Sozialismus benannt wäre und nicht nach einem liebenswürdigen Clown.

Die verstorbene Leona Helmsley, eine vermögende Hotelmagnatin, die wegen Steuerhinterziehung im Gefängnis gesessen hat, hinterließ ihrem Malteser Trouble ein Vermögen. Aber wer gibt einem kleinen weißen Hund so einen unglücklichen Namen? Natürlich eine schwierige Frau, die von den Zeitungen »The Queen of Mean« (die Königin der Gemeinheit) genannt wurde. Kein Wunder, dass niemand den armen kleinen, reichen Hund mochte, der jeden biss, der in Reichweite seiner winzigen Zähne kam. Der Malteser erhielt Morddrohungen, selbst als sein bizarres Erbe von einem Gericht von zwölf Millionen auf zwei Millionen Dollar reduziert wurde. Einmal flüchtete Trouble sogar durch den Verkehr auf der Fifth Avenue, als suche er Freiheit. Über dieses Ereignis wurde im Internet berichtet. Der Hund, der von seinem schwierigen und einsamen Frauchen sehr geliebt wurde, lebte schließlich in Florida mit einem Angestellten, der dafür bezahlt wurde, sich um ihn zu kümmern. Wie er das tat, weiß niemand. Der arme Hund: Trouble hieß er und erlebte er. Als ich von ihm gelesen habe, dachte ich, wäre er mein Hund, würde ich ihn Toby nennen, und er hätte ein glücklicheres Leben.

Im Gegensatz dazu ist Bonnie ein Name voller Sonnenschein. Im Nordosten Englands werden Jungs mit »bonny lad« und Mädchen mit »bonny lass« begrüßt, das klingt so freundlich, dass man das Gefühl hat, niemand, der so gerufen wird, kann boshaft oder hässlich sein. Das altenglische *boni* stammt vom französischen *bon/bonne*, was »gut« bedeutet, und in Webster's Dictionary finden sich folgende Definitionen: (1) hübsch, gut aussehend, schön und attraktiv und (2) munter, ausgelassen, heiter und unbeschwert. Ein »bonny baby« ist rund, rosig und gesund. Der Name steckt voller Positivem, und obwohl ich meinen Hund gedankenlos nach einer meiner Lieblingssängerinnen benannt hatte, geschah etwas Wichtigeres. Unterbewusst schrieb ich ihr Schicksal neu, verwandelte sie von dem unerwünschten Tier, das an einen Baum gebunden worden war, in ein sehr geliebtes Wesen, das an ein menschliches Herz gebunden war.

Anfang 2004 verwandelte ich auch mein eigenes Schicksal. Ich änderte meinen Namen und kaufte ein Haus. Beides Taten der aggressiven Selbstbestimmung, auch wenn es mir damals nicht bewusst war, weil ich diese Entscheidungen nicht durchdachte. Ich reagierte. Ich wollte nicht länger an ein Haus oder einen Ehenamen gebunden sein, metaphorisch gesprochen flüchtete ich auf die Fifth Avenue, suchte Freiheit.

Ich bin 1946 in Liverpool geboren und Beryl Ann Mooney getauft worden. Ann war der Name der Mutter meines Vaters, und ich hätte ihn gewählt, weil ich den Namen Beryl von ganzem Herzen hasste, als ich alt genug war, mich dafür zu interessieren. Wie andere Namen (Hilda, Pamela, Norma, Pearl …) lässt er an ein einfaches, kämpfendes England in den vierziger und fünfziger Jahren denken, eine Welt der flackernden Deckenlampen und rauchenden Kohlefeuer, des Klangs von Nähmaschinen mit Handbetrieb, des Geruchs von gebratenem und gekochtem Kohl und der Familie, die sich um ein Bakelitradio schart. In der Grundschule war ich ein dünnes, schüchternes Kind mit Brille, das als »Beryl the Peril« und »Gooney-Mooney-Brillenschlange« geärgert wurde, und durch diese Namen, diese hässlichen Persönlichkeiten, zog ich mich zurück und flüchtete mich in die Welt der Bücher. Beryl ging zur Bibliothek und las sich durch die Regale, während »unsere Belle« zu Hause der Liebling des Großvaters war, auf dessen Knie ich saß, während er meine blonden Haare flocht. Sie war die Prinzessin, die in einem Turm eingeschlossen war, deren Identität geheim war, die aber davon träumte, bekannt und schön – belle – zu sein.

Als Teenager war ich weiterhin Belle zu Hause und Beryl in der Schule, aber als ich im Oktober 1966 an die Universität ging, beschloss ich, mich als Bel neu zu erfinden. Mir gefiel die Sparsamkeit, zwei Buchstaben meines Taufnamens fallenzulassen, und mir gefiel die Schreibweise »Belle« wegen der zu schmeichelhaften Bedeutung nicht. Schließlich hatte ich gerade erst Kontaktlinsen bekommen und war zum ersten Mal in der Lage, mich richtig zu sehen, und mir wurde klar, dass es einen Weg zur Metamorphose gab.

An der Universität stellte ich mich also mit einer Variante meines Kosenamens vor, und es traf tatsächlich zufällig mit dem Gefühl, hübsch zu sein, zusammen – Bel. Die neue Persönlichkeit passte. Aber als ich J im Februar 1968 heiratete, nahm ich noch einen Namen an, änderte den meinen in seinen. Von da an gehörte mein Pass und alles andere jemandem namens Beryl Ann Dimbleby, auch wenn man mich immer Bel nannte. Als ich Journalistin wurde, zögerte ich nicht, meinen Mädchennamen für den Beruf zu verwenden, da der Nachname meines Mannes zu bekannt war. Man muss sich nur vor Augen halten, dass über die kleine, unbedeutende

Hochzeit zweier Studenten 1968 in Zeitungen unter der Überschrift »Dimblebys Sohn heiratet« berichtet wurde. Ich war ein normales Mädchen, an so etwas nicht gewohnt. Man konnte dem nicht ausweichen – damals nicht, später nicht.

Außerdem konnte ich meine Liverpool-Mooney-Identität, die sich schließlich als dauerhafter als die andere herausstellen sollte, nicht so leicht ablegen. Sie ist mein Wesen, eine Quelle des Stolzes, die über akademische, soziale oder berufliche Leistungen hinausgeht, und ich glaube gern daran, dass meine Entschlossenheit zu überleben, etwas Liverpool-Hartes hatte. Denn im Dezember 2003 war ich voller Wut, die niemand sehen konnte. Ich bin keine Heilige und war es auch nie. Etwas, das J bei einem seiner Besuche gesagt hatte, ließ mich im Internet recherchieren, wie leicht ich meinen Namen durch eine Namensänderungsurkunde ändern lassen konnte. Er deutete an, dass ich (wie meine Exschwägerin) mit dem berühmten Nachnamen recht froh gewesen sei, eine Unterstellung, die ich ungerecht fand, da ich ihn nie beruflich genutzt hatte. Also wurde ich mit einem Schlag (nun, nicht ganz so einfach, da man aufwändig alle amtlichen Dokumente ändern lassen muss, was Monate dauern kann) zum allerersten Mal offiziell Bel Mooney. Das war tatsächlich eine neue Identität. Ich bekam meinen neuen Pass am 13. Januar 2004, das kraftvoll Symbolhafte meiner Tat war mir nur zu bewusst. Mit diesem, meinem dritten Namen wurde ich wirklich zu meinem eigenen Ich.

Ich würde auch in ein neues Haus umziehen. J und ich stimmten überein, dass unser geliebtes Heim, jetzt, nach sechs Monaten ohne ihn, zu meinem Gefängnis geworden war. Die Winde straften mich, die Dunkelheit lastete auf mir, und trotz der weihnachtlichen Feier überwog das Gefühl des Verlusts. Mein Ehemann wusste das besser als jeder andere, er konnte nicht zurückkehren und stimmte zu, dass ich nicht bleiben konnte. Eine Sackgasse. Es war (dachte ich später), als hätten wir fünfunddreißig Jahre lang zusammen in einem kleinen Boot gesessen und Seite an Seite kräftig gerudert. Manchmal war das Wasser bewegt, manchmal wurde einer von uns durch die Bewegungen seekrank, doch wir hatten weitergemacht. Dann hingen wir eines Tages in einem Strudel fest, und er ging über Bord, ich ruderte allein im Kreis weiter, suchte nach ihm, doch die Strömung trieb mich fort von der Gefahr. Als sein Kopf schließlich wieder an der Wasseroberfläche auftauchte, war ich woanders, unfähig, zurückzurudern, um nach ihm zu greifen. (»Geh immer nach voran und schaue niemals zurück.«)

Meine Kinder waren kurz vor diesem ersten Weihnachten ohne ihren Vater aus London hergekommen. Sie betraten die Küche und fragten, was er und ich beschlossen hatten. Zu diesem Zeitpunkt hatten sie es akzeptiert, zumindest oberflächlich.

»Er sagt, ich kann nach einem Haus suchen.«

»Gut, das brauchst du jetzt, Mum.«

»Ich weiß.«

»Also, was für ein Haus möchtest du?«

Ohne zu zögern, sprudelte es aus mir heraus: »Ich will große Fenster und einen ummauerten Garten und … ich hätte gern ein Haus mit einer Tür in der Mitte wie die Häuser, die ich als Kind gemalt habe.«

Unser Hof hatte kleine Fenster und eine endlose Landschaft und eine ausufernde Form, sodass ich den diametral entgegengesetzten Traum beschrieb. Sie fuhren los zu ihren Weihnachtskäufen in Bath, und Kitty rief mich dreißig Minuten später aufgeregt an. Sie hatten *das* Haus auf einem Foto im Schaufenster eines Immobilienmaklers gesehen. Ein Haus

aus der Regency-Zeit. Es hatte große Fenster, einen ummauerten Garten und eine Tür mitten in einer eleganten Vorderfront. Und das Wichtigste, erzählte sie mir: Auf dem Foto des Wohnzimmers lag ein kleiner weißer Hund auf dem Teppich. Das war doch sicher ein Zeichen.

Am nächsten Tag sah ich mir das Haus mit meiner Mutter und meiner Tochter an, die begeistert waren. Es war groß, aber kompakt, und die Eigentümerin hatte jegliche moderne Ausstattung einbauen lassen, ohne die historische Atmosphäre zu zerstören. Alles, was ich zu tun hatte, wäre, Bücherregale einzubauen und das Badezimmer umbauen zu lassen. Es war zwar alles wunderbar, aber die Anwesenheit des Hundes der Besitzerin half. Ein West Highland Terrier namens Lily, der auf einer Chaiselongue im Schlafzimmer saß und auf die Rückkehr seines Frauchens (einer Witwe) wartete. Der Hund starrte stur auf die Straße, ignorierte (nach anfänglichem Bellen) den Immobilienmakler und uns, die Eindringlinge in seinem Revier. Er war völlig auf das mögliche Wiedersehen konzentriert. Das ist es, was Hunde wollen.

Menschen wollen es auch, aber man kann nicht endlos und vor Erwartung zitternd aus dem Fenster starren oder auf den Friedhof warten. Rückblickend macht es mich manchmal traurig, dass ich, der aufgeklärte Mensch, dem Hundebeispiel nicht folgte und für immer gewartet habe, wie Hunde es tun. Die berühmte schottische Geschichte von »Greyfriars Bobby« zeigt zum Beispiel eine Treue, die Menschen berührt. Bobby gehörte einem Wachmann namens John Gray, und die beiden wurden zu einem bekannten Anblick in Edinburgh, waren bei jedem Wetter unterwegs. Aber John bekam Tuberkulose, starb 1858 daran und wurde auf dem Friedhof Old Greyfriars beerdigt. Egal, ob es regnete oder schneite, Bobby weigerte sich, das Grab seines Herrn zu verlassen, und schließlich gab der Friedhofswärter den Versuch, ihn zu verjagen, auf und reichte wegen des armen kleinen Hundes neben dem Grab seines Herrchens seine Kündigung ein. Der treue Terrier wurde immer berühmter, und jeden Tag versammelten sich Menschen um ein Uhr, wenn Bobby den traditionellen Schuss hörte und das Grab verließ, um zum Kaffeehaus zu gehen, das er immer mit seinem Herrchen besucht hatte und wo man ihn fütterte. Seine Wache dauerte vierzehn Jahre, bis er 1872 mit sechzehn Jahren starb. Heute gibt es eine Statue zu Bobbys Ehren, ein Pub ist nach ihm benannt, und das seit Langem verstorbene Sinnbild von Treue hat sogar seine eigene Webseite und verkauft Souvenirs, was beweist, dass die Geschichte (wie eine ähnliche über Hachiko, dem Bahnhofshund in Japan) immer noch tief in uns etwas anspricht.

Schließlich kann ein Mann seine Ehefrau verlassen, aber ihr Hund ist lebenslang an ihrer Seite. Ich habe mal einen kanadischen Fernfahrer auf amerikanischen Straßen getroffen, bei dem ein Halbdingo-Mischling (ja, in Amerika) mitreiste, den er mal am Straßenrand in Wyoming entdeckte, nachdem jemand den Hund ausgesetzt hatte. Er gab zu, dass er dem Hund mehr zu sagen hatte als seiner Frau, und wenn man an die langen Monate unterwegs dachte, dann vermute ich, dass der Hund vielleicht auch der treuere Gefährte war. Die schwierige Wahrheit ist, dass es manche Menschen relativ einfach finden, Menschen, die sie verloren haben, zu »ersetzen« (sowohl J als auch ich selbst würden das tun), aber die Hunde bleiben loyal. Seit Susan Chilcotts Tod hatte ich darauf gewartet, dass mein Mann zurückkehrt (»wieder zur Vernunft kommt«, wie manche sagten) und mir sagen würde: »Dieser Wahnsinn ist jetzt vorüber, also lass uns mit unserem Leben weitermachen.« Aber das tat er nicht, und ich wusste, dass ich wahnsinnig würde, wenn ich nichts unternahm. Natürlich *hätte* ich J noch mehr Zeit geben können. Aber was, wenn es nie zu einer Rückkehr gekommen wäre? Ich habe noch nie gern Glücksspiele gespielt, ich konnte meinen hochentwickelten Selbsterhaltungstrieb nicht unterdrücken.

Ich erinnere mich daran, eines Abends Nina Simone gehört zu haben, wie sie Jacques Brels wundervolles Lied »Ne me quitte pas« singt. Das Stück ist lang, und ich lauschte den Worten genau, und zu Anfang hatte ich Tränen in den Augen, aber am Ende empfand ich ein kraftvolles Gefühl der Rebellion. Es kam während der unterwürfigsten Strophe. Sie lautet:

Ne me quitte pas
Je ne vais plus pleurer
Je ne vais plus parler …
Laisse-moi devenir
L'ombre de ton ombre
L'ombre de ta main
L'ombre de ton chien
Ne me quitte pas …

(Verlass mich nicht. Ich werde nicht mehr weinen. Ich werde nicht mehr sprechen … Lass mich der Schatten deines Schattens werden, der Schatten deiner Hand, der Schatten deines Hundes. Verlass mich nicht etc.)

All diese Lieder über Liebeskummer und Frauen, die sich masochistisch unterwerfen (»He beats me too«, »Er schlägt mich auch«, singt Billie Holliday), sind dafür gemacht, sie in düsterer Stimmung und leicht beschwipst nachts zu hören, wenn sich Zigarettenrauch zur Decke kringelt. Aber im wirklichen Leben? Im *eigenen* Leben? Nein, nein, nein. Ich werde *nie* darum bitten, der Schatten des Hundes irgendeines Mannes zu sein. Ich werde meinen eigenen Hund in die Tasche packen und meinen eigenen Weg gehen, vielen Dank auch. Warum sollte ich das Opfer spielen und diese andere klassische französische Ballade singen: *J'attendrai* – Ich werde warten? Mein Leben verfloss mit jedem Atemzug, und ich hatte keine Zeit mehr, zu warten.

Es ist die Verweigerung, zum Underdog zu werden. So viele negative Ausdrücke beziehen sich auf Hunde. Ein »dog« ist zum Beispiel eine hässliche Frau. Einen Mann »dog« oder »cur«, Köter, zu nennen, ist eine der schlimmsten Beleidigungen. »Hangdog« steht für misshandelte Verletzlichkeit, und ein »underdog« ist ... nun unter anderem eine Frau, die von ihrem Ehemann verlassen wurde. Es sei denn, sie geht auch. In die entgegengesetzte Richtung. »Die sich ändert, wenn sie Änderung findet«, um Shakespeares Sonnet 116 zu zitieren. J hatte sich als Erster von unserem Zuhause entfernt, jetzt war ich an der Reihe umzuziehen. In den Worten des Philosophen Mark Rowlands: »Es ist unser offener Widerstand, der uns errettet.« Ich kann das nicht lesen, ohne eine geballte Faust vor mir zu sehen, wütend und stolz gen Himmel gereckt. Die Wahrheit ist, dass sich neben der Trauer etwas Hartes und Unnachgiebiges in uns beiden entwickelt hatte. Trauer und Schuld machen einen Mann (oder eine Frau) starr, das gilt jedoch auch für ein Gefühl der Rechtschaffenheit. Es kann genauso schwierig sein, jemandem zu vergeben, den wir verletzt haben, wie jemandem zu vergeben, der uns verletzt hat. Aus welchen Gründen auch immer, ich konnte es einfach nicht ertragen, weiterhin gestrandet zu sein und mich an ein Wrack zu klammern.

Heute bekomme ich als Ratgeberkolumnistin viele Briefe von Menschen, deren Ehen am Ende sind und die nicht wissen, wohin, sowohl buchstäblich als auch im übertragenen Sinn. Ich rate ihnen immer zu versuchen, die Kontrolle wiederzugewinnen, selbst wenn das bedeutet, die Schlösser auszutauschen oder den Namen zu wechseln. Wenn man verlassen wurde, fühlt man sich völlig demoralisiert. Man vergisst, die Haare zu waschen, und man geht ins Bett, um schlaflos dazuliegen. Man geht zum Arzt und heult sich aus, bis dessen professioneller Blick abschweift, weil er an all die draußen wartenden Patienten denkt. Dann bekommt man ein Rezept für Amitriptylin, damit man schlafen kann, aber man fühlt sich den ganzen Tag über wie ein Zombie. Man bricht in Tränen aus, wenn man im Radio jemanden über die Liebe sprechen hört, oder eine Filmszene trifft einen mitten ins Herz (wie zum Beispiel als es Emma Thompson in dem Film *Tatsächlich … Liebe* bewusst wird, dass ihr eitler Ehemann eine Halskette für das sexy Mädchen im Büro gekauft hat, sie aber weiß, dass sie wegen der Kinder ein tapferes Lächeln aufsetzen muss …).

Als Ersatz verbringt man dann einen Abend vor einem Jackie-Chan-Actionfilm oder einem langweiligen Sportereignis, als wäre man jemand anderes. Und *tatsächlich* ist man jemand anderes geworden, nämlich derjenige, der verlassen wurde. Man hätte nie gedacht, dass man diese Person mal im Spiegel sehen würde und sie ewig ungläubig anstarren könnte. Man läuft zu Hause hin und her, und alles dort verspottet einen, weil man versagt hat. Denn man hat versagt, und niemand (nicht die wohlmeinenden Freunde, nicht der unfähige Therapeut, den man sich sucht, um seine Last abzuladen) kann dir etwas anderes erzählen. Man dachte, dass die Ehen anderer Leute zerbrechen, aber jetzt starrt man in den Abgrund der eigenen Ehe und glaubt von ganzem Herzen, dass man *selbst* die Kraft hätte haben müssen, in eine andere Richtung zu steuern. Das alte Haus zerfällt um einen herum, aber man gibt die Schuld nicht dem Erdbeben, man gibt sich selbst die Schuld.

22. Januar: Ich habe einen Termin bei SM – einer gut aussehenden, dunkelhaarigen Anwältin in einem Hosenanzug, die sich um die Reste meiner Ehe kümmert. Es wird die sanfteste Art der Trennung sein, da wir beschlossen haben, dass eine Scheidung zu brutal ist und ich sie nicht will. Sie sagt: »Er hat nicht nur seine Frau verloren, er hat seine beste Freundin verloren.« Aber er hat meine Freundschaft nicht verloren. Die muss weiterbestehen. Es gibt Sekunden, in denen ich glaube, ich könnte über den Abgrund zwischen uns treten und bitten: »Komm zurück.« Oder er könnte sagen: »Es war alles ein Fehler, ich liebe dich, nimm mich zurück.« Aber das passiert nicht. Und jetzt möchte ich wirklich in dem neuen Haus leben und stelle mir voller Vorfreude seine sauberen, leeren Räume vor. Der Hof ist kalt. Kaltes Wetter ist vorhergesagt. Die Felder sind grau und matschig, ein Zaun ist gebrochen. Billie und Sam sehen traurig und gelangweilt aus. Heute Abend bin ich ins American Museum etwas trinken gegangen und habe Deirdre McS zur Seite genommen, um ihr die traurigen Nachrichten mitzuteilen, und ihr Schock hat mich berührt. Ja, es ist schockierend und sollte nicht geschehen. Also bin ich sogar noch melancholischer nach Hause zurückgekehrt, dort habe ich ein bisschen was gegessen, gehustet und bin dann früh vor dem Feuer im Wohnzimmer eingeschlafen. Ich fühle mich stumm und möchte mit niemandem reden. Sogar Bonnie ist gelangweilt.

»Kümmert sich« ist hier das Schlüsselwort, obwohl ich es damals noch nicht wissen konnte. Mir ist bewusst, wie privilegiert ich war, ein neues Haus zu kaufen, weil die meisten Leute sich das nicht leisten können. Die Londoner Basis, die wir 1986 gekauft hatten, die einmal ein fröhliches Familienheim war und über die Jahre verschiedenen Freunden eine Übernachtungsmöglichkeit geboten hatte und auch als Arbeitsbüro für Produktionen unseres Unternehmens diente, wurde verkauft, um mir dieses Haus kaufen zu können. Ich hatte auf gewisse Weise also Glück. Doch es ist für Menschen, die sich in einer ähnlichen Situation befinden, entscheidend, sich bewusst zu sein, dass auch die kleinste Handlung, um ihre eigene Ecke zu verteidigen (vielleicht eine unnötig aggressive Formulierung), helfen wird. Der Schlüssel ist, nicht darauf zu warten, dass etwas für einen getan wird, sondern selbst einen Schritt nach vorn zu machen und autonome Entscheidungen zu treffen, sogar solche kleinen wie einen neuen Haarschnitt oder einen Besuch bei der Kosmetikerin. Ich weiß, dass manche Leute solche Ratschläge trivial finden. Sie verstehen nicht, dass kleine Entscheidungen und undramatische Handlungen die Bausteine sind, mit denen man sich Schritt für Schritt ein neues Zuhause bauen kann, wo das eigene Selbst seine veränderte Identität kennenlernen kann.

Gegen Ende Januar brach meine Tochter mit einer Freundin für sechs Monate auf einen Rucksacktrip auf. Sie hatte für ihre Eltern getan, was sie konnte, und jetzt musste sie fliehen. Ihr Bruder und ich verabschiedeten sie, dann fuhren wir von Heathrow schweigend in die Stadt. Wir wussten beide, wie sehr wir sie vermissen würden. Wenn sie zurückkehrt, würde ich nicht mehr im Familienheim wohnen. Dan und ich spazierten über die Portobello Road, aßen zu Mittag und sprachen ruhig über das, was geschehen war. Ich fuhr die hundert Meilen zurück zum leeren Bauernhof, und in dieser Nacht tobte ein Schneesturm ums Haus, während ich in meinem Büro Papiere sortierte, als Vorbereitung für den Umzug.

Botschaften kommen aus den merkwürdigsten Ecken. Zeichen der Götter, meine ich. Ein paar Wochen, nachdem Kitty abgeflogen war, war ich in London, um meinen Agenten zu treffen, und war sehr niedergeschlagen. Es hatte Probleme mit der Hypothek gegeben, und ich hatte Angst, das neue

Haus zu verlieren. J und ich standen durch melancholische E-Mails, Telefonate und Treffen in ständigem Kontakt, um das Aufteilen des Eigentums zu besprechen, danach umarmten wir uns stets mit wortloser Trauer. Nach und nach erzählten wir Bekannten, dass wir uns getrennt hatten, da es sich immer noch nicht allgemein herumgesprochen hatte. Wieder und wieder sah ich geschockte, dann traurige Gesichter. Ich fragte mich, ob es daran lag, dass die Welt ein Ehepaar, das seit Jahren verheiratet ist, als eine Art Vorbild ansieht, besonders wenn es wie J und ich, trotz komplizierter und schwieriger Zeiten, immer sehr ehrlich war. Ich konnte fast hören, wie die Leute dachten: »Aber ihr seid so weit gekommen, habt so vieles zusammen erlebt, es alles überlebt – *Gebt jetzt nicht auf.*« Ich ging zu einer Buchpräsentation und flüsterte einem sehr bedeutenden Historiker, Autor und Kunstexperten, der viel älter ist als J und ich und mit dem wir über viele Jahre eine herzliche Bekanntschaft hatten, die Wahrheit zu. In einem Raum voller Menschen, die Champagnergläser in den Händen hielten, vergoss er tatsächlich Tränen. Es tat mir gut, jemand anderen wegen der traurigen Geschichte zu trösten, die wohl alle Ehen infrage zu stellen schien.

Ich hatte also noch eine Stunde Zeit, bevor ich meinen Agenten traf, und spazierte in das John-Lewis-Kaufhaus in der Oxford Street. Ich hatte das Gefühl, dass die Ereignisse mir das Herz wie Eisenbänder zuschnürten. Ich dachte an das neue Haus, ging nach unten in die Haushaltswaren und Elektroabteilung und fand *die* Botschaft auf einer Werbeauslage. Da stehen ein Bügeleisen, ein Bügelbrett und ein Wäschetrockner, alle in meinen Lieblingsfarben Lila und Weiß, darüber hängt ein großes Schild mit der Aufschrift: NEUSTART. Ich blinzle und schaue mich um, und es ist, als wäre alles erleuchtet: Es glitzert unwirklich. Überall stehen Schilder: AUFFRISCHEN ERNEUERN NEU BEGINNEN. Die Frühlingsfarben heben unwillkürlich meine Stimmung, und mir wird bewusst, dass mich nichts je davon abhalten kann, neu anzufangen. Keine Ballade mehr im Kopf, sondern die Discohymne »I Will Survive«.

12. Februar: Ich schreibe allein in der Bibliothek. Es tut gut, allein zu sein, auch wenn ich meine Zeit nicht gut nutze. Heute habe ich einige Daueraufträge und Bankeinzugsermächtigungen gekündigt. Ich bin von all den finanziellen/organisatorischen Dingen, die ich zum ersten Mal allein erledigen muss, überwältigt. Aber dann lächerlich fröhlich, wenn ich sie erledigt habe. J und ich hatten unser Leben so altmodisch aufgeteilt: Musste es so sein? Werde ich mein Selbstvertrauen je wiedergewinnen? Werde ich je wieder eine gute Arbeit abliefern? Ich fühle mich müde und bar jeglicher Energie und, ja, Liebe. Ich lese Gedichte über die Liebe – ganz allein in der Bibliothek. Nein, nicht allein. Mit Bonnie. Und es war in Ordnung. Und wird es sein.

Während dieser Zeit rezensierte ich hin und wieder ein Buch für *The Times* und versuchte, ein Buchexposé zu erarbeiten, aber andere Arbeit war unmöglich. Ich trieb durch die Tage mit drei Hunden und den Katzen, packte die Bücher, Dekogegenstände und Bilder ein, die ich mitnehmen wollte, und klebte Zettel auf die Möbel, die in mein neues Haus passten. Nachts kuschelte ich mich mit Bonnie und meinem Tagebuch ins Bett und notierte, dass »die völlige Stille im Haus und dem Tal mich taub macht. Ja, ich kann sie wie ein unterdrücktes Rauschen in meinen Ohren hören. Ich weiß, ich könnte sie fühlen, wenn ich meine Hand ausstrecken würde, weich wie Watte.« Ich vermisste J schrecklich. Mein Tagebuch versprüht wilden Zorn auf Susan Chilcott (*die egoistisch, gierig unser Leben geraubt hat)*, der teilweise dem Bedürfnis, einen Schuldigen zu finden, entsprang. Ich konnte es nicht ertragen, den Mann, den ich geheiratet hatte, zu beschuldigen, also übertrug ich all meine Wut auf die Frau, die er für so eine kurze Zeit geliebt hatte. Und die er immer noch liebte.

Eines Tages, als J zu Besuch war, sagte ich ihm, wenn man jemanden, der tot ist, *lieben* kann, dann kann man jemanden, der tot ist, auch *hassen*.

Bonnie und ich gingen einkaufen. Den Leuten in Bath fiel sie auf. Vielleicht lag es an ihrer Größe, vielleicht an der konstanten Bewegung, vielleicht an ihrer Garderobe aus Halsbändern und Leinen, die meist zu dem passten, was die närrische Frau an ihrer Seite trug. Die Mädchen im Schuhladen spielten mit meinem kleinen Hund, während ich Pumps mit höheren Absätzen, als ich jemals getragen habe, anprobierte, wilde glänzende schwarze Teile mit Seiten aus Acrylglas. Sie wurden meine. Drei Tage später kaufte ich rote, tödlich spitze Secondhand-Stilettos und schrieb: »Mein Konto ist überzogen, ich habe keine Arbeit, aber ein neues Haus gekauft, und doch kaufe ich Pumps. Die Symbolik ist offensichtlich. Ich will Schuhe, die nicht auf diesen blöden, blöden Bauernhof passen …«

Ähnlich war es am Valentinstag, an dem Bonnie und ich uns bei einem Händler von alten Musikboxen befanden, ungefähr zwanzig Meilen südlich von Bath. Ich habe Rock 'n' Roll schon immer geliebt und Americana und die Beat-Poeten und Girlgroups mit weiten Röcken und toupierten Haaren, die gemeinsam singen und tanzen, während ihre allgemeingültigen Fragen zu der Sternenharmonie aufsteigen: »Baby, baby, where did our love go …?« Im Keller des Hauses, das ich kaufte, gab es eine große Nische, in der früher ein alter Küchenschrank gestanden haben muss. Beim ersten Besuch wusste ich bereits, dass ich dort in dem Zimmer, das zu einem Büro werden sollte, die Musikbox hinstellen würde, die ich mir schon immer gewünscht hatte. Als Teenager in einer Kleinstadt in Wiltshire hing ich immer in der kakerlakenverseuchten Milchbar herum, paffte billige Zigaretten und fütterte die Musikbox, während ich Milchshakes trank. Ich bewegte meine Schultern zu Little Richard und Roy Orbison (o ja – »Crying over You«) und Jerry Lee Lewis. So ein Verhalten – damals und heute – war so weit von Js Welt entfernt wie ich von seinem Turnierreiten oder von Susan Chilcotts Opernbühnen.

Deswegen wollte ich eine Musikbox. Es war ein weiteres Zeichen. Die Wurlitzer von 1964 mit Cadillac-Linien, Sonnenschein auf Plastik und senkrecht stehenden Singles wurde mit einem *klick*, *surr*, *zisch* meine. Auch wenn ich die Lieferung und die Bezahlung noch verschieben musste, da ich weder ein Haus noch Geld hatte. Noch nicht.

Im März ging es so richtig mit den Presseanrufen los. Im Sommer/Herbst 2003 hatte es ein paar Anrufe gegeben und einen Besuch von der *Mail on Sunday*, während ich eine Wohltätigkeitsgala moderierte. Ich habe alle Reporter angelogen und behauptet, dass die Sopranistin von allen geliebt wurde und eine gemeinsame Freundin sei. Aber warum, könnte man fragen, löste das Ende dieser Ehe eine solche Aufregung aus? Aus demselben Grund, aus dem Fremde uns an unserem Hochzeitstag fotografiert haben: Der Spross einer berühmten Dynastie kann nicht fliehen und seine Familie, wenn er selbst berühmt geworden ist, ebenfalls nicht. J kam damit nie klar. Er sah sich selbst als professionellen Autor und Journalist, der für die Ernsthaftigkeit seiner Arbeit bekannt war. Er verabscheute die Idee des »Prominenten«, aber er passte damit nicht in die Zeit. Jedenfalls war Susan Chilcott eine wundervolle Sängerin gewesen. Ob es ihm gefiel oder nicht: Es war eine »Story«.

Ich packte in unserem Haus in London (das mittlerweile verkauft ist) und suchte niedergeschlagen meine Dinge aus unserem Zuhause zusammen, während ich von jungen Klatschreportern belagert wurde, die verlegen aussahen (»Hören Sie, ich bin nur eine Journalistin wie Sie«, protestierte ich), und von älteren Verlegern, die ich kannte, angerufen wurde, die zum Beispiel sagten: »Der Herausgeber will, dass ich Sie frage, ob Sie über all das schreiben wollen. Das ist furchtbar, ich fühle mich wie ein Geier.« Es war schlimm. An manchen Tagen fühlte es sich an, als würde ständig eine Tür in meinem Kopf zuschlagen, mich taub machen und mich in den Wahnsinn treiben. Ich sagte mir pathetisch, dass ich das nicht verdient hatte, aber wenn man es einmal wagt zu glauben, jeder bekäme, was er verdiene, und sich dann an zu frühe Todesfälle erinnert, fragt man sich: »Hat *sie das* verdient?«

Für viele Menschen haben Journalisten moralisch einen sehr niedrigen Stellenwert, sicher, das Eindringen von ihnen ins Privatleben und die Lügen, die in billigen Klatschmagazinen verbreitet werden, richten Schaden an und verletzen. Ich bin oft erstaunt, mit welcher Selbstsicherheit Kollegen eine bekannte Persönlichkeit »unerträglich« (nur ein Beispiel) nennen, obwohl sie sie nie getroffen haben. Über die Jahre wurde immer mal wieder über J und mich geschrieben, und ich habe mich stets aufgeregt, wenn er dabei vernachlässigt wurde, aber (vielleicht, weil Menschen aus Liverpool in diesem steifen Wind vom Mersey hart geworden sind) es machte mir nicht so viel aus, wenn mit mir ruppig umgegangen wurde. Ich wurde fuchsteufelswild, wenn ich etwas erfuhr, das ich ihm gegenüber ungerecht fand, besonders als er an dem Prince-of-Wales-Projekt arbeitete. Es regte mich auf, dass Leute all die ernsthaften Leistungen seiner langen Karriere vergaßen und seinen Journalismus auf die eine Frage über Ehebruch reduzierten.

Doch selbst in dieser schlimmsten Phase konnte ich die Leute, die von dem Tratsch über uns lebten, nicht hassen. Der Wunsch, intimste Details über die Beziehungen anderer Leute zu erfahren und zu sehen, dass die Mächtigen fallen, sind uralte menschliche Impulse. Da ich die Klassiker liebe, weiß ich, dass römische Dichter wie Martial, Catull und Juvenal auf dem Feld der Gehässigkeit jeden modernen Autoren schlagen. Ich *mag* Journalisten, sehr sogar. Ich habe für Boulevardblätter gearbeitet, für großformatige Zeitungen, für ein linksgerichtetes Magazin, für Beilagen und für Frauenzeitschriften, und mit die beste Zeit habe ich mit Journalistenkollegen verbracht. Wenn ich einen davon auf meiner Schwelle sehe, ist mein erster Instinkt, ihm eine Tasse Kaffee anzubieten, auch wenn *unsere* zerrissenen Herzen die »Story« sind.

Trotzdem, die Schlagzeile in der *Mail on Sunday*, die über zwei Seiten ging, schockierte mich so, dass ich mich an den Küchentisch setzen musste. Da stand: »Jonathan liebt einen Geist«, und darunter befand sich ein Pressebild von uns beiden Arm in Arm, hübsch und glücklich bei irgendeiner Veranstaltung, dann noch ein verschwommenes Foto von ihm, aufgenommen ein paar Tage vor der Veröffentlichung, auf dem er hager aussah, und in der Mitte, den Blick direkt auf mich gerichtet, ein riesiges Bild von Susan Chilcott, wunderschön in einem blauen Kostüm in einer ihrer Opernrollen. Es erfüllte mich mit Schrecken, obwohl ich gewusst hatte, dass die Zeitung einen Artikel plante. Es war, als würde mich dieses Gesicht ewig anstarren und mir sagen, dass sie gewonnen hatte.

Am 10. März wurde das neue Haus offiziell mein eigenes, und es fühlte sich richtig an, dass ich die Schwelle mit meinem Sohn überschritt, der es zum ersten Mal sah. Meine beiden Kinder hatten das Foto des Hauses im Fenster eines Maklers entdeckt, Kitty hatte es sich mit mir zusammen angesehen, jetzt begleitete er mich in mein neues Zuhause. Da Kitty nicht da war, stützte ich mich auf Dan. Ich wurde von einem unwirklichen Gefühl überwältigt, das über die nächsten zwei Wochen stärker wurde. An einem Tag war ich in London und vereinbarte mit einem Verleger, eine Sammlung von Kurzgeschichten über Mütter und Töchter herauszugeben und eine Geschichte dafür zu schreiben. Das Buch würde gleichzeitig in Großbritannien und den USA veröffentlicht. Zwei Tage später kam der Umzugswagen auf den Bauernhof, und die düstere Arbeit begann.

19. März: Ich bin um 7 Uhr aufgewacht und wusste, das ist der Tag, an dem ich nicht meine Ehe verlasse, aber Js Besessenheit von dem Geist des Soprans, weil ich nicht mit ihrem bösen Geist leben werde. Sie hat von meinem ach-so-wunderbaren Ehemann Besitz ergriffen und seine Vergangenheit und Zukunft mit einem Fluch belegt. So. Ein Morgen, an dem ich Kaffee für die Umzugsleute koche und zusehe, wie mein Leben (nicht mehr unser Leben) in Kartons und dann im Lastwagen verschwindet. Ich rufe Mum und Dad an, und sie sind wie immer für mich da, sie gehen ins Haus, um Kartons auszupacken. So. Um 12:30 Uhr schaue ich auf meine linke Hand und schreie auf. Der große Diamant in dem Ring, den mein geliebter J mir zum dreißigsten Hochzeitstag gekauft hat, ist nicht mehr da, aus der Fassung gefallen. Wo suchen? Wie könnte eine Suche möglich sein? Ich war geschockt und brach in Tränen aus. Ich rief J an, um es ihm zu sagen, und er war traurig und mitfühlend wie der alte J, bevor er sie getroffen hatte. Er sagte: »Ich kaufe dir einen neuen Ring.« Ich musste den Verlust des Diamanten (von wegen Symbole) und den meiner Ehe überwinden und mich darauf konzentrieren, mein Haus J und dem Geist von SC zu überlassen. Ich sah zu, wie eine Lastwagenladung nach der anderen verschwand, fuhr ins neue Haus, wo Mum und Dad auspackten und auspackten, so engagiert trotz ihres Alters und trotz dieses massiven Widerspruchs gegen alles, auf das ich mein Leben gegründet hatte. Die Gegensätze überwältigten mich: Mein neues Haus ist hübsch, doch viel kleiner, und draußen gibt es den Verkehr anstatt des Friedens des Hofes. Scheiß auf den Verkehr! Ich mag es! Ach, wie merkwürdig alles ist. Was SC ausgelöst hat, ist eine geologische Verschiebung. Alles ist kaputt und neu. Heute Nacht um halb eins habe ich mich voller Trauer und Bitterkeit gefühlt. Warum darf man nicht verbittert sein? Weil das nicht sehr PC ist oder so. Und doch fühlt es jeder, wenn er ehrlich ist. Es ist spät. Ich bin beschwippst. Ich liebe J.

Das Letzte, was ich tat, bevor ich mein Haus verließ, war, Holz im Kamin im »neuen« Wohnzimmer, das ich für J hergerichtet hatte (das alte Esszimmer), zu stapeln, sodass er, wenn er, jetzt allein, sein Zuhause wieder übernahm, nur ein Streichholz anzünden musste, um es warm zu haben. Diese Tat kam aus demselben Ort wie sein spontanes »Ich werde dir einen neuen Ring kaufen«. Obwohl wir getrennt wohnten, entdeckten wir über die nächsten Jahre, dass wir uns nie weit von diesem Ort entfernen würden.

Bonnie war stets präsent, eine stumme Zeugin. Aber es war traurig, Billie und Sam und die Katzen zu verlassen. Meine eigene Katze war Louis, eine unglaublich elegante Burmilla, die J mir, zusammen mit einem mittelalterlichen Manuskript und einer Mutterkindskulptur eines befreundeten Künstlers, zum fünfzigsten Geburtstag geschenkt hatte. (Er kannte meinen

Geschmack so gut.) Natürlich stellte ich mir vor, dass Louis mit mir und Bonnie umzog, das kleinere, weniger schöne Wesen betrachtete er völlig gleichgültig. Doch die Hauptstraße, an der mein neues Haus lag, machte mir Angst. Die Katze kannte nur die Freiheit des Bauernhofes, und ich wusste (da ich schon früher mit Katzen umgezogen bin), dass er auf jeden Fall versuchen würde zurückzukehren und dann wahrscheinlich unter den Rädern eines Busses landen würde. Also ließ ich ihn zusammen mit den anderen Tieren auf dem Hof zurück, in der Obhut von Js Pferdepflegerin Fran, die mit ihrer Familie in das Cottage gezogen war, das Robin verlassen hatte, um mit einem Freund in London zusammenzuwohnen. (So gesehen hatten Billie, Sam, Django, Louis und Ella Glück. Als Bonnie damals mein Hund wurde, hatte man mir im Tierheim in Bath erzählt, dass immer mehr Tiere aus zerbrochenen Beziehungen gebracht wurden.) Aber in Wahrheit hatte Bonnie Louis triumphierend in meiner Zuneigung ersetzt, die Katzenliebhaberin hatte sich in einen kleinen Hund verliebt und konnte nicht mehr zurück.

Solange mein Hund bei mir war, würde ich überleben. Eines der schönsten Stücke im British Museum ist ein mittelalterliches Manuskript namens *Luttrell-Psalter*, ein illuminiertes Psalmenbuch, das zwischen 1325 und 1340 für Sir Geoffrey Luttrell of Lincolnshire entstanden ist und für seine detaillierten Szenen aus dem mittelalterlichen Dorfleben weltberühmt wurde. Auf einer der Illustrationen macht eine große Kutsche (sie sieht wie ein Planwagen aus) eine Reise. Vier Damen von hoher Geburt sitzen darin. Eine von ihnen, in einem goldenen Kleid mit einem blauen Schleier an ihrer Krone, lehnt sich hinten aus der Kutsche zu einem Kavalier, der direkt hinter ihnen reitet. Er streckt sich über den Hals seines Pferdes, um der Dame einen kleinen weißen Hund mit einem hübschen Halsband zu reichen. Der wertvolle Schoßhund wird mit ihr auf Reisen gehen, und wo auch immer sie hinkommen werden, man weiß einfach, dass er entscheidend für ihr Wohlergehen ist.

So fühlte ich mich, als ich umzog.

Ich gab wild Geld aus (ein neuer Fernseher, ein neues Radio, Spiegel und so weiter, weil ich so etwas nicht vom Bauernhof mitgenommen hatte) aber es kam keines herein. J und ich hatten gerade erst mit der schwierigen Aufgabe, unsere Finanzen auseinanderzudividieren, begonnen. Wie üblich überließ ich alles ihm, und an einem Tag Anfang April bekam ich die Rechnung, als ich mit gerade mal drei Pfund in der Tasche zur Bank ging und keine Auszahlung möglich war. Mit Tränen in den Augen bat ich die Bankangestellte, meinen Überziehungskredit noch etwas auszuweiten. Sie hatte offensichtlich Mitleid mit mir, leitete alles in die Wege und sagte, ich würde am nächsten Tag Bargeld bekommen – doch der Schaden war angerichtet. Ich versank in Trübsinn und wünschte mir mein altes sicheres Leben zurück.

Und doch hatte ich das Gefühl, dass das gut für mich war. Ich fühlte mich zwar einsam, als ich mich nach so vielen Jahren als Teil eines Paares als Alleinstehende bei der Kommunalsteuer anmelden musste, doch ein Teil von mir dachte auch, es wäre an der Zeit. Wofür? Mit der Alltagswirklichkeit klarzukommen, nehme ich an. Als unser Sohn im November 1975 tot zur Welt kam, war meine Trauer allumfassend, aber ich hatte ein Aha-Erlebnis, als mein Jammern »Warum ich?« zur stillen Frage »Warum *nicht* ich?« wurde. So war es jetzt auch.

Diese Frage drückt das Bewusstsein aus, dass man nur ein winziger Teil einer leidenden Menschheit ist und dass es das eigene Schicksal ist, so wie es das Schicksal so vieler anderer ist, zu ertragen, ohne zu wissen, warum. So seltsam es scheinen mag, ich wusste, dass ich etwas daraus lernen musste, (zeitweise) kein Geld fürs Einkaufen zu haben. Auch wenn ich nicht in eine reiche Familie geboren worden war, habe ich nie Not gekannt. An diesem Tag, mit drei Pfund in meiner Tasche, erlebte ich die Panik, die die große Mehrheit der Menschheit befällt, die nicht so beschützt waren wie ich. Und warum sollte ich beschützt werden? Selbst als ich mich so niedergeschlagen, so verwirrt fühlte, konnte ich einen Schritt zurücktreten und all das als eine Quelle zukünftiger Stärke sehen. Am Tag vor dem Bankzwischenfall hatte ich (nach einem Besuch von J, bei dem ich ihm meine Musikbox vorgeführt hatte) geschrieben: »Wir haben uns, als er ging, auf dem Weg umarmt, und die Wahrheit ist, dass so viel von meinem Herzen und meiner Seele bei ihm bleibt, wo auch immer er hingeht und was auch immer er tut. Ihn zu treffen bedeutete, mein Leben zu erschaffen, und ihn zu verlassen, erschafft es neu, weil ich weiß, wie stark ich bin.«

Ich brauchte zu dieser Zeit die Absurdität meines Hundes: Bonnies völlig verknautschtes Gesicht, wenn sie geschlafen hatte, ihr lächerlicher Puschelhintern, das böse Knurren, wenn sie ein Stück Papier angriff. Konrad Lorenz, der große Tierverhaltensforscher, sagte Folgendes zur Wahl eines Hundes: »Ich glaube, dass die große Popularität einiger komischer Hunderassen sich vor allem auf unser Bedürfnis nach Fröhlichkeit gründet. Die Vergnügungslust und Treue zu seinem Herrchen eines Sealyham Terriers kann einem melancholischen Menschen eine echte moralische Stütze sein. Denn wer muss nicht lachen, wenn so ein lustiges kleines Wesen voller Lebensfreude auf seinen viel zu kurzen Beinen herangehüpft kommt …?« Jeder Besitzer eines kleinen Hundes wird sich darin wiedererkennen. Während ich meine Bücher auf die Regale im neuen Haus stellte und um das alte Haus trauerte, fühlte ich mich verstört. Es war quälend, sich J allein auf dem Hof, bloß ein paar Meilen entfernt, vorzustellen, während ich auf zwei alten Sofas saß (er hatte das andere Paar) und mich fragte, wie ich an diesem fremden Ort gelandet war. Das war die größte Absurdität, dass wir an diesen Punkt gekommen waren. Die Mätzchen meines kleinen Hundes waren also ein wichtiges Gegengift.

Fünf Wochen nach dem Umzug ließ ich Bonnie bei meinen Eltern und flog nach Bangkok, um meine Tochter zu treffen. Ich hatte sie seit dem 27. Januar nicht mehr gesehen, das war vor dreizehn Wochen gewesen, und hatte abgemacht, eine Reisereportage über das Wellnesshotel Chiva Som zu schreiben, um der Rucksackreisenden ein bisschen Luxus zu bieten. Kitty im Flughafen warten zu sehen, ihr Willkommensgeschenk zu erhalten, mit ihr über den Nachtmarkt zu spazieren und mit dem Boot auf den Kanälen zu fahren, um dann abgeholt zu werden und zwei Stunden nach Süden nach Hua Hin für eine Woche friedlichen Luxus gefahren zu werden … das war Balsam für die Seele. Im Chiva Som bekommt man täglich eine Massage, dabei schaut man durch ein Loch in der Bank in eine von unten beleuchtete Glasschüssel voller schwimmender Blüten. Eines Tages sagte mir die thailändische Masseurin während der Fußreflexzonenmassage, sie spüre einen Schmerz im Herzen. Geschockt flüsterte ich: »Mein Ehemann ist weggegangen«, und sie neigte einfach nur den Kopf und legte mitfühlend eine Hand auf mein Bein.

Aber jeden Tag entspannte ich mich mehr und die Traurigkeit entschwand, bis meine Ehe und mein Familienleben auf dem Bauernhof weniger wirklich schien als der goldene Buddha auf dem Affenberg, den wir sehr früh eines Morgens nach einem halbstündigen Spaziergang den Strand entlang erreichten, während die Sonne an einem Perlmutthimmel aufging. Wir zündeten Räucherstäbchen an, und ich betete, dass Kitty nichts passierte, wenn sie allein weiter nach Vietnam, Kambodscha und Laos reiste. An diesem Nachmittag verließen wir das Hotel, und der Fahrer und ich setzten sie in Bangkok ab, während ich zum Flughafen fuhr. Ich beobachtete sie, bis sie zwischen Hunderten von Fremden auf der Koh San Road verschwand, auf der Suche nach einem billigen Backpackerhotel. Auf der Rückbank des Autos schluchzte ich, bis der mürrische Fahrer Mitleid mit mir bekam und in seinem stockenden Englisch die einzigen drei Wörter sagte, die wichtig waren: »I am sorry.« Kitty und ich hatten während dieser Woche viel miteinander gesprochen und uns versprochen, stark füreinander zu sein. Jetzt waren wir wieder in unterschiedliche Richtungen unterwegs, mit dem Gefühl eines Neubeginns und des Verlusts alter Dinge.

An diesem Punkt, als ich von den Ferien zurückkehrte, hörte ich auf, täglich Tagebuch zu schreiben (obwohl ich weiterhin Notizbücher führte). Es wurde unerträglich, das, was ein banales Leben zu sein schien (Möbel und Bücher ordnen, das Gästezimmer einräumen und so weiter), aufzuschreiben. Das Bath International Music Festival begann, und als ich mit einem Freund namens Stephen zu einem Jazzkonzert ging, spürte ich, dass die Leute um uns herum uns anstarrten. Wahrscheinlich fragten sie sich, ob das mein neuer Freund sei? Das ist das Problem einer kleinen Stadt. Ein Paar, das ich oberflächlich kannte, lud mich zum Abendessen ein, und mir wurde erstaunt bewusst, dass der überzählige Mann am Tisch für mich gedacht war. Ich war reserviert, auch wenn es niemandem auffiel. Natürlich war ich dankbar, dass die Leute mir wünschten, einen neuen Partner zu finden, aber der Versuch, mich zu verkuppeln, war mir peinlich.

Das Bath Music Festival war einer der Höhepunkte unseres Jahres, und das schon seit 1981, als wir gerade mal sechs Monate in Bath gewohnt hatten. Als Vorsitzender war J enthusiastisch und innovativ, er hatte eine enge Freundschaft mit dem Geschäftsführer und künstlerischem Leiter Tim Joss geschlossen, dessen Frau, die Schriftstellerin Morag Joss, eine Freundin von Susan Chilcott war. Es war in ihrem Haus, in dem J Susan zum ersten Mal getroffen hatte, die schicksalshafte Abendeinladung vor erst neunzehn Monaten, und seit ihrem Tod hatte J viel Zeit mit ihnen verbracht. Sie müssen während der traurigen Monate nach Susans Tod beschlossen haben, dass einer der Höhepunkte des Festivals 2004 ein besonderes Konzert zu ihrer Erinnerung sein würde, dessen Einnahmen an das Krankenhaus gespendet würden. Als ich das in der Broschüre las, war ich sehr aufgebracht. Ich konnte nicht anders, als darin einen Schlag ins Gesicht zu sehen.

Am 12. Mai sprach Iain Burnside auf Radio 4 in der *Woman's Hour* über Susan und machte Werbung für das Konzert. Die Moderatorin Jenni Murray erzählte den Hörern, dass Susan Chilcott gerade posthum zur Sängerin des Jahres ernannt worden war, für ihren Auftritt in *Jenufa*, und erinnerte an den Triumph ihres Debüts 2002 als Lisa in Tschaikowskis *Pique Dame* neben Placido Domingo. Iain Burnside schwärmte von ihrem Talent und erzählte von ihrem Mut, 2002 zwischen zwei Chemotherapien auf die Bühne zu gehen. Mit seiner sanften schottischen Stimme, die wegen ihrer perfekten Kontrolle nur umso beeindruckender schien, erzählte er, wie sehr sie von ihren Sängerkollegen geliebt worden war, wie fantastisch sie in den nächsten zehn Jahren gewesen wäre, wie die Grausamkeit ihres frühen Todes bereits eine ganze Generation von Sängern beeinflusste.

Jenni Murray fragte, wie die Leute zu seiner Vormundschaft für das Kind seiner besten Freundin standen, da er schwul sei. Seine Antwort ist unvergesslich:

> Als sie mich gebeten hat, die Verantwortung zu übernehmen … ich glaube … irgendwie hatte sie da in den sehr düsteren Tagen kurz vor ihrem Tod in ihrem Hinterkopf vielleicht den Gedanken, dass ich … ich wahrscheinlich keine weiteren Kinder bekommen werde, dass ich sehr wahrscheinlich nicht heiraten werde und dass er wahrscheinlich nie in die Situation käme, einer anderen Frau in die Arme zu laufen und sie »Mummy« zu nennen. Sie weiß, dass Hugh immer das einzige Ziel meiner Liebe und Aufmerksamkeit sein wird, und in diesem Sinne ist die Wahl eines schwulen Dads vielleicht nicht so merkwürdig, wie manche Leute annehmen.

Am Abend des Konzerts saß ich mit meinem kleinen Hund in meinem neuen Haus auf dem grünen Sofa. Bloß zehn Minuten Fußweg entfernt war der wunderschöne Ballsaal des Assembly Rooms voller Menschen (darunter natürlich auch mein Ehemann, der eine kurze Rede halten würde), die das Leben und die Leistungen der talentierten Sopranistin feierten, der ich natürlich die Schuld an der Zerstörung meiner Ehe gab. Ich fühlte mich von allen verlassen, außer von Bonnie. Mein neues Zuhause war ruhig. Ich konnte mit niemandem über all das sprechen. Die Frage in meinem Kopf lautete: Ist es das, worauf das Leben hinausläuft? Dass ich meinen wertvollen Diamanten verliere, und dann singt irgendwer irgendwo bei der Feier?

Befreundete Journalisten hatten sich zusammengetan, und einer von ihnen, der Verleger des *Times Magazine*, Gill Morgan, wusste, was es mich gekostet hatte, den Hof zu verlassen, und bat mich um ein meditatives Essay über meine Vorstellung von einem Zuhause. Der Artikel erschien im Juli mit einem ganzseitigen Porträt von mir, wie ich auf der Treppe aus blassem Bathstein sitze, natürlich mit Bonnie. Sie sieht heiter aus (weil der Fotograf der liebe, ihr bekannte Robin war, einen Fremden hätte sie wild angebellt), aber ich sehe angespannt aus. Wenn ich den Artikel jetzt noch mal lese, wird mir bewusst, wie kathartisch es war, ihn zu schreiben, eine Reise durch die Häuser meiner Kindheit und Ehe zu machen, um den neuesten Schritt zu erklären.

… wie viele andere Frauen habe ich mein Leben in überfüllten Zimmern gelebt, bis ich mich manchmal wie Alice gefüllt habe, die zu groß geworden war und deren Kopf an die Decke stößt. Ehemann, Kinder, Eltern, Haustiere, Partys, Essen, zu Hause arbeiten, alles unterbringen … der endlose Kampf um Perfektion. Jetzt, in diesen kühlen, autonomen Räumen, liegt es nah, das Klischee der unabhängigen, getrennt lebenden Frau zu erwähnen … ›Ich fühle mich befreit … Ich kann ich selbst sein …‹ und so weiter. Aber die Wahrheit ist, ich war in all unseren Häusern ich selbst, es ist bloß so, dass ich mir nicht sicher bin, ob ich sie erschaffen habe oder sie mich.

Wenn man in der Dämmerung eine Straße entlanggeht, die Lampen sind schon angeschaltet, aber die Vorhänge noch nicht zugezogen, sieht man Zimmer, die beleuchtet sind wie Bühnen für die Komödien und Tragödien anderer Leben. Genauso schaue ich zurück durch beleuchtete Zimmer auf mein eigenes Leben, wie es sich unter verschiedenen Dächern abspielte, und frage mich mit gebotener Demut, wieso ich so viel Glück hatte …

Jetzt wache ich zum Klang der Busse, dem entfernten

Summen einer kleinen Stadt auf. Ich muss mich mit niemandem über die Farben im Schlafzimmer abstimmen, es wird wieder einmal nach so vielen Jahren Lila und Violett. Wenn ich das Haus mit Schmetterlingen und Lichterketten schmücken möchte, dann kann ich das tun. Ich bezahle meine eigenen Rechnungen und drehe den Schlüssel in der Tür um zu einer neuen Welt, vom großzügigen Trost dort ganz ehrfürchtig. In den Worten von Sylvia Plath: »Ich habe ein Selbst wiederzuerlangen, eine Königin …«

Seit ungefähr drei Jahren bewunderte ich eine chinesische Statue, die in einer (inzwischen geschlossenen) Galerie in Bath angeboten wurde, die auf asiatische Kunst spezialisiert war. Sie stand auf einem Sockel gegenüber dem Eingang: ein Bodhisattva (ein Erleuchteter, ein Anhänger Buddhas), augenscheinlich aus Sandstein gehauen, ungefähr einen Meter groß. Es war Kuan Yin, die Göttin des Mitgefühls. Die besondere Ikonografie dieser Statue hatte mich immer wieder in den Laden getrieben, weil Kuan Yin (oft mit einem Fisch dargestellt oder wie sie Wasser aus einer Kalebasse gießt) auf einem Lotus sitzend abgebildet war. Auf einem Knie balancierte eine kleine Figur, ein Menschenkind. Seine winzige Hand umfasst ihre große. Es erinnerte sehr an die christliche Ikonografie. Als alles auseinanderzufallen begann, ging ich alle paar Wochen dorthin, um Kuan Yins Wange zu streicheln, während ich mich mit dem Galeristen über all die anderen ausgestellten wunderschönen Stücke unterhielt.

An einem Sommertag ging ich mit Bonnie ins Zentrum von Bath und in die Lopburi-Galerie, um wie üblich Kuan Yin zu grüßen. Die Statue erschien mir eine perfekte Darstellung der universellen Liebe und umso berührender, weil sie kleine raue Stellen der Restaurierung und Farbwechsel des Steins aufwies. Ich glaube, irgendwann einmal war der Kopf abgebrochen, aber sie war wieder zusammengesetzt worden. Die Metapher war unausweichlich. Beschädigt und doch ein Gegenstand von großer Schönheit, so wirkte sie auf mich. Ihre niedergeschlagenen Augen, ihr angedeutetes Lächeln bedeuteten für mich die Akzeptanz von Zeit, Verlust, Verfall, Tod. Kuan Yins Heiterkeit war das, was ich vor allem erreichen wollte und dem ich nie auch nur nahegekommen war. Plötzlich wurde mir klar, dass ich unendlich traurig wäre, wenn ich eines Tages hierherkäme und sie nicht mehr antreffen würde, weil sie von einem Sammler gekauft worden war. In diesem Moment wurde mir bewusst, dass ich sie *brauchte*, als Sinnbild meines neuen Lebens. Der Galerist akzeptierte drei zurückdatierte Schecks und sagte lächelnd: »Ich wusste, dass sie die Ihre werden musste.«

Meine Schutzgöttin bekam bald ihre ersten Aufgaben: Sie musste sich im gleichen Maß um mich und um meinen kleinen Hund kümmern. Genau drei Wochen, nachdem sie am Ende meines Gartens aufgestellt worden war, hörte ich, dass J eine neue Beziehung zu einer Frau eingegangen war, die ein Jahr jünger war als unser Sohn. Ich habe nicht vor, mehr darüber zu schreiben, nur so viel: Ich ging wie blind in den Garten und umarmte die Statue. Er und ich waren getrennt, und doch schlug die Neuigkeit ein wie eine Bombe. Ich hatte mir die ganze Zeit Sorgen um ihn gemacht, aber jetzt brauchte ich das nicht mehr zu tun. Ich hatte nicht erwartet, dass es so schnell geschehen würde.

Drei Wochen danach wirkte Kuan Yin ein Wunder – ja, das glaube ich, denn wie sollte man sonst das außergewöhnliche Glück erklären? Erlauben Sie mir, fantasievoll zu sein, das ist tröstender, als auf Zufall oder Chaos zu vertrauen. Ich lüge, um zu glauben, dass es der wohlwollende Einfluss der Göttin war, die meinem kleinen Hund das Leben gerettet hat.

Inzwischen suchte ich nach Arbeit. Das ist alles, was eine freiberufliche Autorin tun kann, aber die Ehe mit J sowie mein eigener Erfolg hatte dies nicht oft nötig gemacht. Jetzt musste ich Kuan Yin bezahlen, also verkaufte ich wieder Ideen. Deswegen sollte ich mich mit drei Redakteurinnen unterschiedlicher Ressorts der *Times* zum Mittagessen treffen. Meine Eltern kümmerten sich um Bonnie, wenn ich nach London fuhr, aber mein Vater war wieder einmal im Krankenhaus, und meine Mutter verbrachte den größten Teil ihres Tages bei ihm und konnte sich nicht auch noch um einen Hund kümmern. Daher nahm ich sie im Zug mit und hatte mit Robin abgemacht, sie ihm in Paddington zu übergeben, während ich nach Osten zu meiner Verabredung fuhr.

Zu Beginn des Mittagessens klingelte mein Handy, aber ich schaltete es aus. Ich war noch nicht daran gewöhnt, eines dabeizuhaben, und die Störung war mir peinlich. Erst um halb vier hörte ich meine Nachrichten ab. Zu meinem Entsetzen hörte ich eine raue Londoner Stimme sagen: »Wir haben Ihren Hund …«

Jetzt müssen wir erst noch mal nach West London zurück, wo Robin (der mit seinem Freund Lawrence ein Haus renovierte) sich gegen 12:50 Uhr kurz umdrehte, um ein Stück Holz über die Terrasse zu schleppen. Vielleicht suchte sie nach mir, vielleicht war sie von diesem besonderen Geruch West Londons von Bus und Burgern mit einer leichten Cannabisnote fasziniert. Jedenfalls quetschte Bonnie sich durch eine Lücke unter einem Tor und lief allein auf die bösen Straßen. Völlig verzweifelt lief Robin herum, schickte Lawrence in die entgegengesetzte Richtung und rief nach ihr. Dann rief er das Tierheim an, die Polizei, das Blaue Kreuz, das Tierheim in Battersea und ein anderes in Kensal Rise. Er hatte zu viel Angst, um die Straßenreinigung der Stadt anzurufen, wie die Polizei es ihm riet, weil er den Gedanken, dass sie tot von der Straße gekratzt worden war, nicht ertrug. Er konnte sich nicht vorstellen, mir jemals wieder unter die Augen zu treten.

Im Restaurant dachte ich beim Klang dieser Stimme natürlich an die Diebe, die Elizabeth Barrett Brownings Flush gestohlen hatten, und ihre modernen Nachfahren, die Hunde wegen des Lösegeldes entführten. Mit pochendem Herzen rief ich die Nummer an, hörte die ruppige Stimme antworten und (welche Freude!) hörte, dass er und sein Bruder meinen Hund auf der Straße gefunden und die Telefonnummer angerufen hatten, die auf dem Anhänger am Halsband stand (mein Haus in Bath). Auf der dort genannten Handynummer hatten sie es dann dreimal probiert. Schnell nannte er mir die Adresse, zu der er und seine Freunde den Hund gebracht hatten. Ziemlich geschockt rief ich Robin an, dessen Stimme sich von Verzweiflung zu Jubeln wandelte. Er sprang in sein Auto und holte Bonnie in einer Wohnsiedlung ab, und ich war mit ihr wiedervereint innerhalb der Zeit, die es dauerte, in der U-Bahn von Aldgate East nach Ladbroke Grove zu fahren. Bonnies eigene Reise war ungefähr eine gute halbe Meile gewesen, was eine ziemliche Strecke ist für jemanden, dessen Beine gerade mal zwölf Zentimeter lang sind. Der einzige Beweis ihres Abenteuers war der Geruch von Zigaretten in ihrem seidigen Fell.

Damit hätte alles zu Ende sein können. Aber mich ließ die Vorstellung einfach nicht los, was hätte passieren können, daher wollte ich Bonnies Retter treffen und ihnen persönlich danken. Nach ein paar Wochen rief ich also die Telefonnummer an, stellte mich dem Mann, der antwortete, vor (»Hi, Alan, ich bin die Dame, deren Hund Sie gerettet haben.«)

und verabredete mich mit ihm und den anderen, um mir ihre Geschichte anzuhören. Für einen Wohnblock ist Henry Dixon Court relativ nett, und die Sonne schien, als vier Männer Anfang dreißig aus einem der Wohnblöcke traten. Da war Alan (die Stimme am Telefon), sein Bruder Richard (der Hauptretter, wie sich herausstellte) und zwei Freunde. Einer hatte »LOVE«- und »HATE«-Tätowierungen auf seinen Fingerknöcheln, ein anderer trug eine Tätowierung, die stolz »SKINS« verkündete, und die kleinen Kreuztätowierungen auf den Ohrläppchen beeindruckten mich ganz besonders. Das waren harte Jungs.

Richard sagte mir, er und sein Bruder hätten sie an den geparkten Autos herumschnüffeln sehen. Er sah den Verkehr vorbeirauschen und sagte zu Alan: »Das ist kein streunender Hund, dafür ist er zu gepflegt«, und versuchte, sie zu fangen. Er erzählte mir: »Als ich sie erwischte, wand sie sich, aber ich habe sie festgehalten und mich umgesehen, aber da war niemand.« Also bastelten sie eine improvisierte Leine aus ein bisschen Kupferdraht, den sie dort fanden, trafen ihre Freunde und nahmen sie mit in ihre Wohnung, wo sie versuchten, ihr Wasser und Futter zu geben, was sie aber ablehnte. Dann riefen sie mich an. Ich fragte Richard, was sie getan hätten, wenn ich nicht geantwortet hätte, und sie sagten, dass sie dann keine Wahl gehabt und sie ins Battersea-Tierheim gebracht hätten. Also wäre Bonnies Leben im Kreis verlaufen. Der Gedanke war unerträglich.

So war das also gewesen. Ich lächelte über die komische Vorstellung von den harten Jungs, die mit meinem Schoßhund herumhingen, und sagte: »Sie ist wohl kein besonders männlicher Hund, oder?« Alan zuckte mit den Schultern. »Na ja, sie ist Ihr Hund, nicht wahr?« »O ja«, sagte ich und umarmte sie fest. Dann zog ich meinen Geldbeutel hervor und gab ihnen die Belohnung, nach der sie nicht gefragt hatten. Sie gingen los, um ein paar Bier zu trinken, und sahen dabei so glücklich aus, wie ich mich fühlte. Bonnie hatte ihre zweite Erfahrung, allein in der weiten Welt zu sein, überlebt, und ich schwor mir, dass das nie wieder geschehen würde.

Ich bin mir sicher, dass Bonnie nie nach demjenigen, der sie 2002 an diesen Baum gebunden hatte, gesucht hat, weil sie wusste, dass sie nicht geliebt wurde. Aber sie muss doch an diesem Tag nach mir gesucht haben? Sie wäre meilenweit gelaufen, in der Hoffnung, mich zu finden. Immer, wenn ich nach London fahre und an den Straßen, durch die sie gelaufen ist, vorbeikomme und das Verkehrsaufkommen sehe und all die Fremden, die vorbeigehen, weiß ich, wie nah ich einem Verlust gekommen bin. Die Chancen, dass wir uns nie wiedergesehen hätten, waren unglaublich hoch. Vier Jahre später habe ich die Episode des Hundes, der allein durch London läuft, und seine unglaubliche Rettung in eines meiner sechs »Bonnie«-Bücher für Kinder eingebaut, in der ein Junge namens Harry und sein kleiner Malteser mit einem großen Herzen die Hauptfiguren sind. Und ich habe meinen Charakteren erlaubt, eine optimistische Schlussfolgerung zu ziehen:

> Eine Weile gingen Harry, Dad und Kim schweigend weiter. Harry hatte Bonnies Leine gebracht, und sie zog einfach nach vorn, beschnüffelte Mauern und Türen wie immer. Jeder von ihnen dachte an das, was ihr hätte passieren können, aber niemand wollte reden. Harry stellte sich Lösegeldforderungen eines Entführers vor. Kim stellte sich eine Frau vor, die Bonnie einfach nur deswegen stahl, weil sie so ein süßer Schoßhund war. Dad stellte sich vor, dass das kleine Wesen überfahren wurde, und konnte es nicht ertragen. Er wäre dafür verantwort-

lich gewesen, dachte er, und es wäre schwer gewesen, Harry oder seiner Mutter je wieder gegenüberzutreten.

Aber alles war in Ordnung.

Schließlich sagte Harry: »Das waren wirklich nette Kerle, Dad.«

»Sie sahen allerdings *nicht* so aus!«, sagte Kim.

»Das zeigt es einem nur wieder mal …«, sagte Dad nachdenklich.

»Komisch, nicht wahr?«, sagte Harry. »Ich meine, man sieht solche Leute herumlaufen und bekommt … du weißt schon … ein bisschen Angst. Aber sie haben sich um Bonnie *gekümmert*, Dad! Hatten wir nicht Glück?«

»Das ganz sicher«, sagte Dad und atmete auf.

Im Herbst 2004 bekam ich langsam auch das Gefühl, Glück zu haben, und konnte nicht anders, als es meinem abergläubischen Kauf von Kuan Yin zuzuschreiben. Alles regelte sich, und die Worte »Glück gehabt« klangen wie eine Glocke durch meine Gedanken. Menschen werden immer nach einem äußeren Grund fürs Glücklichsein suchen, auch wenn ich mich vielleicht an den Anästhesisten hätte erinnern sollen, der mir in der düstersten Zeit gesagt hatte: »Sie machen Ihr Glück selbst.«

Mit der stillen Zustimmung meiner Eltern und Kinder änderte sich mein Leben. Robin kehrte in diesem Herbst nach Bath zurück, um seinen lange geplanten Postgraduierten-Kurs in Webdesign an der Bath Spa University zu beginnen, und wohnte in einem meiner Gästezimmer, bis er sich entschieden hatte, ob er wirklich die Fotografie aufgeben und eine neue Karriere einschlagen wollte. Der Mensch, den ich 1984 als einen eher unscheinbaren achtzehnjährigen Bauarbeiter mit Brille getroffen hatte, war jetzt zu einem gut aussehenden »Gassigeher« und besten Freund (abgesehen von meinen Freundinnen) geworden, und die Frau, die er als glamouröse, erfolgreiche Autorin von fünfunddreißig Jahren, verheiratet mit einem berühmten Mann, kennengelernt hatte, war jetzt Single, etwas, das niemals hätte vorhergesehen werden können. Robin hatte sich verändert, ich hatte mich verändert, aber nur ein wenig, und seine Abwesenheit in London (um das Abendessen mit dem für mich bestimmten alleinstehenden Mann gar nicht erst zu erwähnen) hatte mein Bedürfnis, ihn in meinem Leben zu haben, verstärkt. Ein Mensch, der mich gut kannte und der immer da gewesen war, obwohl er sein eigenes Leben gelebt hatte, viel gereist war, im Ausland gearbeitet und ein Unternehmen in Frankreich aufgebaut hatte und so weiter. Robin hatte immer (wie J selbst noch schreiben würde) zum Inventar unseres Lebens gehört: unterstützend und geliebt, Freund unserer Kinder. Robin sagte mir, dass alles, was er je gewollt hatte, war, sich um mich zu kümmern, und mir wurde bewusst, dass das, was ich jetzt wollte, keine Romanze war, nein, ganz sicher nicht, sondern dass man sich um mich kümmert. Ich habe immer geglaubt, dass wahre Freundschaft im Zentrum der Beziehung jedes Paares stehen muss, und war argwöhnisch gegenüber zerstörerischer Leidenschaft. Alles, was in letzter Zeit geschehen war, hatte meine Zweifel an den wilderen Varianten der Liebe verstärkt. So glitten Robin und ich in eine neue Version des Zusammenseins, ohne zu wissen, ob es funktionieren oder wohin es uns führen würde oder ob ich die Kommunalsteuer auf zwei Personen ummelden sollte.

An Erntedank (25. November) 2004 befanden wir uns in Santa Fe, New Mexico, für einen Reisebericht. Die Stadt glitzerte vor Schnee und Eis, gefrorene *Ristras*, Bündel aus getrockneten Chili, hingen vor den Türen, und jedes Dach war mit *Luminarias*, papiernen Lichttüten, geschmückt. In der Luft lag der Geruch von Kiefer und Erntedanktruthahn. Wir hatten die letzte Nacht auf dem Fußboden des chaotischen O'Hare-Flughafens in Chicago verbracht, während riesige Enteisungsmaschinen vergebens arbeiteten, um all die festhängenden Flugzeuge startklar zu machen, und Leute frustriert das Bodenpersonal anschrien, weil sie zum Fest nach Hause zu ihren Familien wollten. Die Göttin und mein Hund riefen von zu Hause nach mir und sagten, sie könnten mir einen schöneren Tag als diesen verschaffen.

Ich musste bei unserem Auftrag, nach oder über Chicago, unwillkürlich denken, wir seien vom Pech verfolgt. Am 11. September 2001 saßen Robin und ich wegen eines Auftrags in einem Flugzeug nach O'Hare, als (ohne dass es irgendwer wusste) der amerikanische Luftraum geschlossen wurde. Das Flugzeug wurde nach Toronto umgeleitet, und wir erfuhren von der unglaublichen Grausamkeit gegen die Zivilisation, die an diesem Morgen in New York geschehen war. Bei diesem Reisebericht ging es um die legendäre Route 66, und wir hatten ihn, vereint in der Liebe zu den Vereinigten Staaten, fertiggestellt. Wir hatten über die Jahre so viele Aufträge gemeinsam erledigt und waren ein perfektes Team aus Journalistin und Fotografen. Ihm fiel, zum Beispiel, die Konversation einer ausgeflippten Person in einer Bar auf, und er erzählte mir davon; mir fiel ein gutes Motiv auf, und ich machte ihn darauf aufmerksam. Er erinnerte mich daran, mir Notizen zu machen, wenn ich faul wurde; ich drängte ihn, Fotos zu schießen, obwohl er nur ein Bier trinken wollte. Wir hatten einander in den schlimmsten Momenten gesehen, uns aufgemuntert, wenn wir zu viel getrunken hatten, und kannten einander so gut, dass es sogar egal war, wenn wir uns stritten.

Dieser neue Auftrag war im Januar für das Reisespecial von *The Times Magazine* und musste schnell erledigt werden. Gill Morgan wollte, dass ich den Geist von Santa Fe im Winter einfing. Es war ein perfekter Auftrag, ich hatte mich an einem strahlenden Septembertag in den Ort verliebt, in seine Energie, seine Atmosphäre, seine Geschichte und sein Licht und war aufgeregt, dieses Jahr des außergewöhnlichen Wandels mit einer Rückkehr dorthin zu beenden. Im Winter ist ein Ort auf seine wahre Seele reduziert, und das Ende einer Ehe bewirkt dasselbe bei einem Menschen.

Bei meiner ersten Reise dorthin hatte ich keine Zeit gehabt, den literarischen Pilgerweg zum D. H.-Lawrence-Grabmal nahe Taos zu machen. Jetzt war ich entschlossen, dorthin zu fahren. Die Kiowa Ranch, die Lawrence' reiche Freundin Mabel Dodge Luhan ihm 1924 (im Tausch gegen das Manuskript von *Söhne und Liebhaber*) geschenkt hatte, liegt ungefähr fünfzehn Meilen nördlich von Taos, fünf Meilen einen Feldweg entlang. Um dorthin zu gelangen, mussten wir einen riesigen Chevrolet Trailblazer mieten. Der Allradantrieb knirschte durch dreißig Zentimeter hohen Schnee, während ich einen Haiku in mein Notizbuch schrieb:

Steile Stille hinter Taos
Schnee im Wind
Wolken bedrücken die Coyoten.

Abgesehen von uns waren die Spuren von Tieren die einzigen Lebenszeichen, und die schweren Wolken über den dunklen Bäumen waren Symbole meiner Stimmung. Es war nicht so, dass ich niedergeschlagen war, weit gefehlt. Aber manche Landschaften zwingen einen dazu, sich der eigenen, essenziellen Einsamkeit bewusst zu werden. Die Weite des Himmels, die Größe der Bäume und Berge zwingen einen dazu, sich der menschlichen Verletzlichkeit und dem großen Kreislauf von Leben und Sterben zu stellen.

Der Himmel klarte auf, von den Kiefern fiel Schnee. Ich dachte an J und wie sehr er diesen Ort der Ruhe und der Berge in der Ferne geliebt hätte. Robin kommt mit Schweigen gut klar, er verstand, dass ich oft über J grübelte, und wenn ich mich dann dafür entschuldigte, fragte er ruhig: »Warum solltest du nicht, nach so langer Zeit?« Da ich über Lawrence' eigene Ehe Bescheid wusste, dachte ich wehmütig daran, wie J und ich damals in den Sechzigern seiner Vorstellung von Leidenschaft und individueller Freiheit applaudiert hätten. Lawrence und seine Frau Frieda (besonders Frieda) versuchten, nach solchen unkonventionellen Ideen zu leben, aber ihre Ruhelosigkeit war zerstörerisch. Sie liebten einander, doch es war eine streitsüchtige, stürmische Liebe, die auf einer außergewöhnlichen und gegenseitigen Abhängigkeit gründete. Wie Lawrence' Freund Aldous Huxley über sie schrieb: »Die Geheimnisse menschlicher Beziehungen sind undurchdringlich verworren.«

Während ich zu dem kleinen Grabmal tappte, grübelte ich über ihre Lebensart nach und dachte auch an Jean-Paul Sartre und Simone de Beauvoir, die ebenfalls rücksichtslos mit menschlichen Gefühlen experimentiert hatten. J und ich haben sie analysiert, als wir jung waren, und jetzt, wo mich die Kälte erwischt hatte, stellte ich mir den Kopf meines jungen Ehemannes vor, wie er sich über Sartres großes Werk *Das Sein und das Nichts* beugte und Notizen für eine seiner Philosophiehausarbeiten machte. Die zärtlichen Worte eines Liedes gingen mir im Kopf herum: Paul Simon, der singt: »Still crazy after all these years«. Oder wenigstens nicht mehr verrückt, aber immer noch zärtlich.

Als wir das kleine Gebäude, das Lawrence' Grabmal war, erreichten, überlegte ich, dass diese Vorstellungen von leidenschaftlicher Individualität, denen wir uns verschrieben hatten, stets zu Schmerzen, zu vielen bitteren Streitereien und Versöhnungen, zu viel egoistischer Sinnlichkeit führten. Und wie am Ende, wenn alle Leidenschaft vergangen war, es darauf hinausläuft: Ein Grabmal für zwei Menschen unter Bäumen voller reinigendem Schnee.

Lawrence' kurzes Leben endete 1930 in Südfrankreich. Er wurde vierundvierzig Jahre alt. Frieda war an seiner Seite. Sie schrieb einem Freund: »Er hat mir seine Liebe ohne Groll hinterlassen, wir hatten unsere Zweikämpfe hinter uns, und von der anderen Seite, die ich vor seinem Tod nicht kannte, gibt er mir seine Kraft und seine Liebe fürs Leben.« Trotz all ihrer Probleme ehrte sie die Liebe, die sie geteilt hatte, mit Worten, die ich sehr bewegend finde. O ja, lass die Leute zu Ende kämpfen, lass sie einander vergeben! Später kehrte Frieda nach Taos zurück, um dort mit ihrem italienischen Liebhaber, Angelo Ravagli, der zwölf Jahre jünger war, zu leben. Er hatte seine Frau und seine drei Kinder in Italien verlassen, war 1933 zu Frieda gezogen und hatte sie 1950 geheiratet. Er war es, der schließlich (1935, mit fast komischen Schwierigkeiten) Lawrence' Asche herbrachte, das bescheidene kleine Grabmal in den Hügeln baute und damit die Überreste des Genies an Ort und Stelle zementierte. Es hat gelbe Wände, ein blaues Holzdach und ein rundes Fenster, auf das ungelenk eine Sonnenblume gemalt ist. Lawrence' Symbol des Phönix formt den Altar, der (leider) ein hässliches Ding aus Gussbeton ist. Aber wenigstens hat Ravagli es versucht. Vielleicht hatte er ein schlechtes Gewissen.

In der absoluten Stille legte ich meinen »Kranz« nieder, eine winzige Chili-Ristra, als Symbol der Hitze der

Lawrence'schen Flamme. 1956 begrub Ravagli die Frau, die von den amerikanischen Ureinwohnern Wütender Winter genannt wurde, vor der Tür des Grabmals, und danach kehrte er nach Spotorno, nahe Genua, zurück, wo seine geduldige erste Frau fünfundzwanzig Jahre auf seine Rückkehr gewartet hatte. Er verbrachte seine restlichen Jahre bei ihr, bis zu seinem Tod 1976. Huxley hatte recht. Je älter ich werde, umso bewusster werde ich mir der Mysterien und wie unmöglich es ist, einzuschätzen, welche unerwartete Chemie zwischen einem Mann und einer Frau zu bleibender Liebe führt. Die Leute sagen: »Sie passen nicht zusammen« oder »Sie ist nicht klug genug für ihn« oder »Er kann ihr nicht das Wasser reichen«, aber woher wissen sie das? Wenn wohlmeinende Freunde mir manchmal gestanden, dass sie nicht ganz verstehen konnten, warum ich mich immer noch einem Mann so verbunden fühlte (und ihn stets verteidigte), während ich mit einem anderen zusammenlebte, dann lächelte ich nur und zuckte mit den Schultern. Aber innerlich erwiderte ich: »Das verstehst du nicht? Nun, das ist *dein* Problem, nicht meines.«

Mit klammen Fingern blätterte ich durch das Besucherbuch, und mir fiel auf, dass irgendein anonymer Skeptiker (wer hatte den denn hierhergeschleppt?) vor Kurzem notiert hatte: »Das ist der Gipfel der Dummheit.« Ich las den Satz Robin vor, und wir waren über einen solchen Mangel an Vorstellungskraft erstaunt. Aber es gibt immer diejenigen, die die St. Paul's Cathedral betreten und nur religiöse Auswüchse sehen; die gegenüber dem Klang eines Geigen-Adagios immun sind; die in einem Baum ein grünes Ding sehen, das der Modernisierung im Weg steht; die einen Besuch einer antiken Stätte für eine Ausrede wegen des Kaufs von Souvenirs halten; die menschliche Beziehungen auf den kleinsten gemeinsamen Nenner wie Sex oder Stolz reduzieren; die zu einem literarischen Grabmal reisen, um dann völlig unbeeindruckt von der Kunst (in leidenschaftlichem Feuer geschmiedet), an die es erinnert, zu bleiben. Ja, und Kuan Yin ist nur ein Stück Stein, und Bonnie ist bloß ein Hund. Es ist so einfach, für die Vernunft zu trommeln und die Musik der Sterne zu übertönen.

Robin fotografierte mich neben Friedas Ruhestätte, wo ich eine einzelne Chilischote ablegte, leuchtend rot auf der weißen Decke des Grabes. Dann stiegen wir wieder in den Wagen und fuhren nach Taos, um D. H. Lawrence' rohe Gemälde im Hotel La Fonda de Taos zu betrachten. 1929 wurden diese »verbotenen« Werke von der Polizei aus der Dorothy Warren Gallery in London konfisziert, wegen Obszönität, und sie wären fast zerstört worden, sodass Lawrence dem Abtransport aus England zustimmte. Nach Friedas Tod verkaufte Antonio Ravagli die neun Ölgemälde an den Hoteleigentümer, der ein großer Bewunderer von Lawrence war. Bis heute weiß niemand, wie viel Geld den Besitzer gewechselt hat, aber der Italiener hätte die Bilder von barbusigen Frauen wohl kaum zu seiner ersten Frau R nach Spotorno mitnehmen wollen. Ich hoffe, er hat einen Teil des Geldes in Türkisschmuck aus New Mexico für sie investiert, als Friedensangebot.

Lawrence hat seinen ersten Eindruck von Taos folgendermaßen zusammengefasst: »Im großartigen, klaren Morgen in New Mexico wurde man hellwach, ein neuer Teil der Seele erwachte plötzlich, und die alte Welt machte der neuen Platz.« Als wir nach Hause zu Bonnie flogen (die von der Wiedervereinigung immer genauso begeistert war wie wir), war mir bewusst, dass etwas Ähnliches auch mir passiert war. Zwölf Monate vorher war ich verzweifelt gewesen. In Santa Fe und Taos, als wir über die leeren, gefrorenen Straßen fuhren, hatten Robin und ich gemeinsam eine Art spirituelle Erweckung erfahren. Wir wussten, dass wir dieselben Dinge liebten: mexikanische Kunst, katholischen Kitsch, Cowboystiefel, Danny-Lyon-Fotos von Motorradfahrern, die an Pfosten genagelte Rinderschädel und die braunen Lehmwohnungen des Taos Pueblo im Dämmerlicht eines Winternachmittags. Wir lachten viel, und das war wichtiger als alles andere. Frieda Lawrence' Worte über ihren Angelo waren ebenfalls ein Echo meiner Gefühle: »Er ist so menschlich und nett zu mir und *echt*, kein Wichtigtuer, aber so viel ehrliche Wärme für mich, mir wird es gut gehen … Wir mochten uns schon seit Jahren, und dass ein alter Vogel immer noch zur Leidenschaft fähig ist und sie auch auslösen kann, scheint ein Wunder.«

In meinem neuen Haus angekommen, mit diesem Mann und einem kleinen Hund, lebte ich zufriedener und einfacher, als möglich schien, und ich spürte auch, wie die alte Welt der neuen Platz machte. Ich nehme an, das muss sie, genau wie alte Blätter fallen und vergehen, um neue Pflanzen zu befruchten, ohne eine Wahl zu haben. Weihnachten kehrte wieder, das erste Mal im neuen Zuhause und ein riesiger Schritt nach vorn, im Vergleich zum vorigen Jahr. Von nun an wäre der Baum kleiner und die Geschenkestapel auch und die alten Traditionen an den neuen Ort angepasst. Natürlich fehlte immer noch jemand, und ich wünschte mir unwillkürlich, dass Daniel und nicht Robin auf dem wichtigen Platz am Kopfende des Tisches säße. Das größte Glück war, von jemandem geliebt zu werden, dem die Vergangenheit nichts ausmachte, der verstand, wie kompliziert meine Gefühle waren. Und dass es unmöglich ist, zwei Menschen auf dieselbe Weise zu lieben.

Jeden Abend, wenn ich die cremeweißen Vorhänge zuzog,

die der vorige Besitzer im Wohnzimmer zurückgelassen hatte, zündete ich Kerzen an, um für Herd und Heim zu danken und für die grenzenlose Widerstandsfähigkeit des Herzens. Die Passage am Ende meines *Times Magazine*-Artikels über mein neues Zuhause, den ich zu Anfang des Jahres geschrieben hatte, ist eine passende Zusammenfassung davon, wo ich mich am Ende 2004 befand:

> Das Haus erzählt mir von seiner Bedeutung. Dass alle Freude und Sorgen der Generationen, die darin gelebt haben, seit 1820 auf seinen Steinbändern aufgenommen sind. Dass die Vergnügungen und Schmerzen aller Häuser in meinem Leben auf die CDs ihrer Wände gebrannt waren, genau wie in meinen Geist, und ich trage es alles mit mir, um hier zu den alten Liedern zu tanzen. Ich habe meinen Plan, den Siebziger-Jahre-Dralonbezug, den meine Mutter für die Rosenholz-Chaiselongue ausgewählt hatte, durch etwas ... nun ja ... *Designmäßiges* zu ersetzen, bereits aufgegeben. Es ist mir egal. Vielleicht wird es cleveres flaches Licht in den Fußleisten auf diesen blassen Treppen geben und gebürstete Chromsteckdosen und -schalter, doch das Messingkaminset meiner Nan und der Dreifuß stehen neben dem Kamin und werden auf Hochglanz poliert sein. Nichts wird zerstört. Alles wird wiedergewonnen. Jetzt kann ich durch diese erleuchteten Fenster zurückschauen, froh über die Ziegel und den Mörtel, aus dem wir alle gebaut sind, Großeltern, Eltern, Jonathan, Daniel, Kitty, alle lieben Freunde, die die guten Zeiten geteilt haben.
>
> Und ich weiß jetzt, dass Umzug (Moving) schließlich nur einen Buchstaben von Liebe (Loving) entfernt ist.

4
WIEDERAUFBAU

Ich bin ich, weil mein kleiner Hund mich kennt.

Gertrude Stein, *Identität ein Gedicht*

J und ich haben Venedig 1972 zum ersten Mal besucht. In der Stadt, die wahrscheinlich unsere Lieblingsstadt war, gefiel uns ganz besonders die Scuola di San Giorgio degli Schiavoni, und in diesem Gebäude liebten wir vor allem ein Gemälde.

Zwischen 1502 und 1509 hat Carpaccio die kleine Gilde (die 1451 von Einwanderern aus Dalmatien, genannt Schiavoni, gegründet wurde) mit einem Gemäldezyklus über das Leben des heiligen Georg, des Tryphonus und des Hieronymus ausgemalt. Dieses letzte Bild, das berührendste, zeigt den heiligen Augustin, der an seinen Freund, den heiligen Hieronymus, schreibt, ohne zu wissen, dass dieser vor Kurzem verstorben ist. Plötzlich wird seine elegante Zelle mit Licht überflutet, während eine Stimme aus dem Himmel ihm die traurige Neuigkeit mitteilt. Der Heilige sitzt, den Stift in der Hand, da, von der Vision erstarrt. Links von ihm sitzt auf dem breiten, blassen Boden ein kleiner Bichon-artiger Hund. Die Ohren aufmerksam aufgerichtet lehnt er sich wie erstaunt leicht nach hinten. Vielleicht war meine lange Leidenschaft für dieses Gemälde eine Vorahnung. Selbst ein Nicht-Hundemensch kann diesen aufgestellten Ohren doch nicht widerstehen, oder?

Ich habe immer gedacht, dass das Tier vor Ehrfurcht erstarrt ist. Aber jetzt weiß ich, dass jede Faser seines Wesens, jede weiße Locke, diese glänzenden schwarzen Augen, das ganze zitternde *Selbst* dieses Tieres Eifer bedeutet. Der Hund ist im »Jetzt«, der Heilige in der Ewigkeit. Das Tier konzentriert sich auf den Mann, während sich der Heilige auf den Himmel konzentriert. Der kleine Hund sagt: »Hey, Mann, kannst du diese Bücher nicht mal ruhen lassen und mit mir *spazieren* gehen?« Und: »Vergiss Gott, Herrchen, weißt du nicht, dass ich *dich* liebe?«

Das tun unsere Hunde: Sie bringen uns ins Leben zurück, ziehen uns in die Gegenwart, lassen uns mit dem Leben weitermachen, anstatt zu schmollen. Sie lassen uns nicht aus unserer Menschlichkeit fliehen, doch sie bewahren uns vor deren schlimmsten Aspekten. In einem anderen venezianischen Museum hängt Carpaccios *Zwei Venezianerinnen*. Auf diesem Gemälde sitzen zwei aufwändig gekleidete und frisierte Frauen auf einem Balkon oder einer Loggia, lethargisch und gelangweilt. Ihre Gesichter sind leer, und doch neckt zumindest die vordere mit einem Stock in ihrer rechten Hand einen großen Hund (der Kopf und die Pfoten ragen ins Bild), ihre linke Hand hält die zwei Vorderpfoten des glatthaarigen Schoßhundes, der ihr zu Füßen sitzt. Dieser sieht uns direkt an und ist so der einzige lebendige Punkt im Gemälde. Man kann die Glöckchen an seinem Halsband fast klingeln und die Langeweile durchbrechen hören, während er bei seinem Frauchen um Aufmerksamkeit bettelt. Ich denke, er will auch unbedingt spazieren gehen, und hofft, dass sie auf ihn hören wird und vergisst, die sexuellen Bedürfnisse reicher Freier zu befriedigen, ihre Überschuhe anzieht und auf die schmutzigen, belebten Straßen geht, um den Gondeln zuzusehen, wie sie den Canal Grande überqueren. In einer davon sitzt ein munterer Malteser mit rotem Halsband, meinem sehr ähnlich (auf einem anderen Gemälde Carpaccios, *Das Wunder der*

Reliquie vom Heiligen Kreuz in der Accademia, ist er liebevoll dargestellt). Ich bin mir sicher, dass der Künstler die Hunde, die sich auf den Straßen Venedigs herumtrieben, geliebt hat.

Doch vielleicht ist das nur sentimental. Vielleicht hat Carpaccio nur deswegen Hunde gemalt, weil sie für die Bildkomposition wichtig waren. Vielleicht sind die vielen Hunde, die in Gemälden von Veronese und Tizian auftauchen, gar keine »echten« Haustiere (was bedeutet, dass sie jemandem gehören, dem sie wichtig sind, ob nun dem Maler oder dem Model), sondern pure Übungen malerischer Fähigkeiten oder Requisiten. Woher weiß man als Betrachter (oder auch als Leser), was die Wahrheit ist? In einem Essay namens *Borrowed Dogs* (Ausgeliehene Hunde) analysiert der Fotograf Richard Avedon die sorgfältig konstruierte Künstlichkeit von Porträts. Er erinnert sich, dass seine Eltern, als er ein Kind war, Hunde ausliehen, um die Familienporträts schicker zu machen. Sie posierten mit der Familie mit dem ausgeliehenen Hund vor schönen Häusern, die auch nicht ihre eigenen waren. Er sagt, es war eine »notwendige Fiktion, dass die Avedons Hundebesitzer waren«. Aber warum? Es muss etwas damit zu tun haben, dass ein Hund die Botschaft einer stabilen Familie und des Wohlstandes transportiert. Avedon glaubt, dass die Bilder in ihrem Fotoalbum »eine Art Lüge ›darstellen‹, wer wir waren, und eine Wahrheit offenbarten, wer wir sein wollten.«

Damals im Juli 1994 schenkte ich J zu seinem fünfzigsten Geburtstag einen wunderschönen schwarzen Labradorwelpen namens Billie, kein ausgeliehener Hund, sondern einer, der angenommen und geliebt wurde und sofort ebenfalls liebte und uns in Besitz nahm. Dieses Tier besiegelte tatsächlich, welche Art von Familie wir geworden waren. In den Fotos von diesem Tag liegt sicher die Wahrheit: Die Kinder verbinden J die Augen, ich lege ihm den Welpen mit Schleife in die Arme, er strahlt. Ich habe immer noch in meinem Adressbuch ein Foto von J auf dem Bauernhof mit Billie und Sam an einem Sommerabend, das Tal im Hintergrund. Derjenige, bei dem das Fotoalbum bleibt, wird zum Wächter all solcher Wahrheiten (und auch einiger Unwahrheiten, wie dieses Lächeln an Tagen, von denen man weiß, dass man traurig war) und muss gegen das trostlose Gefühl ankämpfen, dass die Geschichte aus Wahrheit Unwahrheit macht. Denn ein Hochzeitsfoto ist nicht weniger wahr, nur weil die Ehe zerbricht. Die Schnappschüsse süßer Kleinkinder sollten nicht durch die Frustration und Enttäuschung beschmutzt werden, die daher rührt, dass aus ihnen schwierige Teenager wurden. Fotos machen unausweichlich traurig, da sie an die Zeit und die Sterblichkeit erinnern. Doch man kann sich an das Gute halten, dass all dies geschehen ist.

Es *war*. Wir existierten.

Anfang Februar 2005 reisten Robin und ich nach Ägypten. Ich war zum ersten Mal in Kairo, er aber nicht, und es war ein weiterer Auftrag für einen Reisebericht. Aus unserem Hotel sahen wir an Hotelhochhäusern und niedrigen, hässlichen Häusern vorbei zu den Pyramiden. Ihre Stille reichte fast bis über die chaotische Stadt.

»Es riecht so anders als zu Hause«, sagte er und schaute über den Balkon im zehnten Stock.

»Ja, das stimmt«, sagte ich.

Aber ich konnte eigentlich gar nichts riechen außer Autoabgasen. Ich stimmte ihm vor allem deswegen zu, weil die meisten von uns zusammenspielen, wenn es um Reiseerwartungen geht, den Wunsch nach dem anderen, das auch die Aromen von Gewürzen und Shisha, von anderen Körpergerüchen, von Eselsmist, von fremden und schlecht funktionierenden Abwassersystemen umfassten, auf die ein unerschrockener Reisender früherer Zeit getroffen wäre. In der Sicherheit eines internationalen Hotels stimmen wir bei einer imaginären ägyptischen Atmosphäre überein, die der verschmutzten Realität des einundzwanzigsten Jahrhunderts widersprach, weil die Menschen sich die Wahrheiten zurechtlegten, nach denen sie sich sehnen. Meistens leben wir in Variationen einer Lüge. Fragen Sie ein Ehepaar, was geschehen ist, und Sie werden Variationen des alten »Gigi«-Liedes »I Remember it Well« hören, in dem er sich daran erinnert, dass er am Freitag pünktlich war, und sie, dass er am Montag zu spät kam. Er erinnert sich an sie in einem goldenen Kleid, aber sie ist sich sicher, dass es ein blaues war, und so weiter.

Ich dachte an die Reise nach Luxor, die J und ich vor gerade mal drei Jahren gemacht hatten, kurz nachdem wir den einundzwanzigsten Geburtstag unserer Tochter mit einer großen Party gefeiert hatten. Wir waren sehr aufgewühlt von den Schätzen des Tals der Könige, und als wir das Museum in Luxor besuchten, beschlossen wir, dass zwei riesige ramponierte Statuen, König und Königin (oder Gott und Göttin?), die nebeneinandersaßen und einander berührten, unsere Alter Egos waren. Wir erinnerten uns an eines unserer Lieblingsgedichte, Philip Larkins *Ein Grab in Arundel*, und standen da zwischen Göttern und feierlichen Statuen und rezitierten fröhlich und wortgenau unisono die letzte Strophe des Gedichts:

Die Zeit kehrt alles ganz und gar
in Schein. Des Steines Gravität
beweist durch das, was widersteht,
an beider Hände inniger Figur.
Das sichere Gefühl ist sicher wahr:
Was von uns bleibt, ist unsre Liebe nur.

Ich schrieb:

13. Januar 2001: … Heute Abend noch ein wunderbares Abendessen und Gespräch über die ägyptische Kultur. Wie gut J und ich uns verstehen! Er hat heute gesagt, dass er sich nicht vorstellen könne, noch mal zu heiraten, mit jemand anderem zusammen zu sein. Hoffen wir, dass der winzige 18-Karat-Ankh, den er mir heute gekauft hat, mir das Glück vieler weiterer Jahre mit ihm bringt. Ich habe ihn an die Goldkette mit dem Anhänger für langes Leben gehängt, die Kitty mir aus Hongkong mitgebracht hatte, als sie zwölf Jahre alt war.

Ich weiß solche Dinge nur, weil ich sie in meinem Tagebuch notiert habe, die Chroniken einer verlorenen Zeit.

Jetzt war ich also wieder in Ägypten, und das Leben hatte sich vollkommen verändert. Mehrmals täglich fragte ich mich, wo J war, was er tat, immer noch erstaunt, dass er eine neue Partnerin hatte, wie ich einen neuen Partner, und doch vermissten wir einander so sehr. Manchmal fühlte ich mich schuldig, weil ich an ihn dachte. Es war eine merkwürdige Wendung, im Geheimen voll von dem Ehemann zu sein, während man mit dem neuen Partner reiste (und eine wunderbare Zeit verbrachte). Selbst wenn wir etwas taten, das uns gefiel (wie zum Beispiel einer Bauchtänzerin zuzusehen), von dem ich aber vermutete, dass es J nicht gefallen würde, konnte ich ihn nicht aus meinem Kopf kriegen. Ich fragte mich, ob er auch von meinem Geist verfolgt wurde, der ihm Gedichte ins Ohr flüsterte, selbst wenn er bei seiner neuen Dame war.

Robin und ich schauten uns die große Cheopspyramide an, ein staubiger Wind zerrte an uns (und bald sollten auch noch die Wanderverkäufer an uns zerren), als mein Handy klingelte und eine traurige Nachricht eintraf. Daniel rief an, um uns zu sagen, dass Billie gestorben war. Sie mit den samtigen Ohren, den zuverlässigen Pfoten, dem wedelnden Schwanz und dem herzerweichenden Blick war krank gewesen und würde nun nicht mehr über ihrem Napf sabbern. »Nur ein Hund«, werden manche vielleicht sagen, und nur von geringem Wert im großen Ganzen, das von diesen Pyramiden und der geheimnisvollen Sphinx symbolisiert wurde, um die alltäglichen, modernen Sorgen in Ost und West gar nicht erst zu erwähnen. Doch ausgerechnet in Ägypten wusste ich es besser. Ich konnte Billie weit von zu Hause weg viel besser betrauern. Entfernt von der zusätzlichen Belastung durch bekannte Orte, konnte ich mich an sie als Superhund erinnern: schön und sanft zugleich. Sie sollte für immer in einem Grab bewahrt werden, dachte ich, um zukünftigen Generationen zu beweisen, dass sie gelebt hat.

Die alten Ägypter liebten ihre Haushunde und schmückten sie mit auffälligen Halsbändern, genau wie wir. Im Museum in Kairo sahen wir einen Sarg aus der zwölften Dynastie, der Khui gehört hatte, einem Mann, der reich genug gewesen war, um einen dekorierten Sarg zu bekommen. Darauf ist er mit seinem Hund Lupu dargestellt (ähnlich einem Dalmatiner, nicht der übliche ägyptische Basenji), der an einer weißen Leine hinter seinem Herrchen herläuft. Man kann die Zuneigung zwischen den beiden erkennen, sie verbindet Hundeliebhaber über die Jahrhunderte. Auf Stelen, Särgen und Wandmalereien sind Hunde abgebildet, und über siebzig Hundenamen sind bekannt, solche, die sich auf die Farbe beziehen (Ebenholz, Schwarzer) oder auf den Charakter (Zuverlässiger, Mutiger), bis zu Qualitäten wie Schnelligkeit (Antilope, Nordwind). Anscheinend hieß eine alte ägyptische Promenadenmischung Nutzlos (ein unglücklicher Vorfahr von Leona Hemsleys Trouble), aber das könnte auch liebevoll gemeint sein. Die Hunde wurden so geschätzt, dass einige mumifiziert wurden, um ihre Herrchen ins Jenseits zu begleiten, treue Freunde für die Ewigkeit.

Für die Ägypter, wie für alle anderen Hundebesitzer durch die Jahrtausende, gab es die Unterscheidung zwischen einem Hund für draußen und einem für drinnen. Sie hatten ihre Kampfhunde, ihre Jagdhunde und die Hunde unter dem Stuhl. Aber ein Labrador wie Billie stellt den Übergang dar, ein Arbeitshund, der zu einem Haushund geworden ist. Der Jack Russell ist ein großer Rattenjäger, aber der Jack Russell Tigger des Prince of Wales hat den Status eines königlichen Schoßhundes, auch wenn jeder Jack Russell mit Selbstbewusstsein diesen Begriff verachten würde. Was mich interessiert, ist das, was der Hund über uns aussagt. Der ruppige Jugendliche mit seinem Pitbull befindet sich an einem Ende der Skala, am anderen die symbiotische Beziehung, die jeder rationalen Erklärung widersteht. Wenn Mark Doty über seinen Golden Retriever nach dessen Tod schreibt, erinnert er sich an den goldenen, »blonden Glanz«, der »für immer aus der Welt ist«, und doch »… etwas von ihm steht absolut klar vor mir, sein Wesen, der Teil von ihm, der sich mir am meisten eingeprägt hat«. Für ihn verbleibt das Wesen des Hundes in dem Teil, der am stärksten mit seinem Besitzer übereinstimmt. In Kairo legte ich Billie endgültig in meiner Erinnerung zur Ruhe, dabei wurde mir bewusst, dass ihr Wesen, ihr absoluter Kern, von hoffnungsvoller Liebe (nicht mehr und nicht weniger) tatsächlich perfekt mit ihrem Besitzer übereinstimmte.

Wenn Hunde gehalten werden, um wie ihre Besitzer auszusehen, was sagte dann ein kleiner weißer Hund über mein eigenes Wesen aus? Es kann nichts mit der äußeren Erscheinung zu tun haben, da ich rigoros alle weißen Haare verberge und meine Augen blau sind. Und doch bewege ich mich schnell, und wenn ich mein Wesen in einem Wort zusammenfassen müsste, dann würde ich »Eifer« als Kern nehmen. Die Vorstellung, dass ich wenigstens eine von Bonnies besten Eigenschaften teile, gefällt mir, und ich glaube nicht, dass irgendwer auf der Welt (außer Robin) sie wirklich einschätzen kann. Ein Freund sagte einmal neckend: »Seien wir mal ehrlich, Bel, das Gehirn deines Hundes hat die Größe einer Erdnuss.« Und es war Robin, der antwortete: »Bist du sicher, dass es nicht eine Walnuss ist?« Normalerweise nennen wir sie »albernen kleinen Hund«, dabei sprechen wir das Adjektiv ganz liebevoll aus. Als Anglistin weiß ich, dass sich die Bedeutung von »albern« (silly) über die Jahrhunderte gewandelt hat, und ich ziehe es vor, mich auf die altenglische Bedeutung »glücklich« oder »gesegnet« zu beziehen, wenn ich das Wort auf meinen Hund anwende. Sie ist nicht töricht, überhaupt nicht.

Doch ein weitverbreitetes Vorurteil sieht in ihr einen Handtaschenhund, mit allen Anklängen an Freizeit, Stil, Geld und Damen, die sich zum Lunch treffen. Ich sehe oft Malteser-Hunde als Accessoires bei Fotoshootings, so süß und übelkeitserregend wie Cupcakes, aber von den Marketingmenschen offensichtlich als genauso begehrenswert angesehen. An einem Ende der Sehnsuchtsskala liegt das Paris-Hilton-Syndrom, wo es wichtig ist, mit dem eigenen Chichi-Hund fotografiert zu werden wie mit der Handtasche von Prada, doch gnade Gott dem armen Wesen, wenn es auf die achtlos hingeworfene Dior pinkelt. Am anderen Ende der Skala findet man Menschen, die sich wegen all dieser coolen Assoziationen einen Schoßhund als Accessoire nehmen, ohne die besonderen Bedürfnisse der kleinen Rasse zu verstehen.

Ich habe mal eine junge Frau getroffen, die in einem Kleidergeschäft in Bath arbeitete. Ihre Teenager-Schwester hatte um einen Chihuahua gebettelt, und ihre zu nachgiebigen Eltern haben ihn ihr geschenkt und dann eine Menge »Designerhalsbänder« und Leinen im Internet bestellt. Monate später fand ich heraus, dass das Mädchen den armen Chihuahua »losgeworden war«. Warum? »Er war so *frech*!«, erklärte die Schwester. Der Reiz des Neuen der pinkfarbenen Halsbänder war verblasst, und der Hund war unbeobachtet auf ein Feld gelassen worden, wo ein Pferd auf ihn getreten war. Das kleine Bein des Chihuahuas war gebrochen, daher mussten sie ein neues Zuhause für ihn suchen. Und all das wurde erzählt, als sei das Unglück einzig die Schuld des nervigen Tieres. Tierheime weltweit nehmen Tausende Hunde auf, deren Besitzer einfach zu unfähig, gemein oder dumm waren, um sich um sie zu kümmern. Welche andere Erklärung gibt es für Bonnies Anwesenheit in meinem Leben? Besonders zu wirtschaftlich schweren Zeiten (wie die Krise, die, während ich schreibe, Europa und Amerika trifft) werden Hunde in großer Zahl ausgesetzt. Ich verstehe es nicht, denn ich würde mein letztes Stück Fleisch mit meinem Hund teilen. Wie können wir unseren Hunden beweisen, dass wir die Menschen sind, für die sie uns halten, außer, indem wir sie über den Accessoire-Status erheben?

Wenn Künstler in vergangenen Jahrhunderten Hunde als Dekoration benutzten (wie die Säulen und Schusterpalmen auf späteren Studiofotografien), dann wenigstens deswegen, weil der Hund eine *Bedeutung* hatte. Die Menschen waren für Symbole viel empfänglicher als wir heute. Als van Eyck 1434 die berühmte Arnolfini-Hochzeit malte, legte er sehr viel Symbolik in das Bild, so viel, dass Wissenschaftler immer noch darüber streiten, ob es sich um eine Hochzeit handelt oder um ein Gedenkporträt (das angeblich an die verstorbene

Ehefrau Giovanna erinnern soll) und was die einzelne Kerze im Kronleuchter bedeutet. Aber rechts im Vordergrund befindet sich ein Hund, ein belgischer Zwerggriffon, und dessen Bedeutung kann doch sicher niemand bestreiten, oder? Der kleine Hund steht für Loyalität, Treue, Vertrauen. Was sollte ein Hochzeitsbild sonst bedeuten? Als ich mir dieses Kunstwerk in der National Gallery in London ansehe, denke ich, dass unsere Hunde so viel besser sind als wir. Im Allgemeinen sind wir bei der Treue nicht so gut, doch wie können wir die Wahrheit über das Paar Arnolfini wissen? Haben sie sich um diesen Hund gekümmert? Haben sie sich um einander gekümmert?

Durch eine seltsame Wendung des Schicksals machte ich 2005 zum ersten Mal echte Erfahrungen mit der Verbreitung von Liebeskummer, sexueller Leidenschaft und anschließendem Eheunglück.

Ich brauchte mehr Arbeit. In Archivkästen habe ich immer noch irgendwo die Notizen über das, was ich als junge Journalistin verdient habe: Ganz hinten in Tagebüchern stehen Listen von Artikeln, das Honorar, und ob es gezahlt wurde. Einige der Summen sind selbst für 1972 erbärmlich, sowohl J als auch ich schrieben für den *New Statesman* (damals unter dem inspirierenden Verleger Anthony Howard), der für seine Großzügigkeit bekannt war. Die Jahre, in denen ich solche stolzen, unabhängigen (denn deswegen waren sie für mich wichtig) Listen führte, waren lange vorüber. Jetzt war ich erneut in dieser Lage. Außerdem glaube ich an Arbeit als Therapie. Wenn Ehefrauen *jeglichen* Kontakt zur Arbeitswelt aufgeben (was auch freiwillig oder kurzfristig sein kann), um sich um das Haus und die Familie zu kümmern, machen sie sich verletzlich. Die Kinder werden erwachsen und das Haus verlassen, und der Ehemann findet vielleicht eine neue Liebe –

und was machen sie dann? Meiner Meinung nach ist das Sortieren von Kleidern in einem Wohltätigkeitsladen (wo man wenigstens mit anderen Menschen ins Gespräch kommt) besser, als allein zu Hause zu sitzen. Ich habe immer darüber Witze gemacht, dass ich bei einer schrecklichen Revolution, die die Intellektuellen jagt, überleben würde, weil ich als gute Näherin Uniformen für den Tyrannen nähen und in jede Naht einen subversiven *Stil* einarbeiten könnte.

Ich suchte also nach Arbeit. Ich hatte seit Jahren für die *Times* geschrieben, für sechs verschiedene Chefredakteure, aber die aktuelle Feuilletonleiterin hatte ich noch nie persönlich getroffen, auch wenn wir schon telefoniert hatten. In dem Wissen, dass man mehr Arbeit bekommt, wenn einen mehr Leute kennen, schlug ich ein Treffen vor. Sandra Parsons lud mich ins neueste angesagte Restaurant Londons ein, The Wolseley in Piccadilly, und wählte durch eine Laune des Schicksals den Tag, der mein siebenunddreißigster Hochzeitstag gewesen wäre. Rückblickend scheint es »Bestimmung« gewesen zu sein, dass ich an diesem Tag sie als *eine* Person begrüßen würde, um beim Abschied eine *andere* zu sein, mit einer völlig anderen Richtung und einer neuen Tür, die sich in meiner Karriere geöffnet hatte. Denn wir hatten uns (wie Frauen es tun) über die Arbeit unterhalten und die Probleme und Schuldgefühle, die entstehen, wenn man, wie ich es getan hatte und Sandra es noch tat, einen anspruchsvollen Job mit einer Familie unter einen Hut bringen wollte. Ich hatte Mitgefühl mit ihr, und ohne mir dessen bewusst zu sein, gab ich ihr Ratschläge. Dann schlug ich mir auf die Stirn und sagte: »Was rede ich denn dann? Ich klinge wie eine fehlgeleitete Briefkastentante.«

Das war das erste Mal, dass ich beobachtet habe, wie jemandem ein Licht aufging.

Sie strahlte und beugte sich vor. »Haben Sie je daran gedacht, das zu tun?«

»Äh – *nein*!«

Wenn ein talentierter Redakteur eine Idee hat, wird er oder sie diese nicht mehr ruhen lassen. Sandra überzeugte mich, dass ich genau die Richtige war, um eine Lebensberatungsseite für *The Times* zu schreiben, und bat mich, darüber nachzudenken. Ich war mir unsicher und fühlte mich noch ein paar Wochen so, auch wenn Freunde auf Nachfrage alle zustimmten, dass es etwas wäre, das ich gut machen könnte. Aber ich plante, noch mehr Belletristik für Erwachsene und Kinder zu schreiben, mit der Radioarbeit weiterzumachen und mir ein paar »ordentliche« Journalistenaufträge zu besorgen, um die Rechnungen bezahlen zu können. Eine, wie es meistens genannt wird, Briefkastentante (ein Begriff, der mir missfällt, weil er so herablassend klingt) zu werden, hätte nie Teil meines Lebensplans sein können.

Aber von jetzt auf gleich war ich es.

Und doch, eine Weile befürchtete ich, dass ich dadurch … nun ja … weniger seriös wirken könnte. Das sagt nichts über mein eigenes Urteil bezüglich dieser Rolle aus (das muss ich betonen), aber ich war mir des snobistischen Spotts über den populären Journalismus bewusst, wo auch immer es dazu kam (diese leicht gekräuselte Lippe, wodurch das Grinsen noch hässlicher wirkt, und die geflötete Frage: »Ach, Sie schreiben für die *Daily Mail* …?«). Ich dachte fest daran und spürte die bekannte Verärgerung, und das genügte, um zu sagen: »Was soll's!« Wie der bilderstürmerische viktorianische Autor Samuel Butler schrieb: »Das große Vergnügen bei einem Hund ist, dass man sich bei ihm zum Narren machen kann, und er wird nicht nur nicht schimpfen, sondern wird sich ebenfalls zum Narren machen.« Ich hatte immer die Tendenz, mich mit uncoolem Enthusiasmus in die Dinge zu stürzen, genau wie mein Hund, solange ich nur rasch die Kontrolle über das, was ich tat, bekäme. An diesem Punkt in meinem Leben war ich also bereit, einer Seitenstraße, die sich mir plötzlich bot, zu folgen, nur um zu sehen, was es dort gab. Es zu versuchen, auch wenn ich vielleicht versagen würde.

Die Bereitschaft der Hunde, das gesamte Geruchsleben einzusaugen, einem an der Haustür Bewunderung entgegenzubringen, selbst wenn man nur eine halbe Stunde fort war, zu spüren, dass die Feier losgeht, wenn man den Stift ablegt und »Gut, dann …« murmelte, zu wissen, dass genau hinter der nächsten Ecke etwas so Aufregendes wartet, dass man sofort darauf zurast … Das ist eine Art zu leben, sogar ein Seelenzustand, den wir von unseren Hunden lernen sollten. Es gibt einen gewissen Teil innerhalb der britischen Bevölkerung, der findet, dass es zutiefst unklug und (schlimmer noch) wahrscheinlich Art der unteren Schichten ist, begeistert zu sein, herumzulaufen und mit einem eingebildeten Hundeschwanz zu wedeln. Das sind Snobs, die dieses fade klingende Wort »angenehm« als höchstes Lob verwenden, sodass die Aussage, der Abend war »absolut angenehm«, bedeutet, dass sie eine wunderbare, erstaunliche Zeit verbracht haben. Hunde finden nichts »angenehm«, sie sind heftige Enthusiasten.

Und doch, so neugierig und aufgeregt ich beim Gedanken an einen Neustart war, so sehr machte er mir auch Angst. Selbst damals wusste ich noch nicht, wie schwer mir die Umstellung fallen würde. Zum einen schickte *The Times* die Feuilletonistin Catherine O'Brien, um mich zu interviewen. Die vernünftige Überlegung war, dass ich mich nicht um die Probleme anderer Leute kümmern könnte, wenn die Leser nicht wussten, dass ich selbst genug davon hatte. Die Leser werden einem vertrauen, wenn sie denken, dass man weiß, wovon man redet. Virgil hat das verstanden, neunzehn Jahre vor Christi Geburt. Es scheint mir ein weiterer merkwürdiger Trick des Schicksals zu sein, dass ich 1963 mit siebzehn Jahren als begeisterte Altphilologin eine Zeile in mein Notizbuch schrieb, die perfekt zu meiner neuen Karriere passte. Sie sagte sie fast voraus. Sie stammt aus der *Aeneis* (1. Buch, Zeile 630) und wird von Dido, der Königin Karthagos, gesprochen. Diese schöne, verdammte Königin erzählt dem Helden auf Besuch, der sie verraten wird: »*Non ignara mali, miseris succurrere disco*« – »Nicht unkundig der Not, lernte ich, den Bedrängten zu helfen.«

Ja, dachte ich, ich habe vielleicht keine formelle Qualifikation, um Menschen bei emotionalen Problemen zu beraten, aber es braucht mehr als ein Blatt Papier, um den Schmerz zu verstehen.

Ich hatte keine Wahl, sondern musste Fragen über das Ende unserer Ehe beantworten, was ich bis dahin vermieden hatte. Die Journalistin war intelligent und sympathisch, und Sandra Parson hatte mir versprochen, dass ich mir den Text vor der Veröffentlichung durchlesen dürfte. Aber das machte es nicht leichter. Es war, als wäre J bei mir im Zimmer, ständig, und schüttele den Kopf. Ihm war die Privatsphäre immer wichtiger gewesen als mir. Kolumnisten wird vorgeworfen, sie würden ihr eigenes Leben vermarkten. Selbst dieses Buch ist eine Erweiterung des Impulses, zu sagen: »So ist es für mich.« Doch ich hasste es, Fragen über unser Leben zu beantworten, über Susan Chilcott, darüber, wie ich mich fühlte. Es war noch zu frisch. Obwohl ich wusste, dass der Preis, den ich für diese Arbeit bezahlen musste, der einer gewissen Enthüllung war, ließ mich das Interview erschauern.

Dann wurde ich ganz unerwartet zur Hochzeit von Prinz Charles und Camilla Parker-Bowles am 9. April in Windsor eingeladen. Das letzte Mal, als ich J gesehen hatte, hatte ich gefragt, ob er eine Einladung bekommen hatte, und gescherzt, er solle mich mitnehmen. Schließlich hatten wir die zermürbende Erfahrung, wie er eine Biografie über den Prince of Wales schrieb und einen Film dazu drehte, der einen Skandal auslöste, gemeinsam durchgestanden. Kein Paar hätte auf allen Ebenen mehr übereinstimmen können. Wir saßen nebeneinander und hörten mit Entsetzen, wie der Bruder von Prinzessin Diana, Charles Spencer, eine Grabrede hielt, die völlig geschmacklos war. Wir teilten den Unglauben angesichts der nach verrottenden Blumen stinkenden öffentlichen Sentimentalität nach Dianas schockierendem Tod und auch die Unterstützung und Zuneigung für einen Prinzen, von dem wir glaubten, dass er sehr missverstanden und grausam verleumdet wird. Es schien mir also nur passend, dass wir diese Hochzeit gemeinsam erlebten, selbst wenn unsere Wege durch das Schicksal getrennt worden waren.

J lächelte traurig und schüttelte den Kopf, aber ich wusste ja, dass es nicht dem Protokoll entsprach, anzurufen und zu fragen, ob er eine Begleitung mitbringen könne. So funktioniert das nicht.

Dann traf meine Einladung ein. Es sagt viel über mein Selbstvertrauen zu dieser Zeit aus, dass ich überrascht war, als eigenständige Person behandelt zu werden. Auch wenn es einschüchternd war, allein zu gehen, so würde ich allein hingehen. Jede Frau wird verstehen, dass das schlimmste Problem war, zu entscheiden, was ich anziehen sollte. Ich fuhr nach Bath und London, um mich inspirieren zu lassen, als ich schließlich ein schwarzes Seidenkleid mit einem Schmetterlingsmuster sah. Dann verbrachte ich den Tag vor der Hochzeit krank im Bett und nähte Federschmetterlinge auf einen Strohhut. Ich bin von Symbolen ja völlig besessen, daher wusste ich, dass Schmetterlinge für die frühen Christen für die Seele standen, also für Wiedergeburt und Veränderung, während der Schmetterling Sadaquah in islamischen Erzählungen gute Nachrichten bringt. Für die nordamerikanischen Indianer lehrt der Schmetterling, dass eine Veränderung schmerzhaft sein mag, aber notwendig ist. Das Beste war eine alte chinesische Legende, in der zwei Schmetterlinge die Geister zweier Liebender symbolisieren, die ewiges Eheglück miteinander finden. Perfekt. Dem Prinzen würde das gefallen, dachte ich, auch wenn meine Symbolik, genau wie beim Hund der Arnolfinis, unterschwellig bliebe.

Robin fuhr mich nach Windsor und setzte mich ab. In der Chapel of St. George sah ich J, er saß eine Reihe und ungefähr sieben Leute weiter links vor mir. Es war unmöglich, ihn nicht im Auge zu behalten, nicht daran zu denken, dass wir zusammen hätten hier sein müssen, nicht zu wünschen (mit schmerzhaftem Sehnen), neben ihm zu sein. Es muss für ihn genauso schwierig gewesen sein. Ich schaute zum großen Steingewölbe hinauf, das aus Steinsäulen erwächst, die zu zart aussehen, als dass sie es tragen können, und sah es als Metapher für das Überleben all dessen, an das ich glaube, von der Tradition, Bräuchen und Feiern bis zum menschlichen Optimismus, der irgendwie die Schwerkraft, die immer droht, ihn hinabzuziehen, überwindet. Die steinernen Engel, die sich überall im Innern der Kapelle befinden, schauen entschlossen nach oben, mit Flügeln wie Schmetterlinge. Es bleibt nichts anderes, als auf bessere Zeiten zu hoffen, und das war das Gebet, das ich für uns beide sprach.

Ich dachte dann an die unwirschen Menschen (vor allem in Cornwall), die ich am Abend vorher in den Nachrichten gesehen hatte, die bei Befragungen murmelten, dass es sie nicht interessiere, dass die Hochzeit »nichts mit ihnen zu tun habe« … mosern, maulen, nörgeln und stänkern. Was für eine beschränkte Vorstellungskraft! Man könnte genauso gut sagen, dass der schreckliche Tsunami, durch den das Jahr mit ungeheurem Leid begonnen hatte, oder der Tod des Papstes oder auch die besten Athleten des eigenen Landes, die wie wahnsinnig liefen … dass alles nichts mit einem selbst zu tun habe. Ich zähle die Beispiele nicht wahllos auf, sondern weil ich leidenschaftlich daran glaube, dass wir alle durch eine geistige Verknüpfung miteinander verbunden sind, die uns dazu befähigt, mit Mitleid, Trauer, Freude, Mitgefühl oder Stolz auf das zuzugehen, was im Leben anderer geschieht. Deswegen hatte ich das Gefühl, als wir alle von unseren »vielen Sünden und Vergehen« beichteten, dass das *alles* mit mir zu tun hat. Und auch alles mit dem Mann, zu dem ich wieder hinschaute. Im Bewusstsein der Unvollkommenheit überlegte ich, dass wir nichts anderes mehr tun können, als weiterzugehen wie der Prince und die Duchess, und zu hoffen, dass nach der Dunkelheit das Licht leuchten wird.

Und das tat es. Im genau richtigen Augenblick des Gottesdienstes. Der Schauspieler Timothy West hatte gerade die Passage gelesen, die Prinz Charles (bezeichnenderweise) bei Wordsworth ausgewählt hatte – über die »Freude und Freiheit« des menschlichen Geistes, die von Kindern als natürlich empfunden werden, die aber, während wir aufwachsen und das Leben so viel komplizierter wird, vergessen werden. Aber die einfache Freude kann auch im Erwachsenenalter wiedergewonnen werden, sagt der Dichter, durch intensive Erfahrungen des Geistes und des Herzens. Der Prinz und seine Braut lauschten, dann begannen das Orchester und der Chor eine grandiose Bach-Hymne, und die blasse Sonne triumphierte über die kühlen Aprilwolken und fiel durch das große Ostfenster. Der Tag sagte uns, dass alle Dinge weitergehen und besser gemacht werden können. Dass, wie es in der Offenbarung heißt, aus der Lord Carey las, »noch Geschrei noch Schmerz wird mehr sein; denn das Erste ist vergangen … Siehe, ich mache alles neu!« Das Lächeln auf den Gesichtern von Dianas Söhnen vertrieb die dunklen Wolken der Vergangenheit, und der Ausdruck des Stolzes auf dem Gesicht ihres Vaters ließ Gutes für die Zukunft hoffen. Ich habe immer an seine Fähigkeit, König zu sein, geglaubt, und jetzt mit dieser Frau an seiner Seite sogar noch mehr. Diese Überzeugung war Teil unserer Freude.

Auf dem Weg nach Windsor hatte ich andere Leute zu anderen Hochzeiten gehen gesehen und gedacht, dass die Saison jetzt so richtig anfängt. Jeden Samstag gehen alle diese Paare in allen Altersklassen in ihren schicken Kleidern los, um ihren Platz in der Reihe der Hoffnungsvollen einzunehmen, und dabei stoßen ihre Freunde auf sie an. Was kann man anderes tun, als ihnen alles Gute zu wünschen? Einige Ehen werden zerbrechen, natürlich. Und doch wurde mir dort in der Kirche und später beim Empfang bewusst, dass die Tatsache, von J getrennt zu sein, meinen Glauben an diese Institution kein bisschen gemindert hat. Öffentliche Liebeserklärungen werden weiterhin gemacht werden, weil das Bedürfnis, etwas zu bestätigen, Teil des Menschen ist. Und hier, in der Größe von Windsor Castle, war es dasselbe. Nachdem er seinen Eltern, seiner Familie, seinen Mitarbeitern und Freunden gedankt und (sehr bewegend) an seine Großmutter erinnert hatte, lobte der Bräutigam seine Braut. Ein Adjektiv der Liebe und Dankbarkeit nach dem anderen und schließlich sein aufrichtiger Dank an sie, »weil sie den Mut hat, mich anzunehmen«. Sein demütiges Lächeln brachte die Gäste noch mehr zum Jubeln. Aber Camilla Parker-Bowles (jetzt die Duchess of Cornwall) ist sehr englisch, sehr zurückhaltend. Ganz ohne das Gestellte oder Glatte einer öffentlichen Person bewegte sie ihre Füße und sah verlegen aus.

Ich freute mich für sie und war traurig für mich. Nach der boshaften Kritik über ihr Aussehen (vor allem von anderen Frauen, was gleichermaßen erstaunlich und abscheulich ist) sah Camilla apart und elegant aus. Und ich dachte, wie erfrischend es doch war, dass ein Mann über fünfzig eine wahre Freundin gewählt hat, die ein Jahr älter ist und nicht die übliche jüngere Frau, die die meisten Männer anscheinend wollen. Als wir unsere Gläser erhoben, richtete sich mein persönlicher Trinkspruch auf eine lange Liebe, auf Ehen in der Mitte des Lebens und auf bodenständige Hochzeiten, anstelle von dummen »Märchen«, die in Enttäuschung und Desillusionierung endeten.

Als alles vorüber war, holte mich Robin zur verabredeten Zeit ab und fuhr mich an den Paparazzi vorbei zurück nach Bath. Eines der wirklich wunderbaren Dinge an ihm war, dass er (wie er sagte) sehr zufrieden damit war, den Fahrer zu spielen. Bei unserer Ägyptenreise war ich mit dem PR-Manager durch ein Hotel gewandert, Robin ein paar Schritte hinter uns. Er betrachtete alles, war sehr interessiert, aber auch erleichtert, dass er nicht das PR-Spiel mitspielen musste wie ich. Er machte Witze, dass es war wie beim Duke of Edinburgh, der hinter der Queen hergeht. Sein ruhiges Selbstbewusstsein brauchte keine äußeren Statussymbole. Er und ich waren besonders erfreut, eine bestimmte Texas-Bluesrock-Nummer namens »A Stand By Your Woman Man« von Angela Strehli zu entdecken. Ja, das war es, und es war ein Grund zu feiern. Ich hatte Catherine O'Brien, der Journalistin von *The Times*, erzählt, dass dieser praktische Mann »alles reparieren kann, inklusive mich selbst«. Er wirkte immer mehr wie das aufwändige Gerüst, das ein Gebäude umgibt und die

Renovierung ermöglicht. Er liebte ein Gedicht, das ich ihm eines Abends mal vorgelesen hatte, in dem diese Metapher vorkommt. Es heißt *Atlas*, ist von U. A. Fanthorpe und beginnt folgendermaßen:

Es gibt eine Art Liebe namens Wartung,
die das Schmieröl vorrätig hält und weiß,
wann man es benutzen muss …

Das Gedicht feiert die »vernünftige Seite der Liebe« und ist eine öffentliche Anerkennung des Lebenspartners, der »mein fehlerverdächtiges Gebäude aufrecht hält«, genau wie Robin es für mich tat.

J ist Journalist in der dritten Generation, der für all das steht, was das Beste an unserem Handwerk ist. Sein Weg begann im Lokalfernsehen, aber nach einem Jahr wechselte er zum politischen Radio und moderierte die Vorzeigesendung von Radio 4 *The World This Weekend*. Dann machte er beim Fernsehen Karriere, sowohl als internationaler Reporter als auch als politischer Interviewer. Er war noch keine dreißig Jahre alt, als er bereits Staatschefs interviewte und einen BAFTA-Preis für seinen epochalen Bericht über die schreckliche Hungersnot in Äthiopien 1973 erhielt, die vom Regime Hailie Selassies verschwiegen wurde. *The Unknown Famine* wurde zu einem Katalysator der Destabilisierung des feudalen Systems. J bekam als Erster die Möglichkeit, in beiden Hauptfernsehsendern einen Aufruf zu starten, der die bis dato größten öffentlichen Spendenaktivitäten auslöste. Er galt als Held des äthiopischen Volkes und erhielt einmaligen Zugang zu dem Land, was zu Filmen über die Gewalt und Unterdrückung unter Mengistus marxistisch-leninistischem Regime führte und dazu, dass J aus dem Land, das er liebte, verbannt wurde. Er war der Superreporter, der während Pinochets Regime gefährliche Undercoverarbeit leistete, in Zypern beschossen wurde, als die Türken 1974 die Insel überfielen. Er dokumentierte die Ungerechtigkeiten in der ganzen Welt und so weiter. Neben diesen Reportagen machte er sich noch einen Namen mit großen Dokuserien, die mit der gleichen Genauigkeit und in demselben Stil die Pattsituation zwischen Russland und Amerika analysierten sowie das Leiden bolivianischer Zinnbergarbeiter, um nur zwei Filmthemen zu nennen.

In einer seelenverwandten Ehe sind die Erfolge des Partners auch die eigenen. Ich war sehr stolz auf ihn, durchsuchte die Zeitungen nach Kritiken und trieb den berühmten Schriftsteller Julian Barnes auf einer Party mal gegen die Wand, um mit ihm zu schimpfen, weil er damals als kleiner Fernsehkritiker respektlos über einen Film Js geschrieben hatte.

J begann 1987 die Sendung zu aktuellen Problemen *Any Questions* auf BBC Radio 4 zu moderieren, und ein Jahr später wurde *Any Answers* erfunden, als eine Sendung, bei der die Zuhörer anrufen konnten, was das perfekte Format für ihn war. Dann wurde er zum Moderator des ersten sonntäglichen politischen Mittagsprogramms auf BBC 1 *On the Record* von 1987 bis 1992, und dann, 1995, startete er eine ähnliche Sendung auf ITV namens *Jonathan Dimbleby* – die das Familienwochenende weiter ruinierte. Als der erfahrenste politische Reporter bei ITV präsentierte er die Wahlen 1997 und 2001, und jetzt, 2005, wird er es wieder tun.

Der Punkt ist, ich konnte es nicht ertragen, dass *The Times* das Porträt von mir zu Beginn meiner neuen Kolumne nur Tage vor seinem Mammutausdauertest der Wahlnacht brachte. Ich war außer mir. Und zerrissen zwischen der Aussicht, meinen getrennt lebenden Ehemann vielleicht zu destabilisieren (und ihn sicherlich aufzubringen), und der neuen Arbeit wählte ich ihn. Ich nehme an, dass das meine eigene Version von Hundetreue war. Die Kolumne wurde verschoben.

Am 5. Mai saß ich wie immer auf dem Sofa und sah ihm zu, während die Wahlergebnisse hereinkamen. Tony Blairs New Labour gewann zum dritten Mal in Folge, mit einer etwas schwächeren Mehrheit von sechsundsechzig Prozent. 1997 hatten J und ich uns, wie so viele andere, über den Sieg von Labour gefreut, der Erkennungssong »Things Can Only Get Better« war wirklich inspirierend. Wir hatten alle das Gefühl, dass das Land einen Wechsel nötig hatte. Selbst rückblickend stimmt das. Aber jetzt hatte sich alles verändert, völlig verändert. Nach einem Abendessen mit Freunden ging Robin zu Bett, und ich schaute J allein in meinem eigenen Haus zu. Ich lag mit Bonnie auf dem Sofa und dachte an unser leeres altes Haus, das nicht weit entfernt war. Wir sind alle älter geworden und haben mehr Narben, und Dinge werden selten besser, dachte ich. Auf jeden Fall mochte ich keine Veränderungen. Deswegen konnte ich die Gewohnheit, der anstrengenden Wahlberichterstattung durch die Nacht bis in den Morgen zu folgen, nicht ablegen. Ich döste immer wieder ein, wachte auf und sah ihn auf dem Bildschirm.

Also war sein Leben auch immer noch meines.

Neue Folgen von *Devout Sceptics* wurden produziert. Jetzt, da die Wahlen vorbei waren, wusste ich, dass *The Times* Catherine O'Briens Porträt am 18. Mai bringen wollte. Das war der Tag, an dem Malcolm Love und ich nach Cornwall fahren sollten, um über Nacht dort zu bleiben, bevor wir ein Interview mit Tim Smit aufnehmen würden. Er war der charismatische Gründer des Eden Projects, einer der schönsten und wichtigsten Touristenattraktionen der Region. Ich gebe zu, dass ich wegen der Veröffentlichung des *Times*-Artikels nervös war, das öffentliche Zeichen eines »neuen« Lebens. Ein Text, der (mit Sympathie geschrieben), sagte: »Hier bin ich, das habe ich erlebt, und das habe ich gelernt.« Robin hatte einige wunderschöne Fotos von mir (und Bonnie) für das Porträt gemacht, das die Titelgeschichte werden würde.

Doch als ich früh aufstand, um die Zeitung an der Haustür zu holen, war ich geschockt, ein kleines Foto von J und mir an unserem Hochzeitstag auf der Titelseite der Zeitung zu sehen (als Ankündigung des Porträts), und dann dasselbe Bild vergrößert auf dem kompletten Titel des Feuilletons von *The Times 2*. Darunter stand riesig groß: »MRS DIMBLEBY MACHT WEITER«. Meine Knie wurden weich. Ich griff meinen Hund und schluchzte in ihr Fell. Fotos unserer Hochzeit sind allgemein verfügbar. Wie ich bereits geschrieben habe, standen Pressefotografen vor dem Standesamt, was der erste Schock für ein Mädchen aus einem Durchschnittshaushalt gewesen war. Doch für mich hatte die Nutzung dieses Fotos ohne Rücksprache mit mir etwas Gedankenloses, sogar Grausames. Es schien mir unsensibel, eine erfahrene Journalistin für eine brandneue Kolumne in der eigenen Zeitung zu engagieren, eine Kolumne, in der es um die tiefsten Gefühle der Menschen ging, und ihr dann echten Schmerz zuzufügen, indem man ihr Hochzeitsfoto ohne Vorwarnung auf die Titelseite bringt. Hatte niemand gedacht, dass es mir etwas ausmachen könnte?

Ich hasste sie alle und wollte alles aufgeben, und das, obwohl die erste Kolumne mit Ratschlägen namens »Leben und andere Probleme« für die folgende Woche schon bereit und nun auch richtig beworben war. Ich schrieb eine wütende E-Mail an Sandra Parsons (die eines von Robins Fotos sowohl innen wie auch auf dem Titelbild hatte nutzen wollen, aber vom Verleger überstimmt worden war), die folgendermaßen endete: »Ich habe keine Worte für meinen Schock (und meinen Kummer) wegen des Titelbildes, das Sie ausgesucht haben. Ich fühle mich schrecklich, als wäre ich von genau den Leuten, denen ich vertraut habe und für die ich arbeiten soll, hintergangen worden. Es definiert mich als Mrs Dimbleby und sieht zurück ins Jahr 1968 anstatt in die Zukunft und ist furchtbar, furchtbar traurig. In den Worten Plaths: Ich sehe einfach nicht, wo das hinführen soll.«

Ich war immer noch sehr aufgebracht, als Malcolm Love ankam, um mich abzuholen. Wir hatten schon sehr lange zusammen gearbeitet und keinerlei Geheimnisse voreinander. Wir hatten über seinen Verlust des Glaubens seiner Kindheit gesprochen, meine Suche nach Spiritualität, seine tiefen Glaubensgrundsätze und wie wir über Liebe und Ehe denken. Wir waren die Straßen von San Francisco entlangspaziert, wo Frauen auf ihn zukamen, um ihm zu sagen, dass er wie Richard Gere aussehe (was stimmt), und er hatte es geschafft, mich ins Hotel zurückzuzerren, als ich mal zu viel in Fisherman's Wharf getrunken hatte und wir am nächsten Tag ein Interview mit Isabel Allende führen mussten. Jetzt hörte er sich wie ein echter Freund mein Jammern an und verstand, als ich ihm anvertraute, dass das Schlimmste an dem Bild weit über das hinausging, was ich Sandra geschrieben hatte.

Erstens konnte ich den Gedanken daran, wie sehr es J aufgebracht haben musste, nicht ertragen, auch wenn ich ihn nicht anrief, um zu erklären, dass ich nicht gewusst hatte, dass das Foto verwendet werden würde. Stille schien die sicherere Wahl zu sein.

Zweitens, wenn ich das bekannte monochrome Bild dieser Einundzwanzigjährigen in einem Minikleid und dem Dreiundzwanzigjährigen mit seinem extrabreiten Schlips, die so glücklich, so verliebt aussehen, anschaute, fühlte ich mich überwältigt von dem Gefühl, dass ich in der Zeit zurückreisen und sie *beschützen* wollte. Ich wollte ihnen sagen, dass sie es nicht vermasseln sollten, weil sie dafür bestimmt waren, zusammen zu sein, und dass sie diese Bestimmung nicht mit den damals angesagten »Anything Goes«-Gewohnheiten des Zeitgeists verwässern dürften. Ich wollte sie bitten, sich zu *kümmern*, nicht dumm zu sein, einander nicht zu enttäuschen. Zu spät.

Malcolm hörte mir zu.

Aber beim Abendessen im Hotel an diesem Abend war ich an der Reihe mit Zuhören. Mein Produzent und Freund wusste viel über die Liebe und war sich ihrer Herrlichkeiten bewusst und realistisch bei ihren Grenzen. Er sagte mir, dass man nie sagen solle, eine Ehe sei »gescheitert«. Man sollte es so sehen, dass sie ihren Lauf zu Ende gelaufen war wie bei einer Reise, bei der man das Ziel erreicht hat. Vielleicht, schlug er vor, waren J und ich dazu bestimmt, fünfunddreißig Jahre zusammen zu sein und dann getrennte Wege einzuschlagen. Es gibt keinen Grund, das Ergebnis mit dem Wort »gescheitert« zu verdammen, sagte er. Und es gab auch keinen Grund, so wütend über das Foto in der *Times* zu sein. Es ist passiert, die Leute sind sorglos, niemand hätte die Wirkung, die es auf mich hatte, vorhersehen können, und es war an der Zeit für mich, vorwärtszugehen, ohne zurückzuschauen. Als ich dieses Echo des Ratschlags auf der laminierten Karte, die ich an der Tür der Carmel Mission erhalten hatte, hörte, wusste ich, dass er recht hatte. Jetzt würde ich eine Lebenshilfekolumne schreiben und müsste lernen, Ratschläge anzunehmen. Malcolm und ich würden mit unserer Serie weitermachen, ich wäre tapfer, begänne die *Times*-Kolumne und wartete ab, wohin sie führte. Und J und ich würden uns weiter lieben, aber nicht unter dem gleichen Dach wohnen.

Genau das geschah dann auch.

Weder J noch ich sprachen über den Artikel, weder damals noch später. Aber ein paar Wochen nach dessen Erscheinen bekam ich ein flaches Paket von J. Ohne eine Erklärung befand sich darin ein altmodisches Werbeschild aus geprägtem Metall für die 1958er Harley Davidson Duo Glide. Er kannte meinen Geschmack sehr gut.

Seit ich den Bauernhof verlassen hatte, war mir Bonnie zweifellos noch mehr ans Herz gewachsen. »Nur du und ich gegen die Welt«, murmelte ich oft, und so fühlte es sich an. Ich war in meinen Malteser genauso vernarrt wie der römische Gouverneur von Malta im ersten Jahrhundert in den seinen. Der Dichter Martial kommentiert die Liebe dieses Militärs zu seinem »*deliciae catella*« (»lieben Hündchen«) in einem leicht spöttischen Gedicht: *Issa*. Fast sicher ein Malteser, wird der Schoßhund Issa als gemein, rein, wertvoll und verführerisch geschildert und dass er »sentit tristitiamque gaudiumque« (»Trauer und Freude empfindet«). Es folgen vier Zeilen, in denen sich jeder, der einen geliebten Schoßhund im Bett schlafen lässt, wiedererkennen wird:

et desiderio coacta ventris
gutta pallia non fefellit ulla,
sed blando pede suscitat toroque
deponi monet et rogat levari.

(»Selbst wenn ein leibliches Bedürfnis sie zwingt, hat sie noch nie mit einem Tropfen die Decken beschmutzt, vielmehr weckt sie mit sanfter Pfote, mahnt, sie vom Lager hinunterzulassen, und bittet, dass man sie dann wieder hochnehme.«)

Ein Hund auf dem Bett, egal, wie klein, ist keine gute Idee. Aber Bonnie schlief schon seit zwei Jahren bei mir, und da sie meine Begleiterin und Trösterin in den einsamen Monaten war, würde ich sie nicht hinauswerfen, weil es einen neuen Partner in meinem sehr weiblichen (weil ohne Mann im Hinterkopf eingerichteten) Boudoir gab. Der Hund und ich waren eine Einheit. Zum Glück fiel es Robin leicht, die Aufforderung »liebe mich, liebe meinen Hund« zu befolgen. Er liebte Bonnie aufrichtig, auch wenn ein Paar schwarze Knopfaugen, die alles beobachten, was man tut, der Intimität nicht gerade förderlich sind. Der Ehemann dieser mittelalterlichen Dame im Luttrell Psalter hätte ihr keinen Keuschheitsgürtel umschnallen müssen, solange sie nur ihren kleinen weißen Hund auf dem Bett hätte.

Als ich Virginia Woolfs originelle, charmante Biografie von Elizabeth Barrett Brownings Spaniel Flush noch einmal las (ein Buch, dessen Sinn ich als Studentin überhaupt nicht begriffen habe), habe ich Parallelen zu meinem eigenen Leben mit Bonnie entdeckt. Woolf schreibt, dass Flush »zu nah« an den Menschen gelebt hatte. Er hatte auf »menschlichen Knien gelegen und Männerstimmen gehört. Sein Fleisch war durchzogen von menschlichen Leidenschaften, er kannte alle Abstufungen von Eifersucht, Wut und Verzweiflung«. Man könnte das für überspannt halten, aber dem Besitzer eines kleinen Hundes erscheint es völlig logisch, anders kann ein Schoßhund gar nicht leben. Interessanterweise spricht Woolf die Vorstellung der Symbiose an: »… aus demselben Guss, könnte es sein, dass jeder vielleicht den anderen in dem ergänzt, was verborgen in ihm steckt?« Egal, was die Wahrheit ist, ich vermute, wäre Flush nicht aufgetaucht, wäre diese große Dichterin langsam in die tiefere Dunkelheit gerutscht, wo es keine Gedichte gibt und Rebellion zwecklos ist. Dass Virginia Woolf (die Hunde liebte und den Leuten, die sie mochte, Hundespitznamen gab) diesem literarischen Hund ein ganzes Buch widmete, zeigt, dass sie nicht glaubte, dass er eine simple Nebenrolle spielte.

Nach dem Tod zwei ihrer Brüder, 1840, fiel Elizabeth Barrett Browning in eine Depression. Dann schenkte ihre Freundin Miss Mitford ihr den Cocker-Spaniel-Welpe, der ihr Leben verändern sollte, sogar in ihrem düsteren, stickigen Krankenzimmer. Alles, was der kleine Hund tat, linderte ihre Depression. Seine Aufregung bei einer Kutschfahrt (der ewige Hund mit seiner Nase im Wind) brachte sie zum Lächeln, darüber hinaus stärkte Flush ihr Selbstbewusstsein und ermutigte sie irgendwie, gegen ihr Schicksal zu rebellieren. Ihr Arzt verbat, dass der Hund auf dem Bett lag, also versteckte sie ihn unter der Decke, ihr tyrannischer Vater kontrollierte ihre Mahlzeiten, ohne zu wissen, dass sie ihrem Hund Essen zugesteckt hatte, um den Teller zu leeren. Und als sie nach zwei Jahren zum ersten Mal allein aufstand, war das mithilfe ihres Hundes: »Stell dir vor, wie ich dastehe, mit nur einer Hand auf Flush. Er steht ruhig auf dem Sofa und stützt mich.« Ja, es hieß: Elizabeth und Flush gegen die Welt.

Bis Robert Browning auftauchte. Kein Wunder, dass der arme Flush eifersüchtig war. Wenigstens kannte Bonnie Robin, der arme Flush musste sich mit einem Fremden abfinden, der ins Krankenzimmer platzte und gleichermaßen einen kraftvollen Geruch nach Poesie wie Testosteron verströmte. Browning, sechs Jahre jünger als Elizabeth, machte sich gerade erst einen Namen und las Elizabeth Barrett Brownings ersten Gedichtband (mit Versen auf ihren Hund). Sie begannen eine Korrespondenz von Dichter zu Dichter, und schließlich kam er zu einem ersten Besuch, mit einem Strauß Blumen aus dem Garten seiner Mutter.

Flush war an die ungeteilte Aufmerksamkeit seines Frauchens gewöhnt, und ihm missfiel der Eindringling. Kein

Wunder, dass er den heimlichen Verehrer mehr als einmal biss. Verliebt bestraft Elizabeth ihr Haustier und schreibt an Robert: »Ich habe ihm einen Klaps auf die Ohren gegeben und ihm gesagt, dass er nie wieder geliebt werden wird, und er saß auf dem Sofa … die Augen fest auf mich gerichtet … mit einem Gesichtsausdruck stiller Verzweiflung. Schließlich sagte ich: ›Wenn du brav bist, Flush, darfst du kommen & dich entschuldigen‹ … daraufhin schoss er durch das Zimmer & zitternd am ganzen Leib, küsste er erst eine Hand & dann die andere & gab Pfötchen & sah mich mit so bittenden Augen an, dass du ihm sicher genauso vergeben hättest wie ich ihm.«

Ich kann mir vorstellen, wie Browning in seinem Club sitzt und einem Freund sagt: »Guter Gott, Sir, als wäre es nicht genug, eine Frau zu lieben, da muss ein Mann auch noch seine Finger dem Schoßhund darbieten!« Aber er schrieb zurück, dass er Flush für dessen »eifersüchtige Überwachung« liebe. Als es das nächste Mal passierte, drohte das bis dahin vernarrte Frauchen mit einem Maulkorb. Aber der Dichter bestach den Hund stattdessen mit Kuchen.

Fünf Monate nach ihrem ersten Treffen planten die Dichter ihre Flucht, aber Elizabeth konnte sich nicht vorstellen, ohne Flush nach Italien zu gehen. Robert unterstützte sie. Aber seine Reaktion war sehr viel weniger hilfreich, als Flush zum dritten Mal von der berüchtigten Gang »The Fancy« entführt worden war. Miss Barrett war an die Gleichgültigkeit ihres Vaters und den Spott ihrer Brüder gewöhnt, aber jetzt enttäuschte sie auch ihre große Liebe. Browning schrieb (und klang dabei so schrecklich wie ihr Vater), um ihr zu sagen, dass die Zahlung eines Lösegeldes nur die Verbrecher ermunterte. Und sollte der Hund getötet werden: »Gott erlaubt

Dingen zu geschehen.« Abscheulich! Ihm wurde sein Fehler bewusst, und er schrieb, um sich zu entschuldigen, doch jetzt nahm die ehemals eingesperrte Kranke die Dinge selbst in die Hand. Sie bestieg mit ihrem treuen Diener eine Mietkutsche und begab sich in die Unterwelt der Slums, um ihren Hund zu finden. Selbst heute wäre ihre Tat mutig, 1846 müssen der Anblick, die Geräusche und Gerüche wirklich beängstigend gewesen sein. Ich finde es unglaublich, mir vorzustellen, dass diese beschützte Frau so vernünftig war, die Frau des Gangführers zu suchen und auf ihre Seite zu ziehen. Flush wurde am selben Abend zurückgebracht. Durch ihre Liebe zu ihrem Hund hatte Elizabeth Barrett entdeckt, dass sie keinen Bruder, Vater oder auch zukünftigen Ehemann brauchte, um ihr zur Seite zu stehen. Sie war *stark*, ihr Mut wurde durch die Liebe zu ihrem Tier gelenkt. Diese Stärke, wie auch ihre Liebe zu Browning, führte sie bis zur geheimen Hochzeit am 12. September 1846 und eine Woche später nach Frankreich. Ihr treues Dienstmädchen Wilson trug den Hund.

Zwei Bronzereliefporträts von Elizabeth und Robert (von Js Bruder, dem Bildhauer Nicholas Dimbleby) hängen an der roten Ziegelmauer im Garten des Hauses, das meine Kinder für mich gefunden haben, wunderschöne Talismane, die mich jedes Mal, wenn ich sie sehe, an diese Geschichte erinnern. Und ich habe das Gefühl, dass der besitzergreifende, vergebende, bewundernde Geist Flushs in meinem Hund fortlebt, der nicht von Londoner Gaunern entführt oder durch Lösegeld ausgelöst wurde und Robin nie gebissen hat und auch nicht mit Kuchen bestochen werden könnte, aber der mutig in seinem Beschützerinstinkt ist und gleichermaßen wild auf Fremde reagiert. Er kennt auch kein Pardon gegenüber dem Briefträger.

Als ich mit Bonnie und Robin in einem Haus wohnte, das

sehr viel einfacher war als der Bauernhof, empfand ich eine neue Zufriedenheit. Virginia Woolf fasst es in einer Beschreibung ihres eigenen Lebens zusammen, nachdem sie und ihr Ehemann Leonard Grizzle einen Foxmischling von zweifelhafter Schönheit aufgenommen hatten. (»Diese schäbigen Mischungen sind immer die liebevollsten und warmherzigsten Wesen«, schrieb sie an Vita Sackville-West, selbst eine Hundeliebhaberin.) Sie schätzte den Hund sowohl als Begleiter als auch als Wachhund, aber er wurde zu mehr: zu einer dritten Präsenz, die half, das alltägliche Familienleben zu erschaffen, das die Leute als selbstverständlich ansehen. Sie schrieb: »Der große Erfolg unseres Lebens liegt, denke ich, darin, dass unser Schatz verborgen ist ... in so alltäglichen Dingen, dass nichts ihn berühren kann. Zum Beispiel, wenn man eine Busfahrt nach Richmond genießt oder rauchend auf dem Rasen sitzt ... mit Grizzle.«

Auf dieselbe Weise fanden Robin und ich unschätzbare Befriedigung darin, gemeinsam einzukaufen und zu kochen, durch unseren Garten zu spazieren und Kuan Yin und die Brownings zu »besuchen« und Bonnie zu baden. Was ein Anblick von solch rattenartigen Elends ist, dass es selbst eine Skulptur zum Lachen bringen würde. »Sofortige Unterhaltung«, sagte er über sie, wenn ihre Zunge wie ein Strohhalm aus dem Maul ragte und sie wie ein Miniaturwiederkäuer am Gras schnüffelte: der Humor des kleinen weißen Hundes.

Das war auch gut so, denn bei meiner neuen Arbeit gab es wenig zu lachen. Die Rolle der Lebenshilfekolumnistin ist alt und ehrenwert. Im neunzehnten Jahrhundert erschienen einige Bücher darüber, wie man ein glückliches Leben leben kann, aber William Cobbetts *Advice to Young Men (Ratschläge für junge Männer)*, erschienen 1830 mit dem Untertitel *And (Incidentally) to Young Women‹ (Und (auch) für junge Frauen)*, ist vielleicht das Einzige, das noch gelesen wird, wenn auch nur von sehr wenigen Menschen. Cobbetts klassisches Werk der soziopolitischen Reportage *Ländliche Ausritte* war eines von Js Lieblingsbüchern. Er hatte daran gearbeitet, die Routen (als fantastischer Reiter) neu abzureiten und dabei das moderne Großbritannien zu kommentieren, doch das Projekt kam wegen der berüchtigten Unfähigkeit der BBC, fernsehverantwortliche Entscheidungen zu treffen, nie zustande. Jetzt wurde ich von dem großen Radikalen inspiriert, wenn es für Cobbett (der übrigens sehr auf das Wohlergehen seines Hundes achtete und bei den Halsbändern sehr wählerisch war) in Ordnung war, Ratschläge zu erteilen, dann war es das für mich sicherlich auch.

»Glück sollte ihr großes Ziel sein«, schreibt Cobbett zu Beginn des Buches, das aus Briefen an einen »Jungen, einen Junggesellen, einen Liebhaber, einen Ehemann, einen Vater und einen Bürger oder Untertanen« besteht. Natürlich ist dieses erste Lebenshilfewerk altmodisch, und doch vertritt es im Kern einige vernünftige Werte. Der exzentrische Universalgelehrte spricht Probleme an, die die Fähigkeit der Menschen, zusammenzuleben und einander glücklich zu machen, beinträchtigen, sowie Themen wie Eifersucht und Treue. Er rät von »gerunzelter Stirn« ab und zu »liebender Freundlichkeit«, auch wenn er glaubte, dass »Ehebruch bei der Frau ein größeres Vergehen ist als beim Mann«. Doch ich kann ihm nicht widersprechen, wenn er schreibt: »Glück oder Elend liegt im Geist. Es ist der Geist, der lebt, und die Länge des Lebens sollte sich an der Anzahl und Bedeutung unserer Ideen und nicht an der Zahl der Tage messen … Respektieren Sie Güte, finden Sie sie, wo immer es geht.«

Mit neunundfünfzig Jahren, nachdem ich als Journalistin Millionen Wörter und noch sechs Romane geschrieben hatte, dachte ich, dass ich recht viel über die menschliche Natur wüsste, aber eine Lebenshilfekolumnistin zu werden lehrte mich, wie viel ich noch zu lernen hatte. Nichts hätte mich auf die Tiefen des menschlichen Unglücks (in den Leserbriefen) vorbereiten können, und in den ersten zwei Monaten fühlte ich mich wie erschlagen. Man merkte es nicht auf den Seiten, nur zu Hause, wo die ach so schlaue Frau (denn damit hat das Konzept der Briefkastentante doch begonnen!) hilflos Tränen vergoss über all die Geschichten der Trauer, Eifersucht, Untreue, Langeweile, Unfähigkeit und (am allerschlimmsten) über Familienkriege, die immer häufiger in meinem E-Mail-Postfach und dem Briefkasten landeten. Ich wusste, dass Briefkastentanten mit größerer Erfahrung und auch Psychologen lernen, distanziert zu bleiben. Der Neuling konnte das nicht.

Nach einem Monat, als mir eine Frau schrieb, wie am Boden zerstört sie war, als sie herausgefunden hatte, dass ihr Mann nach fünfundzwanzig Ehejahren eine Affäre hatte, schrieb ich:

> Schmerz wie Ihrer ist sowohl allgemein als auch persönlich, und viele Frauen, die Ihren Brief lesen, werden Mitgefühl und schwesterliche Solidarität empfinden. Ihr Ehemann hat getan, was viele Männer über fünfzig tun, und auch wenn es kein Geschlechtermonopol auf Untreue gibt (schließlich hat die Liebhaberin auch ihren Ehemann betrogen), ist es merkwürdig, dass so viele Männer sich freiwillig diesem Durcheinander aussetzen. Denn man hat eine Wahl. Alle romantische Nachsicht wegen Liebe auf den ersten Blick wird mich nicht davon abbringen, dass Erwachsene ihre Gefühle kontrollieren können, es sei denn, sie wollen dies nicht tun.

Wenn ich den Artikel heute durchlese, bin ich mir in diesem Punkt weniger sicher als damals. Aber das Ende des Artikels ist aufschlussreich:

> Ihre Kinder werden ihr eigenes Leben führen, und Sie und Ihr Ehemann werden das vielleicht überstehen, vielleicht auch nicht … Was auch immer geschieht, Sie werden mit Ihrem Selbstwertgefühl zurückbleiben. Ich bitte Sie, in den Spiegel zu schauen und Ihr Gesicht zu einem stummen Schrei der Wut zu verziehen. Dann entspannen Sie Ihre Gesichtsmuskeln und betrachten das Gesicht. Ist es wirklich zerstört? Nein. Sehen Sie es als das neue Selbstporträt, das immer noch in Arbeit ist und das Ihren eigenen Namen tragen wird.

Die Leser kannten meine eigenen Erfahrungen, weil sie einige Wochen vorher das Porträt gelesen hatten. Viele schrieben mir, um mir zu sagen, dass sie mir schreiben konnten, weil ich nicht mit einem Silberlöffel im Mund geboren worden war und einige der schmerzhaften Erfahrungen, unter denen sie litten, selbst durchgemacht hatte. Als die Wochen vergingen, weinte ich weniger, las mehr und wusste, dass das die Arbeit war, auf die ich mein Leben lang gewartet hatte. Ich wusste auch, dass ich sie nie bekommen hätte, wäre meine Ehe nicht zerbrochen. Es war überwältigend paradox, dass ich J so sehr vermissen konnte und doch glücklich und ihm gegenüber sogar dankbar war.

13. Juli 2005 (mit Bleistift geschrieben)

Die alten Perser hatten ein Sprichwort: »Wenn das Schicksal ein Messer auf dich wirft, dann kannst du es am Griff oder an der Klinge fangen.«

Ich schreibe das an einem Tag, an dem meine Kolumne in der Times *erscheint und ein Kommentar in der* Mail, *und ich sitze in dem neuen weißen Büro, das Robin für mich gebaut hat, die Sonne strahlt durch den Wintergarten, Bonnie hat sich auf dem alten Korbsofa zusammengerollt, und ich frage mich, ob alles noch besser sein könnte. Ich will nirgendwo anders sein als hier. Hitze und Ruhe treffen zusammen, der Garten ist üppig und grün, entfernte Hügel wirken wie der Hintergrund eines Gemäldes von Leonardo.*

Ich halte den Griff, den ich gefangen habe.

(in Tinte) Mit Bleistift zu schreiben bedeutet Angst zu haben wie ein Kind, das erst lernt und nach dem Radiergummi greift, um Fehler auszuradieren.

Robin ruft mich aus den Alpen an, aber ich bin von der Einsamkeit umschlossen, gierig nach der Stille des Gartens. Jetzt, um halb zehn Uhr abends, eine himmlische Dämmerung, im Westen rosa Himmel, ein halber Kreidemond, das entfernte Gurren von Holztauben. Man könnte so leben: Effizient in den Augen der Welt, man existiert durch das Telefon, das Internet, die eigene Arbeit, und doch sinkt man wie die untergehende Sonne, bereit, die lange Reise in die Unterwelt zu machen, unter den Horizont.

Dieser Tage denke ich nicht mehr mit Mitleid an die *Sopranistin, und das ist auch ein Grund, böse auf sie zu sein, denn sie hat mir etwas aus meinem Herzen genommen. Es war ein schrecklicher Tod, das weiß ich, und doch stürzte sie ins Leere und nahm den Mann, der meiner war, mit sich.*

Aber wie konnte ausgerechnet er so verletzlich sein? Vielleicht wird das eine der vielen Aufgaben sein, die ich mir für die Zukunft setze: zu verstehen.

Der Bildhauer Henry Moore schrieb: »Das Geheimnis des Lebens ist es, eine Aufgabe zu haben, etwas, dem man sein ganzes Leben widmet, etwas, dem man alles darbringt, jede Minute des Ta-

ges, sein ganzes Leben lang. Und das Wichtigste ist: Es muss etwas sein, das man unmöglich schaffen kann.«

Die weiße Lobelie glitzert wie tausend Sternschnuppen.

15. Juli

9:20 Uhr, und ein Kondensstreifen erscheint am Himmel wie eine Schneckenspur, eine Wolke in Form eines Vogels. Robin weg. Warum bin ich zufrieden? Ich habe das Gefühl, dass ich nie wieder wirklich mit einem Mann zusammen sein muss. *Nicht nach so vielen Jahren. Ich lese all die E-Mails und Briefe der* Times-*Leser und bin von dem Unglück, das sie mir zutragen, eingeschüchtert. Beweise der ewigen, menschlichen Fähigkeit, ins Chaos zu stürzen. Und doch, während ich hier sitze, Bonnie an meine Seite gekuschelt, und den silbernen Mond an einem dunkel türkisen Himmel betrachte und weiß, dass jemand, der mich liebt, in den französischen Alpen Bier trinkt, atme ich durch angesichts meines Glücks. Ich arbeite, ich schlafe … Es ist, als wäre das Leben zuvor noch nie so einfach und harmonisch gewesen. Doch das Schreiben dieser Worte selbst fühlt sich wie ein Betrug an der Vergangenheit an. Und doch … war ich wirklich immer so gestresst? Habe ich mich normalerweise so weit von dem autonomen Frieden, den ich jetzt empfinde, entfernt gefühlt? Ja, das ist wahr.*

Dieser Sommer brachte einen weiteren Schock. J würde den Hof verkaufen. Ich verstand seine Gründe, hatte aber darauf vertraut, dass er, wie beabsichtigt, noch eine Weile dort wohnen würde. Aber er hatte ein neues Leben und wollte verständlicherweise nicht mehr mit seinen Erinnerungen leben. Jedes Mal, wenn er nach Bath fuhr, kam er an meinem neuen Haus vorbei, jedes Mal, wenn ich aus der Stadt in Richtung Autobahn fuhr, musste ich an dem Feldweg zu unserem alten Zuhause vorbei. Ihm muss klar geworden sein, dass das Zerren an frischen Nähten und das erneute Öffnen der Wunde weitergehen würde, bis einer von uns aus der Stadt wegzog. Jetzt war die nächste Stufe erreicht worden, und es war richtig, aber wir alle fürchteten uns davor. Noch mehr Kisten. Mehr Listen. Eine endgültige Trennung von Dingen. Noch ein Ende.

Es war gerade richtig, dass ich Bonnie mal wieder bei meinen Eltern abgab und in die USA flüchtete. Es war ein weiterer Auftrag, aber er sollte zu einer neuen, subversiven Perspektive führen.

Es kam die Woche, in der ich drei Lebenshilfekolumnen schreiben musste, weil sie auch erschienen, während ich fort war. Robin und ich hatten den Auftrag, für das *Times Magazine* eine Reportage über das Phänomen der Motorradfahrerinnen zu schreiben. Ich hatte die Idee gehabt, weil ich neugierig auf den kleinen Ort Sturgis in South Dakota war, in dem jeden August die weltgrößte Motorradrallye stattfand. Es bedeutete, dass Robin eine Woche mit dem Fotografieren halbnackter Frauen auf schweren Maschinen verbringen könnte, was er als nette Aufgabe ansah. Dann, nach sechs Tagen bei der Rallye, würden wir weiterfahren, von Deadwood in die Badlands, um einen Reisebericht für die *Mail on Sunday* zu schreiben. Freunde stöhnten über das Glück, solche Aufträge zu erhalten. Und wie immer spürte ich ein Gefühl der Erleichterung, als das Flugzeug in Richtung Minneapolis abhob. Von den Twin Cities aus nahmen wir einen Inlandsflug über die leeren Plains nach Rapid City.

Manchmal, am Ende einer langen Beziehung, ist es entscheidend, sich zu bemühen, irgendetwas zu tun, um sich neu zu erfinden und sich bewusst zu machen, dass (egal, wie die Ehe geendet hat) es eher eine Befreiung als ein Verlust ist. Was heißen soll, dass es beides sein kann, aber die Betonung ist klar (selbst wenn das eine große Willensanstrengung und etwas Schummeln bedeutet), sie liegt auf dem neuen Ich, dem neuen Leben, der neuen Seele. Es ist *der* Schlüssel zum Überleben. Robin und ich hatten bei vielen Reiseberichten zusammengearbeitet, und wir waren auch an Bikertreffen gewöhnt. J und ich hatten den unterschiedlichen Seiten des anderen über die Jahre »erlaubt«, sich zu entwickeln. Sein Tennisspielen und Segeln interessierten mich wenig, mein Versuch, reiten zu lernen, war ein Misserfolg, und bis zum Schluss habe ich nie wirklich begriffen, warum er einen Bauernhof wollte. Er teilte nicht meine Liebe für Jazz und Blues (besonders in den »dunklen Cafés« der Joni-Mitchell-Texte) oder die für Musikboxen, aber meine Faszination im fortgeschrittenen Alter für die Bikerkultur betrachtete er mit genug amüsierter Gutmütigkeit, um mir eine Harley-Davidson zu kaufen, vor der ich dann am Ende zu viel Angst hatte, um sie zu fahren.

Worauf ich hinauswill, ist, dass diese ganze Woche in Sturgis mir die Möglichkeit bot, ein Fantasieleben eine Million Meilen entfernt von dem, was ich im *Times Magazine* im vorigen Jahr beschrieben hatte, zu leben. All die Zutaten waren da:

Die Firma aus Milwaukee stellte uns eine Harley Davidson Electra Glide zur Verfügung.

Wir mieteten einen Wohnwagen.

Ich reiste mit wenig Gepäck, darunter keines der Dinge, die meinem Leben normalerweise Struktur gaben, wie (zum Beispiel) Bücher oder schicke Kleider.

Eine Woche lang könnte ich die Art von Frau sein, die in Jeans und einem ärmellosen Top auf den Stufen eines Wohnwagens ein kaltes Bier trinkt und dann einen Cowboyhut oder ein Bandana aufsetzt (keine Helme in South Dakota) und mit ihrem Mann losfährt, um sich dem ohrenbetäubenden, brummenden Chaos der anderen fünfhunderttausend auf ihren Feuerstühlen in der kleinen Stadt anzuschließen. Ich könnte die Art von Frau werden, die nie eine Mrs Soundso gewesen ist oder Namensschilder in Schuluniformen genäht hat. Die nie eine Bibliothek in einem feinen Haus, umgeben von Land, besessen hat. Die nie das Eine-Frau-für-viele-Komitees-Gesicht bei einem Wohltätigkeitsfest hat aufsetzen müssen. Die nie den Druck der Arbeitsethik gespürt hat oder die Gebote der Dinnerparty. Anonym könnte ich mich gehen lassen, auf nichts etwas geben. Ich war versucht, mir einen Vogel, der ein Band mit der Aufschrift »Freiheit« im Schnabel trägt, tätowieren zu lassen. Meine T-Shirts verkündeten »Hartes Mädchen sucht harte Spielsachen« und »Vom guten zum bösen Mädchen«. Was ich brauchte, war eine kleine Promenadenmischung an einer Leine, die den Wohnwagen bewachte (und wütend die Welt anbellte, wie ich es oft tun wollte, mich dann aber immer zurückhielt), bis wir zurückkamen, um die Sixpacks und das Essen abzuladen und die heiße Nacht hindurch zu feiern, mit dem Motorraduniversum, das im Hintergrund grummelte wie ein Sommergewitter.

Ein anderes Leben.

An einem heißen Nachmittag saß ich im Wohnwagen und grübelte über den Bauernhof (in meinem Kopf immer noch »unseren«), der zum Verkauf stand, und die Fremden, die herumliefen und zu diesen behauenen Steinkonsolen aufschauten und den unwissenden Makler fragten, was sie bedeuteten, und die sich unsere Möbel ansahen und sich fragten, welche Leute ein so ungewöhnliches, so schönes Zuhause erschaffen hatten (»Oh, und wie können sie so einen Ort nur *verlassen*?«). Ich fühlte mich miserabel. Wie die Geister, die einen in der Kindheit verfolgten, die in den Schrank und unter das Bett schlüpfen, muss man sich der Wahrheit stellen, dass die eigenen Sorgen oder die Liebe einen nach South Dakota oder an den Südpol verfolgen und sogar ein Motorrad mit Vollgas überholen. Man hat keine Wahl. Man trägt das alles mit sich herum und wird es immer tun. Und doch, viele Meilen entfernt und so frei, wie ich mich fühlte, konnte ich mir klarmachen, wie weise es von J war, als er mit traurigem Pragmatismus gesagt hatte: »Häuser leben immer weiter, sie werden nur von anderen Menschen bewohnt.«

Und Sturgis war voller anderer Menschen. Ich ging zu den Frauen, die an ihren Motorrädern lehnten, und erfuhr alles über sie. Menschen wie die achtundsechzigjährige Anita Feldman, eine pensionierte Fluglinienmanagerin, die auf ihrem H-D Fat Boy von St. Louis hergefahren war, tausend Meilen in zwei Tagen, erfreuten und inspirierten mich. Sie lehnte sich in einem engen blauen Miedertop an ihre gelbe Maschine und erzählte mir über ihre persönliche Bestzeit beim Drag Racing (für die Nichteingeweihten: das bedeutete die Höchstgeschwindigkeit innerhalb einer Viertelmeile nach einem stehenden Start), hundertzehn Meilen pro Stunde, »aber ich lerne erst noch, ich werde mich noch verbessern«. Ich habe die achtzigjährige Gloria Struck aus New Jersey getroffen, die 1946 (mein Geburtsjahr) Mitglied im Frauenmotorradclub The Motor Maids geworden war und sich zum neunundsiebzigsten Geburtstag eine neue H-D Heritage Softail geschenkt hatte. Hinten auf ihrem blauen T-Shirt war ein Bild von ihr selbst auf einem Motorrad, als sie jung war, und darüber stand: »Eine lebende Legende«. Sie sagte mir: »Das Leben ist wunderbar mit achtzig. Ich habe eine Liste der Dinge angelegt, die ich noch machen möchte, bevor ich sterbe, und ich arbeite sie ab. Ich glaube, das Nächste ist eine Fahrt durch China.«

Es gab noch so viele Frauen in jedem Alter, verheiratet, single, geschieden, lesbisch, glamourös, ungepflegt, beängstigend, Mütter, Großmütter – alle richtige sexy Motorradmamas. Ich fühlte mich durch sie stärker, auch wenn ich meinen Fahrtraum aufgegeben habe und mich jetzt damit zufriedengebe, die beste Beifahrerin zu sein. (Meine Regeln, um die beste Beifahrerin zu sein, sind übrigens auch vernünftige Regeln für das Leben allgemein:

1. Sei vorbereitet, indem du dir die Straße vorher anschaust.
2. Bewege dich mit dem Motorrad, mit dem, was geschieht.
3. Beschwere dich nie.)

Selbst im Tohuwabohu von Sturgis wusste ich, dass diese Erfahrung zu Hause in meinem weißen Büro alles beeinflussen würde, was ich schrieb. Dass ich meinen Lesern sagen würde, egal, welche Scheiße die Umstände einem in den Weg legen, egal, wer dich verletzt – es liegt an dir zu lernen, das Lenkrad deines eigenen Lebens zu ergreifen, die Straße vor dir anzuschauen und Gas zu geben, bevor du stirbst. Ich hörte, *du kannst es, du kannst es, du kannst es*, im stotternden Leerlauf jeder der Maschinen, den Befehl, das Leben am Kragen zu packen.

An einem Tag fuhren wir zum Full Throttle Saloon, »America's No. 1 Biker Bar«, direkt vor den Toren der Stadt, wo Autos nicht erlaubt sind. Zu Hause hätten nur unsere Bikerfreunde Al und Sue diesen wilden Ort verstanden, jeder sonst, den ich kenne, hätte ihn für einen Vorhof der Hölle gehalten, und diese Tatsache verstärkte mein Gefühl einer neuen Identität. Ich hatte das merkwürdige Bedürfnis, mich als Bikerlady namens »Bonnie Mooney« vorzustellen und so mit meinem Hund eins zu werden. Aber ich habe es nie getan. Die Bar war eigentlich ein riesiges heißes Gehege voller Staub und dem endlosen Röhren der Harleys und Tausender Biker, die Bier tranken und einfach abhingen und Spaß hatten. Alte Stühle und Sofas, auf denen man herumlümmeln konnte. Stände, die Dinge verkauften wie den lila-weißgestreiften Zebracowboyhut, den ich kaufen musste. Es roch nach verbranntem Gummi und frittiertem Essen. Blauer Rauch schwebte durch heiße Luft. Große Männer betrachteten hübsche Frauen in Unterwäsche und Lederchaps. Eine glamouröse vierzigjährige Immobilienmaklerin namens Jessica, die einen schwarzen BH trug, einen Minirock und weiße Söckchen, rollte auf ihrem zweieinhalb Meter langen Chopper in den Hof und genoss die Blicke. Jeder hatte eine Attitüde, und doch wurde aus allen Attitüden zusammen Kameradschaft. Wir waren eine Bande: alles verrückte Biker.

Auf der Bühne spielte eine Heavy Metal Band, deren Sängerin Jasmine Cain hieß: schön, talentiert und hart, Jeans, bauchfrei und lange, wehende Haare. Sie spielte mit dem vor allem männlichen Publikum, stand breitbeinig in dieser Komm-und-versuch's-Haltung da, während sie Gitarre spielte und die Zuschauer grölten wie Hunde, die den Mond anheulen. Und ihre Texte drangen durch den Lärm von Motorrädern und Gitarren und Menschen, Worte, die mich jubelnd eine Faust hochreißen ließen. Das Lied hieß »Not Gonna Turn Back«, und Jasmine sang es nur für mich:

I never will give up
I've sacrificed too much
I'll stand and I'll face it I might get burned
But I'm not gonna turn back now
Push me down
And I'll get back up …

(Ich werde nie aufgeben, ich habe zu viel geopfert, ich werde stehen bleiben und es durchstehen, ich werde mich vielleicht verbrennen, aber ich werde jetzt nicht umkehren. Drück mich runter, und ich komme wieder hoch).

Mit einem kalten Budweiser in meiner Hand dachte ich an alles, was passiert war, und sagte mir: Ja! Ich bin lieber hier und höre Jasmine in diesem ganzen, unendlich coolen Chaos zu, als in irgendeinem der großen Opernhäuser zu sitzen. Ja! Ich will auf einem großen Chopper ganz in schwarzem Leder und mit Cowboyhut durch Baths wichtigste Einkaufsstraße fahren.

Diese Rebellion veränderte mich. Ich wurde von der Feministin, die den offenen Sexismus missbilligte, zu jemandem, dem es egal war. In der Nähe saß ein molliges Mädchen mit nacktem Busen auf einem langsam bockenden elektrischen Pferd und versuchte, sitzen zu bleiben, während eine Gruppe Männer gierig zusah, heiße Welpen mit heraushängenden Zungen. Neben mir drehte sich eine Frau in den Dreißigern um, zuckte mit den Schultern und sagte: »Ich sehe es als eine anthropologische Studie. Ich meine … *Kerle*! Zeig ihnen Titten, und sie hängen am Haken. Kannst du dir vorstellen, dass wir stundenlang herumstehen würden, wenn wir einen Schwanz zu sehen bekämen?« Wir lachten uns kaputt.

Ein blondes Mädchen namens Kelly servierte Bier an einer der provisorischen Freiluftbars. Sie trug eine weiße Unterhose unter Lederchaps und ein weißes T-Shirt. Wenn sie sich vorbeugte, um vier Dosen Miller-Lite aus dem Becken voller Eiswasser zu holen, ließ sie das Wasser über ihre Brust laufen und enthüllte große, perfekte Brüste. Der Typ, den sie bediente, gab ihr ein gutes Trinkgeld. Ich konnte fast seinen Schwanz wedeln sehen. Als Nächstes bediente sie eine Frau. Die zwei Mädchen grinsten sich an, als Kelly murmelte: »Es ist einfach!« Sie erinnerte mich an einen verspielten Bichon, ganz weiße Locken und Kurven, der weiß, wie schön er ist und wie leicht manipulierbar Männer sind.

Schließlich verließen wir erleichtert den Wohnwagen, die

Harley und den Lärm, um wieder andere Menschen zu werden: Touristen in einem Mietwagen, die die Sehenswürdigkeiten und die Natur von South Dakota bewundern. Wilde Esel, Mustangs und Büffel unter Gelbkiefern. Die Stille im Wind-Cave-Nationalpark und ein Rudel Präriehunde, die uns an Bonnie erinnerten. Die kleinen Wesen standen aufgerichtet nahe bei ihrem Bau, die Vorderpfoten in der Luft und sie stießen diese komischen fiepsenden Warngeräusche aus. (Bonnie tanzt manchmal auf ihren Hinterpfoten, die Vorderpfoten in der Luft, und greift meine spielerisch erhobenen Fäuste an. Attacke, Mädchen! Denke ich, mach schon! Greif die Luft an!) Gegen Ende der zwei Wochen sehnten wir uns danach, nach Hause zurückzukehren. Robin betonte diesen weiteren Vorteil, einen Hund zu besitzen, denn dadurch möchte man immer wieder nach Hause zurückkommen. Der Hund erschafft das Zuhause. Der Hund steht für den Teil von einem, der eigentlich nie weggefahren ist.

Das Letzte, was ich in Rapid City tat, war, Bonnie ein Harley-Davidson-Halsband zu kaufen mit passender Leine, T-Shirt und Schirmmütze. Was so weit wie nur möglich sowohl vom biker-coolen schwarzen Leder und Sturgis wie auch von allen englischen Überzeugungen zu Stil und Würde entfernt war. Aber warum sollte mir das etwas ausmachen? Ein Teil des Heilens besteht darin zu lernen, nichts darauf zu geben, was die Leute denken, sein wahres Ich wiederzuentdecken. Und wenn mein wahres Ich durch Lyrik, Motorräder, einen Schoßhund, Rock 'n' Roll, Kammermusik, Familie, Freiheit und zahllose komplizierte Gefühle, darunter die Liebe zu zwei sehr unterschiedlichen Männern, geprägt wurde – was soll's?

J und ich trafen einander natürlich immer wieder mal. Wir aßen zusammen zu Mittag in London und manchmal in Bath, aber nicht sehr oft. Nicht so oft, wie wir gedacht hatten. Es war immer verstörend, einander zu sehen, weil es unmöglich war, je zu sagen, was wir empfanden. Doch wir wussten es beide und waren daher erleichtert, über Sendungen und Texte sprechen zu können, wie wir es über so viele Jahre getan hatten. Dann umarmten wir uns zum Abschied und gingen in unterschiedliche Richtungen. So ist es.

Alles, was ich tat, von der Entwicklung des Stils der *Times*-Kolumne (das ging so weit, dass mich schon bald Fremde auf der Straße darauf ansprachen und mit mir darüber sprechen wollten), bis zu den Besuchen von Bonham's Auktionshaus in der Bond Street in einer Missoni-Jacke (und das, wo ich mir nie etwas aus Designermode gemacht habe) und Hut und dem Ersteigern von Bildern, all das waren immer noch Aktivitäten, die ich wie aus der Ferne beobachtete, als würde eine selbstsichere Fremde all das tun. Manchmal fragte ich mich, wo die Person, an die ich gewöhnt war, geblieben war, das nervöse Kind mit Brille in Liverpool, die Einundzwanzigjährige, die nicht wusste, dass die Mittelklasse, in die sie einheiratete, ein Mittagessen »lunch« und nicht »dinner« und das Abendessen »dinner« und nicht »tea« nannten, die junge Ehefrau, die Mutter von Kindern.

Manchmal fragte ich mich, ob das ein üblicher Effekt einer Trennung sei. Und doch wusste ich aus den Briefen, dass es nicht so war. Wieder und wieder las ich von Menschen, die in ihren Leben feststeckten wie Fliegen am Fliegenpapier, das hilflos über einer Leere baumelt. Männer und Frauen schrieben und fragten, wie sie vorwärtskommen konnten, ob es denn überhaupt einen neuen Ort für sie gäbe. Manchmal verursachten mir die Briefe Schmerzen wie Zitronensaft in einer Schnittwunde oder das heftige Zahnweh, wenn man den Zahn trotzdem berühren muss. Anfang November, zum Beispiel, schrieb mir eine Frau Ende fünfzig einen langen Brief, dessen Kern folgender war: »... Wie kann man heiter bleiben, wenn man mit Tod und sterbenden Familienmitgliedern konfrontiert ist, den Kindern, die das Nest verlassen, dem Ende einer langen Ehe (mein Mann hat mich vor ein paar Monaten verlassen) und dem Gefühl: Das war es? Alles, wofür ich gelebt und gearbeitet habe und was mich glücklich gemacht hat, scheint vor meinen Augen zu verschwinden.« Sie fühlte sich leer, ohne einen Glauben, der sie trösten konnte. Ihr Brief hätte von Tausenden Menschen stammen können.

Diese Antwort zeigt, wie sehr ich aus meinen eigenen Erfahrungen schöpfte. Ich redete mit mir selbst:

> Wie viele Menschen sind Sie von allgemeiner Traurigkeit überwältigt. Der Auslöser für diese Gefühle war der Auszug Ihres Mannes, und die meisten Leser würden annehmen, dass Sie jedes Recht auf Selbstmitleid haben. Wenn Sie sich die Leere ansehen, die gerade erst noch von der reichen, strahlenden, vielseitigen Konstruktion des Ehelebens gefüllt war, ist Verwirrung nur verständlich. An manchen Tagen scheint es, als würden Sie von einem spöttischen Schneesturm aus symbolischen Geburtstagen, Jahrestagen und Weihnachtskarten geschüttelt, in den Sie kalt und allein hineinstolpern. Und ist nicht aus dem harmlosen Fotoalbum über Nacht ein Folterinstrument geworden?
>
> Am anstrengendsten ist es, in Gedanken immer und immer wieder alles durchzugehen und sich zu fragen, ob man irgendetwas hätte tun können, um zu verhindern, was geschehen war. Und um vier Uhr morgens werden

wir vom entfernten Lachen des Universums geweckt, weil wir armen Wesen dazu verdammt sind, so viel verzweifelte Bedeutung auf monogame, persönliche Beziehungen zu legen, obwohl diese so instabil sind.

Manchmal denke ich, dass wir Heimweh nach unserem eigenen Leben haben, nach dem duftenden Fantasieland, dessen Karte wir ausgemalt haben, als wir jung waren und annahmen, dass der Weg frei sei, dass wir die uns willkommen heißende Erde als unsere eigene beanspruchen können und für immer glücklich wären … Ach, Sie wissen schon. Dann, im mittleren Alter, entdecken wir die Grenzen der Karte und dass diese »blauen, fernen Hügel« so weit entfernt sind wie immer, in Träumen jedoch immer noch nah, und wir quälen uns mit dem, was hätte sein können. Natürlich ist das Problem, dass wir normalerweise »sollen« denken anstatt »können«. Wohingegen es das Genie des Dichters A. E. Housman ist, zu akzeptieren, dass es »das Land des verlorenen Inhalts« selbst ist, das unser wahres Erbe ist.

Ich sage das, weil ich möchte, dass Sie sich zuallererst von jedem Gefühl der Unfähigkeit oder des Versagens frei machen und erkennen, dass ihre Gefühle normal sind, so sehr, dass sich viele beim Lesen völlig mit Ihnen identifizieren werden, ob sie einen Ehepartner haben oder nicht. Verlust ist für das Leben so wesentlich wie Wachstum, es sind zwei Seiten derselben Medaille. Graham Greene erwähnte mal »den Wahnsinn, die Melancholie, die Panik, die der menschlichen Situation innewohnen«. Sein eigener Glaube bewahrte ihn nicht vor der Depression, und schließlich identifizierte der große Theologe Teilhard de Chardin die Dinge, die uns heimsuchen, als Angst, Furcht, Krankheit, Alter und

Tod. Religiöser Glaube beschützt uns nicht unbedingt vor Sorgen, im Gegenteil, er kann das Gefühl, verlassen zu sein, sogar verstärken. Ich muss sagen, dass die meisten der suchenden Agnostiker, die ich über die Jahre für Radio 4s *Devout Sceptics* interviewt habe, nicht »feststecken«, sondern hart daran gearbeitet haben, Trost zu finden (Kunst, Landschaft, Philosophie, Kinder, das Gefühl, Teil eines Ganzen zu sein, und so weiter), um ihren Weg in die Dunkelheit zu erleuchten. Ich sehe dieses fantasievolle Greifen nach etwas Unerreichbarem als aufregenden, kreativen Akt und den trotzigen Glauben an das Mögliche als eine Weltsicht, so profund wie jede andere Religion.

Ich möchte, dass Sie Ihren Brief, diese universelle Erfahrung, die Sie mit dem Rest von uns teilen, selbst als einen Teil der Lösung sehen. Sie fordern nicht, Sie geben. Es fasziniert mich immer wieder, dass Menschen das Weiterleben wählen, auch wenn sie an Depressionen leiden. Woher kommt dieser Wille? Ich nehme an, dass es gleichzeitig eine Absage an die Dunkelheit ist und ein tiefsitzender Glaube an das Ich. Das zeigt Ihr Brief, so traurig er auch ist, bereits. Sie haben schon Fortschritte gemacht, und Ihre Fähigkeit, allein zu sein, ist ein Schlüsselteil davon. Aber was Sie am meisten zu ärgern scheint, ist das Gefühl, »schlecht vorbereitet« zu sein, um mit all den Problemen, die auf Sie einstürmen, klarzukommen, die alle auch noch durch das schreckliche Gefühl der Leere (und Wut?) so viel schlimmer gemacht werden. Sie fragen sich, wie man den Verlust reparieren, die Leere füllen kann. Wenn ich Ihnen jetzt versichere, dass so etwas tatsächlich unmöglich ist, würden Sie sich dann weniger inkompetent fühlen? Sie dürfen keine Energie mit Selbstvorwürfen verschwenden und wegen einer eingebildeten Unfähigkeit etwas tun, das niemand auf der Erde tun könnte.

Ich werde keine Plattitüden äußern, die den Verlust, der im Moment im Zentrum Ihres Lebens steht, erträglicher machen. Menschen, die gerade erst jemanden verloren haben, haben (für eine unterschiedlich lange Zeit) das Gefühl, die Welt sei sinnlos geworden. Es ist selbstverständlich, dass das Ende einer Ehe einem Todesfall ähnlich ist, da die Struktur und die Bedeutung des Lebens so sehr an den anderen gebunden waren, dass eine Zeit des Trauerns unausweichlich ist. Vielleicht haben Sie auch noch ein oder zwei Freunde deswegen verloren (das passiert), was Ihr Gefühl des Verlassenseins nur noch verstärkt. Darüber hinaus haben Sie Todesfälle innerhalb der Familie erlebt und wissen, dass es erst der Anfang ist. Allein das Wissen, dass die eigenen Kinder aufwachsen und ausziehen, ist für viele, noch verheiratete Frauen hart. Für Sie (wie für die Witwe) ist die Aussicht auf ein leeres Nest noch düsterer, weil der Arm, an den Sie sich hätten lehnen können, um die Erfahrung zu teilen, weg ist.

Es gibt absolut nichts, was wir gegen die Veränderungen, die mit uns geschehen, tun können, außer, uns zu bemühen, dass sie für uns geschehen. Sie sind auf diesem Weg, und ich habe keine Ahnung, wohin er führen wird. Ich wage die Vermutung, dass Ihre Kinder immer ihr Zuhause dort sehen werden, wo Sie gerade sind, dass Sie, wenn es (mit etwas Glück) Enkelkinder geben wird, immer noch der Mittelpunkt der ganzen Familie sein werden, dass Sie an der Entblößung der Seele im Spiegel der Einsamkeit wachsen werden und dass eines Tages jemand Neues erkennen wird, wie stark und absolut liebenswert Sie sind. Aber Sie werden sich vorher ein neues Leben errichtet haben, für Sie selbst, durch Sie selbst – in dem Wissen, dass wir ohne die Erkenntnis der universellen Traurigkeit keine Möglichkeit hätten, diese Bürde in eine Gunst zu verwandeln.

Am 26. November habe ich wie immer eine Kerze für unseren Sohn Tom angezündet, der dreißig Jahre alt geworden wäre. Wir messen solchen runden Geburtstagen mehr Bedeutung bei als vernünftig ist, besonders in der Trauer. Was bedeuten Zahlen schon: sieben, fünfzehn oder dreiundzwanzig Jahre? Jedes Jahr denkt man daran, wie alt das eigene Kind jetzt wäre und welche Meilensteine es erreicht hätte: Laufen, Kindergarten, Grundschule, erste Liebe. Wenn ein Kind totgeboren wurde, ist das jährliche Erinnern alles, was einem bleibt, da 1975 niemand (wie heute) den Eltern beim Verarbeiten des Verlusts geholfen hat, indem man ihnen erlaubt, ihr Baby zu sehen und zu berühren. Unser zweiter Sohn wurde weggebracht, um ihn dann zu entsorgen, wie man es damals getan hat. Die katholische Kirche hat diese Babys früher in die Vorhölle geschickt, da sie ungetauft gestorben sind (heute ist das anders), und eine Art von Vorhölle umfängt die Mutter tatsächlich, die ihr totes Kind nicht gesehen hat, als wäre es alles nur ein Traum gewesen. Viele Jahre später schrieb ich an das Krankenhaus, um zu erfahren, was mit ihm geschehen war, und jemand von der Geburtsstation antwortete schließlich, dass totgeborene Babys im Krankenhauskrematorium verbrannt würden und ihre Asche »unter den Rosenbüschen« verstreut würde. Ich erinnere mich nicht an Rosenbüsche in St. Thomas. Mein Geist zuckte bei der Vorstellung des Abfall verschlingenden Ofens zusammen.

Doch der dreißigste Jahrestag schien bedeutsam. Er ließ mich inmitten der erneuten Aktivitäten innehalten (weitere Reisereportagen, Vorträge übers Schreiben, ein großes Interview mit Salman Rushdie, Buchrezensionen, die Kolumne, der Workaholismus, der normalerweise das Grübeln fernhält), um über die Erinnerung nachzudenken. Ich bin der einzige Mensch, der das Kind, das ich acht Monate in mir getragen habe, *gekannt* hat, und wenn ich sterbe, wird diese winzige Erinnerung an jemanden, der nie geatmet hat, für immer verschwinden. Ich erinnere mich daran, wie sehr J getrauert und wie er mich unterstützt hat und wie *gut* er war bei einer Erfahrung, die für jedes Paar so hart ist, dass viele Ehen diesen Schock, die Enttäuschung und die Trauer nicht überstehen. Trotzdem ist das eigentliche Datum ihm nicht so im Gedächtnis wie mir. Ich bin die Hüterin der Flamme, die Kerze ist das Symbol dafür, und es kommt mir (merkwürdigerweise) in den Sinn, dass der Verlust nur eine Vorbereitung auf den größeren Brand war, der das Haus am Hügel erfassen sollte.

Ich fand es ironisch, dass mich der Verlust des Bauernhofes so traurig machte, da ich zuerst so verärgert wegen ihm war. Nacht für Nacht träumte ich von dem Zuhause, das J und ich mit so viel Hoffnung erschaffen hatten, über das ich mich aber so oft beschwert hatte. Ich trauerte um die schönen Dinge, mit denen wir es eingerichtet hatten, in dem aufrichtigen Glauben, für immer dort zu bleiben: seltene, antike Fliesen, ein geblümtes viktorianisches Waschbecken, buntes Glas. Gleichzeitig hörte ich Js Stimme in meinem Kopf, die mir sagte, dass das schließlich alles *bloß* Dinge seien, mehr nicht. Ich machte mir Sorgen über die Hecken, die er gepflanzt hatte, die groß und dick wurden, auch wenn ich wusste, dass er recht hatte, mich daran zu erinnern, dass sie weiterwachsen und zahllosen kleinen Tieren Schutz bieten würden, egal, ob wir da sind oder nicht. Vielleicht war all das schon vorher in einem anderen Leben geschehen, und J und ich waren Geister, die bereits ein Haus voller Fremder heimsuchten.

Aber das Problem ist, dass ich meinen Glauben in das gesamte Gebäude gesteckt hatte, ohne die Risse, die von Anfang an darin waren, zu berücksichtigen. Meine natürliche Tendenz ist, vorzutäuschen und das dann Ehrlichkeit zu nennen, auszuweichen und so zu tun, als ginge ich es direkt an, zu manipulieren und dann überrascht zu tun, wenn das, was ich mir gewünscht habe, geschieht. Aber jetzt hatte ich die Kontrolle komplett verloren. Dreißig Jahre vorher hatte ich geglaubt, dass der Tod meines Babys die Strafe für all meine Sünden sei. Jetzt hatte ich tief im Innersten das Gefühl, dass unsere Ehe nicht gescheitert wäre und unser Zuhause nicht verkauft würde, wäre es nicht irgendwie meine Schuld. Es gab Zeiten (das muss gesagt sein), in denen ich meinen Ehemann genauso sehr verletzt habe, wie er mich vor Kurzem verletzt hat.

Die Möbel und Objekte, die er nicht wollte und für die ich keinen Platz hatte, wurden in der Scheune, aus der ich sein Spielzimmer gemacht hatte, gestapelt, um dann verkauft zu werden. Unsere Kinder wurden gerufen, um ihre Sachen abzuholen. Das Wissen, dass die Zimmer, die ich so gut kannte (Stein für Stein, Diele für Diele), leer geräumt wurden, brachte mich erneut zum Weinen. Ich verstand zwar, warum J wegzog, schimpfte aber innerlich, dass er die wertvollen Überreste nicht bewahren wollte. Oberflächlich betrachtet war mein Leben gut, aber unterschwellig hatte der bevorstehende Verkauf des Hofs eine tiefe Wirkung, die ich verbarg, weil ein tapferes Gesicht zu meinem Handwerkszeug gehörte. Eine Sache überraschte mich: Ich konnte es nicht ertragen, eine Sopranistin zu hören, egal, wen. Mich überlief ein Schauer, und dann schaltete ich das Radio aus.

Mein Tagebuch aus dieser Zeit ist voller Trauer, wie besessen geht es um Zuhause und Verlust. Meine Sicherheiten waren verschwunden, und ich fühlte mich einsam ohne sie. Warum sollte man Vertrauen in die menschliche Liebe setzen, dachte ich? Freunde enttäuschen einen, und die Aufträge werden eines Tages auch weniger werden, die Berufswelt wird einen nicht mehr wollen. Woher wusste ich, dass Robin bei mir bleiben würde? Woher wusste ich, dass meine Kinder mich nicht verlassen würden, wenn ich alt war? Wenn man innerhalb so kurzer Zeit ein weiteres Ende erlebt (zuerst die Ehe, dann das Zuhause), erhascht man, als hätte sich ein Vorhang gehoben, einen Blick auf all die anderen Enden, die in der Zukunft liegen.

Und doch, auf eines vertraute ich, ohne den Kaffeesatz oder meine Lebenslinie zu befragen. Das eine, dessen man sich immer sicher sein kann, ist, dass dein Hund dich erkennen wird, egal, welche Maske du trägst.

Dein Hund wird deine Stimme erkennen, auch wenn du nur noch weinen kannst.

Dein Hund wird dich lieben, egal, was aus dir geworden ist.

Egal, wo du bist, dein Hund wird dich immer zu Hause willkommen heißen.

5
WACHSEN

Liebe ist ein seltsames Ding.
Durch nichts als die Liebe hat der Hund seine wilde Freiheit aufgegeben, um der Diener des Menschen zu werden.

D. H. Lawrence, *Rex*

Robin, der die Zeichentrickkunst liebt, mag ganz besonders Betty Boop, aber jetzt noch mehr, wegen ihres kleinen weißen Hundes, Pudgy. Er sagt, sie erinnern ihn an seine »Mädchen«. Betty und ihr Hund stehen als Salz- und Pfefferstreuer auf unserem Kühlschrank, als Bürstenständer neben dem Spülbecken und in meinem Büro als lustiges Kunstharz-Dekoobjekt, das ich in Brüssel gekauft habe. Hier trägt Betty genau die Art von glitzerndem lilafarbenem Kleid, das ich auswählen würde. Natürlich hat Robin recht, wenn er mich mit Ms Boop gleichsetzt, einer Frau, deren Aussehen (hochhackige Schuhe, große Ohrringe, enge Kleider) den dunklen, existenziellen Tiefen widerspricht (»Ohhh, Pudgeee, was sollen wir *tuuuun*?«).

Mein Hund könnte natürlich glatt als Pudgy durchgehen, wenn man sich die schwarzen Flecken wegdenkt, die die Animatoren sowieso manchmal vergessen. Ich liebe es, wie Betty quietschend ihren kleinen »Pudgy-Wudgy« ansäuselt, und das in einer Sprache, die ich verstehe, während Bonnie Pudgys Abneigung gegen Bäder und seine Eifersucht auf jeden Eindringling, auch Bettys Fuchspelz, absolut teilt. Außerdem wird der kleine Hund 1934 bei seinem ersten Auftritt als »Betty Boop's kleiner Freund« als Streuner vom Hundefänger eingefangen und mit anderen ausgerissenen Hunden weggebracht. Natürlich brechen sie aus, und er findet den Weg zurück zu Betty und leckt begeistert ihr Gesicht, während der schwarze Kreis um sie immer enger wird und das Ende signalisiert. Und so erkenne ich meinen Hund und mich, dargestellt siebzig Jahre, bevor wir uns gefunden haben. Pudgy ist verloren, wird dann wiedergefunden und verbringt den Rest seines Cartoonlebens damit, in Schwierigkeiten zu geraten, aber auch damit, auf Betty aufzupassen und alles anzugreifen, das sie bedrohen könnte, und (natürlich) damit, Spaß zu haben.

Doch im Kern von Betty Boop steckt ein interessantes Rätsel, noch eine dieser Fragen zur Identität. Denn Betty hat ihr Leben als Hund begonnen. In diesem Mondgesicht und unter diesen schwarzen welligen Haaren steckt eine Erinnerung an die Hundeseele. 1930 produzierten die Fleischer Studios (damals der einzige ernsthafte Rivale Disneys) einen »Talkartoon« namens *Dizzy Dishes*. Darin gibt es eine Kabarettszene voller Tiere, in der ein namenloser weiblicher Hund singt. Es ist nur eine Nebenrolle. Der Zeichner Grim Natwick, der sie erschaffen hat (und den größten Teil von Schneewittchen für Disney gezeichnet hat), erklärte, dass er einfach einen kleinen Hund entworfen hatte und ihm dann weibliche Beine und lange Ohren verpasste. Dabei diente ein Pudel als Vorbild für die Figur. Ein Jahr später taucht diese Hundekreation in einem anderen Zeichentrickfilm auf, als die verlassene Frau von Bimbo, dem waffenverrückten Hund, einem Banditen, der einen Zug voller eigenartiger Tiere aufhält. Er hat Pech, denn seine von ihm schlecht behandelte Frau ist unter den Passagieren. Fuchsteufelswild hält sie ihm ein Foto seiner siebzehn Kinder unter die Nase und prügelt ihm Unterordnung ein. Das gefällt mir.

Die Xanthippe ist als Betty zu erkennen, hat aber immer noch leichte Schlappohren und eine winzige Knopfnase. Ihre Wangen sind seit *Dizzy Dishes* etwas kleiner geworden, aber sie ist immer noch ein menschlicher Hund, und das auch noch mit einer tiefen Stimme. Im folgenden Jahr produzierten die Studios *Stopping the Show* als ersten Zeichentrickfilm mit Betty Boops Namen und ihrem Lied »Sweet Betty«, das jeden einzelnen Boop-Film ankündigte. In *Stopping the Show* hat sich Betty (wer weiß, warum?) in die kultige, merkwürdig unschuldige Sexbombe verwandelt, die man von Millionen Sammelartikeln kennt. Die Ohren sind zu Hängeohrringen geworden, sie ist eine menschliche Kabarettkünstlerin, die vor einem großen Publikum johlender Tiere auftritt, und ein Star ist geboren, der »Boo boop be doo« trällert.

Ich bin von der Idee der Verwandlung irgendwie besessen – und glaube, dass jeder von uns zu einer Neuerfindung fähig ist. Deswegen liebe ich Bettys Geschichte, weil es bestimmt einen einzigartigen Vorrat an metaphorischem Wissen bietet, das Leben als Hund (selbst als gezeichneter) zu *beginnen*. Manchmal schauen wir unsere Hunde an und fragen uns, was in ihren Köpfen vor sich geht, natürlich abgesehen von Hingabe und Verzweiflung. Betty jedoch versteht das alles. Genau wie der legendäre griechische Seher Tiresias die Erfahrung gemacht hatte, sowohl als Mann als auch als Frau zu leben, was ihm zu einzigartigen Einsichten verhalf, so stelle ich mir Bettys Mischung aus Abhängigkeit und Gewitztheit als Ergebnis ihrer halbhündischen, halbmenschlichen Seele vor. Die Welt ihrer frühen Zeichentrickfilme wird vor allem von swingenden Kerlen in Tierform bevölkert, Giraffen, Nashörnern, Affen, Katzen und so weiter, aber Betty ist die Anführerin. Ihre normale Haltung ist Überraschung, sie ist immer bereit für ein Abenteuer, vergisst Negatives schnell und bemüht sich, die Dinge richtig zu machen, ist frech und verspielt und reizvoll und immer unterhaltsam.

Ja, das ist das Wesen des Hundes in ihr.

Robin und ich hatten angefangen, unsere Besessenheit von Bonnie der Welt mitzuteilen, indem wir sie auf unsere Weihnachtskarten drucken ließen. Auf der ersten Karte stand sie vor unserer mit Girlanden geschmückten Haustür. Die Pfoten an die Tür gelegt, versuchte sie, hineinzukommen (ich habe mich natürlich drinnen versteckt), und schaute über ihre Schulter zum Fotografen, das war natürlich Robin. Neben ihr standen ein paar feuerrote hochhackige Schuhe, als hätte die Dame des Hauses sie gerade ausgezogen. Innen in der Karte stand »Öffne an Weihnachten und schließe die guten Dinge im kommenden Jahr nie aus«. Es war eine professionelle Produktion, wunderschön gedruckt, und doch erwarteten wir ein wenig, dass unsere Freunde und Kollegen sich über unsere Verrücktheit lustig machen würden. Stattdessen liebten sie die Karte, und ein oder zwei Leute schlugen sogar vor, wir sollten beruflich Hundekarten entwerfen. Das war aber nicht Teil unseres Lebensplans, doch eine andere Bonniekarte jedes Jahr, mit passender, sinniger Nachricht, wurde zu unserem Markenzeichen, auf das sich unsere Freunde schon freuten. Die Karten sind ein äußeres Zeichen meiner Veränderung. Es ist deutlich, wie viel Spaß wir beim Erarbeiten des Konzeptes und dem Fotografieren hatten, und nur ein geduldiger Hund, der seine menschlichen Partner liebt, kann so ein geduldiges Modell sein. Und doch hatte ich immer die Meinung vertreten, dass vernünftige Leute nur Wohltätigkeitskarten mit religiösen Motiven verschicken sollten. Mit der Hilfe von Robin und Bonnie konnte ich lockerer werden.

Mein erster Auftrag 2006 war ein großer Artikel für *The Times*, in dem ich Memoiren als »den neuen Roman« analysieren sollte. Ich musste mich durch einen Stapel Bücher kämpfen. Anderer Leute Leben. Das Lesen nagte an mir, als wüsste ich, dass ich eines Tages eine ähnliche Erinnerungsübung angehen würde, in dem vollen Wissen, dass die Wahrheit ein zartes Pflänzchen ist. Wie kann man aufhören, bei Patiencen zu schummeln, und wer wird es wissen, wenn man es tut?

Ich würde meinen eigenen Erinnerungen misstrauen, wären da nicht die Tagebücher, an die ich mich jetzt halte, zum Beweis dafür, wie die kleinsten Dinge Licht in unglückliche Tage bringen können: ein Anruf meiner Tochter, ihren neuen Soldatenfreund kennenzulernen, mit meinem Sohn zu sprechen, ein Einkaufsbummel, ein Spaziergang mit meinem Hund im kalten Sonnenschein. Tagebucheinträge, die geduldig alltägliche Sachen beschreiben, wie »im Supermarkt gewesen« sind so enthüllend für ein Leben (vielleicht besonders für das einer Frau), wie die angstbesessenen Grübeleien von Teenagern: »Werde ich je die Liebe finden? Was ist der Sinn des Lebens?« und so weiter. In den Memoiren, die ich bekam, störten mich die Seiten voller Dialoge aus der Kindheit, an die man sich angeblich erinnerte. Wie konnte das »sagte er …« und »sagte sie …« nach all den Jahren noch einen Sinn ergeben? Die Autoren hätten genauso gut Romane schreiben können oder Drehbücher. Die Vertreter dieser neuen Art von Memoiren beharren darauf, dass dies egal sei, aber ich bin davon nicht überzeugt. Ich denke, dass es die Pflicht des Memoirenschreibers ist, wenn nötig, Lücken zu lassen, aber nicht, sich etwas auszudenken.

Ein Tagebuch zu schreiben ist anstrengend, doch als ich die tägliche Pflicht mal aufgegeben hatte, habe ich sie nach einer Weile wieder angefangen, weil sie mich im Alltag erdete. Ich hatte manchmal das Gefühl, dass ich sonst wie ein losgerissener Ballon davonfliegen würde. Das Jahr 2006 habe ich also en detail notiert. Robin und ich verbrachten wundervolle Ferien in Oman, St. Petersburg, Südafrika, doch was viel wichtiger ist, sind die Berichte über unser alltägliches Leben, Freude, Verzweiflung, Scheidung. Und natürlich über das Altern.

Wenn das eigene Leben sich radikal ändert, kann man nicht erwarten, dass das persönliche Wachstum mit den Ereignissen Schritt hält. Die meiste Zeit fühlt man sich zurückgelassen, jammernd im Kielwasser, man fragt sich, warum dieses oder jenes geschehen ist oder (schlimmer), warum man es immer noch nicht begreift. Es überraschte mich manchmal, dass ich trotz des großen Glücks eines hübschen Hauses, eines liebevollen Partners und der Arbeit, in die ich perfekt hineingewachsen war, immer noch um das alte Haus, die alte Ehe, den ganzen Lebensstil von damals trauerte. Wenn ich am Eingang zum Bauernhof vorbeikam (mit dem gemalten Schild, das ich für J in Auftrag gegeben hatte und auf dem die Silhouetten von Herefords und Lleyns zu sehen waren), zuckten meine Hände, und es juckte mich, den Blinker zu setzen und abzubiegen, um über die Viehgitter zu unserem »Zuhause« zu rattern, das jetzt leer stand und auf seine neuen Bewohner wartete. Janus, der römische Gott des ersten Monats, sieht gleichzeitig vor und zurück, zum alten Jahr zurück und vor ins neue Jahr. So ging es mir.

Die Vorstellung, dass man stillstehen und sich doch noch weiterbewegen kann, ist in dem futuristischen Gemälde von 1912 dargestellt, *Bewegungsrhythmus eines Hundes an der Leine* von Giacomo Balla. Ich liebe das Bild. Es zeigt einen Dachshund an einer silbernen Leine neben seinem Frauchen. Alles, was man von ihm sieht, sind die Füße (in schweren Schuhen und dunklen Strümpfen unter einem langen, dunklen Mantel), die rasch voranschreiten. Der Hund trippelt, um Schritt zu halten, die Kettenleine schwingt durch ihre Bewegung, und jeder »Rahmen« der Handlung ist verwischt festgehalten, so wie die Animation später (paradoxerweise) die Zeit anhalten und Bewegungen erschaffen würde. Die Dame und ihr Wursthund sind wie Betty und Pudge: Bewegung in Monochrom. Balla, wie alle Futuristen, wollte den Zeitgeist darstellen, indem er die Bewegung von Maschinen malte, das Quantenwesen des Lichts, Schnelligkeit. Aber dieses Gemälde von einer Frau und ihrem kleinen Hund, die irgendwohin gehen, zeigt noch mehr: die Vorwärtsbewegung des Lebens selbst, der wir nicht entfliehen können. Kleine Hunde *bewegen* sich (weil ihre Beine nicht lang genug sind): Sie sind ganz Energie, ganz Leben, und wenn ich mir das Gemälde von Balla ansehe, dann frage ich mich: »Wer führt wen?« Sicher ist der Dachshund im Vorteil gegenüber der Dame. Er nimmt sie mit in die Zukunft, die sie teilen werden, für immer durch ihre silberne Leine verbunden. Auch wenn sie sich vielleicht nach dem sehnt, was sie zurücklässt, wird sie auf ihren kräftigen Füßen vorwärtsgetrieben durch die Schubkraft des Universums.

Welche Wahl hat man denn im Leben? Manchmal stellt sich ungewollte Veränderung und die tiefe Traurigkeit, die sie verursacht, als die entscheidende Reise zwischen den zwei Hälften der eigenen Seele heraus. Man muss diese Reise machen (auch wenn man auf der Stelle tritt), um etwas Ganzes zu werden.

Zuerst hatten J und ich einander versichert, dass eine Scheidung nicht nötig sei, aber die Dinge hatten sich verändert. Wir hatten beide neue Partner (wenn auch damals ohne die Absicht, sie zu heiraten) und wussten daher, dass wir noch einen Schritt von der Vergangenheit wegmachen mussten. Im Februar flogen Robin und ich nach Oman, für fünf Tage des Luxus und der Ruhe, und als wir ins kalte England zurückkehrten, lagen die ersten Scheidungspapiere in meiner Post. Ich weiß, dass das für viele Leute eine wunderbare Erleichterung ist, ein wesentlicher Schritt in Richtung Freiheit, weg von einer verhassten Ehe und einem schrecklichen Ehepartner. Bei uns war das nicht der Fall. Ich schrieb in mein Tagebuch: »Wie seltsam, dass J und ich so enden. Aber vielleicht endet es nie. Nein, natürlich nicht! Außer natürlich, man hasst einander, aber selbst dann geht es weiter … alles, was man gewesen ist, im Guten wie im Schlechten.«

Eine Woche später ging ich zur Tate Modern, um ihn zum Mittagessen zu treffen. Es wäre unser achtunddreißigster Hochzeitstag gewesen, und ich fragte mich, ob man weiter Hochzeitstage hat, wenn man getrennt ist. Und wenn ja, für wie lange? Regen trieb über die Themse und kräuselte das Wasser wie eine faltige Stirn, und der Wind drang durch meinen Mantel. In Londons wahrscheinlich beliebtestem Kunstmuseum, einem Tempel des Modernismus, fühlten sich die hallenden Räume kalt an. Ich kam extra zu früh, um mich noch ein bisschen umzusehen, aber ich erinnerte mich zu spät daran, dass ich beim letzten Besuch das Gefühl gehabt hatte, dass die wenigen genialen Werke unter viel aufdringlichem Mittelmaß verloren wirkten. Dann kam ich zu einer Installation von Susan Hiller namens *Aus dem Freud-Museum*, und ich war wieder versöhnt. Auf jeder Seite eines dunklen Raumes stand eine lange Glasvitrine mit jeweils achtundvierzig Schachteln auf zwei Ebenen. Jeder Pappkarton enthielt eine Sammlung von Objekten, die von der Künstlerin als »Müll, Abfall, Fragmente und Reproduktionen, die über eine Aura von Erinnerung zu verfügen und einen Sinn anzudeuten schienen« beschrieben wurden. Es bezieht sich nicht nur auf Freuds gesammelte Objekte (die immer noch in seinem Haus in Nordlondon ausgestellt werden), sondern es ist eine Darstellung der vielen Abteilungen des menschlichen Geistes.

Während man sich die Sammlung in Schachteln ansieht, fragt man sich, warum sie von der Künstlerin ausgesucht wurden, während man gleichzeitig weiß, dass es so zufällig wie Archäologie ist: Die Scherben, die Fragmente sind da, weil sie da sind. Man kann sehen, was man möchte, Verbindungen herstellen, sich an das erinnern, was man möchte. Ich stellte mir vor, wie die Kartons sich automatisch abends wie Augenlider schließen, wenn die Lichter ausgeschaltet werden und das Museum dunkel und leer ist. Aber selbst wenn ein Deckel geschlossen ist, ist das, was sich im Karton befindet, immer da und sicher vor Staub geschützt. Diese Installation faszinierte mich, weil ich sowohl das Sammeln als auch die Abteilungen liebe und selbst Kartonkonstruktionen gebastelt habe, um sie Freunden zu schenken. Ich hatte eine für J zu unserem fünfundzwanzigsten Hochzeitstag gemacht: eine flache Schachtel mit Deckel, unter dem fünfundzwanzig kleine Fächer unter Glas lagen, in denen sich Miniaturobjekte befanden, um jeweils an ein Jahr zu erinnern. Auf der Rückseite befand sich ein verborgenes Buch. In der Dunkelheit von Susan Hillers Raum erinnerte ich mich daran. Diese plötzliche Erinnerung war wie eine Tür, die sich zu einem Schwimmbecken öffnet, in dem man ertrinken kann.

Wir trafen uns in dem sehr vollen Restaurant. Die Fenster umrahmten drohende Wolken, das Wetter wurde schlechter. Es ist mehr als merkwürdig, jemanden, den man so lange geliebt hat, an einem lauten, öffentlichen Ort zu treffen, so wie einen Kollegen. Andererseits treffen sich auch Liebende auf diese Art. Der Raum um sie herum verschwindet, wenn sich ihre Blicke begegnen, und sie wagen es nicht, sich anzufassen, weil schon die Berührung eines Fingers zu viel wäre. Es war seltsam, dass es immer noch etwas von diesem Gefühl gab. Wir sprachen über die Arbeit und unser Leben und unsere Kinder und seine Sonntagssendung auf ITV, und dann erzählte ich ihm von den Schachteln von Susan Hiller. Ich erwähnte, dass man beschließen kann, wenn man jemanden geliebt und dann Schmerzen ertragen hat, denjenigen in einer Schachtel in uns selbst wegzupacken und sie dann fest zu verschließen. So nehmen wir die Menschen, die wir geliebt, und das, was wir erlebt haben, in uns auf, aber wir müssen sicher vor ihnen sein. Wir müssen die Existenz von Deckeln loben. Ich wagte es sogar, Susan Chilcotts Namen zu erwähnen.

Ich sagte ihm, was er bereits wusste: dass es achtunddreißig Jahre her war, seit wir geheiratet hatten. Er erwiderte, dass wir fünfunddreißig richtig gute Jahre gehabt hatten, und ich fühlte mich seltsam glücklich, denn nur wir können je die Tiefe dieser Wahrheit erfassen. Trotz allem.

Nach dem Mittagessen umarmten wir uns am Ende der Rolltreppe, und er ging. Ich drehte mich um und betrat die große Turbinenhalle, um Rachel Whitereads Installation *Embankment* anzusehen. Das war ein Fehler, denn diese Kisten zerstörten fast das Positive, das Susan Hiller und das Mittagessen ausgelöst hatten und verdarben mir die Laune. Whitereads durchsichtige Polyäthylenformen von Pappkartons, vierzehntausend insgesamt, aufeinandergestapelt wie riesige Zuckerwürfel, handeln von Abwesenheit, von Negativem, von erstarrter Zeit. Ich spürte etwas Reserviertes und Feindliches an dem ganzen Werk, seine Kälte bannte mich. Whiteread behauptet, dass es in ihrer Arbeit um Erinnerung geht, doch ich habe nichts Menschliches in der Sammlung glänzender weißer Leere gesehen. Ich stellte mir die Zeit vor, als ich den Hof verließ und meine Kartons sich im Esszimmer stapelten. Sie alle enthielten wertvolle Dinge wie Susan Hillers Schachteln. Aber diese enorme Installation schien mir das personifizierte Nichts und stellte fast alles, was ich je geliebt hatte, infrage. Von hier aus schien es keinen Weg vorwärts zu geben. Wie kann man etwas wegräumen, wenn es keine Schachtel gibt, sondern nur einfache, greifbar gemachte Leere?

Ich konnte nichts anderes tun, als in ein Taxi zu springen und dem Fahrer »National Gallery!« zuzurufen.

Dort genoss ich einen geheimen Zeitvertreib, nämlich von Raum zu Raum zu gehen, um auf Gemälden nach großen und kleinen Hunden zu suchen. Und ich wurde belohnt. Denn auf einem Werk aus dem fünfzehnten Jahrhundert, *Hubertusmesse*, und auf Catenas *Die Heilige Familie mit dem Soldaten* entdeckte ich erfreut Malteserhunde, die aussahen wie Bonnie. Wie immer brachten sie mich zum Lächeln.

Da meine Lösung aller Probleme stets die ist, an meiner Silberkette weiterzulaufen, hatte ich ein neues Projekt, das mich von Jahrestagen und Erinnerungen ablenkte. Auch wenn ich eigentlich keine Kinderbücher mehr schreiben wollte, hatte ich jetzt einen Vertrag für eine neue Serie, inspiriert (natürlich) von Bonnie. Der erste Band war in einem Monat fällig, und ich hatte noch nicht angefangen, aber Abgabetermine stellen für eine Autorin, die schon lange im Geschäft ist, kein Problem mehr da. Als ich die achttausend Wörter lange Geschichte über einen kleinen Jungen beendete, dessen Fantasiehund groß und ruppig ist, der aber gezwungen ist, den winzigen Malteser, den seine Mutter aus dem Tierheim rettet, lieben zu lernen, wurde mir bewusst, dass ich mein eigenes Leben beschrieben habe.

In dieser Serie, die mich als Kinderbuchautorin bekannt machte und mich in zahllose Schulen, Bibliotheken und zu Festivals führte, gab es ein temperamentvolles Mädchen namens Kitty, das in einer normalen Familie mit zwei Eltern und seinem älteren Bruder Daniel lebt. Ein paar der Geschichten basierten auf wahren Begebenheiten, die in unserer Familie passiert sind. Ich schenkte ihnen irgendwann noch ein Baby namens Tom, als konstruierte ich in der Fiktion das Leben, das uns durch die Totgeburt unseres echten Tom verwehrt worden war. Auf eine gewisse Art war diese fröhliche Kleinfamilie mit ihren Kabbeleien und Witzen altmodisch, da es immer mehr Scheidungsfamilien gab, was für die Kinderbuchverlage bedeutete, dass mehr rauer Realismus nötig wurde, um auf die Realität der nicht vollständigen Familie einzugehen.

Ich hätte nicht vorhersagen können, dass solche Ereignisse auch zu meinen Erfahrungen gehören würden. In der (als bekannt vorausgesetzten) Hintergrundgeschichte der neuen Serie wurde die Mutter von ihrem Ehemann verlassen (dessen neue Freundin wir in einem späteren Buch treffen) und kämpft in dem schmerzhaft veränderten Leben in einem neuen Zuhause mit ihrem Sohn Harry. Er ist voller gegensätzlicher Gefühle, er macht sich Sorgen um seine Mutter, vermisst ihr altes Leben mit Dad, arrangiert sich aber langsam mit dem Neuen. Der süße kleine Hund sorgt für Zuneigung, Unterhaltung und Abenteuer. In jedem der sechs Bücher (zwischen 2006 und 2009 entstanden) stellt sich heraus, dass Bonnie der gute Engel ist: der Katalysator, der die Menschen zueinanderbringt und alles besser macht. Am wichtigsten ist, dass die Menschen durch den Hund das Lieben wieder erlernen. Ich wusste, dass nur wenige Siebenjährige die Bücher so klar interpretieren würden, sie brauchen einfach nur eine gute Geschichte mit Figuren, die sie mögen. Aber egal: Ich mag Bücher, die etwas »lehren«, egal, wie subtil, und ich wusste, dass Eltern, die ihren jüngeren Kindern vorlesen, die positive Botschaft der von meinem Hund inspirierten Geschichten begreifen würden.

Eines Tages besuchte ich mit Bonnie meine gute Freundin Gaynor im Norden Englands. Robin war in Frankreich in seinem Skichalet, das ihm zusammen mit zwei Geschäftsfreunden gehörte. Ich hasste es, wenn er weg war, und hatte mich daran gewöhnt, dass er an meiner Seite war, mich umherfuhr und ganz allgemein unersetzlich war. Ich habe das Lied aus *My Fair Lady* immer geliebt, in dem die Erkenntnis (wenn auch wehmütig) gefeiert wird, dass es »den Tag beginnen lässt«, wenn man sich an das Gesicht von jemandem gewöhnt hat. Robin war sicher zu meiner selbstverständlichen Gewohnheit geworden. Meine viel gerühmte Unabhängigkeit wurde weniger, und ich war glücklich. Ich hielt an einem Rastplatz an, um mir die Beine zu vertreten, und ließ Bonnie auf den Rasen pinkeln. Plötzlich riss sie die Leine aus meiner Hand und sauste außer Sichtweite. Ich bekam Panik und rannte in die Richtung, in die sie verschwunden war. Ich war mir erschreckend aller Autos und Fremder bewusst, die für einen kleinen weißen Hund eine Gefahr darstellten.

Ein Paar, das mir entgegenkam, rief: »Haben Sie einen Hund verloren?«

»Ja«, keuchte ich.

»Er ist da drüben«, sagten sie.

Ich drehte mich um und sah einen großen Motorradfahrer, der seinen Helm auszog und ganz offensichtlich amüsiert darüber war, dass ein weißes flauschiges Ding aufgeregt um seine Füße sprang. Die Leine schleifte über den Boden. Ich lief zu ihm, in dem Moment sah man sein Gesicht. Verwirrt erstarrte Bonnie und schreckte zurück.

»Sie hat Sie für meinen Partner gehalten«, keuchte ich, »weil er ein Motorrad fährt.«

Der Mann grinste. Vielleicht dachte er, das sei ein neuer Trick für eine Dame mittleren Alters, fremde Männer anzusprechen. Aber Bonnies Schwanz hing nach unten. Sie war enttäuscht, nicht den Mann, den sie liebte, zu sehen. Also führte ich sie zurück zu meinem Auto und sagte ihr, dass sie wirklich lernen müsse, zwischen dem Heulen eines japanischen Motorrades und dem sexy Dröhnen einer Harley-Davidson zu unterscheiden.

Es heißt, dass man viel über die menschliche Angst lernen kann, wenn man Hunde erforscht. Natürlich sind wir sehr unterschiedliche Spezies, und Hunde haben keine vergleichbaren Gefühle wie wir, oder? Na ja, eigentlich schon. Sie fühlen sich niedergeschlagen und ängstlich und finden es normalerweise furchtbar, alleingelassen zu werden. Ihr Leben wird von Enttäuschung und intensiver Freude bestimmt, genau wie unseres. Sie empfinden auch Eifersucht und Trauer. Alle Hundebesitzer erzählen Geschichten darüber, wie ihre Tiere den bevorstehenden Urlaub spüren, noch bevor ein Koffer aus dem Keller geholt wurde, als verstünden sie das Wort »Hotel« und sähen einem die Wunschfantasie einer Sonnenliege an. Dann ist da die schreckliche Angst, ob sie mitgenommen werden oder nicht oder ob sie ins Tierheim kommen oder in die Hundepension … »Bleib hier« zu hören, wenn der menschliche Partner zur Tür geht, ist die schlimmste Enttäuschung. Sie trifft die Seele des Hundes.

Bonnie weiß immer, wann ich gehe, sie erkennt es an meinen Kleidern, aber ich weiß nicht, wie. Die Sportausrüstung sagt ihr, dass ich weggehe, aber das schicke Kleid genauso. Vielleicht ist ihre Fähigkeit, meine Garderobe zu interpretieren, ein Teil ihrer Weiblichkeit. Abgesehen von den Kleidern ist das Auftragen von Make-up ein sicheres Zeichen meiner Absicht. Dann legt sich ihre Stirn in Falten, und eine schreckliche Intensität macht sich in ihrem winzigen Körper breit, sodass sie vor Erwartung zittert. Alles, was ich tun muss, ist, sie traurig anzusehen und den Kopf zu schütteln, und schon dreht sie ihren Kopf abrupt und vorwurfsvoll zur Seite, bevor ihr ganzer Körper erschlafft. Ich versuche immer, sie mit »Ich komme wieder« zu beruhigen, nur für den Fall, dass sie sich daran erinnert, an diesen Baum gebunden worden zu sein. Hunde wie Babys leiden unter sogenannter Trennungsangst, und es scheint, dass vor allem ein psychologisches Trauma in der Welpenzeit schuld daran ist. Oft trifft es Hunde, die wie meiner aus einem Tierheim stammen.

Wie Dr. Nicholas Dodman, ein Professor der tierärztlichen Verhaltenspharmakologie, in seinem Buch *Hunde, die zu viel bellen* darlegt, haben ängstliche Hunde normalerweise das hündische Gegenstück zu einer dysfunktionalen, menschlichen Vorgeschichte. Viele von ihnen wurden zu lange alleingelassen, in manchen Fällen wurden sie auch richtig misshandelt. Dodman schreibt, dass der relativ neue Einsatz von psychoaktiven Medikamenten, um tierisches Verhalten zu verändern, »darauf hinzudeuten scheint, dass Tiere eine Psyche haben (die haben sie) und dass sie mentale Störungen entwickeln können, ähnlichen denen, die Menschen betreffen (und das können sie)«. Er zieht Parallelen zwischen problematischem Verhalten bei Hunden und entsprechendem Verhalten bei Menschen und weist daraufhin, dass Hundeprobleme als »relevante Modelle menschlicher, psychischer Krankheiten« erforscht werden können.

Früher hätte ich angesichts solcher Theorien ungläubig den Kopf geschüttelt, geschnaubt und gesagt: »Jetzt machen Sie mal halblang, es ist bloß ein *Hund*!« Mittlerweile lese ich die Fachliteratur und staune, da die gesammelten Forschungsergebnisse durch meine eigenen Erfahrungen bestätigt werden. Dodman erinnert mich an das, was geschah, als ich 1974 Daniel zur Welt brachte. Ich hatte vorher nichts über Babys gewusst und keinerlei Interesse an ihnen gehabt. Plötzlich war die Welt voll von ihnen: Die sich windenden, brabbelnden, sabbernden Babys anderer Leute faszinierten und begeisterten mich fast genauso wie mein eigenes. Ganz ähnlich überquere ich heute die Straße, um nach einem Hund zu fragen (groß oder klein), der mir aufgefallen ist, und wenn ich Malteser-Besitzer treffe, egal, ob in Florida oder Frankreich, werde ich zu einem plappernden Idioten. Wenn ein einziger kleiner Hund eine Frau so verändern kann, ist es dann nicht vernünftig anzunehmen, dass es in der Hundewelt eine Gesamtsumme von Weisheit und Gefühl gibt, die ein größeres Potenzial für Gutes in menschlichen Zusammenhängen beinhalten? Dass es uns *besser* macht, wenn wir von Hunden lernen?

Die Wahrheit ist, je mehr ich den Problemen der Leser meiner *Times*-Kolumne ausgesetzt war und je mehr Psychotherapie ich studierte, um besser für die Aufgabe gerüstet zu sein, umso mehr wurde mir bewusst, wie hoffnungslos schlecht die meisten Individuen ausgerüstet sind, um mit Beziehungen klarzukommen. Um es einfach auszudrücken: Als mein sechs Monate alter Malteser (in diesem ersten Sommer) mein neues Kinderbuch ankaute und ich sie damit schlug, wodurch sie erbarmungsvoll zitterte, war die Schnelligkeit ihrer Vergebung jeder menschlichen Reaktion überlegen. Von wem sollte ich also lernen – von meinem eigenen Hund oder von Menschen, die sich in Verbitterung und Vorwürfen ergehen, bis ihre Seelen verhungern? Wenn Bonnie J sah, leckte sie ihn immer fröhlich ab. Warum sollte ich, metaphorisch gesprochen, nicht dasselbe tun?

Ich denke oft, dass es niemandem erlaubt sein sollte, ein Baby zu bekommen, bevor derjenige sich nicht als fähig erwiesen hat, sich um einen Welpen zu kümmern, und dass die Bedeutung von tierischem Wohlergehen Teil der moralischen Erziehung aller Schulkinder sein sollte. Denn indem wir mehr über die Funktionsweise und Bedürfnisse des tierischen Geistes lernen, erhalten wir Einblick in unsere eigene Menschlichkeit. In seinem hervorragenden Buch *Was geht in meinem Hund vor?* zieht der Tierarzt Bruce Fogle eine Parallele zwischen dem »ursprünglichen« Bedürfnis nach (zum Beispiel) Körperkontakt bei jungen Tieren und Menschen. Er beschreibt, wie Baby-Makaken, die bewusst nach der Geburt von ihrer Mutter getrennt wurden, als Erwachsene an »überwältigenden und ernsten Verhaltensstörungen« litten, ihre Köpfe gegen etwas schlugen und sich manchmal selbst verstümmelten. Es ist keine Überraschung zu lesen, dass »der Tastsinn der früheste und wahrscheinlich auch der wichtigste aller Hundesinne ist«, sodass »Hunde, die nicht berührt werden, als Erwachsene untergeordnet, ängstlich und zurückhaltend« werden. Jeder, der das liest und die erschreckende Erfahrung des Besuchs in einem Kinderheim gemacht hat, wird diese Beschreibung wiedererkennen.

Darüber hinaus beschreibt Fogle den gegenseitigen Nutzen, wenn Mensch und Hund dieses entscheidende Bedürfnis nach körperlicher Zuwendung teilen. Berührungen funktionieren in beide Richtungen: Beruhige deinen Hund, und es wird dich beruhigen. Lerne, sanft, freundlich, großzügig zu sein, und dein Hund wird der Welt helfen, diese Qualitäten in höchstem Maße zu dir zurückzusenden. Alle, die Hunde bei Therapien mit alten, kranken Menschen und verstörten Jugendlichen nutzen, wissen, dass die Wahrheit sogar noch einen Schritt weitergeht als Fogles Beobachtung: Einen Hund zu streicheln, den man *nicht* kennt, der aber trainiert wurde, therapeutisch zu reagieren, kann oft genauso viel bringen wie eine Sitzung auf dem Sofa eines menschlichen Therapeuten. Hunde können das für uns tun. Sie wurden als Jäger, Wächter oder Partner (um nur drei Rollen zu erwähnen) gezüchtet und sind vor allem *Helfer*. Ich vermute, dass wir gerade erst beginnen, das Ausmaß ihrer Fähigkeiten zu erkennen, aber das Wichtige ist: Sie reagieren auf Lob, Beispiel und Zuneigung, und je mehr wir geben, umso mehr werden *wir* erhalten.

Ich kann dieses Bewusstsein nicht von meinem (wachsenden) Wissen darüber trennen, wie Menschen sich verhalten können, wenn eine Ehe endet. Manchmal ist es schwer, die Menschen, die mir schreiben, nicht als misshandelte Hunde zu sehen (und diese Formulierung soll natürlich nicht beleidigend sein), die sich in ihre Höhle zurückziehen, ihre Wunden lecken und jeden anknurren, der sich ihnen nähert. Manche lecken sich so besessen, dass es zu Selbstverletzungen kommt. Manche zeigen die gierige Verschlagenheit des gerissenen Border Collies, der wartet, bis die Menschen gegangen sind, und dann auf den Tisch springt und die Katzen verjagt, um ihr Essen zu stehlen, wie Sam es auf dem Hof tat. Manche kauern sich, geschlagen und wimmernd, zusammen. Andere sind wütend wegen dem, was ihnen angetan wurde, und können nie wieder jemandem vertrauen. Am schlimmsten sind die, die wie wilde Kampfhunde andere Lebewesen attackieren, und am Ende der Schlacht liegen ihre eigenen Kinder verletzt und blutend auf dem Schlachtfeld.

Aber manche werden sich immer an die besten Zeiten erinnern (und Hunde haben ein gutes Gedächtnis), an die grandiosen Momente, in denen die Luft voller süßer Düfte war und die Leckereien wunderbar schmeckten und jeder Augenblick voller Möglichkeiten steckte. Sie erinnern sich an das gegenseitige Berühren, das so viel Freude bereitete, und an die Treue, die (eine Weile) die Belohnung war. Manche glücklichen, menschlichen Hunde sind in diesem ursprünglichen »Training« eingeschlossen, und obwohl sie Enttäuschung empfinden können, wenn die aktuelle Realität sich verändert, entscheiden sie sich doch immer dafür, den Baum, an den man sie gebunden hat, zu vergessen, und erinnern sich instinktiv an den Rest.

Ja, ich bin froh, von meinem Hund gelernt zu haben.

Auch die Enttäuschung eines »Nein« ist etwas, an das wir Menschen uns gewöhnen müssen. 2003, mitten in der schlimmsten Phase, als J gegangen war, aber nur wenige Leute es wussten, musste ich einer Verpflichtung nachkommen und den Preis für die Abschlussklasse in einer schicken akademischen Mädchenschule verleihen. Daher beschloss ich, mit ihnen über das verbotene Thema Enttäuschung zu sprechen, anstatt über den Erfolg. »Mädchen, eines Tages werdet ihr scheitern!«, sagte ich. Ich erzählte ihnen, dass sie sich darauf vorbereiten sollten, denn ein Misserfolg kann einem helfen zu wachsen, wie bei Samuel Becketts Staccato-Weisheit: »Egal. Wieder versuchen. Wieder scheitern. Besser scheitern.« Gewöhnt euch also an die wahre Welt, Mädchen!

Die improvisierte Rede war ein voller Erfolg, ich konnte sehen, dass die Mädchen erleichtert waren, selbst wenn ihre überehrgeizigen Eltern sicher eine vorbereitende Rede auf die Universität vorgezogen hätten. Dann, drei Jahre nach diesem Tag, hatte ich mich mit weiteren, eigenen Enttäuschungen abgefunden. Zuerst musste ich der entmutigenden Wahrheit ins Auge sehen, dass Belletristik für Erwachsene und ich uns wahrscheinlich trennen mussten. Mein sechster Roman, *The Invasion of Sand* (er spielt in Australien und ist das Ergebnis mehrerer Jahre Arbeit), fand nur einen kleinen Verlag und erhielt nur eine Rezension (die allerdings ausgezeichnet war). J war von diesem Buch immer begeistert gewesen und konnte nicht begreifen, warum andere das nicht genauso sahen. Sein Glaube an mich hatte sich nicht verändert, aber das kam mir jetzt ebenso traurig vor wie all meine Arbeit an einem Roman, in den ich mein ganzes Herz gelegt hatte. Das war hart.

Dann rief mich Malcolm Love an, um mir zu sagen, dass der neue Leiter von BBC Radio 4 beschlossen hatte, die Interviewserie *Devout Sceptics*, die wir seit 1995 machten und die einen Preis für religiöse Sendungen gewonnen hatte, einzustellen. Auch bereits vor der Serie hatte ich seit den Achtzigerjahren regelmäßig Beiträge für den Sender geliefert: Interviewserien, Reportagen, Literaturprogramme, Gespräche. Ich wurde auf der Straße von Leuten angesprochen, die mir sagten, wie gerne sie mir zuhörten. Jetzt war das vorbei, und Malcolm und ich würden nicht mehr zusammenarbeiten. Das sind Ereignisse, die man verarbeiten muss, wenn man in einem hart umgekämpften Gewerbe älter wird: Der frühere Senderchef geht mit dir zum Mittagessen und gibt deiner Serie die beste Sendezeit um einundzwanzig Uhr, der neue Mann hat kein Interesse. Das ist hart. Aber so ist es im Journalismus, und man muss damit klarkommen.

Schmerzhafter war es, J zu sehen, wie er am 7. Mai seine letzte, nach ihm benannte Sonntagssendung auf ITV moderierte. Er hatte von der BBC den Auftrag für eine große Dokumentarserie über Russland erhalten, dazu einen Buchvertrag, sodass er seinen Posten als politischer Interviewer aufgeben musste. Natürlich sah ich zu. Sein Gast war Kronanwalt Charles Falconer, Justizminister, damals Minister im Verfassungsausschuss und enger Freund von Premierminister Tony Blair. J war so gut wie immer, seine einzigartige Mischung aus Terrierhartnäckigkeit und perfekten Manieren so deutlich wie je. Immer noch erstklassig, dachte ich. Am Ende überraschte Charles Falconer ihn, indem er die Rollen tauschte und ein vorbereitetes parodistisches Interview mit dem Moderator führte, danach wurde ein Zusammenschnitt seiner elf Jahre beim Sender gezeigt. So viele Höhepunkte, so viele Knüller … Ich empfand den mir bekannten Stolz auf sein Talent. Aber eine Sekunde später wurde mir bewusst, dass ich das gar nicht mehr auf mich beziehen durfte. Es gäbe sicher eine Party nach der Sendung, und es überwältigte mich, daran zu denken, dass ich sie nicht mit ihm teilen würde, ich, die seine gesamte Karriere mit ihm geteilt hatte. Er hatte jetzt eine neue Partnerin. Im Vergleich zu diesen, immer noch neuen Realitäten, schienen Bücher oder Radiosendungen gar nichts zu bedeuten.

Später an diesem Nachmittag rief er mich an, um mir zu sagen, dass er all das auch empfunden hatte. Natürlich.

Die Lektion all dieser Erfahrungen ist, dass Arbeit kommt und geht, kreative Arbeit unterschiedlichen Erfolg genießt, Kinder aufwachsen und das Haus verlassen, Ehen vielleicht enden, geschätzte Tiere eines Tages unausweichlich sterben werden, genau wie Tiere auf einem Bauernhof sterben müssen … so ist es einfach. Genau wie sich die Hunde an stetige Enttäuschungen gewöhnen müssen (die Spaziergänge, zu denen es nicht kommt, allein zurückgelassen zu werden …), so müssen wir es auch. Es gibt keinen Ausweg, außer trotz aller Veränderungen weiterzumachen. Schritt zu halten. In den Worten Rilkes:

Wolle die Wandlung.
O sei für die Flamme begeistert,
drin sich ein Ding dir entzieht,
das mit Verwandlungen prunkt …

Ich will nicht behaupten, dass es nicht schwierig sei, aber der Schmerz lässt nach, wenn man einmal gelernt hat, etwas zu akzeptieren. Darüber hinaus gibt es die Ironie, dass das Erlernen stetiger Bewegung einen in einen Zustand Zen-artiger Ruhe bringen kann. Wie Betty Boop und Ballas Dachshund muss man sich bewegen, um zu überleben, und indem man überlebt, kann man lernen zu »sein«.

Nach Js letzter Sendung gab es nichts anderes zu tun, als für drei Stunden anstrengender Arbeit rund um Kuan Yins Tempel zu Robin in den Garten zu gehen. Ich schnitt das Gras, während Bonnie verwundert zusah, bevor sie sich auf der Suche nach den Wesen, die unter dem Rasen leben, zurückzog. Der Terrier in ihr lebt in der stetigen Hoffnung, sie zu finden, und die fruchtlose, schmutzige Aktivität bringt mich immer wieder zum Lachen. Florence Nightingale hatte schon recht, als sie die heilende Wirkung von Hunden erwähnt: »Ein kleiner Hund ist oft ein wunderbarer Partner für die Kranken, besonders für die chronischen, langwierigen Fälle …« Vielleicht machte mich meine immer noch bestehende Besessenheit (denn das war es) bezüglich meines Exehemanns auch zu einem chronischen Fall.

Nur vier Tage später erlebte ich in Dorset einen dieser lebensverändernden Augenblicke, der mich wieder einmal in meiner Überzeugung, dass man sein Leben neu erschaffen kann, bestärkte, und manchmal braucht man einen Schock, um sich dazu zu zwingen, etwas Neues zu versuchen. Es war wohl kaum eine dieser intensiven, spirituellen Bewusstwerdungen. Stattdessen basierte es auf dem Bewusstsein des Alters und der Erkenntnis, dass der Eitelkeit nachzugeben, die deutlichste Bestätigung sein kann, und es brachte mich dazu, mich auf eine ganz bestimmte Art zu »verbessern«.

Robin und ich waren mit Bonnie für eine Nacht nach Lulworth Cove gefahren und hatten uns den berühmten Aussichtspunkt Durdle Door angesehen, der von den Lesern einer Veröffentlichung, die es nie auf meine Leseliste schaffen würde – dem *Country Walking Magazine* –, zur besten Aussicht in Südwestengland gewählt worden war. Der riesige Felsbogen ragt weit unterhalb den Klippen ins Meer. Man steigt vom hässlichen Parkplatz auf steilen, in die Klippen geschnittene Stufen zum Kiesstrand hinab. Bonnie hüpfte wie eine kleine Bergziege hinunter und blieb alle paar Stufen stehen, um sicherzugehen, dass wir folgten. Es war ein sehr heißer Tag. Ich saß mit ihr auf dem weichen Kies und lauschte dem Rauschen des Meeres. Mir war bewusst, dass es die Küste aus dem Jura, sogar während ich zuhörte, zu seltsamen Höhlen formte: Der Portland-Stein erodierte, die Felsen zerbrachen, der ganze Prozess geschah in Äonen und Äonen von Herzschlägen. Obwohl ich nicht schwimmen kann und Boote nicht mag, liebe ich es, Wasser anzusehen. Völlig zufrieden hätte ich den ganzen Tag dort sitzen, glatte Steine durch die Finger laufen lassen und den Wellen lauschen können, mit meinem kleinen Hund an meiner Seite.

Voller Energie war Robin herumgelaufen und hatte Fotos gemacht. Nach einer Weile sah ich mich nach ihm um und entdeckte ihn oben auf den Klippen. Er winkte und zeigte auf die Uhr. Wir hatten geplant, noch vor dem Mittagessen in Weymouth drei alte Kirchen in der Umgebung zu besichtigen. Es war Zeit zu gehen. Widerwillig stand ich auf und ging zum Fuß der Treppe. Bonnie lief voraus. Der Aufstieg sah unglaublich anstrengend aus, und nach ungefähr zwölf Stufen keuchte ich und musste stehen bleiben. Da ich jeglichen Sport hasse, hatte ich aus der Faulheit eine Einstellungssache gemacht und bin nur selten gewandert, obwohl wir seit 1980 inmitten der schönsten Felder wohnten. Plötzlich, bei Durdle Door, wurde mir klar, dass ich eine Frau geworden war, die auf ihren sechzigsten Geburtstag zuging und eine Beziehung zu einem siebzehn Jahre jüngeren Mann hatte, der oben auf den Klippen stand und zusah, wie sie sich keuchend und ächzend zu ihm hochkämpfte und (am Ende) auch noch ihren müden Hund trug. Ich senkte den Kopf und dachte bei jedem Schritt: Ich sehe alt aus, ich fühle mich alt, ich sehe so schrecklich, furchtbar, keuchend, erbärmlich, faltig *alt* aus. Das war der Wendepunkt. Robin lächelte mitfühlend über meinen Zustand, als ich bei ihm ankam, mit bebender Brust, heißem Gesicht und völlig fertig. Ich sagte nichts, aber hasste es, mich so zu fühlen und so auszusehen, wie ich es tat. Als wir die Autotüren schlossen, dachte ich, du bist eine Frau, die jeder vernünftige Mann verlassen würde.

Wir fuhren nach Osmington und betraten mit Bonnie die Kirche. Drinnen fanden wir ein siebenhundert Jahre altes Taufbecken sowie ein Grabmal mit der Beschreibung des Lebens eines Mannes: »Der Mensch ist ein Glas: Das Leben ist wie schwach umfangenes Wasser: Sünde bringt Tod, der Tod zerbricht das Glas: So läuft das Wasser aus: Finis.«

»Fröhlich!«, sagte Robin.

Ich sagte nichts. Die Botschaft traf mich.

Danach fuhren wir in ein kleines Dorf namens Chaldon

Herring, am Rand von Winfrith Heath, das bei Thomas Hardy Egdon heißt. Auf einem Hügel über dem Dorf befinden sich die bronzezeitlichen Hügelgräber, die die Fünf Marys genannt werden, wo man bei Ausgrabungen vor 1866 in einem der Tumuli ein tiefes, in Kreide geschnittenes Grab gefunden hat, in dem ein erwachsener Mann und eine erwachsene Frau nebeneinandersitzend und mit jeweils einem Hirschgeweih auf den Schultern begraben worden waren. Worum ging es da? Ich wusste, dass Hirschgeweihe früher mit Sexualität und Fruchtbarkeit in Verbindung gebracht wurden und dass man in Stonehenge Hunderte davon gefunden hatte. Aber wer waren diese Leute, die auf dem windigen Hügel begraben worden waren? War es ein frommes Paar, das geopfert wurde? Oder hatten sie sich gegen den Stamm versündigt? Im Reiseführer über sie zu lesen, ließ es mir eiskalt den Rücken hinunterlaufen, als wären die Geister der Toten um uns herum, Wiedergänger, die davon träumten, zurückzukehren, um in den zwei alten Taufbecken der Kirche getauft zu werden.

Unser nächstes Ziel war Winfrith Newburgh, wo wir die Wasserspeier und Kragsteine bewundern wollten (wir lieben solche Sachen) und auch die zwei normannischen Türen. Aber die Kirche war für eine bevorstehende Beerdigung zurechtgemacht, während sich gleichzeitig die örtlichen Damen auf das Blumenfestival am Wochenende vorbereiteten. Diese parallelen Feiern von Tod und Trauer sowie Wachstum und Festlichkeit in einer winzigen Kirche faszinierten mich. Als wir das Dorf verließen, sah ich Leute in Schwarz auf die Kirche zugehen, und da platzte die Lektion des gesamten Morgens wie ein »Halleluja« in meinem Kopf. Ich zwickte mich in den Arm, sah die Zeichen des Alters wie Baumringe oder ein Hirschgeweih und dachte, ich lebe.

Vier Tage später machte ich, zum ersten Mal in meinem

Leben, zwei wöchentliche Termine mit einer Personaltrainerin in ihrem Frauenfitnessclub aus. Ich wollte nicht länger die stolz faule Dame mit wabbeligen Armen sein. Ich würde mich neu erfinden. Und so ist es von diesem Tag an bis heute. Wenn ich mir die Boxhandschuhe anziehe oder die 4-Kilo-Hanteln hebe, dann weiß ich, dass noch viel Arbeit vor mir liegt, bis ich zu der Person werde, von der ich nie gedacht hätte, dass ich sie mal im Spiegel sehen würde. Meine Trainerin, Debbi Robinson, lächelt darüber, wie sehr ich mich verändert habe. Ich weiß, dass J über diese neue Person, die ich geworden bin, verblüfft wäre. Würde ich noch das alte Leben leben, würde ich jeden Tag mit ihm durch unsere wunderschönen Felder streifen und der ewigen Hundebitte nach Spaziergängen nachkommen. Zu spät. Aber das ist der Punkt bei Wissen, Veränderung, Reue. Sie flüstern einem unaufhörlich die Nachricht ein, die ich in der Carmel Mission gelernt habe, dass man nicht zurückkann. Es wird nie wieder so sein, wie es war.

Genau das schrieb ich an J an dem Tag im August, an dem unsere Scheidung rechtsgültig wurde. Es war (wie ich ihm in einer E-Mail schrieb):

> … ein sehr seltsames Gefühl, weil ich dachte, dass wir verheiratet blieben, bis einer von uns stirbt, und danach wahrscheinlich auch …
>
> Aber man kann nicht in der Zeit zurückreisen. Man kann die schlechten Dinge nicht ändern, aber die wundersame Seite der Medaille ist, dass man die guten Dinge auch nicht ändern kann. Und wir, anders als so viele traurige, verbitterte Paare, haben das nicht getan, und so erreichen wir diesen Punkt in unserer Lebensreise, schlagen unterschiedliche Wege ein, winken einander

aber über den Rasen dazwischen zu. Es ist ein stolzes Zeugnis, nicht wahr? Wir sollten es also immer feiern. Wie Dolly Parton singt: »Ich werde dich immer lieben«, und das mit süßen Erinnerungen.

Er schrieb sofort zurück, auf dieselbe Art.

Ich war allein im Haus, dachte an die Vergangenheit und wurde (wie immer) von meinem Hund getröstet. (*»Gott sei Dank für Bonnie«*, steht im Tagebuch). Dann machte ich ganz spontan etwas Ungewöhnliches. Ich druckte die langen E-Mails, die wir gewechselt hatten, aus und schickte sie mit einem begleitenden Brief an unseren Sohn. Sie wissen ja, wie es ist: Wir bekommen Kinder, sehen ihnen zu, wie sie aufwachsen, und winken ihnen nach, wenn sie in die Welt gehen. Aber wenn sie erwachsen sind, vergessen wir, uns mit ihnen über die leichte, praktische Art hinaus zu beschäftigen. Der individuelle, stockende Herzschlag wird vom Familiengeplapper übertönt. Wir vergessen, dass wir ihnen weiterhin Dinge zeigen und ihnen erlauben müssen zu verstehen, von Erwachsenem zu Erwachsenem. Dieses Bedürfnis, wichtige Wahrheiten mit einem meiner Kinder zu teilen, ließ mich Folgendes schreiben:

Samstagabend
12. August 2006

Liebster Dan,

ich werde diesen Brief schreiben und einwerfen, bevor ich lange darüber nachdenke. Du findest hier einen E-Mail-Austausch zwischen Deinem Dad und mir von heute. Ich möchte, dass Du ihn siehst und als Zeugnis für alles, was Deine Eltern hatten und haben, irgendwo aufbewahrst. Weil ich weiß, dass es selten ist, und ich schreibe es mit Tränen in den Augen, daher möchte ich, dass Du es WEISST.

Ich möchte nicht, dass Du zynisch gegenüber Beziehungen bist. Lies, was Dad und ich uns neununddreißig Jahre, nachdem wir uns Hals über Kopf ineinander verliebt haben, zu sagen haben, und staune über das Wunder. Du solltest nicht sagen: »Dass sie Fehler gemacht und sich schließlich getrennt haben, beweist, dass die Liebe nicht halten kann.« Du solltest sagen: »Dass sie einander in der Trennung noch so sehr lieben, beweist, dass echte, tiefe Liebe über alles triumphieren kann. Auch über den Tod.«

Denn daran glaube ich. Nichts hat das geändert. Und ich möchte so sehr, dass Du und Kitty stolz auf eure Eltern seid, nicht aus irgendwelchen weltlichen Gründen, sondern weil wir zwei fehlerhafte Menschen sind, die Ideale hatten, diese und einander verraten haben, und die doch, als Ergebnis des letzten, entscheidenden Verrats, eine außergewöhnliche private Würde erreicht haben. Eine Art von Ideal.

Und was die Straße zwischen Dad und mir angeht, die Blätter wehen vielleicht darüber hinweg, aber es ist, als könnte ich im Traum darübergehen und den Weg zurück in unser erstes gemeinsames Haus finden und diesen Ort wie zum ersten Mal kennenlernen.

Aber es ist in Ordnung, Liebling, weil wir es dazu machen werden. Wir sind nicht wie andere Leute, wir haben uns nie auf kleinliche Besitzgier und zerstörerische Eifersucht eingelassen, und (obwohl wir einiges falsch gemacht haben) wir tun das immer noch nicht. Deine Eltern lieben Dich und Kitty mehr als alles und als jeden anderen. Und jetzt, nach dieser Beichte, möchte ich, dass Du uns unsere Fehler vergibst und frei in Dein eigenes Schicksal fliegst.

In Liebe

Mum

PS: Du kannst es Kitty zeigen. Ich kann das nicht zweimal schreiben.

So, es war getan.

Und machte mich sehr traurig.

Mit die interessantesten Memoiren, die ich gelesen habe, waren *Der Philosoph und der Wolf* des Philosophen und Akademikers Mark Rowlands. Der Untertitel lautet *Was ein wildes Tier uns lehrt*. Rowlands analysiert in komplexen Details seine Beziehung zu seinem »Hauswolf« Brenin. Er beschreibt, wie er den zerstörerischen Welpen dressiert, und denkt über die Lektionen nach, die er von seinem majestätischen tierischen Partner gelernt hat und die schließlich sein Leben veränderten, und zwar auch noch nach Brenins Tod im Alter von elf Jahren. Hätte ich manchmal befürchtet, dass die Leser mich für exzentrisch (oder sentimental) halten könnten, weil ich kleinen Hunden eine emotionale Bedeutung und einen moralischen Sinn, der ihre Größe erheblich übersteigt, zuschreibe, dann hat Rowlands mich beruhigt. Er schreibt über sein Leben mit seinem wölfischen »Bruder«: »Viel von dem, was ich über das Leben und seinen Sinn weiß, habe ich von ihm gelernt. Was es bedeutet, ein Mensch zu sein, das habe ich von einem Wolf gelernt.«

Eine der Lektionen, die Rowlands von Brenin gelernt hat, ist Widerstand. Der Wolf hat ihm das tiefe Bewusstsein vermittelt, dass »es nur unser Widerstand ist, der uns rettet«.

Diese Erkenntnis hatte er erlangt, als der Wolf noch ein Welpe war und von einem Pitbullterrier angegriffen wurde, der ihn zu Boden drückte. Anstatt vor Panik zu kreischen, knurrte das kleinere Tier düster, und der Pitbull ließ ihn gehen. Mir wird bewusst, dass dieser Widerstand genauso sehr ein Teil von mir ist wie meine Kontrollsucht, meine Eitelkeit und meine Liebe zu Büchern und Kunst. Wenn etwas schiefläuft, dann knurrt mein innerer Wolf: »Ich werd's dir zeigen!«, nicht böse, aber entschieden. Das kleine Mädchen aus Liverpool streckt der Welt die Zunge heraus, fast ohne Wahl, genau wie die Zunge meines kleinen Hundes wie ein Stück rosa Filz heraushängt, weil er seine unteren Zähne verloren hat (er wird älter, ob's mir gefällt oder nicht). Rowlands lässt sich von der Erinnerung eines Wolfsjungen inspirieren, ich von dem absurd kleinen Hund, der vor lauter trotzigem Widerstand den schwarz gekleideten Mann an der Tür ankläfft, der zwar als Briefträger verkleidet ist, aber eine Sense trägt.

Ich werde auch älter, ob's mir gefällt oder nicht … Ich näherte mich meinem sechzigsten Geburtstag, und meine Reaktion auf das merkwürdige Gefühl, mich von jemandem scheiden zu lassen, den ich nie zu lieben aufgehört hatte, (eigentlich auf alles, was in den letzten drei Jahren geschehen war) war zu feiern. Ich plante zwei Feste, eines in London, eines in Bath. Dieser Aufwand bedeutete: »Ich bin noch hier und immer noch bereit zu feiern, egal, was geschieht. Da habt ihr's!« Als ich fünfzig Jahre alt wurde, hatte ich zwei Essays über das Altern für die *Times* geschrieben, und nun wurde ich wieder gebeten, darüber zu schreiben, wie es ist, sechzig zu werden. Für das Titelbild von *The Times*, 2. Teil, fotografierte Robin mich und Bonnie unter einem wilden Himmel, oben auf Little Solsbury Hill am Rand von Bath. Ich trug meine Bikerjacke, Jeans und lila Handschuhe, sie sah wie eine kleine Wolke aus, die kurzfristig an die Erde gebunden worden war.

An diesem Abend organisierten wir eine zweite Fotosession zu Hause in einem gegensätzlichen Stil: mit lila Samt und komplettem Make-up. Ich kochte Nudeln, während Robin die Bilder bearbeitete. Dann bat er mich zu meiner Überraschung, mit ihm in den Garten zu gehen. Es war dunkel, feucht und kalt. Mein Hund und ich spähten skeptisch aus der Hintertür, nur um zu sehen, dass er bereits das Licht angeschaltet hatte, das Kuan Yin in ihrem Gartenhäuschentempel am Ende unseres langen Gartens beleuchtete.

»Komm mit.«

»Wohin gehen wir?«

»Zu Kuan Yins Haus.«

»Warum?«

»Komm einfach!«

Hohe Absätze in feuchtem Gras. Der Hund hasst die Feuchtigkeit, will aber nicht zurückbleiben. Die chinesische Göttin leuchtet apricotfarben, keine anderen Lichter brennen. Ich habe keine Ahnung, was wir tun, aber ausnahmsweise halte ich mal den Mund, wahrscheinlich, weil ich unser Ziel so sehr liebe. (Ich habe die Gewohnheit, nach draußen zu Kuan Yin zu gehen, ihr steinernes Gesicht zu streicheln und ihr alles zu erzählen.) Ich vermute, dass Robin möchte, dass ich mir das Haus im Ganzen anschaue, weil wir dort schon viel für meine große Geburtstagsparty in vier Tagen vorbereitet haben. Er wohnt noch nicht so lange hier, und es freut ihn immer noch.

Stattdessen nimmt er eine Schachtel aus seiner Tasche, als wir im Gartenhäuschen neben der Statue stehen, und sagt, dass das kein Geburtstagsgeschenk ist und dass er weiß, dass ich gesagt habe, dass ich nicht wieder heiraten möchte und dass (so eine lange Vorrede) es eigentlich egal ist und dass es ihm nichts ausmacht, wenn wir tatsächlich niemals heiraten, und doch … »Möchtest du mich heiraten?« Er klingt sehr nervös. Ich bin völlig überrascht, der Kontrollfreak in mir hat das nicht vorhergesehen. Bonnie sitzt da und sieht zu uns hoch, und Kuan Yins Lächeln ist heiter. Ich liebe meine zwei Zeugen, und ich liebe den Ring, ein tiefdunkelblauer Opal (man nennt sie schwarze Opale), flankiert von zwei Diamanten. Ich erkenne ihn sofort als den Ring, den ich vor ein paar Wochen bewundert hatte, als ich mit Kitty durch Bath spaziert bin und wir wie immer in die Schaufenster der Juweliere geschaut hatten. Meine Tochter war also Teil von Robins großem Plan. Jetzt steht er da und schaut mich an, und alles ist ruhig, und ich bin von dieser unerwarteten Sache sehr gerührt: dieses Geschenk der Standhaftigkeit, mit dem sich (so scheint es in diesem Augenblick) nur mein Hund und meine Statue messen können.

»Ja, das möchte ich«, sagte ich, ohne zu wissen, was ich getan habe, um das zu verdienen.

»Uff«, sagt er mit diesem schiefen Grinsen.

Wir gehen hinein, um zur Musik aus der Musikbox zu tanzen, und ich frage mich, ob man glücklicher sein kann. Doch wir Menschen haben die Tendenz, uns neben den Augenblick zu stellen, nicht wahr? Sobald er da ist, mit Freude begrüßt, legen wir ihn zu den Erinnerungen und beginnen, uns Sorgen zu machen. Denn ich wusste, dass ich schon früher einmal glücklich gewesen bin, dass Robin siebzehn Jahre jünger war (mit allen Schwierigkeiten, die das mit sich bringt) und dass ich, im Grunde meines Herzens, nie wieder Mrs Soundso genannt werden wollte. Wir waren glücklich, so wie wir waren, daher hatte ich nicht das Bedürfnis, durch eine Ehe etwas zu ändern. Ich sagte, bleiben wir einfach verlobt, und er stimmte zu. Doch an meiner Geburtstagsparty am Samstag, den 7. Oktober, sprang der bisher so zurückhaltende Mann auf die Chaiselongue im Wohnzimmer und verkündete den Gästen, dass er mich gebeten hatte, ihn zu heiraten, und dass ich zugestimmt hatte. Alle applaudierten.

Am nächsten Tag war mein eigentlicher Geburtstag. Nach dem Mittagessen und als meine Kinder wieder nach London gefahren waren und Robin und ich alle Möbel wieder an ihre Plätze gerückt hatten, besuchte J mich. Robin öffnete die Tür, schüttelte ihm die Hand und verschwand dann ins Büro im Keller, um uns Privatsphäre zu lassen. J brachte ein perfektes Geschenk: eine limitierte Ausgabe eines Gedichtbandes von 1970, in dem viele meiner Lieblingsdichter vertreten waren. Bonnie begrüßte ihn aufgeregt, als wäre er nie weggegangen oder als wäre ich nicht gegangen und alles wäre wie früher. Das ist das Schöne an Hunden. Für sie sind alte Bindungen und Zuneigungen immer noch präsent. (Ich habe J mal in Paddington Station getroffen. Er stieg aus dem Zug aus Totnes aus, ich aus dem aus Bath, und er hatte Sam dabei, diese arme graue Hundeschnauze, dessen Gehör nachlässt. Sam erinnerte sich natürlich an mich, und der alte Collie schmiegte sein Gesicht in meine Hand, wie er es getan hatte, als er ein Welpe war und ich ihn als Js Weihnachtsgeschenk nach Hause brachte.)

Man kann die Aufregung, mit der ein Hund jemandem begegnet, der nicht mehr zum Rudel gehört, unterschiedlich betrachten. Es ist leicht, zu seufzen und zu sagen, wie traurig, dass die treuen Tiere ihre Liebe behalten haben, während ihre Menschen einander verletzt haben und das Rudel auseinandergerissen ist. Aber man sollte es mal aus der gegensätzlichen Perspektive sehen und von dem kleinen Hund und auch von dem alten Hund lernen. Warum sich nicht über menschliche Schwäche und Sentimentalität hinwegsetzen und sich mit den Hunden über all die flüchtigen Treffen freuen? Warum nicht mit dem Schwanz wedeln und die Vergangenheit mitnehmen wie einen alten Geruch, den ein Hund aufnimmt und für immer wiedererkennen wird?

In dem Artikel, der am nächsten Tag in *The Times* erschien und es feierte, sechzig Jahre alt zu werden, steckte viel vom Geist der geteilten Vergangenheit. Ich verband darin Paul Simons »Still crazy after all these years« und Bob Dylans »Forever Young« auf Planet Waves. Ich vermutete, dass Letzteres automatisch folgte, wenn man Ersteres erreicht. Nachfolgend ein Ausschnitt aus dem Artikel:

> Wenn das Wunder möglich wäre, warum sollte man sich wünschen, für immer jung zu bleiben? Es ist wirklich verrückt, voller Illusionen zu sein, mehr und mehr Geld für die Gesichtscreme und Kleider auszugeben, um den »Totenkopf unter der Haut« zu verbergen. Ich will diesen eitlen Kram aus dem Weg räumen, denn darum geht es hier nicht. In den Sechzigern hatte ich eine Quant-Frisur, in den Siebzigern lange Haare, in den Achtzigern waren sie üppig, und jetzt habe ich Haare im Abfluss. Nicht gut. Ich habe zwei Mal Botox spritzen lassen, »Füllstoff« in meine Wangen und Lachfalten – nur, um darüber zu schreiben, muss ich hinzufügen. Ich habe nie dafür bezahlt, aber ich bin darauf vorbereitet, weil ich den Unterschied, den es macht, mag und weil ich es hasse, wie manche Zeitungen sich darin suhlen, Frauen »bloßzustellen«, die »gebeichtet« haben, dass sie etwas machen ließen, als hätte man sie dabei erwischt, wie sie Teenagerjungs hinter dem Fahrradständer befingern. Die Extreme der kosmetischen Chirurgie sind trau-

rig, aber wenn Frauen (und Männer) »ein Gesicht vorbereiten wollen, um den Gesichtern, denen sie begegnen, entgegenzutreten« (um T. S. Eliot zu zitieren), was ist schlimm daran? Es ist eine Aussage über das Leben, nicht bloß Panik vor Alter und Tod. Es ist ein Zwinkern hin zu dem Kerl mit der Sense, man sagt kichernd: »Noch nicht, Baby!«

Vor kurzem fragte jemand: »Was ist das Geheimnis, jugendlich zu bleiben?«, und ich habe irgendetwas darüber gemurmelt, dass man immer bereit sein sollte, sich neu zu erfinden. Aber das bedeutet, Masken aufzusetzen und das eigene Selbst zu verändern, so wie man ein Zimmer neu dekoriert. Natürlich ist das sinnlos. Was wichtig ist, ist, die ganze Zeit etwas HINZUFÜGEN, sich neuen Erfahrungen zu öffnen, sich nie zu erlauben zu erstarren, immer die Gesamtsumme dessen, was man ist, zu vergrößern, sich selbst zu überraschen. Anstatt zu sagen: »Wenn sich eine Tür schließt, öffnet sich eine andere«, reißt man ALLE Türen auf. Die Wahrheit ist, dass ich noch nie vorher eine so kraftvolle Leidenschaft für das Leben gespürt habe. Ich genieße an einem Tag den Motorradbrautlook und am nächsten den Boho-Schick, weil dies alles authentisch ist: Das vielgesichtige Selbst …

Die universelle Geschichte ist die des Alterns, und was ich dazu beitragen kann, ist meine eigene Erfahrung. Wir Babyboomer sind sicherlich die Generation mit dem größten Glück. 1946 geboren, haben wir Nachkriegserleichterung und -optimismus mit der Muttermilch aufgesogen und während der unterschätzten Fünfzigerjahre eine sichere und strukturierte Kindheit erlebt. Ich wurde in einem Liverpooler Mietshaus von jungen Eltern aufgezogen, die beispielhaft zeigten, dass man, wenn man unglaublich hart arbeitete, eines Tages (fast) so gut sein kann wie »die« (also diejenigen mit Klasse, Geld, Macht). Man blieb bei dem, was man angefangen hatte, erledigte seine Hausaufgaben, jammerte nie über Knie, die man sich beim Himmel-und-Hölle-spielen aufgeschlagen hatte, und akzeptierte Regeln und Hierarchien genauso, wie unsere mittelalterlichen Vorfahren die Standesordnung akzeptierten. Wir hatten gute öffentliche Bibliotheken (die ich nutzte), supersaubere Krankenhäuser, die von strengen Matronen regiert wurden, und überfüllte staatliche Schulen, in der eine gute Klasse mit über fünfzig Schülern komplett die Abschlussprüfung bestand. Als intelligentes Kind musste ich zuhören, wie jüngere, sehr arme und schlechte Schüler vorlasen. Ich spürte die Verwahrlosung und fühlte instinktiv, dass es nicht gerecht war, und mir wurde bewusst, dass ich Glück hatte. Mein Zuhause war nicht reich und auch nicht immer harmonisch, doch die Liebe stand neben der Flasche Tomatenketchup auf dem Tisch. Ich danke heute jeden Tag für diese Kindheit wie auch für alles, was ich besitze.

Idealismus, der aus Dankbarkeit geboren ist – hat dies uns Babyboomer-Rebellen angetrieben? Durch die späten Sechziger und frühen Siebziger befreit, predigten wir Toleranz und forderten die alten Strukturen auf so vielen Ebenen wie möglich heraus. Für mich mit meinen siebzehn Jahren waren das die Bewegung zur atomaren Abrüstung und die für koloniale Freiheit, dann der Feminismus, danach die Wut über Vietnam, Rassismus, dann die Mitgliedschaft in der Labour Party. Alles schien so viel bedeutender zu sein als der sogenannte »Summer of Love«, in einer Welt, die sich schneller änderte, als unsere Eltern es je hätten vorhersehen können. Ich wurde Journalistin, weil ich glaubte, dass das geschriebene Wort die Welt verbessern könne. Man schrieb, wie es war, schrieb leidenschaftlich über das Negative, das die Leute erdrückte, und dann würde jemand Mächtiges sagen: »Hey, das sollten wir besser mal ändern.« Es ist einfach, jetzt zynisch zu sein und zu sagen: »Das hat wohl nicht geklappt«, und die Geschichte seit 1946 zeigt, dass Menschen den langen, langsamen Weg zur Verbesserung einschlagen können. Hier ist kein Platz, um die Parlamentsbeschlüsse und die Befreiung der Geisteshaltungen aufzulisten, aber Desillusionierung oder Verzweiflung sollten uns nicht blind für den Fortschritt machen …

Ich gebe zu, dass ich eine Periode der Ruhe und Selbstzufriedenheit durchmachte, in der ich den Elfenbeinturm genossen habe, aber wie Dylan singt: »… I was so much older then/I'm younger than that now.« Denn ich habe wieder das Gefühl, dass man für Dinge kämpfen kann und sollte. Wenn man nicht tief in seiner Seele die Überzeugung hegt, dass die Dinge verbessert werden sollten, dann stirbt man langsam innerlich. Das kann auch Menschen unter dreißig Jahren passieren. Wir alle treffen sie, und sie sind so viel älter, als sie sein sollten. Es kann verrückt scheinen, sich an den Idealismus zu klammern, wenn täglich Beweise des Gegenteils zu sehen sind, doch man sollte nicht vergessen, dass verrückt auch verrückt vor Wut bedeuten kann. Und die Dinge, die mich superwütend machen, vertreiben alle Bequemlichkeit: schlechte Erziehung; Gleichgültigkeit gegenüber der Umwelt; Fanatismus, Rassismus, Tribalismus; Gier – in welcher Ecke des Globus sie auch immer ihr hässliches Haupt erhebt, die Annahme, dass Menschen nicht gefordert werden können; Grausamkeit und Zynismus; Egoismus und Defätismus … muss ich weitermachen? »Cry shame«, sagte Martha Gellhorn, und nie zuvor schien Yeats' berühmte Zeile wahrer: »Den Besten fehlt jeder Glauben, während die Schlechtesten vor leidenschaftlicher Energie strotzen.«

Als ich fünfzig Jahre alt wurde, schrieb ich einen Artikel für diese Zeitung, in dem ich sagte: »Ich habe das nicht so geplant. Ich sollte eigentlich nicht alt werden.« Nun, die gute Nachricht ist: Ich bin es nicht geworden! Es hat sich nicht so entwickelt, wie ich es mir gedacht hatte, aber ich feiere die Tatsache, dass man eine Scheidung in gegenseitiger Liebe und Respekt durchstehen und Schmerz, Trauer und Reue überwinden kann, indem man murmelt: »So hat es das Schicksal gewollt, verdammt noch mal, aber jetzt machen wir weiter.« Und ich weiß, dass irgendwo in einem Wohnwagenpark in Arizona oder einer Mietkaserne in Marseilles oder einem Dorf vor Kampala oder einem Cottage in den Highlands eine Frau weint, weil sie das verloren hat, von dem sie annahm, dass es halten würde. Egal, wie unterschiedlich unsere Leben sind, wir sind dieselben. Ich werde den Willen, Korruption und Kriegshetze zu bekämpfen, feiern, und auch Susan Sarandons rebellisches Victory-Zeichen bei der Oscar-Verleihung und Bob Geldofs unendliches großmäuliges Eintreten für die Armen Afrikas. Ich feiere »Liebe deinen Nächsten« als einzige Lebensweise und bewundere diejenigen, die sie predigen.

Sie sehen, jemand muss laut seine Meinung sagen.

> Immer. Diese Überzeugung hält Falten in Ihrem Geist fern. Die absolute Sicherheit (selbst nach sechs Jahrzehnten und so vielen Erfahrungen), dass die Guten immer weiterarbeiten und nie aufgeben, wahre Helden, Menschen, die körperlich und geistig mutig sind, Menschen voller Liebe und Mitgefühl, deren Taten schwerer wiegen als das Böse – das alles hält einen jung. Das lässt mich meinen Kopf vor Freude nach hinten werfen, weil ich wieder jung bin.

Wenn ich diesen Ausschnitt jetzt wieder lese, wird mir bewusst, wie viel Geist vom Leben mit J in jedem Satz durchscheint. Auch wenn wir nicht als mürrisches Paar ins Alter gehen, so waren wir gemeinsam jung und leidenschaftlich, und das ist alles, was zählt. Er, der idealistische Philosophiestudent und wütende, junge Journalist (den alle Ungerechtigkeit aufbrachte), spielte eine wichtige Rolle bei der Entwicklung meiner besseren Seite, und nichts wird das ändern.

Ich hatte mehr zu tun als je zuvor: Ich habe zweimal Gordon Brown für ein 4000-Wörter-Porträt in der *Times* interviewt, bin bei Literaturfestivals aufgetreten, habe Bücher rezensiert, war Gastmoderatorin bei Radio 4 *Something Understood*, habe mich um die Probleme der Leser gekümmert und gelernt, mich ein bisschen weniger davon deprimieren zu lassen, nahm an Diskussionen für *Woman's Hour* teil, fuhr mit Robin für eine Reisereportage nach Südafrika und hielt eine Grundsatzrede für den PEN am Tag der Schriftsteller im Gefängnis, die von unserem Besuch auf Robben Island inspiriert war, schrieb einen Artikel über Engel für *The Times* und verschiedene Kommentare für die *Daily Mail*, unterschrieb Briefe als Präsidentin einer Initiative für eine neue neonatale

Intensivstation in Bath ... und so weiter und so fort. Während der Ehejahre schüttelte ich immer Freunden gegenüber den Kopf, weil J ein Workaholic war, und jetzt schien es, als hätte ich mir dies von ihm abgeschaut.

Freitag, 8. Dezember: Es ist anstrengend, aber wie kann ich 2007 anders angehen? Zu viel zu tun für irgendwas ist zu einem unwillkommenen Mantra geworden. Ich hatte Brustschmerzen, als ich zum Fitnesscenter gegangen bin. Stress? Ich fühle mich alt und steif und zu müde, um mit Bonnie zu spielen.

Als Weihnachten näher kam und ich all die üblichen Listen und Vorbereitungen begann, geschah etwas, das mich unausweichlich verstörte. J schrieb mir, um mir mitzuteilen, was ich schon von unserer Tochter gehört hatte, dass er und seine Partnerin ein Kind erwarteten. Sein Brief war kurz, aber wunderschön und liebevoll, was die Nachricht darin nur noch schwerer erträglich machte. Ich hob meinen Hund hoch, starrte aus dem Fenster auf den winterlichen Garten und atmete ein paar Mal tief durch. Robin war weg, ich konnte es nur dem Hund sagen. Der Weihnachtsmarkt unserer Pfarrgemeinde fand an diesem Tag statt, und ich hatte geplant, ihn zu unterstützen. Ich wollte Geld ausgeben, um der Kirche zu helfen, auch wenn es bei solchen Veranstaltungen meistens nur wenig gibt, das ich wirklich kaufen wollte. Aber jetzt wollte ich mich mit meinem Hund in meinem Haus verstecken und niemanden sehen. Doch meine Kirchenbesuche (zugegeben, nur ungefähr einmal monatlich) waren merkwürdig wichtig geworden für die fragende Agnostikerin, die so viele *Devout Sceptics*-Sendungen gemacht hatte. Ich trat aus der Haustür und sah nach rechts zum viktorianischen Kirchturm. Während der seltsamen Monate nach meinem Umzug in mein neues Haus hatte ich in St. Stephen und seiner lebendigen Gemeinde Zuflucht gefunden. Sie gab mir das Gefühl, wieder irgendwo dazuzugehören. Warum sollten Js Neuigkeiten mich also von dem, was ich tun wollte, abhalten. Ich war doch sicher aus härterem Holz geschnitzt …

Wenn man sich zwingt auszugehen, dann muss man ein Lächeln aufsetzen, und wenn man gefragt wird, wie es einem geht, dann antwortet man unwillkürlich: »Gut!« Diese Lüge kann peu à peu zur Wahrheit werden. Es gibt Forschungen, die zeigen, dass man, wenn man sich zum Lächeln zwingt, tatsächlich fröhlicher wird. Also ging ich herum und grüßte meine Nachbarn und kaufte alte Bücher, die ich gar nicht wollte. Dann kam der Schock. In einer Ecke des Kellers des Pfarrsaals verkaufte eine ältere Dame ihre eigenen altmodischen handgestrickten Babysachen, die meisten in ziemlich hässlichen Farben, künstliches Rosa, Saccharinblau, Quietschgelb. Niemand kaufte die Kleider, und sie tat mir leid. Ich stand da und schaute mir die winzigen Jacken und Schühchen an, und plötzlich schwankte der Raum, und ich wusste nicht, was ich tun sollte. Die Größe der Kleidungsstücke, die Erinnerung an die Schwangerschaft mit Dan, der Gedanke an Tom, Baby Kitty, das krank war, meine Sehnsucht nach einem Enkelkind, das Gefühl, wie ungerecht alles ist … dies überwältigte mich an dem Tag von Js wichtiger Neuigkeit. Es war wie eine Panikattacke. Ich konnte mich nicht bewegen.

Verlassen so viele Männer (fragte ich mich) ihre Frauen für jüngere Frauen, weil sie das starke, instinktive Bedürfnis haben, noch mal Babys zu bekommen? Auf eine Weise kann man es ihnen nicht vorwerfen. Da Robin in Frankreich war und ich mit niemanden über die Dinge sprechen und darüber jammern konnte … dass wir nicht so gesegnet sein können. Aber die Wahrheit ist, als ich die Kontrolle dort inmitten von Weihnachtsdekoration, Kuchen, Karten und Marmelade und dem Gemurmel guter Menschen wiedererlangte, empfand ich weder Trauer noch Wut, sondern nur simple, tiefe *Angst*.

Was kann man tun?

Dann fand ich etwas zu tun. Ich wählte eine Weste aus. Sie war außergewöhnlich, weil sie weiß und schlicht war, und kaufte sie für sie. Wie glücklich die alte Dame war, etwas verkauft zu haben. Und wie glücklich ich war, zu Bonnie nach Hause zu gehen, das kleine Kleidungsstück sofort zu verpacken, bevor ich meine Meinung ändern konnte, die Adresse auf das Päckchen zu schreiben und durch diese Geste den Prozess des Akzeptierens zu beginnen.

6
VERSTEHEN

Ein kleiner Hund, der mit dem Schwanz wedelt
und keine andere Freude kennt.

Emily Dickinson, *A Little Dog that Wags his Tail*

Ich fuhr nachts die M4 entlang, der Mond stand niedrig im Osten wie das Ende einer glühenden Zigarre, Ray LaMontagnes rauchige Seelenpein erfüllte den Wagen, ich fragte mich träge, ob all die Wörter all der traurigen Gedichte und Liebeslieder durch die Jahrhunderte aneinandergereiht bis zu diesem gleichgültigen orangefarbenen Mond reichen würden. Robin und ich hatten gerade *Herrenbesuch* im Theatre Royal Bath gesehen, mit Billie Piper in Christopher Hamptons bitterer Komödie über das ewige Dreieck, in dem der gute Mann für den Schweinehund fallengelassen wird (wie es so oft geschieht, oder die gute Frau wird für die Sirene fallengelassen), und man weiß, dass es in Tränen enden wird.

Mehr Tränen.

»Life is long, my love ist gone away from me«, jammert Ray, und er wird sicher von einer Million verlorener Seelen gehört, die wissen, wie das ist. Es ist einfach, sich in eine solche Stimmung sinken zu lassen. Andererseits (wie ich den Lesern oft sage, da Lebenshilfekolumnisten Ermunterung anbieten müssen, auch wenn der individuelle Fall ziemlich hoffnungslos klingt) kann die Liebe auch über eine außergewöhnliche, überraschende Widerstandsfähigkeit verfügen.

Wie es in einer altmodischen Fibel stehen könnte:
Hier ist der Ball.
Schau, wie der kleine Hund hinter ihm herläuft.
Schau, wie die Dame den Ball aufhebt und springt.

Verdrängung funktioniert auf viele Arten. Manchmal kann die selbstmitleidige Melancholie durch Empörung vertrieben werden. So passierte es, dass ich mich Anfang 2007 weigerte, über Js bevorstehende Heirat zu grübeln, vor allem, weil diejenigen, die sich darüber aufregten, dass er eine sehr viel jüngere Frau heiratete, mich so aufbrachten, dass ich ganz auf seiner Seite war. Die Hemmungslosigkeit der Kommentare (im Internet und in Zeitungskolumnen) ist eine der merkwürdigsten Verschmutzungen unserer Zeit: Jeder hat eine Meinung, und je übler, umso besser. Wer sind sie, diese Leute, die aufstehen, um sich auf dieser oder jener Webseite einzuloggen oder die Zeitungen online zu lesen und ihre kleinlichen Kommentare über jeden, von dem sie gelesen oder im Radio gehört oder den sie im Fernsehen gesehen haben, abzugeben? Planloses Gift und Säure halten sich das Gleichgewicht. Ist das ein Leben, seine wertvolle Zeit so zu verbringen? Selbst Chatrooms, die eingerichtet wurden, um sich gegenseitig zu helfen (für Mütter, die zu Hause bleiben, zum Beispiel), degenerieren nur zu oft zu Klatschbeiträgen über diesen oder jenen Promi. Manchmal (besonders, wenn ich die Onlinekommentare der BBC lese) erinnert mich das an eine Meute verhungernder, schnappender Köter. Natürlich verstehe ich, dass Köter normalerweise nur deswegen böse werden, weil man ihnen nichts anderes beigebracht hat.

Es war dasselbe, als in dem Sommer Js Tochter geboren wurde, und wieder achtzehn Monate später, als er und seine Frau ihr zweites Kind erwarteten. Es scheint eine weitverbreitete Überzeugung zu sein, dass es pervers und/oder erbärmlich ist, wenn (a) ein älterer Mann Vater wird, (b) eine jüngere Frau mit einem älteren Mann zusammen sein und von ihm ein Kind möchte und (c) so ein unpassendes Paar ein Kind bekommt, bei dem Dad wie der Opa aussieht und nur zu bald seinem Schöpfer gegenübertreten wird – wo er dann endgültig für seine Sünde zu lieben, verdammt werden wird. So sehen es jedenfalls die Kritiker, reiben sich schadenfroh die Hände und kichern auf dem Weg zur Guillotine.

Die verwirrende, schmerzhafte, unerhörte Wahrheit, dass das Leben unendlich unterschiedlich und in vielen verschiedenen Grautönen gemalt ist, entgeht solchen Kommentatoren. Mir ist klar, dass auch Chaucer sich über die Vorstellung einer »Januar-Mai«-Ehe lustig gemacht hat, aber es gab sie damals genau wie heute auf der ganzen Welt, und sie waren/sind oft erfolgreich. Wenn eine junge Frau zur Ehe mit irgendeinem Mann in *irgendeinem* Alter gezwungen oder gedrängt wird (und in anderen Kulturen passiert das häufig), dann sollte man sich darüber empören. Andererseits zeigt die Erfahrung, dass junge Väter ihre Kinder nur zu oft vernachlässigen und misshandeln, dann weiterziehen und das Muster wiederholen, wohingegen ein Mann über fünfzig oder sechzig mit einer zweiten Chance zur Vaterschaft normalerweise einen sehr zärtlichen, intelligenten und aufmerksamen Vater abgibt. Ich stellte mir gern eine Welt vor, in der unsere Geburtsurkunden verloren gingen und wir uns daher unbehindert von der Chronologie gegenübertreten könnten, und in der manche Menschen in den Zwanzigern reifer wirken als manche wiedergeborenen Teenager über fünfzig.

Was kann ich – glücklich in einer Beziehung zu einem jüngeren Mann – schon sagen, außer, dass die Frage nach dem Alter nur von der komplizierten Wahrheit der Liebe ablenkt?

Und die lautet, dass man nie weiß, wie oder wann sie einen überkommt. Darüber singt Ray LaMontagne auf all seinen Alben. Deswegen fragte Edith Wharton: »… wie viele von uns könnten einander mit ruhigem Gewissen moralischer Aufrichtigkeit entgegentreten, wären unsere tiefsten Wünsche nicht unter einem passenden Kleid der gesetzlichen Konformität verborgen?«

An diesem Punkt in meinem Leben wurde mir bewusst, wie wichtig es ist, nicht zu verknöchern. Ein Jahr zuvor, kurz vor meinem sechzigsten Geburtstag, hatte ich meinen Kindern verkündet, dass mich Handys nicht interessierten (außer, um ab und zu mal ein Taxi zu rufen) und das auch nie tun würden, da es noch eine Sache wäre, um die ich mich kümmern müsste. Und den Sinn von iPods begriff ich auch nicht. Und überhaupt, wie *funktionierten* diese Dinger? Warum sollte ich all den Kram *lernen*, fragte ich, ohne zu begreifen, dass so eine Haltung einen genauso alt erscheinen lässt wie altmodische Kleidung. Es sind die gefürchteten Falten in unserem Geist.

Andererseits hatte ein wichtiger Prozess begonnen, als ich so unerwartet mit dem Fitnesstraining angefangen hatte, und meine stetige Botschaft an meine Leser war (und ist), dass man sich ändern *kann*. Es gibt keinen Grund, in dem Selbst, das einen festlegte, steckenzubleiben.

Im Sommer 2007 überquerte ich die Regent Street in London und war auf einer Verkehrsinsel zwischen zwei Spuren gefangen. Ich hatte gerade im Appleshop meinen eleganten weißen iPod gekauft (und natürlich konnte ich ihn bedienen, da ich inzwischen zu iTunes schrieb), als mein Handy (jetzt voller SMS) sein Jazzriff spielte. Es war ein Journalist des *Daily Mirror*, der von mir einen Kommentar zur Geburt der Tochter meines Exmannes wollte. Die Busse rauschten vorbei, die Taxis wendeten an den Ampeln, ich hatte keine Zeit, innezuhalten und nachzudenken, nur, aufrichtig zu antworten: »Es gibt nur eines, das man sagen kann, wenn zwei liebende Eltern ein gesundes Kind bekommen, und das ist … wunderbar.« Ich nehme an, er wollte eine knappe Abfuhr (ein »kein Kommentar« spricht Bände), aber zu meiner Überraschung wurde mein Zitat gedruckt. Das bestätigte nur meinen angeborenen Optimismus (einer der Charakterzüge, die ich mit meinem kleinen Hund gemeinsam habe), dass eine dünne Stimme, die schlichte, gute Nachrichten bringt, ab und zu über dem Lärm hinweg gehört wird.

Habe ich Robin je gefragt, ob er neidisch war, dass J und seine Frau ein Baby bekommen konnten? Nein. Aber ich war mir sicher, dass er ein Kind geliebt hätte und ein perfekter Vater gewesen wäre. Und machte ihn das traurig? Ja. Würde ich im Fantasieland davon träumen, ein Kind mit ihm zu haben? Oh, tausendmal ja. Würden wir dem Beispiel verzweifelter Menschen folgen, die sich nach Möglichkeiten wie Leihmutterschaft oder Auslandsadoptionen umschauen, und das unter enormen finanziellen, emotionalen und sogar moralischen Kosten? Nein.

Denn schließlich haben wir Bonnie.

Der amerikanische Psychiater Aaron Katcher sagt, dass Tierbesitzer ihre Hunde als »vierbeinige Peter Pans ansehen, die sich zwischen Natur und Kultur befinden«. Ihre Natur sagt ihnen, dass sie Hunde sind, und sie erwarten, dass ihre menschlichen Partner sich wie Hunde benehmen: spielen, gemeinsam jagen, im selben Bau schlafen und so weiter. Und doch erwarten wir von unseren Hunden, den Platz einzunehmen, den wir ihnen in unserer menschlichen Kultur anbieten: gehorsam sein, dekorativ, treu und so weiter. Wir brauchen besonders kleine Hunde, um Abhängige zu sein. John Steinbeck drückt seine Abscheu für dieses menschliche Bedürfnis in *Die Reise mit Charley*, dem skurrilen, charmanten Buch über eine Reise mit seinem Hund folgendermaßen aus:

> Ich gebe nicht nach, in meiner Abneigung gegenüber dem selbst inszenierten Hundeliebhaber, die Sorte, die ihre Enttäuschungen aufeinanderhäuft und sie dann von einem Hund tragen lässt. So ein Hundeliebhaber spricht mit erwachsenen und vernünftigen Tieren in der Babysprache und verleiht ihnen seine eigenen nachlässigen Charakteristika, bis der Hund in seinem Kopf zu seinem Alter Ego wird. Auf mich wirkt es so, als wären diese Menschen durch das, was sie als Zärtlichkeit ansehen, fähig, ein Tier lang und dauerhaft zu quälen, indem sie alle seine natürlichen Bedürfnisse und Erfüllungen verweigern, bis ein Hund mit schwachem Charakter zusammenbricht und zum fetten, asthmatischen und neurotischen Fellbündel wird. Wenn ein Fremder Charley in der Babysprache anspricht, geht Charley ihm aus dem Weg. Denn Charley ist kein Mensch: Er ist ein Hund, und das gefällt ihm auch.

Ich fühle mich schuldig, wenn ich das lese, weil ich mit meinem Hund in der Babysprache rede, und schwöre, dass es ihm gefällt. Was fiele mir sonst ein? Je kleiner der Hund, umso wahrscheinlicher behandeln wir ihn als Ersatzkind. Das heißt nicht, die Hunde zu infantilisieren, indem man sie ihrer Würde beraubt, denn das bloße Konzept so einer Reife ist für einen kleinen Hund nicht relevant. Als Bonnie sechs Monate alt und gerade erst zu mir gezogen war, hob ein Freund sie hoch und rief angesichts ihrer federleichten Zerbrechlichkeit aus: »Oh, sie ist ein ewiger Welpe!« Man kann einen Labrador nicht (einfach) zum Kuscheln hochheben, aber ein kleiner Hund behält immer die richtige Größe, während unser innerster Instinkt es ist, gegenüber einem kleinen Tier dieselben Geräusche zu machen wie gegenüber Babys. Dass das kleine Tier in Wirklichkeit *alt* ist, ändert sein Aussehen nicht.

Neotenie beschreibt das Beibehalten jugendlicher Merkmale beim erwachsenen Tier, das Wort wurde im späten neunzehnten Jahrhundert aus *neo* (neu) und dem griechischen *teinein* (ausdehnen) kreiert. Das Neue der Jugend dehnt sich also ins Erwachsenenalter aus, und man nimmt an, dass viele Schoßhunderassen extra so gezüchtet wurden, dass sie welpenartige Züge behalten wie kurze Beine und relativ große Köpfe. Sie können auch Züge haben, die an menschliche Babys erinnern, wie eine hohe Stirn, kurze Schnauzen und relativ große Augen. Manche kleinen Zuchtformen sehen den Welpen größerer Rassen ähnlich, ein Papillon, zum Beispiel, verfügt wie manche Spitzarten über die Gesichtszüge eines Wolfsjungen. Es steht außer Zweifel, dass einige dieser welpenartigen Züge das Ergebnis selektiver Zucht sind, und auch wenn solch eine Züchtung umstritten ist, möchte ich nur darauf hinweisen, dass solche Merkmale zu der besonderen Beziehung zwischen dem erwachsenen Menschen und dem kleinen Hund beitragen. Um es einfach zu sagen: Der Hund ist immer *niedlich*. Deswegen will man ihn wie ein Baby behandeln.

Ich und viele andere. Im Januar 1920 schrieb die Autorin Katherine Mansfield an ihren Ehemann, den Literaturkritiker John Middleton Murry, aus Menton in Südfrankreich, wo sie sich von ihrer Tuberkulose, an der sie schließlich sterben würde, erholte. Mansfields Kurzgeschichten waren die ersten in England, die den Einfluss Tschechows zeigten, den sie sehr bewunderte. In ihrem Brief an Murry findet sich eine begeisterte Bemerkung über einen Schoßhund in Aktion, die die des Autors der berühmten Kurzgeschichte, die ich im ersten Kapitel zitiere, übertrifft:

> Connie kam mich gestern besuchen und hatte einen Pekinesenwelpen dabei. Hast du je ein echtes Baby von der Größe eines Pelzhandschuhs gesehen – voller blassgoldenem Flaum und mit Pfoten wie Miniaturseehundeflossen – sehr großen, frechen Augen und Ohren wie Kartoffelchips?
>
> Guter Gott! Was für Wesen sie sind … Wir müssen einen haben. Sie sind gar nicht verwöhnt oder schwierig oder verzogen. Sie sind wie Märchentiere. Dieser saß auf meinem Schoß und säuberte sehr sorgfältig meine Hände … Zu Hause ist sein Lebenspartner ein hellblauer Satinpantoffel. Bitte lass uns einen haben …

Eine Totgeburt und zwei weitere Fehlgeburten (oder Abtreibungen) und ein stürmisches Privatleben rüsteten Katherine Mansfield nicht für die Mutterschaft. Sie wollte verzweifelt ein Kind von Murry, konnte aber keines bekommen, und trauerte ständig wegen dieser Tatsache. Sie und Murry trösteten sich mit Fantasiekindern, die er nach ihrem Tod mit anderen Frauen bekam. Er war bedauerlicherweise nicht zum Vater geeignet, er war auch kein Ehemann, den eine Frau haben wollte, nicht einmal Katherine (manchmal). Ich lese in diesem unschuldigen Abschnitt über den Welpen von jemand anderem so viel unerfüllte Sehnsucht, dass es kaum zu ertragen ist.

Manchmal bemitleiden wir diejenigen, die aus ihren Hunden Ersatzkinder machen, manchmal machen wir uns über sie lustig. Dieser geniale Autor von Kurzgeschichten, O. Henry, schrieb eine witzige Hundeerzählung (*Erinnerungen eines gelben Hundes*), bei der man in den Kopf eines als Baby behandelten Hündchens kriecht: »Von dem Augenblick an war ich ein Haustier, Mamas süßer Schnüßer. Lieber Leser, ist es dir je passiert, dass eine 100-Pfund-Frau, deren Atem nach Camembert riecht, dich hochgehoben hat, die Nase an dir gerieben und die ganze Zeit über gemurmelt hat … O Knuddeliwuddelischnuddelischätzchen.«

Weil ich mich in der Zeit vor Bonnie nicht für Hundekram interessiert habe, war es mir zuerst peinlich, dass mein Hund diese Babysprache bei mir auslöst. Ich glaubte, dass die Schoßhundemanie mit all ihren Accessoires ein modernes Phänomen sei. Aber durch meine Nachforschungen bin ich erleichtert und fühle mich bestätigt. Das Bedürfnis, kleine Hunde zu umsorgen, ist jahrhundertealt, und aus einem Hund ein Ersatzkind zu machen, ist auch nichts Neues. 1896 zum Beispiel findet sich im *The Strand Magazine* (das die ersten Sherlock-Holmes-Geschichten von Arthur Conan Doyle veröffentlicht hat) ein langer Artikel (wie damals üblich ohne Autorenangabe) über eine Einrichtung namens Dogs' Toilet Club in der New Bond Street, London. Dieser Schönheits- und Modesalon für Hunde wurde von wohlhabenden Damen unterstützt, die eine Reisehundehütte aus Leder für zehn Guineen kaufen, oder den neuesten Reisemantel, einen Lonsdale, eine Maßanfertigung aus beigem Stoff, gefüttert mit dunkelroter Seide und mit zwei goldenen Glöckchen und einem Fellkragen.

Dagegen wirkt Bonnies Garderobe zurückhaltend.

Der Reporter berichtete, dass manchmal ein »aristokratisches Frauchen« um ein Bad ihres wertvollen Tieres bat und sich dann auf den schmutzigen Boden neben dem Bad warf (»ohne sich um ihr 80 Guineen teures Kleid zu scheren«), um »ein stetiges Feuer der Tröstungen zu verschießen: Nein, es dauert nicht lang, Birdie. Oooo, ganz klatschnass, kleiner Schatz, aber bald bist du wieder trocken. Ziehen Sie doch nicht so an Birdie, Sie Grobian!«

Der Artikel endet mit einem sanft ironischen Abschnitt, sparsam in sozialer Satire, doch so verdammend wie jede der Keulen, die andere zeitgenössische Journalisten nutzen: »Abschließend muss man sagen, dass die Schoßhunde von ihren Frauchen fast exakt so behandelt werden, als wären sie menschliche Familienmitglieder, die einzige Unstimmigkeit bei der Analogie ist die, dass es von ganz schlechten Manieren zeugt, wenn eine Dame, ihr Baby neben sich, durch den Park fährt, wohingegen die Anwesenheit eines molligen Mops oder eines verspielten Terriers absolut korrekt ist.«

Im Juli 1859 betrat solch ein Mops das Leben meiner Lieblingsschriftstellerin George Eliot (geboren 1819 als Mary Ann Evans, später nannte sie sich Marian Lewes). Der Hund brachte die ernsthafte Frau zum Lachen. Sie war von der Ankunft ihres neuen Haustieres so überwältigt, dass sie ihre Grammatikkenntnisse vergaß und »Mops hat gekommen!« an ihren Verleger, der ihr das Tier geschenkt hat, schrieb. Und hätte sie, die sie so viele lebendige, atmende Romancharaktere erfunden hat (Silas Marner, Adam Bede und die anderen), sich nicht einen originelleren Namen ausdenken können als »Pug«, also Mops?

George Eliots Romane sind voller Hunde. Sie benutzt sie als subtilen Fingerzeig auf die Charaktere ihrer menschlichen Protagonisten. Am Anfang von *Middlemarch*, zum Beispiel, macht der hübsche Sir James Chettham, in den Augen jeder Frau ein echter Fang, der überernsten Dorothea Brooke den Hof. Eines Tages taucht er »mit etwas Weißem in seinen Armen ›auf‹ … es war ein winziger Malteserwelpe, eines der unschuldigsten Spielzeuge der Natur«. Aber Dorothea rümpft die Nase: »Es schmerzt mich, diese Kreaturen zu sehen, die nur als Schoßhunde gezüchtet werden«, und sie fährt fort: »Ich glaube, dass all die Streicheleinheiten, die man ihnen gibt, sie nicht glücklich machen.« Es wird noch schlimmer: »Sie sind zu hilflos, ihr Leben ist zu zerbrechlich. Ein Wiesel oder eine Maus, die sich selbst versorgen, sind interessanter. Ich denke, dass die Tiere um uns herum Seelen, ähnlich wie unsere, haben und entweder unsere eigenen kleinen Geschäfte führen oder uns ein Gefährte sein können wie Monk (ein Bernhardiner). Diese Wesen sind Schmarotzer.«

Was kann ich dazu sagen, außer: dumme, verblendete Dorothea! George Eliot benutzte den Hund, um ihre fehlende Urteilsfähigkeit zu zeigen, und verdammte die junge Frau, die den Malteser (mit seinem unendlichen Feinsinn und seiner großzügigen Seele) ablehnt und eine schreckliche Ehe, mit dem trockenen, prätentiösen, lieblosen Alten Casaubon vorzieht, den sie für einen Mann von Erkenntnis und Intelligenz hält. Sie, die nicht begreift, dass ein kleiner Hund ein Gefährte sein kann, ist verdammt zu einem Leben mit einem Mann, der seine Ehefrau mit einer Sekretärin verwechselt. Wohingegen ihre Schwester Celia, die Liebhaberin kleiner Terrier, den hübschen, reichen, freundlichen Mann bekommt und den abgelehnten Malteser dazu.

Hunde bevölkern die viktorianischen Romane, was vielleicht nicht so überraschend ist, wenn man an die wohlbekannte Liebe der Queen zu Hunden denkt. Und doch hat George Eliot einen einzigartigen starken Sinn für die Beziehung zwischen Mensch und Tier, »den Blick des gegenseitigen Verstehens«. Ihre Briefe zeigen, wie ihre Beziehung zu ihrem eigenen Mops (»von transzendentaler Hässlichkeit«) sich entwickelte. Zunächst versprach seine Anwesenheit eine fast moralische Gesellschaft Gleicher. Er »füllte die Leere, die von falschen und engherzigen Freunden hinterlassen wurde. Ich sehe schon, dass er ohne Neid, Hass oder Bosheit ist, dass er keine Geheimnisse verraten und weder gleichgültig gegenüber meinem Erfolg noch freudig bei meinem Kummer sein wird.«

Dann, Pug war noch kein Jahr bei ihnen, geschieht die Verklärung des Hundes zum Baby. Mit ihrem Partner, dem Autor und Universalgelehrten George Henry Lewes, bereist sie Italien, und eine Mrs Bell kümmert sich um Pug. Sie vermissen ihren Hund »schrecklich«, wie alle Hundeliebhaber es tun. Am 8. Juni 1860 schrieb GE an Mrs Bell: »Sie haben uns nichts über Pug geschrieben! Ich hoffe, dass uns bei unserer Rückkehr keine Tragödie erwartet. Wir haben ein Welpenpaar gesehen, Bruder und Schwester, hier in Venedig, und würden sie gern mit nach Hause nehmen, als Gefährten für *unser sehr langsames Kind*« (meine Hervorhebung).

Wenn ich also uns beide als Daddy und Mummy von Bonnie bezeichne, dann erinnere ich mich an die Autorin von *Die Mühle am Floss* und lächle. Sie beweist mir, dass es *erlaubt* ist, diese Albernheit, diese harmlose Projektion von Sehnsucht auf einen Hund, dieses infantile Gesäusel.

Und was ist mit all den anderen, schon lange toten Frauen, die in ihrer Hundeliebe mit mir vereint sind? Das Leben der schwer geprüften, gutmütigen Jane Carlyle, Frau des aufbrausenden Historikers Thomas Carlyle, wurde durch Nero, halb Malteser, halb Promenadenmischung (»der größte Trost meines Lebens«), verändert, dessen Verlust nach elf Jahren (»treu bis zu seiner letzten Stunde«) sie völlig erschütterte. Sie schrieb: »… mein kleiner Hund ist oben in unserem Garten begraben, und ich trauere um ihn, als wäre er mein kleines menschliches Kind gewesen.« Ähnlich Peggy Guggenheim, die Kunstsammlerin, deren Leben unstet war, deren Beziehungen voller Schmerz sowie erschreckender Unverantwortlichkeit waren und die eine wirklich furchtbare Mutter war. Sie fand Trost und unkomplizierte Liebe bei einer Reihe von Llasa Apsos. In einer Ecke des Gartens des heutigen Guggenheim Museums in Venedig steht ein Stein, der das Grab ihrer »geliebten Babys« markiert, alle vierzehn Hunde, alle mit Namen. Daneben befindet sich eine weitere Plakette mit den Worten: »Hier ruht Peggy Guggenheim ,1898 – 1975«.

Edith Whartons Hunde spielten dieselbe Rolle. In ihren französischen Häusern skizziert sie ihren schlafenden Pekes und hat einen Narren an ihrer Schar kleiner Hunde gefressen, angeführt von ihrem Liebling Linky, der sie alle überleben sollte. Die Hunde verbrachten den Morgen bei ihr im Bett, und die hochintelligente, kosmopolitische Autorin von *Das Haus der Freude* und *Zeit der Unschuld* schickte ihren Freunden Fotos ihrer Hunde mit Zeilen wie »Bitte komm und besuche mich bald – Linky«. Aber ihre Freunde ärgerten sich über die (in ihren Augen) übertriebene Schwärmerei der kinderlosen Wharton für ihre kleinen Hunde. Einer schrieb: »Sosehr sie die Konversation liebte, beschwerten wir alle uns bitter darüber, dass ihre ständigen Koseworte an die Hunde und Ausrufe über ihr Verhalten jedes fortlaufende Gespräch ruinierten.«

Die meisten jungen Eltern werden das wiedererkennen. Wenn man zum ersten Mal Kinder bekommt, sitzt man beim Abendessen, ist besessen von den ersten Worten und den wunderbaren kleinen Gewohnheiten und glaubt fest daran, dass das Baby über Charme und Intelligenz verfügt. J und ich waren natürlich auch so. Einmal weckten wir Daniel extra auf, weil wir so verrückt nach seinem Gebrabbel waren und seine musikalische Babystimme hören mussten. (J machte ein Foto, um den Augenblick festzuhalten: 1975, Daniel ist ungefähr vierzehn Monate, verschlafen. In einem gestreiften Strampler liegt er in meinen Armen, ich trage ein altes Spitzenkleid von Biba, die Haare eine modische Dauerwellenmähne). Es ist nur ein kleiner Schritt von diesem wunderbaren privaten Einverständnis des Bewunderns der Gene zum Langweilen der eigenen Freunde, genau wie Wharton ihre Freunde mit ihren kleinen Hunden gelangweilt hat.

J und ich liebten das Familienleben, auch wenn die Elternschaft uns mehr Sorgen brachte als den meisten, weil unsere Tochter ihre gesamte Kindheit und auch die Studienjahre an der sogenannten Hirschsprungkrankheit litt, bei der es sich um (vereinfacht gesagt) eine erbliche Darmkrankheit handelt. Das schweißte J und mich eng aneinander. Wenn ich zu erschöpft war, um einem Arzt eine einfache Frage, von einer intelligenten ganz zu schweigen, zu stellen, und jammerte, dass ich es nicht schaffte, kam J, stark genug für uns beide. Das wurde über all die Jahre von ihm verlangt. Wie die meisten jungen Paare hatten wir uns keine Gedanken über das Kinderkriegen gemacht, sondern einfach angenommen, dass es keine Probleme geben würde. Doch körperlich waren die Schwangerschaften für mich nicht einfach. Die Geschichte knapp zusammenzufassen ist eine praktische Kurzfassung von viel Stress, Enttäuschung und Kummer: Fünf Schwangerschaften und drei Geburten ließen uns zwei Kinder aufwachsen sehen. Manchmal murmelte ich verzweifelt, dass ich »nicht gut« dafür sei, Kinder zu bekommen, enttäuscht (wie so viele Frauen) vom Schicksal. Zum Glück konnte ich diese Stimmung der Selbstvorwürfe, als die Kinder aufwuchsen, mit der unanfechtbaren Tatsache, dass sich die Muttergefühle sehr leicht einstellten, aufwiegen, und ich war wirklich

»gut« darin, die beiden, die der Mittelpunkt meines Lebens waren, zu lieben.

Da wir annahmen, für immer auf dem Bauernhof zu leben, stellten J und ich uns vor, dass Daniel und Kitty eines Tages über die Wochenenden mit ihren Ehepartnern und unseren Enkelkindern vorbeikämen. Das Leben würde sich weiterentwickeln und ruhiger werden, wenigstens glaubten wir das, obwohl diese Aussicht wegen unserer Tendenz, unsere Tage mit Arbeit und außerhäuslichen Verpflichtungen vollzustopfen, unwahrscheinlich war. Während Daniels und Kittys Kindheit und Jugend bis in ihre Zwanziger war ich daran gewöhnt, dass ihre Freunde bei uns herumhingen, wenn sie keine Zeit mit ihren eigenen Eltern verbringen wollten.

Das war die fröhliche Seite. Als Kitty das Elternhaus verließ, erfasste mich kurzzeitig tiefe Trauer, und ich suchte Hilfe bei einem Arzt, der eine Art von Antidepressivum, einen Serotonin-Wiederaufnahmehemmer, verschrieb, das ich eine Weile nahm und dann wegwarf. (Genauso hatte ich die Antidepressiva nach Toms Totgeburt weggeworfen. Ich glaubte, dass ich durch diese Dunkelheit gehen musste, um auf der anderen Seite wieder auftauchen zu können.) Ich saß in der Stille des Hofes, auf dem sie nie wieder ihren ständigen Wohnsitz hätte, und mir wurde klar, dass ich immer noch eine Mutter war. Die Muttertage würden nie vergehen, nur eine andere Form annehmen.

Daher war es keine Überraschung, dass Bonnie, als sie 2002 auftauchte, ein ursprüngliches Bedürfnis befriedigte. Ihre ewig Baby-artigen Merkmale waren genau das, was ich (wie so viele Frauen eines gewissen Alters) brauchte. Kitty war zweiundzwanzig und Daniel sechs Jahre älter. Die Natur hatte mich darauf vorbereitet, Großmutter zu werden, aber da das noch in weiter Ferne lag, war ich bereit, einen kleinen Hund zu lieben. Die Abhängigkeit meines eigenen Hundes erinnerte mich daran, wie meine Kinder waren; ich wurde wieder *gebraucht*. Aber dieses wunderbare Wesen würde niemals aufwachsen, um mit zwei Jahren mit dem Fuß aufzustampfen und »Nein« zu rufen oder mit vierzehn Jahren mit dem Rauchen anzufangen oder wegen eines Mädchens zu leiden oder wegen Prüfungen oder Jungs zu heulen oder zu spät nach Hause zu kommen und dann nach Alkohol zu stinken oder eine Tür zuzuknallen und dabei »Du begreifst gar nichts!« zu schreien oder elend von der Universität nach Hause zu kommen und einem den Schlaf zu rauben, weil man sich so hilflos fühlt und weiß, dass es unmöglich ist, alles zu richten. Stattdessen würde sich der kleine Hund in seinem Korb zu meinen Füßen zusammenrollen und mir mit völliger Hingabe folgen und mich begeistert begrüßen, wenn ich weg gewesen bin, als läge jede Scheibe Schinken und Käse und die Brathähnchen und alle anderen Wunder des Universums in meiner Umarmung.

Wie George Eliot und George Henry Lewes, amüsieren Robin und ich uns ununterbrochen über Bonnie. Wie Peggy Guggenheim habe ich manchmal das Gefühl, dass es viel einfacher ist, mit ihr klarzukommen als mit anderen Menschen, wie Edith Wharton rede ich gern über sie und zeige jedem, der auch nur ein klitzekleines bisschen Interesse signalisiert, ihr Foto. Und wenn ich sie Baby-Hundi nenne und Babba und Baby-Mädchen und Mamas Liebling und kleiner Schatz und all die anderen Kosenamen, die so einfach von meinen Lippen kommen und die ich früher meinem ersten Baby auf den Bauch gepustet habe, dann ist mir das nicht peinlich, wie es John Steinbeck mir wünschen würde, denn ich tue damit nicht mehr und nicht weniger, als mich gemäß meiner Natur zu verhalten.

Und mehr noch, im täglichen Austausch von Liebe und gegenseitigem Nutzen zwischen mir und meinem Hund wird ein Bund geschlossen, der das offensichtliche Bild eines Kindersatzes übersteigt. Ein altes Mittelmeersprichwort besagt, dass der Olivenbaum (lebenswichtig für eine gesamte Kultur) seinem »Besitzer« sagt: »Kümmere dich um mich, und ich werde dich ernähren.« Es ist meine leidenschaftliche Überzeugung, dass wir allen lebenden Dingen zuhören sollten, Pflanzen und Tieren zu Wasser und an Land, mit denen wir unseren Planeten teilen. Wir »besitzen« sie genauso wenig, wie ich meinen Hund »besitze«. Wenn wir die Kunst, uns umeinander zu kümmern oder einander zu respektieren oder zu lieben, erlernen, wird es uns vergolten werden.

Wenn ich daher darüber nachdenke (was nur ab und zu geschieht, da ich nicht zum Grübeln neige), dass das Leben ungerecht ist, weil ich kein Baby mehr bekommen kann, während die ungleichen Gesetze der Geschlechter es meinem Exehemann ermöglichen, mit einer anderen Frau Kinder zu bekommen, dann tröste ich mich mit der stets präsenten Wirklichkeit unseres kleinen Hundes. Nicht »meines Hundes«, sondern unseres. So wie wir die ihren sind.

Robin weigert sich, mit Bonnie spazieren zu gehen, wenn sie pastellfarbene Halsbänder und Leinen trägt, ganz besonders (das Grauen) das rosa Set, das ich in Brüssel gekauft habe. Er wählt immer das schwarz-weiße damit ihre langen Haare die Strassverzierungen verdecken. Ein Mann muss sein Gesicht wahren. Eines Tages ging er mit dem Hund durch Bath. Sie kamen an zwei Frauen vorbei, die stehen blieben, um Bonnie anzuschauen.

»Wie süß«, sagte eine.

»Der Mann oder der Hund?«, fragte die andere.

Ein selbstbewusster Mann hat kein Problem damit, mit einem Schoßhund gesehen zu werden, da er nicht glaubt, dieser würde seine Männlichkeit infrage stellen. Warum auch?

Deswegen finde ich es sexistisch anzunehmen, dass die Liebe zu kleinen Hunden von Grund auf albern und weiblich sei, denn viele Männer lieben ihre Tiere, genauso wie Robin es tut. Die Liste könnte sehr lang werden, aber ein paar Beispiele müssen genügen. Der Politiker und Dichter Sir John Harington war im siebzehnten Jahrhundert so von seinem klugen Spaniel Bungey begeistert, dass er (etwas Einmaliges) sein Porträt auf den Titel seines Buchs setzte. Der Tagebuchschreiber Samuel Pepys war außerordentlich verrückt nach seinem »kleinen Hündchen« Fancy. Der Dichter Robert Herrick schrieb liebevoll über seinen Spaniel; der Historiker Edward Gibbon verehrte seinen Zwergspitz; der Künstler William Hogarth wird mit seinem Mops abgebildet; und der große französische Schriftsteller Emile Zola trauerte um Fanfan, »einen der kleinsten Brüsseler Griffons«. Die Gefühle, die er in Erinnerung an seinen kleinen Hund niederschreibt, scheinen wie ein Echo des Themas dieses Buches:

> Ein Tier, nichts als ein kleines Tier – und so wegen dessen Verlust zu leiden! Von der Erinnerung so verfolgt zu werden, dass ich von meinem Kummer schreiben wollte, sicher, um den Ausdruck meines Herzens auf der Seite zu hinterlassen! … Doch dann erschien es mir, dass ich so viel zu sagen habe … über diese Tierliebe, so düster und so kraftvoll, die die Leute um mich herum zum Lächeln bringt und die mich so sehr quält, dass sie mein Leben beeinträchtigt.
>
> Und warum habe ich so sehr an diesem kleinen verrückten Hund gehangen? Warum habe ich mich mit

ihm verbrüdert, wie man sich mit einem Menschen verbrüdert? Warum habe ich um ihn geweint, wie man um einen verlorenen Freund weint? Ist es nicht so, dass die unstillbare Zärtlichkeit, die ich für alles, was lebt und fühlt, empfinde, eine Bruderschaft des Leidens ist! Eine Barmherzigkeit, die einen zum Bescheidensten und Enterbten sich neigen lässt?

Mit der Hilfe seiner kleinen Hunde hat Mickey Rourke, der Hollywood-Schauspieler und Boxer, die dunklere Seite des Ruhms überstanden: ein Fall in Ungnade, gefolgt von einer persönlichen Rettung. Er vertraute ganz seinem beliebtesten Haustier, einer Chihuahua-Terrier-Mischung namens Loki, und ließ sie (zu horrenden Kosten) an Filmsets fliegen, weil er einfach nicht ohne sie sein konnte. 2009 starb Loki mit achtzehn Jahren (hundertzwanzig Menschenjahre oder nach anderen Rechnungen fünfundachtzig Jahre), kurz nachdem sie Rourke zu den Golden Globes begleitet hatte. In seiner Dankesrede für seine Rolle als »The Wrestler« dankte er seinen Chihuahuas, lebend oder tot, und verkündete vor der Welt die rettende Kraft von Hunden: »Es war für mich ein langer Weg zurück … ich möchte allen meinen Hunden danken, denen, die hier sind, und denen, die nicht mehr hier sind, denn wenn ein Mann allein ist, dann hat man nur seinen Hund. Und sie bedeuten für mich die Welt.«

Als Barbara Walters ihn im Fernsehen interviewte, dankte er noch einem Hund, Lokis Vater, der ihn von dunklen Selbstmordgedanken ablenkte. Anscheinend hatte Rourke eine Überdosis genommen, aber dann sah er zwei braune Augen, die ihn anschauten: »Ich sah meinen Hund Beau Jack an, und er machte ein Geräusch, ein kleines, fast menschliches Geräusch. Ich habe keine Kinder. Die Hunde wurden alles für mich. Und dieser Hund sah mich an und fragte: ›Wer wird sich um mich kümmern?‹«

Da sieht man wieder einmal den alten Bund: Indem er seine Abhängigkeit von seinem Herrchen deutlich gemacht hat, hat Beau Jack ihm das Leben gerettet. Doch nichts konnte Mickey Rourke vor dem Verlust seines Lieblings schützen: Loki starb kurz vor der Oscarverleihung 2009, und kein Diamantschmuck erhielt so viel Aufmerksamkeit auf dem roten Teppich wie der Anhänger mit Lokis Foto, den der Macho stolz trug. In einem Interview erinnerte er sich an seine Hündin: »Sie ist die Liebe meines Lebens. Sie hat es bis vor sechs Tagen geschafft. Sie hat mich zu einem Zeitpunkt verlassen, an dem sie nach achtzehn Jahren wusste, dass es mir gut ging.«

Sollte das irgendwem zu menschlich sein, dann kann ich nur die Philosophin Mary Midgley zitieren, die sagt, dass Tiere »Partner im Kummer sein können und nützliche Indikatoren von geteiltem Leid«. Wer weiß genug, um verneinen zu können, dass eine kleine Hündin sich bis ins hohe Alter ans Leben geklammert hat, bis sie sicher war, dass ihr Herrchen wieder im Geschäft war, ein Spieler und kein Verlierer? Es ist noch nicht lange her, da machten Robin und ich auf dem Weg zu einem Literaturfestival in Schottland, bei dem ich meine »Bonnie«-Bücher vorstellte, im Lake District Pause und besuchten Dove Cottage, das Haus von William Wordsworth. Wir waren erfreut, nahe des Eingangs von einem fast lebensgroßen Ölgemälde von Pepper, einem Norfolk Terrier, begrüßt zu werden, den Wordsworth von dem Hundeliebhaber Sir Walter Scott geschenkt bekommen hatte. Dass der Dichter das Bild an einer so prominenten Stelle aufgehängt hat, sagt einiges über seine Gefühle für den tierischen Begleiter so vieler, langer Spaziergänge. Mehrere Gedichte zeigen eine deutliche Empathie für Hunde und ein Verständnis ihrer Interaktion mit Menschen und anderen Hunden, während *Tribute to the Memory of a Dog* zweifellos klarmacht, dass Wordsworth in dem betrauerten Tier die rettende, moralische Kraft erkennt, die er auch in Bergen und Flüssen sah:

Denn Liebe, die zu allen kommt,
der heilige Sinn, die beste Gabe Gottes,
war in dir am stärksten.

Am selben Tag entdeckten wir einen Pub in Keswick, von dem man uns gesagt hatte, dass er hundefreundlich sei. Zu den ärgerlichen Dingen, wenn man mit seinem Hund in England (anders als in Frankreich) reist, gehört die Tatsache, dass die angeblich so hundeverliebte Nation die treuen Freunde fast überall verbietet, normalerweise wegen absurder »Gesundheits- und Sicherheitsregeln«, aber manchmal auch einfach nur, weil der Besitzer eines Hotels oder einer Bar keine Hunde mag, nicht mal winzige, die es sich fröhlich in einer Handtasche bequem machen können. Einmal, bei einem Besuch in Oundle, als ich mit meinem Hund (so hübsch und sauber wie nur irgendwas in diesem Geschäft) unter dem Arm ein nobles Geschäft betrat, kamen die zwei Damen hinter der Kasse schnell auf mich zu. »Sie können ihn draußen festbinden«, sagten sie hilfsbereit, das Phänomen der Hundeentführung war ihnen offensichtlich unbekannt. Ich ging rasch hinaus und könnte mich seitdem in den Hintern treten, weil ich nicht geantwortet habe: »Großer Fehler! Damen mit kleinen Hunden geben *viel* Geld aus.«

Egal, den Pub, den wir fanden, trug den passenden Namen Dog and Gun und war offensichtlich bei rauen, die Natur liebenden Männer beliebt, die Art, die mit Terriern auf Rattenfang gingen und das Verbot von Hundejagden des britischen Parlaments als rigiden Einschnitt in ihre Freiheit ansahen. Robin und ich saßen mit unseren Getränken und Sandwichs in einer Ecke, Bonnie aufrecht und angespannt auf meinen Knien, während sie zwei ziemlich einschüchternde Norfolk Terrier, die vor der Theke rauften, beobachtete, immer rundherum und hin und her, die Zähne im freundlichen Spiel gebleckt. Ein Paar mit einem englischen Bullterrier saß neben uns. Der Mann war groß und kräftig, mit raspelkurzem Haar und einer Tätowierung auf einem Arm: Kein Mann, mit dem man Streit haben möchte, genauso wenig wie mit seinem kräftigen Hund. Plötzlich stand seine blonde Partnerin auf und ging quer durch den Raum, außer Sichtweite. Der Hund sah ihr konzentriert nach, diese winzigen, tief liegenden Augen stur dorthin gerichtet, wo sie verschwunden war. Die Anspannung in seinem Rücken und in diesen kraftvollen Vorderbeinen spiegelte Bonnies Miniaturhaltung. Es verging etwas Zeit. Schließlich zuckte der Hund und riss seinen Kopf hoch. Sie kam zurück, Chipstüten in der Hand. Der große Mann griff nach unten, um das Tier zu streicheln, und sagte sanft: »Da kommt dein Frauchen ja.«

Im Frühling 2007 musste ich eine Karriereentscheidung treffen oder eher einen Wechsel einleiten. Jahrelang hatte ich ab und zu als Freiberuflerin Artikel für die *Daily Mail* geschrieben, und ich wusste gut, wie diese Zeitung arbeitete. Man hatte mir gesagt, dass der Herausgeber Paul Dacre (der selbst von seinen Kritikern als einflussreichster, am meisten gefürchteter und bewunderter Herausgeber in London angesehen wurde) meine Lebenshilfekolumne in *The Times* mochte und wollte, dass ich den Arbeitgeber wechselte und exakt dieselbe Kolumne für die *Mail* schrieb. Er garantierte mir Unabhängigkeit. Wir trafen uns im Februar zum Mittagessen und kamen sofort miteinander klar, was mich überraschte. Doch die Entscheidung fiel mir sehr schwer, und ich brauchte über zwei Monate, um einen Beschluss zu fassen. Ich war Sandra Parsons (damals immer noch Feuilletonchefin der *Times* und jetzt eine Freundin) Dank schuldig für die Erfindung meiner neuen Persönlichkeit als Lebenshilfekolumnistin und zögerte, meine Wertschätzung zu zeigen, indem ich den Schmeicheleien einer rivalisierenden Zeitung erlag. Ich schrieb auch gerne Essays und Rezensionen für *The Times*, während ich gleichzeitig auch für die *Mail* arbeiten konnte, sodass ich manchmal in beiden Zeitungen am selben Tag erschien.

Dann lud mich der *Times*-Herausgeber, Robert Thomson, zum Mittagessen ein und bot mir Anreize, die jedoch nicht mit denen von Associated Newspaper mithalten konnten. Ich habe sogar meinen Hund gefragt, was ich tun sollte, schuldbewusst, weil die Treue, die wir bei den Hunden so bewundern, von den Menschen nicht gelebt wird. Wenn man regelmäßig für eine Zeitung schreibt, dann sorgt man sich irgendwann über die Leser, und eine Lebenshilfekolumne zu schreiben lässt sie nur allzu real werden. Eine Arbeit zu lieben und doch nach nur zwei Jahren dazu verführt werden, sie zu verlassen? Andererseits ist die Samstagsausgabe (in der ich dann schreiben würde) der *Daily Mail* eine gute, dicke und engagierte Zeitung mit über sechs Millionen Lesern, und ihre unerschrockene Großmäuligkeit und ihren Mut habe ich immer geliebt. Sie hatte den Finger am Puls der Mittelklasse Englands.

Meine Liebesgeschichte mit Zeitungen hat in meiner Kindheit begonnen. Meine Eltern lasen *Liverpool Echo* und *Daily Express*, meine Großeltern den *Daily Mirror*. Jeden Samstag waren mein Bruder und ich bei Nan und Grandad, die die *Mirror*-Ausgaben der Woche für mich aufgehoben hatten. Ich weiß nicht, ob irgendjemand es ungewöhnlich fand, dass ein Mädchen von elf oder zwölf Jahren sich so in einen Stapel Zeitungen vertiefte, aber ich saß da und arbeitete mich durch die Zeitungen, manchmal schnitt ich ein Bild von Prinz Charles und Prinzessin Anne in ihren Mänteln mit Samtkragen aus, weil meine Großmutter und ich dies liebten – sowohl die Königsfamilie als auch schicke Mäntel. Das kleine Mädchen mit Brille, das heimlich von der halb nackten Zeichentrickstripperin Jane fasziniert war, wäre erstaunt gewesen, hätte es erfahren, dass es eines Tages (a) mit dem Prince of Wales zu Abend essen und (b) eine Kolumne im *Daily Mirror* schreiben würde.

Als ich diese Stufe erreichte (und im Titel merkwürdigerweise »Britanniens klügste neue Autorin« genannt wurde, mit zweiunddreißig Jahren), war ich ein wenig desillusioniert, als die legendäre Lebenshilfekolumnistin Marjorie Proops, Doyenne des *Mirrors* (und diejenige, die mich an Bord geholt hatte), mir riet, mir das, was ich schrieb, nicht so zu Herzen zu nehmen, weil es »bloß die Pommes von morgen einwickelt«. Da ich mit leckeren, fettigen, salzigen Fish 'n' Chips in Zeitungspapier groß geworden war, war mir die Wahrheit dessen bewusst, aber im Geiste lehnte ich sie ab. Zeitungen, dachte ich (und denke es immer noch) sind wichtig, und wir sollten stolz auf das breitgefächerte Angebot der britischen Presse sein.

Über vierzig Jahre habe ich für jede einzelne, landesweite Zeitung außer der *Sun* und dem *Daily Star* geschrieben, hatte bei drei Zeitungen und bei drei Zeitschriften Kolumnen und fand meinen natürlichen Ankerplatz bei *The Times*, aber ich bewunderte die *Mail* immer für ihre Professionalität und Verve. Die Mischung aus kämpferischem Einfluss, scharfem

Kommentar, geschickt platziertem Gefühl, vielfältigen Frauenthemen und der unterhaltenden Gewohnheit, Fotos abzudrucken, die man sonst nirgendwo sieht (wenn irgendwo auf der Welt ein Tiger ohne Streifen geboren wird, dann werden sie sein Foto bringen), zogen mich zur *Daily Mail*. Politisch links stehende Freunde verreißen das Blatt (kaufen es aber oft heimlich), und ich selbst fühle mich nicht wohl wegen der Tendenz, Gehässigkeit und die Rückfälle in einen veralteten Sexismus zu unterstützen. Aber niemand kann behaupten, es sei eine unwichtige Zeitung. Was die Reichweite angeht, ist die *Daily Mail* unerreicht, und für jemanden wie mich, der schließlich die soziale Mobilität verkörpert, ist das sehr attraktiv.

Diese Mediengeschichten sind nur für Menschen in unserem Berufsfeld interessant, der allgemeinere Punkt ist, dass es einer Frau von sechzig Jahren zu Kopf stieg, so beharrlich und großzügig von zwei Zeitungsherausgebern umworben zu werden. Es erinnerte mich an die letzten, mich auf die Probe stellenden Veränderungen in meinem Leben, die mich an diese Stelle geführt hatten. Das Paradox wird am eindrucksvollsten von Rainer Maria Rilke in einem seiner »Sonnette an Orpheus« formuliert:

Jeder glückliche Raum ist Kind oder Enkel von Trennung,
den sie staunend durchgehn.

Die Ironie war außergewöhnlich. Wäre meine Ehe nicht durch das Schicksal zerbrochen, wäre ich immer noch auf dem Bauernhof und organisierte unser Leben auf dieselbe Weise. Ich würde versuchen, mich zu entspannen, älter werden und mich fragen, was ich als Nächstes schreiben sollte. Und (um ehrlich zu sein) immer im Schatten meines Ehemannes leben, egal, was ich erreichte. Stattdessen war mir ganz schwindlig bei den neuen Chancen. Manchmal fragte ich mich, ob ich die Uhr gern zurückdrehen wolle, und eine innere Stimme flüsterte halb verschämt: nein. Die Silberkette war (fast) zerrissen.

Doch in meinem Wanken wegen der Arbeitsentscheidung fiel ich in eine alte Gewohnheit zurück – und bat J um Rat. Ich war überrascht, dass er mir riet, zur *Mail* zu wechseln. Sein Großvater hatte als Parlamentskorrespondent für das Blatt gearbeitet, hatte es aber im Mai 1931, nach einem heftigen Streit mit dem Herausgeber über Lord Rothermere's Flirt mit dem Faschismus, verlassen. Und jetzt sagte mir J – der die liberalen Werte seines Großvaters teilte und auch dessen Ablehnung einiger der Haltungen, die meistens mit einem rechts der Mitte stehendem Blatt assoziiert werden –, dass ich verrückt wäre, wenn ich das Angebot der *Mail* nicht annehmen würde.

Andererseits dachte Robin, dem Zufriedenheit wichtiger war als Weltliches, dass es am besten wäre, bei der Times zu bleiben, wo ich glücklich war. »Vergiss das Geld«, sagte er. In der Mitte dieser ganzen Debatte stolperte ich auf einem Bürgersteig, fiel gegen eine Wand, verlor das Bewusstsein und verletzte mich an einem Auge. Mit der erzwungenen Denkpause (auch wenn ich keine einzige *Times*-Kolumne übersprang) und einem Spiegelbild wie ein Monster war ich wieder einmal geschockt, wie schnell Dinge geschahen und wie ich innerhalb einer Sekunde auf dem rechten Auge hätte blind werden können. Ich nahm daraufhin die Botschaft des Schicksals an. Lass es geschehen. Man muss die Hände ausstrecken und weitermachen, Risiken eingehen, es zulassen, dass man sich aufregt, anstatt in der Sicherheit zu verharren – bis diese ausgestreckten Arme leblos an der Seite herabsinken.

Ich würde die Zeitung wechseln.

Das war nicht die einzige Veränderung von Bindungen, die ich 2007 durchmachen würde. Paul Dacre sagte mir, als wir endlich abgemacht hatten, dass meine neue Kolumne im Juni beginnen würde: »So, Sie heiraten wieder und haben eine neue Zeitung geheiratet ... Das ist ein gutes Jahr für Sie.«

Es wäre unehrlich, nicht zuzugeben, dass meine Kapitulation vor der Idee einer Wiederverheiratung (anstatt einen Ring als Symbol der emotionalen Verbundenheit zu tragen) durch Js eigene erneute Hochzeit im März befördert wurde. Es ging nicht darum, Gleiches mit Gleichem zu vergelten, sondern um die Akzeptanz, dass sein Leben unwiderruflich vorangeschritten war und meines das daher auch tun sollte. Mir wurde klar, dass mein Entschluss, nicht wieder zu heiraten, viel damit zu tun hatte, dass ich an all dem, was wir gehabt hatten, hing. Seine neue Ehe würde mir helfen loszulassen, aber genau wie manche Leute sich an Trauer hängen, *wollte* ich diese Trennung nicht. Der Nobelpreisträger Seamus Heaney drückte diese Vorstellung mit typischem Verständnis in seinen Interviews mit Dennis O'Driscoll so aus: »Eine Hochzeit hat immer Augenblicke der Fremdheit, plötzliche Öffnungen oder Risse im Spaß, wenn Eltern oder Kinder diese intensive Überzeugung empfinden, dass der erste Kreis gebrochen ist. Es ist im wortwörtlichen Sinn *unheimlich*, ein Entfernen vom Heim.«

Die etymologische Verbindung von »ohne Heim« und *unheimlich* ist mir klar. In meiner Vorstellung waren J und ich Geister, die all die Orte wieder besuchten, die wir gekannt hatten, und versuchten, in der Dunkelheit unseren Weg nach Hause zu finden. Ich träumte ständig von ihm, was sehr verwirrend war, doch ich hatte auch begonnen, es als Teil meines neuen Lebens zu akzeptieren, dass die Reise mit jemandem, den ich nie zu lieben aufgehört hatte, in einer anderen Dimension weiterging. Es schien mir ein Wunder, dass die unheimliche Liebe am Ende doch nicht heimatlos was. Sie würde so lange leben, solange wir leben. Meine seltsamen Träume notierte ich also in einem weiteren Notizbuch, das ich 2004 angefangen hatte und in das ich Zitate aus Büchern eintrug, Lyrikzeilen und kurze Gedanken, die mir halfen klarzusehen. Wenn ich es mir jetzt anschaue (es liegt immer auf meinem Schreibtisch), wird mir bewusst, wie viel dessen, was ich aufschreibe, mit diesen Vorstellungen von zu Hause und Verlust zu tun hat, die beide unauflöslich miteinander verbunden sind, wie Philip Larkin schreibt: »Zuhause ist so traurig. Es bleibt so, wie man es verlassen hat.« Die Stimmung in meinem Notizbuch variiert von elegisch, bei Tennyson aus *Die Prinzessin*:

Denn als wir an die Stelle traten, wo das Kind liegt,
das wir vor Jahren verloren,
dort über dem kleinen Grab,
o dort über dem kleinen Grab,
küssten wir einander wieder mit Tränen.

bis zu einer wütenden Marina Zwetajewa in *Versuch, eifersüchtig zu sein*:

… sag mir: Bist du glücklich?
Nicht? In einer flachen Grube? Wie ist
dein Leben, mein Geliebter? Ist es so
hart wie meines mit einem anderen Mann?

Robin und ich leben zufrieden, so wie wir waren, und er hätte mich nie gedrängt, die Situation zu verändern, aber es war meine Tochter, die sagte, dass eine Heirat ihn sehr glücklich machen würde. Unsere Entscheidung dafür war also entspannt, sogar leichtherzig. Eine Weile dachten wir daran, nach Las Vegas zu fliegen und dort auf einem großen Motorrad vor die Elvis-Kapelle zu fahren, mit Daniel und Kitty als einzigen Zeugen. Aber dann, eines Abends, als er wegen eines Auftrags unterwegs war und Bonnie ungeduldig auf seine Rückkehr wartete, wurde mir klar, dass ich keine Witzhochzeit in einem geschmacklosen Ort wollte. Robin war mein Fels, die Unterstützung, die er über so viele Jahre bewiesen hatte, war zu etwas Schönerem, Dauerhafterem geworden. Wir beschlossen, kirchlich zu heiraten. 1989 hatte ich ein Reisebuch namens *Bel Mooneys Somerset* veröffentlicht und die Verleger überredet, Robin (damals ein junger Film- und Fotografiestudent sowie Kittys Babysitter) eine sehr bescheidene Summe für Schwarz-Weiß-Fotos zu zahlen. Während des Projekts faszinierten ihn Piscinen und Lettner und normannische Bögen. Jetzt schien es uns perfekt, dass wir unter einem solchen Lettner heiraten würden.

Nachdem wir das beschlossen hatten, brachten wir Bonnie bei meinen stets hilfsbereiten Eltern unter und flogen für einen weiteren Reisebericht für *The Times* nach Bali. Wir waren in Ubud, Jumburan und Candidasa. Weit gereiste Bekannte hatten mir vorhergesagt, wie sehr ich Bali lieben würde, aber ihre Prophezeiungen wurden weit übertroffen.

Die Allgegenwärtigkeit der Anbetung faszinierte mich. Selbst das schmuddeligste Mofa auf den Straßen von Kuta wird durch dekorative Anhänger am Lenker geheiligt. Ähnlich wird ein Armaturenbrett im Auto zu einem Schrein, und eine geöffnete Schublade in einem Kleidergeschäft verwandelt sich in einen Altar, inklusive angebotenem Essen und Blumen auf einem Palmenblattteller und einem Räucherstäbchen, das von der wunderschönen Verkäuferin ehrfurchtsvoll angezündet wird. Man geht einen Strand entlang und passt auf, nicht auf die Palmblattteller zu treten, die aufwändig mit Essen, Blumen und Weihrauch hergerichtet sind und voller Ehrfurcht niedergelegt wurden. Ich war noch nirgendwo gewesen, wo die teuersten internationalen Hotels Schreine in ihren Gärten haben, um die sich mehrmals täglich Bedienstete kümmern, indem sie Weihrauch anzünden und Gebete murmeln. Tägliche Zeremonien vertreiben die Dunkelheit. Ich war bereit gewesen, skeptisch zu sein über die Behauptungen von Bali-begeisterten Freunden, es sei ein besonderer, spiritueller Ort. Aber diese grüne Insel hat mir mehr als einen schönen Urlaub beschert. Sie hat meinen Glauben an die essenzielle Einheit der Dinge bestätigt.

An unserem zweiten Tag besichtigten wir den großen Tempel in Ubud, und uns fielen die allgegenwärtigen Stoffe im Schachbrettmuster auf, die sowohl Priester als auch Schreine umgaben und aus denen die Tempelschirme bestanden. Sie erinnerten mich an Tischdecken aus den fünfziger Jahren in England, und ich fragte mich, warum sie überall benutzt wurden, wo doch die leuchtenden Seidenfarben schöner gewesen wären. Ich erfuhr, dass die Stoffe, die *Poleng* heißen, zum Schutz entworfen wurden und böse Geister vertreiben sollen. Die weißen Karos stehen für das Gute, die Götter und Gesundheit. Die schwarzen Karos stehen für das Böse, die Unterwelt und Krankheit. Doch im traditionellen *Poleng* (anders als in der billigen, modernen Version) sind die beiden miteinander verwoben, und die Überschneidung von Kett- und Schussfaden, von Schwarz und Weiß, bildet die grauen Karos. Das ist die sichtbare Bestätigung dafür, dass man das eine nicht ohne das andere haben kann. Die grauen Karos sind, sozusagen, die Linderung. Das Grau steht für die bemitleidenswerten und mutigen Aspekte der menschlichen Existenz. In dem dumpfen Neutralen liegt eine gleichzeitige Akzeptanz dunkler Wirklichkeit und die Hoffnung auf Erlösung.

Man hat mir mal eine Schachtel mit grauen Pastellkreiden zum Zeichnen geschenkt, und ich hatte mich über die Bandbreite von Farbtönen, ungefähr zwanzig, zwischen dem Schwarz und dem Weiß gewundert. Als an einem Tag auf Bali Regen fiel, sah ich zu den vielfarbigen Wolken hinauf und erinnerte mich an diese Pastellkreiden, dann stellte ich mir vor, wie der *Poleng* um uns alle gewickelt ist und uns vor der gefährlichen, fanatischen Überzeugung schützt, die im Leben nur Schwarz oder Weiß sieht, ohne Grautöne dazwischen. In Balis Hauptstadt Kuta ist das Denkmal für die jungen Opfer des islamistischen Terroranschlags von Oktober 2002 eine stetige Erinnerung an das, was geschieht, wenn Menschen glauben, recht zu haben, und den Rest der Menschheit als »Ungläubige« zum Tode verurteilen. Das ist das Schwarz. Aber die Blumen und Schreine und Botschaften stellen das Gegenteil dar: das weiße Licht des Glaubens, der Hoffnung und Liebe, das nicht gelöscht werden kann. Ich beugte meinen Kopf vor dem Denkmal und sah den symbolischen *Poleng* um ganz Bali und war entschlossen, mich mein Leben lang für die seligen Nuancen einzusetzen, selbst in der mächtigen *Daily Mail.*

Robin und ich sprachen viel über unsere Hochzeit und erstellten eine Gästeliste, was ziemlich schwierig war, da wir nur ungefähr dreißig Leute einladen wollten. Es wurden dann knapp über vierzig, aber es mussten immer noch einige uneingeladen bleiben. Wir beschlossen, dass nur Leute aus Bath kommen sollten, obwohl wir das ändern mussten. Doch – Hochzeitspläne? Listen? Sorgen, jemanden zu verletzen, weil wir ihn nicht einluden? Ein Teil von mir fragte sich unwillkürlich immer noch, warum ich das tat, aber der andere Teil (der größere Teil) entspannte sich einfach in einem ruhigen, philosophischen Gefühl, dass wir sicher sein werden. Gleichzeitig ist das zu passiv, denn man erschafft sein eigenes Schicksal und läuft ihm so rasch entgegen, wie mein kleiner Hund beim Klingeln zur Tür rennt.

An jedem faulen Tag sprachen wir irgendwann mal (oder zweimal oder vielleicht dreimal) über Bonnie so wie liebende Eltern. Ihre albernen kleinen Gewohnheiten, wie unpraktisch es war, dass sie auf dem Bett schlief, ihre nie nachlassende Versicherung, dass wir wunderbare Menschen sind, und so weiter. Das war jetzt Teil des Lebens: das Wissen, dass wir drei ein Rudel sind, in dem jeder vom anderen abhängig ist. Eines Tages bewunderten wir die verblassende Größe des Palastes Puri Agung Karangasem in der kleinen Stadt Amlapura. Ehrlich gesagt gibt's da nicht so viel zu sehen, aber wir beide stießen Freudenschreie aus, als wir als Teil eines geschnitzten und bemalten Balkons ein seltsames kleines weißes Tier entdeckten. Hängeohren, lange Haare, pelzige Pfoten, lustiges kleines Gesicht, fedriger Schwanz … es war offensichtlich ein Malteser-Hund. Ein Zeichen. In dem Augenblick wusste ich, dass ich meine Brautjungfer sah. Robin fand die Idee toll.

Aber meine anderen Familienmitglieder nicht. »Du kannst doch nicht deinen Hund als Brautjungfer haben, Mutter«, protestierte meine Tochter und achtete darauf, ihren Bruder auf ihre Seite zu ziehen. Er sagte, dass ich doch sicher nicht wolle, dass sie all die Aufmerksamkeit auf sich zöge? »Das ist mir egal, ich will, dass sie meinen Hund ansehen«, erwiderte ich. Sie sagte, dass Leute es albern finden würden, wenn ich mit Bonnie zum Altar ginge.

»Na ja, wenn an meinem Hochzeitstag alle in der Kirche grinsen, dann ist das okay für mich«, entgegnete ich.

»Aber es ist ein feierlicher Anlass«, sagte sie.

»Nein, es ist ein freudiger Anlass«, antwortete ich, »und solange der Vikar nichts dagegen hat, ist es in Ordnung!«

Jedenfalls besitze ich Bücher mit historischen Fotografien, auf denen Hunde in viktorianischen und edwardianischen Zeiten zu Füßen der Bräute liegen. Sie wussten offensichtlich, was Amy Tan mir vor so langer Zeit gesagt hatte: »Die Hunde sind entscheidend.«

Am 8. September, meinem zweiten Hochzeitstag, erschien anstelle meiner üblichen Kolumne in der *Daily Mail* ein Artikel, der Zeugnis über eine Ehe ablegt. Dieser (polemische und persönliche) Text wurde kurz vor der zweiten Ehe geschrieben:

> Im Februar 1968, mit einundzwanzig Jahren, habe ich in einem lila Minikleid standesamtlich geheiratet. Wir hatten kaum darüber nachgedacht, was wir da taten. Die kleinste, einfachste Hochzeit war weniger wichtig, als wahnsinnig und impulsiv verliebt zu sein.
>
> Heute, mit sechzig Jahren, heirate ich zum zweiten Mal, wieder in einem lila Kleid. Ich habe sehr genau darüber nachgedacht, und die schöne kirchliche Zeremonie wird eine wichtige Verkündung von tiefer Freundschaft und Verbundenheit sein. Wie für all die mutigen und glücklichen Seelen, die beschließen, die wichtigsten Worte, die sie je sagen werden, öffentlich zu sagen.
>
> Ein oder zwei Freunde haben mich mit liebevoller Neugier gefragt, warum ich noch mal heirate. Schließlich glaubte ich, als meine erste Ehe nach fünfunddreißig Jahren zu Ende ging, dass ich es nie mehr tun wür-

de. Ich habe meinen alten Mädchennamen wieder angenommen, hart daran gearbeitet, eine gute Beziehung zu meinem immer noch lieben Exehemann zu pflegen, und sah aber keinen Grund, eine »Mrs« irgendwer zu werden. Ich werde den Namen meines neuen Ehemannes nicht annehmen, aber das ist nicht wichtig.

Meine Antwort auf die Frage, warum heiraten, ist, dass ich zutiefst an die Bedeutung der Ehe als Institution glaube. Oder (um es weniger trocken zu formulieren) als Lebenswahl, in der das Wohlergehen der Gesellschaft und das persönliche Glück einzigartig vereint sind. Das ist der Punkt, an dem der Einzelne politisch wird. Es ist für mich einfach zu erklären, warum *ich* mich entschlossen habe, den Bund das zweite Mal einzugehen. Ich kann sagen: »Ich möchte zu demjenigen gehören, der verspricht, dass er sich nur um mich kümmern will. Und ich will mich im Gegenzug um ihn kümmern.« Aber wichtiger ist, warum die Ehe für uns *alle* bedeutend ist – vielleicht mehr als jemals zuvor …

Es wird wohl niemanden überraschen, dass von allen Kategorien, die sich in meiner Post zu Fragen menschlicher Beziehungen finden, das größte Thema die Ehe ist. Ich kann jeden Tag eine Handvoll Fragen herauspicken: Hilferufe junger Frauen, die sich danach sehnen, dass ihr Freund mehr Verbindlichkeit zeigt, von älteren Frauen, die über die sexlose Sterilität ihrer Ehe schimpfen, von Frauen, die von ihren Ehemännern verlassen wurden, weil diese Affären begonnen hatten oder einfach nur gelangweilt waren und jetzt nach ihrer verlorenen Jugend suchen. Welche Probleme Frauen auch immer haben, Männer haben sie auch, obwohl die Ehrlichkeit gebietet zu sagen, dass die Tendenz der Briefe von Statistiken bestätigt wird: Männer mittleren Alters verlassen häufiger ihre Ehepartner als ältere Frauen …

Manche Ehen enden mit einem Knall, andere mit jämmerlichem Wimmern. Doch man muss sich auch die andere Seite der Geschichte anhören. Es gibt viele Ehen, die halten, wo Kinder gemeinsam großgezogen werden und das Paar miteinander in ein zufriedenes und respektvolles Alter geht. Ich könnte meine Arbeit nicht erledigen, dächte ich zynisch über die Ehe oder hätte ich den Glauben an die menschliche Fähigkeit, es hinzukriegen, langfristig Liebe zu leben, »bis dass der Tod uns scheidet«, verloren. Ich glaube, dass es für Menschen natürlich ist, als Paare zu leben, gemeinsam zu wachsen, zu teilen, »wir« anstatt »ich« zu sagen. Ich wiederhole: Warum sollte man *nicht* heiraten?

Ich bin hin und her gerissen zwischen den Sorgenbriefen in meinem Briefkasten und den sich anscheinend widersprechenden Statistiken, laut denen die Scheidungsrate auf dem niedrigsten Stand seit Jahrzehnten ist, aber laut denen auch immer weniger Menschen heiraten. Ich behaupte trotzdem weiterhin, dass es noch zu früh ist, um die Institution zu beerdigen. Wie könnte etwas, das so guttut, aussterben? Das Thema ist komplex und beinhaltet eine Analyse der Rolle der Frau, veränderter Erwartungen, der Steuerpolitik und so weiter. Aber um es zu vereinfachen: Lassen sie mich einige Gründe, um zu heiraten, herauspicken.

Traditionellerweise heiratet man, um sich fortzupflanzen. Aber heutzutage, wo es keine Schande mehr ist, Kinder außerhalb der Ehe zu bekommen, ist das nur noch ein »Grund«, zu heiraten, wenn man es als das Beste für diese Kinder ansieht und daher auch für die langfristigen Werte und die Stabilität der Gesellschaft. Ich persönlich zweifle nicht daran, dass es so ist. Eine Überzeugung, die von vielen Studien bestätigt wird. Kinder, deren Eltern heiraten und verheiratet bleiben, haben eine höhere Wahrscheinlichkeit, später selbst stabile Ehen zu führen und erst nach der Hochzeit Eltern zu werden.

Eine Studie hat gezeigt, dass Kinder, die bis zum Alter von sechzehn Jahren von zwei leiblichen Eltern aufgezogen werden, glücklicher sind und weniger psychische Probleme haben. Kinder sind die Hauptleidtragenden einer unverbindlichen Kultur. Die Anzahl der psychischen Störungen sind bei Kindern von Alleinerziehenden doppelt so hoch wie bei Kindern, die mit beiden Elternteilen aufwachsen. Sie haben ein größeres Risiko, in Armut zu leben und sich zu verletzen oder sich umzubringen. Diese Veränderung ist natürlich auch dem Zusammenbruch der Ehe geschuldet, aber vor allem der viel höheren Anzahl von Müttern, die nie geheiratet haben. Alleinstehende Leute wenden sich von der Institution ab, sehen ihr Singledasein aber nicht als Hindernis, ihr Leben mit Kindern auszustatten (sorglos oder bewusst) …

Warum nicht die stabile Ehe als Ideal loben? Ideale verleihen einer Kultur Zusammenhalt, sie müssen aber gleichzeitig in den politischen als auch den persönlichen Handlungen verankert sein. Nennen Sie mich sentimental, aber ich glaube, dass das alte Hochzeitsfoto in seinem Silberrahmen auf dem Regal einen symbolischen Wert besitzt, der über alles, was sich in Statistiken findet, hinausgeht.

Das, wofür es steht, bringt mich zum zweiten Grund

zu heiraten, der wenig oder gar nichts mit Kindern zu tun hat. Sich das Eheversprechen in einer amtlichen oder religiösen Zeremonie zu geben, zeigt dem Paar, dass sie zueinandergehören, verkündet vor Zeugen, dass die Liebe und der Glaube und die Verbindlichkeit nichts von ihrer Kraft verloren haben. Diese positive Nachricht verbreitet sich wie Wellen in die Gesellschaft. Es ist eine universelle Bestätigung …

Vor ein paar Wochen suchten wir in Bath nach einem Hemd für Robin und trafen dabei immer wieder in den gleichen Geschäften ein unauffälliges grauhaariges Paar. Sie hätten pensionierte Lehrer sein können. Die Dame begeisterte sich über unseren kleinen Hund und gab schließlich zu, dass sie nach »Hochzeitskleidung« suchten. »Oh, wir auch!«, sagte ich lächelnd, und was wir in diesem Augenblick teilten, war die geheime Freude darüber, dass man auch im Alter, wenn man vielleicht schon viel Leid erfahren hat, noch einmal neu anfangen und das der Welt mitteilen kann …

Seit wir vor ein paar Monaten beschlossen haben zu heiraten, waren wir beide erstaunt, wie *glücklich* die Leute sind, das zu hören. Ein Mann rief mich an, um uns eine Solaranlage zu verkaufen, und ich sagte ihm: »Das passt im Moment gar nicht, denn ich werde bald heiraten.« Sein: »Oh, entschuldigen Sie … natürlich … und herzlichen Glückwunsch« war sicher nur höflich gemeint, klang aber doch sehr aufrichtig. Warum sollte ich nicht davon ausgehen, dass er es ehrlich gemeint hat? Schließlich sehnen sich die Leute nach guten Nachrichten, und dass ein Paar einander wichtig genug ist, um ihre Liebe vor anderen zu verkünden, bringt selbst Fremde dazu, sich zu freuen.

Wenn ich heute den Vikar sagen hören werde: »Mann und Frau sollen in Liebe und Vertrauen zusammenwachsen, sie sollen im Herzen, Körper und Geist vereint sein« und »die Ehe ist ein Zeichen von Einheit und Loyalität, das alle hochhalten und ehren sollen«, dann werde ich von ganzem Herzen zustimmen. Wenn wir wiederholen: »Ich verspreche, Dir von nun an treu zu sein in guten und in schlechten Tagen, in Reichtum und Armut, in Gesundheit und Krankheit«, wird mein Herz übervoll sein. Und ich habe in die christliche Messe einen berühmten Segensspruch der Apachen (der oft bei modernen Hochzeiten gesprochen wird) eingebaut, der ausdrückt, warum ich und so viele Menschen auf der ganzen Welt bewusst gemeinsam ihre Liebe, Treue und Zusammengehörigkeit verkünden:

Jetzt gibt es für euch keine Einsamkeit,
denn es gibt keine Einsamkeit mehr.
Jetzt seid ihr zwei Personen,
aber nur ein Leben liegt vor euch.

Am Morgen unseres Hochzeitstages lag ich im Bett, ein bisschen verschlafen, und las meine eigenen Worte in der Zeitung, schaute das große Foto von Robin und mir an, als wüsste ich (einen Augenblick lang) nicht, wer wir waren. Es fühlte sich alles seltsam an. Familien und Freunde tobten durchs Haus, suchten nach Manschettenknöpfen, dem Bügeleisen, riefen, dass sie jetzt duschen müssten, und so weiter. Am Vormittag sandte J mir eine SMS aus Russland, wo er seine Fernsehserie drehte. Da ich mir sicher war, dass er anrufen würde, war ich panisch durchs Haus gelaufen und hatte mein Handy gesucht, um für seine Nachricht bereit zu sein. Er wünschte uns Glück. Ich schrieb ihm zurück, dass ich ihn immer im Herzen bewahren würde. Denn selbst an diesem glücklichen Tag war das die Wahrheit.

Nachdem alle Gäste im Haus sich fertig gemacht hatten, gab es kein warmes Wasser mehr für mich, daher ertrug die reife Braut eine kalte Dusche, dazu gezwungen, sogar bei ihrer zweiten Hochzeit die alte mütterliche, selbstaufopfernde Rolle zu spielen. Das Haus wurde ruhig, als alle zur Kirche gingen. Bonnie lag auf meinem Bett und beobachtete mich, wie ich mich anzog. Sie zitterte vor nervöser Anspannung, sie könne zurückgelassen werden. »Nur du und ich, Freundin«, sagte ich zu ihr, als ich mein lila-türkises Seidenkleid anzog und dann ihr das passende lila Halsband anlegte. Mit leicht zitternden Fingern befestigte ich eine lila Feder an ihrem Geschirr.

»Du siehst hübsch aus«, sagte ich, dankbar für das befreiende Lachen über diese Feder, die auf ihrem Rücken wedelte.

»Nimm mich mit, o nimm mich mit«, war alles, was sie antwortete.

Schließlich, kurz vor zwölf Uhr, kehrte Daniel von seinem Chauffeursdienst für meine Eltern zurück und fuhr mich und Bonnie zur Charlcombe Church, der ältesten Kirche Baths, die noch genutzt wird. Sie steht ungefähr eine Meile von unserem Haus entfernt am Ende eines Weges, verborgen hinter Bäumen, und hat eine literarische Vergangenheit. 1799 schrieb Jane Austen: »Wir machten einen netten Spaziergang nach Charlcombe, das hübsch in einem grünen Tal liegt.« Fünfundsechzig Jahre vor ihr hatte einer der großen Väter der britischen Literatur, Henry Fielding, seine geliebte Charlotte Crawford in dieser Kirche geheiratet, und in *Tom Jones* beschreibt er ähnliche Gefühle wie die, die ich an meinem zweiten Hochzeitstag hatte. Den längeren Auszug hatte ich sogar vorn auf unseren Liederzettel drucken lassen:

> Alle waren glücklich und vergnügt; diejenigen aber am meisten, die vorher am unglücklichsten gewesen waren. Ihre vergangnen Leiden und Besorgnisse erhöhten den Genuss ihrer Glückseligkeit … Wie gleichwohl große Freude, hauptsächlich nach einer plötzlichen Veränderung und Verwandlung der Umstände, gerne stumm ist und lieber im Herzen als auf der Zunge ihren Sitz nimmt …

Bonnie war aufgeregt und zog an ihrer Leine. Die lila Feder rutschte zur Seite. Vor der Kirche blieben wir einen Augenblick stehen, während Reverend Jonathan Lloyd ein kurzes Gebet sprach, nur für mich. Er ging weg, und dann betrat ich Charlcombe Church mit meinem kleinen Hund, der mich zur nächsten Station meines Lebens führte.

8. September: Ich gehe hinein, lächle, sehe keine individuellen Gesichter, nur ein verschwommenes Strahlen um mich herum. R wartete vorn. Er sah glücklich aus, gar nicht nervös. Nur ein paar Schritte, den winzigen Mittelgang entlang. Ich gebe Gaynor Bonnies Leine, die sie an Mum neben sich weitergibt. Und dann begann diese wunderschöne heilige Zeremonie, an der wir teilhatten wie Schauspieler, die auch Gläubige sind, wie an einem antiken, heiligen Drama. Ich empfinde eine so große Freude an diesem uralten Ort, ein Teilen und eine Bestätigung. Und es ist so schnell vorbei, die »Ode an die Freude«, dröhnt, und wir schweben auf ihr. Bonnie schließt sich uns an, während wir durch den Mittelgang in die strahlende Sonne und Wärme und klickende Kameras und fliegende Blütenblätter und so viel Lächeln und viele Küsse treten …

In seiner Predigt sagte unser Freund Ernie Rea (sowohl ein Priester als auch früherer Leiter von BBC Religion und Moderator bei Radio 4) Worte, die uns beiden viel bedeuten:

> … der heutige Tag bedeutet einen Neuanfang. Von diesem Augenblick an geht es um euch beide. Jetzt ist es an der Zeit, die Vergangenheit hinter euch zu lassen, aber natürlich nicht alles zu vergessen, was geschehen ist, sondern weiterhin all die guten Dinge, die das Leben euch bisher gegeben hat, zu schätzen. Aber auch loszulassen, sich auf die Freude zu konzentrieren, die ihr beide miteinander teilt, und auf die gute Zeit, die vor euch liegt … Im Herzen dessen, was Jesus gelehrt hat, steht die Botschaft, dass es immer eine neue Chance gibt. Güte und Vergebung haben stets das letzte Wort gegenüber Groll und Verbitterung … Ich glaube fest, dass Liebe der Kern des Universums ist. Deswegen glaube ich, dass in einem kleinen Teil des Himmels Freude über die Vereinigung von euch beiden als Mann und Frau herrscht.

Kein Wunder, dass ich das Gedicht *Atlas* von U. A. Fanthorpe zum Vorlesen auswählte, als öffentlicher Dank an den Mann, der »meine falsche Verkabelungen isoliert«. Robin hatte Raymond Carvers *Late Fragment* ausgewählt, sechs Zeilen, in denen der Dichter am Ende seines Lebens die Frage über das Einzige, was er sich je gewünscht hat, beantwortete: »Mich geliebt zu nennen, mich auf der Welt geliebt zu fühlen.«

Alle Hochzeiten sind im Grunde gleich. Etwas, das man leicht vergisst, wenn man ständig mit Briefen von unglücklichen Menschen zu tun hat, die die Orientierung und ihre

Liebe verloren haben. Egal, wie unterschiedlich wir sind, wir geben unser Versprechen (standesamtlich oder kirchlich) doch sicherlich in der Hoffnung, dass die Ehe hält? Selbst wenn man die Tücken einer Beziehung nur zu gut kennt, sollte man nur dann noch einmal heiraten, wenn man das Vertrauen (in den Partner genauso wie in einen selbst) wiederherstellen kann, und zwar am wichtigen Platz im Mittelpunkt des Schreins der Hausgötter (der römischen Penaten). Und wenn man, trotz dieser Tücken, auch die tiefe Belohnung einer langen Lieben genossen hat, ist es nicht so schwierig, die Hoffnung dort neben dem Vertrauen zu platzieren. Während des restlichen Tages – Champagner, ein langes feines Mittagessen in einem eleganten Hotel und berührende und vollendete Reden von Robin und Kitty, gefolgt von einem verrückten Abend mit Wein und indischem Essen für die kleine Gruppe in unserem Haus – fühlte ich mich vor allem dankbar, zu einer ruhigen Kameradschaft gefunden zu haben.

Während unserer Flitterwochen auf Sri Lanka und den Malediven sprachen Robin und ich unaufhörlich über unseren Hund – wie immer. Wir erinnerten einander an die lustigen Dinge, die sie macht, und eine kleine Geste von uns, nämlich die Zungenspitze für eine Sekunde herauszustrecken, war ein heimliches albernes Zeichen, dass wir an sie dachten. Und wie immer waren wir absolut glücklich, als der Urlaub zu Ende ging und wir zu unserem Hund und unserem Leben zurückkehren konnten.

Zwei Monate später spazierten wir durch die National Gallery und trafen auf ein Poster, das uns zum Lachen brachte: »Sieh mal, das sind wir!« Das Poster machte Werbung für eine Ausstellung von deutschen Renaissance-Glasfenstern, die sich *Art of Light* nannte, und das gezeigte Objekt ließ uns sofort in die Ausstellung laufen, um uns das Original anzusehen. Es erstrahlte an der Wand, eine besondere Nachricht, die wir auf entscheidend unterschiedliche Art interpretierten. *Tobias und Sarah in ihrer Hochzeitsnacht* (nur 56 x 66 cm groß) ist ein wunderbares Bild, das ein Paar schlafend in seinem edlen Schlafzimmer zeigt. Das luxuriöse Bett hat üppige Vorhänge und eine strahlend blau-grün gemusterte Decke. Der Boden ist gelb-schwarz gefliest, und, ein nettes, häusliches Detail, ein Paar Pantoffeln stehen neben dem Bett. Im Vordergrund steht ein Tisch mit perfekter Lichtführung, um ihn herauszuarbeiten, und auch mit Holzmaserung. Darauf steht eine Kerze in einem gelben Ständer aus Keramik oder Messing, die dem Ehepaar den Weg zu Bett geleuchtet hat.

Und da schlafen sie keusch, denn (laut der Geschichte aus dem Alten Testament) Sarahs frühere sieben Bräutigame wurden in der Hochzeitsnacht von einem Dämon umgebracht, aber der Erzengel Raffael hat Tobias geraten, diesem schrecklichen Schicksal zu entgehen, indem er seine Ehe erst nach drei Nächten vollzieht. Ihre blassen Köpfe in Schlafmützen ruhen auf weichen weißen Kissen, und ein kleiner weißer Hund, der sicher hilfreich bei der Einhaltung des Keuschheitsgelübde ist, kuschelt auf seinem eigenen Glasoval, auf dem Bett zu ihren Füßen. Seine Augen sind auch fest geschlossen, seine Ohren hängen herab, sein Schwanz ist eng angelegt, und der Meister der Glasfenster zeigt seine Kunstfertigkeit in der genauen Darstellung des lockigen Fells.

Es war, als würden wir durch das falsche Ende eines Teleskops auf uns selbst sehen: ein Paar, erstarrt in zärtlicher Intimität, am Anfang seines gemeinsamen Lebens, sein kleiner weißer Hund schlafend zu seinen Füßen. Eine Familie.

Ein kleines Rudel. Innerhalb einer Sekunde wurden über die Jahrhunderte liebende Besitzer und ihre Hunde Seite an Seite wie Glasperlen auf einen Zeitfaden gefädelt.

Ich sagte: »Das zeigt nur, dass die Leute schon immer so sentimental waren wie wir.«

Robin sagte: »Oh, man sollte *nie* einen kleinen Hund in sein Bett lassen.«

7
SUCHEN

Seit' an Seit' – der Trauerflor
hineingewirkt in schweren Stein –,
so ruht das Paar im Widerschein
vergangner Pracht, die sich erhielt.
Zwei Hunde kauern dicht davor,
von leichter Komik leis umspielt.

Philip Larkin, *Ein Grab in Arundel*

Es ist Schnee gefallen. Die Bäume oben auf Lansdown, wo J und ich gewohnt haben, beugen sich unter der Last, und die harte Erde glitzert. An einem bitterkalten Freitagabend fahren wir über den Hügel, um Bonnie meinen Eltern zur Gesellschaft zu bringen und dann durch die Straßen von Bath zu laufen, um Freunde im Pub neben dem Theater zu treffen, zu Drinks, einem Theaterstück und dann einem Abendessen. Im Garrick's Head ist es voll und laut, die Leute rufen sich Begrüßungen zu, mit dem fröhlichen Gefühl, dass wir alle ziemlich mutig und cool sind, weil wir an einem solchen Abend unterwegs sind. Dann bittet mich unsere Freundin Luca zu sich und stellt mir einen Mann vor, den ich noch nie gesehen habe.

»Ich kenne Sie«, sagt er. »Sie sind die mit dem kleinen weißen Hund!«

»Das stimmt!« Ich lächle.

Er fragt mich nicht nach meinem Namen, und ich nenne

ihn nicht. Wie Tschechows Heldin (wenn auch viel glücklicher als sie) werde ich plötzlich über die nicht anwesende Bonnie identifiziert, und das gefällt mir. Das ist meine neue Persönlichkeit: die Dame mit dem Schoßhund. Als meine Kinder noch zur Schule gingen, stellte ich mich gewöhnlich nicht mit meinem Namen vor, sondern über meine Beziehung zu ihnen: »Hallo, ich bin die Mama von Daniel/Kitty.« Jetzt amüsiert es mich sehr, dass meine mehrfachen Namenswechsel, Persönlichkeitsveränderungen und Karriereentwicklungen sich in dieser unkomplizierten Wahrheit auf einen Nenner bringen lassen: Ich treibe mich mit einem Malteser herum.

Nach einer sehr langen Ehe, nach dem Schmerz der Trennung und der Weigerung, loszulassen, nach den verwirrten Versuchen, ein neues Leben zu beginnen, und nach der bittersüßen Akzeptanz von Erfolg und Versagen, fragt man sich oft, wer man wirklich ist. Die Antwort ist natürlich, dass man *all* die Menschen ist, die man durch diese Erfahrungen wurde. Genau wie Philosophen uns sagen, dass wir nie zweimal in denselben Fluss treten, so behaupte ich, dass man nie genau dasselbe Gesicht im Spiegel sieht. Diese herausfordernde Wahrheit zu akzeptieren kann sogar den unwillkommenen Prozess des Alterns zu einem Abenteuer machen. Man fragt sich, wer man ist und zu wem man in den nächsten vierundzwanzig Stunden oder den nächsten Jahren wird, und erschafft jeden Tag zu diesem Rohmaterial Märchen und Mythen.

Ich las Penelope Fitzgeralds neuesten Roman *Die blaue Blume*, als mir ein Satz ins Auge sprang: »Wenn eine Geschichte mit einem Fund beginnt, dann muss sie mit einer Suche enden.« Die Bedeutung wird nicht weiter erklärt. Fitzgerald wusste um den Wert der Stille zwischen den Worten, da das, was nicht enthüllt wird, den Leser neugierig machen muss. Ich bin fest davon überzeugt, dass die inneren Fragen – das ständige »Warum?« und »Wie wäre es gewesen?« und »Was wäre, wenn?« und »Wie endet alles?« – das geistige Training darstellen, das uns Kraft für unsere Suche gibt.

Das Kind in uns wird immer, wenn es Pech hat, schreien: »Warum ist das *mir* passiert?« Erst wenn man die Frage umdreht zu »Warum nicht mir?« (so einfach wie die Tatsache, dass eine Eichel eine Eiche enthält, kann die Tür zum Selbst aufschwingen und einen zu wichtigen Fragen bringen, wie die zur eigenen Angst. Das ist mir passiert, als unser zweiter Sohn tot geboren wurde. Es ist mir über die langen Jahre der Krankenhausaufenthalte mit unserer Tochter mehrmals passiert, wenn ich in der Kinderabteilung des National Health Service saß, mit Müttern, deren kostbare Kinder starben. Aber einige der Mütter schafften es immer noch, Lippenstift aufzutragen, um dem grausamen Schnitter besser trotzen zu können.

Es passierte mir, als ich die Asche unserer Ehe im Mund schmeckte und mich fragte, was jetzt zu tun sei. Und heute, wenn ich die Leserbriefe voller Probleme lese, fühle ich es auch oft, kann es ihnen aber nicht sagen. Nicht in so vielen Worten. Kein Therapeut kann einem Menschen, der im Kummer gefangen ist, raten, dass dieser spezielle Schmerz ihn vielleicht retten und durch ein Tor auf ein Feld führen wird, das er nie gekannt hat. Die Trauernden müssen mit wohlmeinenden Seelen leben, die sagen: »Du kannst ja noch ein Baby bekommen« oder »Du wirst es überstehen«, aber die verzweifelt Unglücklichen werden durch ähnlich oberflächlichen Rat bestraft. Die Aussage »Wenn alles vorbei ist, wirst du zurückschauen und sehen, was du dadurch gelernt hast« mag im Kern eine wichtige Wahrheit enthalten, ist aber nur selten hilfreich.

Nein, man muss diese Bedeutung selbst erlebt haben.

Das ist die Suche.

Sie muss mit der Bewusstwerdung beginnen, dass niemand immun ist und dass einem daher alles geschehen kann. Die Prüfung besteht nicht darin, was du daraus machst, sondern darin, was es aus dir macht.

Diese spezielle Geschichte begann mit einem kleinen weißen Hund. Wer hätte schon wissen können, dass Bonnie den Wandel vom Spielhund zur Muse durchmachen würde? Wegen dieser wundersamen Veränderung stelle ich mir (jetzt, während sie in ihrem blauen Bett zu meinen Füßen schläft) nun ihren Tod vor. Weil das Universum sich weiterdreht und wir alle früher oder später wieder zum Anfang zurückkehren müssen. Meine Reise begann mit einem Fund und endet in diesem Kapitel mit einer Suche, und doch kann das niemals das Ende sein, weil ich wieder und wieder Verluste erleiden muss. Das ist der Preis genau *der* Menschlichkeit, die mich alle Wörter in meiner Bibliothek, alle Vögel in meinem Garten, jedes Staubgefäß und jedes Blütenblatt der Blumen auf meinem Schreibtisch und alle Lieben, die ich gekannt habe, feiern lässt. Was man sucht, kann einen direkt wieder zum Beginn zurückführen, und mit dem Ende beginnt man erneut.

Man sucht nach nicht mehr und nicht weniger als einem Zustand der Gnade.

Es war ein Verlust, der Bonnie zu meiner Muse machte. Liebe und Verlust, die ihre Rolle verändert hatten und uns beide auf unsere Reise schickten. Mein kleiner Hund und ich schnüffeln uns vorwärts, Schritt für Schritt, ohne genau zu wissen, wo wir ankommen würden. Aber zusammen schreiten wir beherzt voran. Ich liebe ihre ausdrucksvolle Wortlosigkeit. Selbst die Leute, die man am meisten liebt, werden einen manchmal enttäuschen, weil sie in dem Augenblick, in dem man sie braucht, nicht über die richtigen Worte verfügen. Außerdem kann ihre Wahrheit nicht mit unserer übereinstimmen. Aber der Hund beobachtet einen mit einem stummen Verständnis, das an Weisheit grenzt. Es gibt keine Argumente, keine barschen oder tröstenden Worte, keine Gründe, keine Versprechen, keine Streitereien, die unsere tapsenden Schritte erschweren oder aufhalten, wie es sie bei menschlichen Freunden gäbe. Es gibt nur (und wie leicht das Klischee hervorspringt wie ein Dobermann im taufrischen Morgen) diese alte Hunde-Hingabe. Mein Hund und ich stehen da, Schulter an Fußgelenk, alle Sinne hellwach. Und sehen, was wir finden werden.

Vor einer Bank in der Milsom Street in Bath wartete ein Mann eindeutig auf jemanden, sein riesiger roter Setter saß friedlich zu seinen Füßen. Bonnie und ich stellten uns neben sie. Im Gegensatz zu dem großen Hund war sie ruhelos, zog an ihrer Leine, (ehrlich gesagt) schlecht erzogen. Als sie den eleganten Jagdhund sah, nahm sie ihre Pose der maximalen Aggressivität ein: Brust raus, breitbeinig, den Kopf vorgereckt mit diesem »Leg dich bloß nicht mit mir an«-Ausdruck, den ich ebenfalls in Situationen annehme, die mich durcheinanderbringen. Dann traf ein ohrenbetäubendes, hysterisches Gekläff den erstaunten Hund. Er zuckte zurück. Sein Besitzer lachte. Der Setter stand nervös auf und brachte den Laternenpfahl zwischen sich und die kleine Pest. Ich konnte mir vorstellen, wie er dachte, was, zum Teufel, ist *das*? Sieht wie ein Hase oder eine Katze aus, aber der Geruch? … *schnüffel* … Mein Gott, es ist ein verrückter *Verwandter*. Nimm ihn *weg*.

Passanten, denen die Konfrontation zwischen dem kleinen Angreifer und dem großen Softie auffiel, blieben stehen, um lächelnd zuzusehen.

»Das ist eine harte Kleine«, sagte der Besitzer des Setters.

»Ganz genau«, sagte ich stolz.

Ich habe irgendwo einen Haiku gelesen und ihn auswendig gelernt, um mir Kraft zu geben, wenn das Leben nach Bonnies breitbeiniger Angriffshaltung und ihrem wütenden Gekläff verlangt:

Großer Hund ragt hoch
Kleiner Hund gegen großen Hund
Kleiner Hund macht sich lang.

Eine erfahrene klinische Psychologin, an die ich mich während des schwierigen Prozesses des Schreibens dieses Buches wandte, sagte mir absolut ernst, dass sie überzeugt davon sei, dass Bonnie aus einem »Grund« in mein Leben getreten war. Für Menschen, die von der Vernunft gefangen gehalten werden, wird diese Aussage bedeutungslos sein, ja, absurd. Aber diejenigen, die glauben, dass »das Herz Gründe hat, die die Vernunft nicht kennt«, werden es völlig logisch finden. Robin hat mir diese Worte geschenkt, auf einen Herzanhänger graviert. Sie stammen von Blaise Pascal, dem französischen Mathematiker und Philosophen des siebzehnten Jahrhunderts, der (trotz seiner Basis in der Wissenschaft) die alternativen Universen, nach denen sich die menschliche Seele sehnt, anerkennt. Ich glaube, dass in einem dieser Universen der kleine Hund eine Bedeutung hat, die viel größer ist als die Summe seiner Teile oder die Häufigkeit seiner Zuwendung oder seines tröstenden Charmes. In einer dieser anderen Welten voller Geheimnisse ist der kleine Hund der Führer, der uns auf einer Suche nach Gnade anführt, so wie Emily Dickinson glaubte, dass ein Hund der passende Begleiter für die letzte Reise der Seele sei: »Begleitet von einem einzelnen Hund …«

Sie beschrieb ihren geliebten Neufundländer Carlo (so weit von einem kleinen Hund entfernt wie nur möglich) als ihren »struppigen Verbündeten«, ein Kosename, der jedem bekannt vorkommt, der einen Hund als Komplize und zweites Selbst ansieht. Sie hat die Welt durch ihn gefiltert, seine Interessen über die ihren gestellt, und als er im hohen Alter von sechzehn Jahren starb, überstieg ihre Trauer jegliche Ausdrucksmöglichkeit. Nur eine kurze, beklommene Notiz an ihren Freund und literarischen Mentor Thomas Higginson, dem Herausgeber des *Atlantic Monthly*, war möglich:

Carlo ist gestorben –
E. Dickinson
Würden Sie mich jetzt unterrichten?

Sie hatte Higginson anvertraut, dass sie glaubte, dass ihr Hund – wie die Hügel, über die sie gemeinsam wanderten – »besser als die Menschen« sei. Im Jahr nach Carlos Tod schrieb Emily fast nichts, und sie hat den Hund, der ihre Verbindung zur Schöpfung darstellte, sowie ihren Beschützer und Führer nie ersetzt. Viele Jahre vor seinem Tod hatte sie vorausschauend zu einem Freund gesagt: »… weißt du, dass ich glaube, dass der Erste, der auf mich zukommen und mich begrüßen wird, wenn ich in den Himmel komme, dieser liebe, treue, alte Freund Carlo sein wird?«

Ich habe den Eindruck, dass eine der Funktionen der Hunde, die wir lieben, die ist, uns zu einem Bewusstsein für die Unausweichlichkeit des Verlusts zu führen. Manchmal müssen wir mit Bonnie zum Tierarzt, damit er sich ihre Zähne ansieht, ihre Drüsen, oder zur Impfung. Sie hat immer Panik, ihr Schwanz schleift über den Boden, und sie zittert, obwohl wir die ganze Sache genauso hassen wie sie und wünschen, sie würde verstehen, dass es nur zu ihrem Besten geschieht.

Einmal fragte ein Tierarzt, den wir nicht kannten, geradeheraus: »Wie alt ist sie jetzt?«

»Sieben«, sagte ich.

Die Antwort war beiläufig direkt: »Okay, dann hat sie ungefähr die Hälfte ihres Lebens hinter sich – mit etwas Glück.«

Robin verzog das Gesicht. Plötzlich ist man gezwungen, sich der Sterblichkeit des geliebten Tieres bewusst zu werden, diese Hundejahre, die rennen, um das eigene Alter zu erreichen und dann zu überholen. Der Gedanke erfüllt einen mit einer starken, vorwegnehmenden Trauer, die noch ein weiterer Aspekt der rettenden Gnade eines Hundes ist: Das Wissen, dass er/sie sterben muss (und höchstwahrscheinlich vor einem selbst), bereitet einen vor.

Mich interessierten die Ergebnisse einer Studie des Tierarztes Bruce Fogle über die Meinung seiner Kollegen zum Tod. Es zeigte sich, dass einer von fünf praktizierenden Tierärzten die Überzeugung teilt, dass ein Hund über eine Seele und ein Leben nach dem Tod verfügt. Interessanterweise glauben zwei von fünf, dass Menschen über eine Seele und ein Leben nach dem Tod verfügen. Als man dieselben Fragen praktizierenden Tierärzten in Japan stellte (wo nach der buddhistischen und shintoistischen Tradition alle lebenden Wesen ein Leben nach dem Tod erwartet), glaubte jeder einzelne Tierarzt, dass Hunde eine Seele haben, die wahrscheinlich den Tod überlebt. Klingt das lächerlich? Das ist egal. Der Dichter Mark Doty erinnert sich dran, wie er mit seinem inzwischen verstorbenen Hund Beau durch den Wald spaziert und das Geräusch seiner Pfoten »hört«.

> … es ist fast etwas Körperliches, das Geräusch dieser Pfoten … gemeinsam mit seiner Farbe und seiner Wärme, dem Geruch des warmen Fells, das kinetische Leben eines Wesens, das selten stillstand: das in mir lebt. Und gerade, als ich dafür tief dankbar bin – auf dem Herbstpfad, Gerüche und Töne von Leder, Messing, Harz, Brandy, Tabak, verrottenden Blättern, Pilzen, nasser Rinde –, denke ich *Paradies*. Dann denke ich, *wenn es einen Himmel gibt, und er ist nicht dort, dann gehe ich nicht dorthin.*

Mein achtzigjähriger Vater, der Bonnies Gesellschaft genießt, ist davon überzeugt, dass sie eine Seele hat. Er befindet sich damit in guter Gesellschaft, denn Elizabeth Barrett Browning schrieb: »Wenn ich Verse aufgebe, um Prosa zu schreiben, dann, um eine Abhandlung über die Seele der Hunde zu schreiben.« Lord Byron war wütend, weil seinem Hund Boatswain, der ihn vor dem Ertrinken gerettet hat, »im Himmel die Seele verweigert wird, die er auf der Erde besaß«. Es ist wirklich schwierig, sich elysische Felder vorzustellen, die diesen Namen verdienen, ohne Hunde, große, kleine und mittelgroße, die durch das Gras toben, die für ihren Enthusiasmus, ihre Fröhlichkeit, Bereitschaft, Albernheit, Intelligenz, bedingungslose Akzeptanz, Treue und Hingabe belohnt werden mit der Erlaubnis, für immer im Land der Gesegneten zu spielen, ein ewiger Nachschub an gutem Futter und klarem Wasser und schmackhaften Leckereien stets zur Stelle. Es ist vielleicht närrisch, aber wenn wir es für wahr halten, dann könnte dieses Versprechen vielleicht die schreckliche Trauer über den Verlust eines geliebten Tieres mildern, vor dem Rudyard Kipling in seinem kummervollen Gedicht *The Power of the Dog* warnte:

Brüder und Schwestern, ich bitte Euch,
schenkt Euer Herz keinem Hund, es zu brechen.

Aber man kann die Liebe nicht wegen des daraus eventuell resultierenden Schmerzes verweigern. Junge Eltern fühlen sich meistens überwältigt von der erschreckenden Mischung aus Verantwortung und Liebe, die einen für immer auf die Folter spannt. Man stellt sich alles vor, was die kleinen Menschen, die man über alles liebt, bedrohen könnte – oder wird. Selbst wenn die eigenen Kinder erwachsen sind (wie meine), kann es immer noch sein, dass man um vier Uhr früh wach wird, weil man sich Sorgen macht, weil sie unstet oder unglücklich sind und man zukünftige Schwierigkeiten befürchtet, die das Leben ihnen in den Weg legt und über die sie stolpern werden, und man selbst ist nicht mehr da, um ihren Sturz aufzuhalten. Und wenn man einen Hund liebt, hat man Angst vor dem Universum der Keime und der Geschwülste, die das sowieso schon kurze Leben des Tieres, das einem so viel bedeutet, noch weiter abkürzen können.

Es war für mich eine Enttäuschung zu erfahren, dass einer meiner Lieblingsdichter, Rainer Maria Rilke, die emotionalen Ansprüche des Hundebesitzes fürchtete. Er war ganz seiner Kunst verpflichtet und glaubte, dass das Leben mit einem Hund Liebe und Aufmerksamkeit erfordert, die er nicht geben konnte. Er hatte Angst, seine inneren Ressourcen könnten aufgebraucht werden. In einem Brief von 1912 trifft er eine merkwürdige Aussage: »Sie gehen mir ganz und gar nah, diese sich auf uns völlig verlassenden Wesen, denen wir zu einer Seele heraufgeholfen haben, für die kein Himmel da ist.« Meint er damit, dass die Seele eines Hundes ein menschliches Konstrukt ist, eine fantasievolle Projektion oder alternativ eine Wirklichkeit, die durch den Bund Mensch-Hund gewachsen ist? Wenn Letzteres, warum ist er, der an die Kraft von Engeln glaubte, so sicher, dass es für sie »keinen Himmel« gibt? Rilke sah Hunde als »bessere« Wesen als die Menschen an. Er stellte sie sich so vor, weil sie einfacher und realer sind als Menschen. Ganz abgesehen von ihrer Fähigkeit zur Hingabe, leben sie in einer engen Verbindung mit der Welt, weil sie sie durch all ihre Sinne lesen, deren Leistungen ihnen eine gewisse Überlegenheit verleihen (»Wer von uns kann riechen, woher ein Geruch kommt?«). Darüber hinaus beschreibt Rilke in einem Brief aus Spanien ein verstörendes Treffen mit einem Streuner, in dem er dem Tier eine ihm selbst ebenbürtige Einsicht zuschreibt. Er trank gerade Kaffee, als eine »hässliche«, trächtige Hündin auftauchte und um Aufmerksamkeit bettelte. Ihre Augen »begehrten meinen Blick«, und in ihnen sah der Dichter »in die Zukunft oder ins Unbegreifliche«. Er gab ihr einen Zuckerwürfel. »Wir lasen gewissermaßen die Messe zusammen, die Handlung war an sich nichts als Geben und Annehmen, aber der Sinn und der Ernst und unsere ganze Verständigung waren grenzenlos.«

Meiner Meinung nach ist der Sinn dieses Treffens zwischen Dichter und Tier derselbe wie bei meinem Erlebnis vor langer Zeit an einem Morgen, als ich auf unserem Bio-Bauernhof eine Herde Hereford-Kühe angesehen hatte. Der Dichter, der sich so sicher war, dass es keinen Himmel für Hunde gibt, konnte dem Tier trotzdem eine spirituelle Kraft unterstellen, die »ins Unbegreifliche« reicht, und er benutzt die religiöse Formulierung »die Messe zusammen lesen«, um zu beschreiben, was zwischen ihnen passiert ist. Kein Wunder, dass der geheimnisvolle, heilige, wandernde Revolverheld, den Clint Eastwood in *Der namenlose Reiter* spielt, das Stück Land, in dem der Teenager Megan seinen ermordeten Jack Russell beerdigt, als »heilige Erde« bezeichnet. Bonnie lehrt mich also weiterhin, dass ich Teil einer Gemeinschaft von Tieren bin, bei denen keines über dem anderen oder von ihm getrennt steht. Manchmal schaue ich in ihre pechschwarzen Augen und frage mich, was es ist, das sie weiß, ich aber nicht. Nachts, wenn Robin fest schläft und ich hellwach bin, gequält von meinen üblichen Sorgendämonen, greife ich nach ihr, wie ich als Kind nach meinem Teddy gegriffen habe, und biege auf der Bettdecke meinen Körper um sie. Dann, in der weichen Zeit vor Sonnenaufgang, sehe ich ihre Augen leuchten, als wolle sie fragen, warum die Person, die sie verehrt, nicht zur Ruhe kommt? Dann presse ich mein Gesicht an ihren Rücken, atme den Hundegeruch ein, der für mich so süß ist, und bitte sie, nicht mehr einzuschlafen, mich nicht »allein« zu lassen. Aber normalerweise genügt diese stumme Begegnung, um mich müde zu machen, als würde mich das Schlagen dieses kleinen Herzens unbewusst beruhigen.

Es gibt ein Bild im Buch des Fotografen David Douglas Duncan *Picasso & Lump: A Dachshund's Odyssey*, das einen solchen Augenblick einfängt. Das Erlebnis von Stille mit einem kleinen Hund ist einer kultischen Handlung verwandt. Im Frühjahr 1957 besuchte Douglas seinen Freund und sein Fotomotiv Pablo Picasso im Haus des Künstlers nahe Cannes. Bei ihm war sein junger Dachshund Lump. An diesem Tag verliebten sich Picasso und der kleine Hund ineinander, und der große Mann malte sofort dessen Porträt auf einen Teller. Unter die lustige Skizze eines Wursthundes schrieb er: »Pour Lump, Picasso, Cannes 19. 4. 1957«. Innerhalb von Tagen hatte sich »Lumpito« als Muse des Malers und Jacqueline Roques Gefährte, während ihr Partner ganz bei seiner Kunst war, etabliert. Picasso machte Lump durch seine Serie *Las Meninas* unsterblich – vierundfünfzig Gemälde, inspiriert von Velásquez' großem Werk desselben Namens. Im Originalgemälde liegt unten rechts ein großer Hund, in Picassos Versionen sehen wir stattdessen die unverwechselbare Form der Rasse, die später auch Andy Warhol und David Hockney verzaubern würde.

Eines Tages sagte Picasso zu Douglas: »Lump verfügt über das Beste und Schlechteste in uns.« Auf dem Foto, das ich liebe, starrt der Künstler den Hund an, als wolle er dessen Geheimnisse ergründen. Das kahle Steinzimmer wird von zwei Fenstern erhellt. Picasso und Jacqueline sitzen einander gegenüber, und bei ihnen sind noch vier andere Leute. Die Stille ist greifbar, alle sechs Menschen starren intensiv auf Lump, der auf dem Boden zwischen ihnen sitzt. Er tut nichts, sieht nicht einmal den Fotografen an, sondern schaut in die Ferne. Die lockere Komposition wird durch den Hund geerdet. Er ist der Mittelpunkt, seine Leine führt den Blick zum faszinierten Nachsinnen des Künstlers, und das ganze Bild wird durch das mediterrane Licht, das Picassos und Lumps Köpfe vergoldet, geheiligt. »Was war sein Reiz?«, fragt Douglas, und er erinnert sich, dass »eine süße Sanftheit in den Augen des Künstlers leuchtete«, wenn er Lump ansah. Wer kann schon sagen, was der Künstler sah oder warum er genau diesen Hund in seine Welt ließ? Dachshund und Herrchen starben beide 1973. Picasso war zweiundneunzig und Lump gleich ehrwürdige siebzehn Jahre alt, aber in der Kunst auf ewig unsterblich.

Eines Sonntagsnachmittags im Juni 2009 begann Bonnie plötzlich herumzuspringen und zu kreischen wie ein von einer Jagdkugel verwundeter Hase. Niemand berührte sie. Sie ist kein Hund, der aus Versehen etwas Vergiftetes fressen würde, da sie oft dazu überredet werden musste, ihre teuren

Kleine-Hunde-Mahlzeiten zu fressen. Doch am Tag vorher hatte sie schon schlapp gewirkt, und wir begannen, uns Sorgen zu machen. Jetzt sah sie mich Mitleid erregend an, und eines ihrer Vorderbeine gab nach. Ich stand wie erstarrt oben auf der Treppe, also versuchte sie natürlich, auf die unterste Stufe zu gelangen, nur um umzufallen. Als ich nach unten lief, um sie hochzuheben, sahen die winzigen schwarzen Augen verängstigt aus, das Weiße darin Mondstrahlen der Panik. Und doch auch merkwürdig vorwurfsvoll. Was tut da weh? Warum hilft mir meine Muttergöttin nicht? Und die ganze Zeit über dieses hohe Heulen, das an mir zerrte. Ihre Rippen fühlten sich unter meinen Fingern wie Vogelknochen an, ihr Herz klopfte einen schmerzhaften Takt, in einer Brust so zerbrechlich wie Papier. Ich fühlte mich hilflos.

In diesem Augenblick hörte ich draußen das Geräusch des Motorrades, und Robin kam zurück, um die Führung zu übernehmen. Er rief wieder und wieder beim tierärztlichen Notdienst an, bis wir einen Termin bekamen. Oft war ich eine verzweifelte, besorgte Mutter gewesen, die ein Kind im Arm hält und die schlimmsten Nachrichten befürchtet, also soll mir niemand vorwerfen, dass es nicht vergleichbar sei, denn das *weiß* ich. Doch wieder stand ich da, auf ein stilles Gebet konzentriert: *Bitte lass sie nicht sterben*. In einem solchen Augenblick erinnert man sich an die Trauer von Freunden, deren Hunde gestorben sind, und es wird einem bewusst, dass man zwar mitfühlende Dinge gesagt, aber nicht wirklich verstanden hat. Doch jetzt ist dies anders, da dein eigener Hund krank und der Tierarzt verwirrt ist und man das Gefühl hat, dass sie, auch wenn das nicht das Ende sein sollte, schon ihr halbes Leben hinter sich hat. Früher oder später passiert es also.

Anfang 2009 lasen wir fasziniert von neuen Ausgrabungen

in Sakkara in Ägypten, bei denen eine Grabkammer mit zweiundzwanzig Mumien in sandigen Nischen in den Wänden des Grabes gefunden worden war, darunter die Mumien von Kindern. Archäologen haben auch die Mumie eines Schoßhundes gefunden, der sicher dorthin gebracht wurde, um seinem Besitzer ins Jenseits zu folgen. Das war nicht unüblich. Der Hund wurde mit derselben Sorgfalt wie ein Mensch einbalsamiert und dann in Leinenbänder gewickelt. Sie schufen Augen, Nase, Mund und Ohren, damit er so lebendig wie möglich aussah. Welche größere Auszeichnung der Wertschätzung kann man sich vorstellen? Kein Wunder, dass die lange verstorbenen Hunde auf Grabmalereien verewigt wurden: Basenjis und Dalmatiner mit ihren Juwelen verzierten Halsbändern und (oft unter dem Stuhl ihres Herrchens) die kleinen Hunde mit kurzen Beinen, gespitzten Ohren und gewundenen Schwänzen. Alles Gefährten des hundeköpfigen Gottes Anubis – für die Ewigkeit.

Andere Religionen haben mich schon immer interessiert, schließlich habe ich eine buddhistische Göttin in meinem Garten und kleine Hinduskulpturen im Haus: Ganesha und Lakshmi. Doch schlussendlich bin ich Teil einer christlichen Kultur, und daher ist es für mich wichtig, dass nichts in der Bibel daraufhin weist, dass jedes lebende Wesen jenseits des Menschen über eine Seele verfügt. Es gibt aber auch nichts, das eine solche Annahme ausschließt. Ich mag den Bund im Alten Testament zwischen dem Menschen als Hüter der Erde und des Königreichs der Tiere: »… und mit allen Lebewesen bei euch, mit den Vögeln, dem Vieh und allen Tieren des Feldes, mit allen Tieren der Erde« (Genesis, 9:10). Das jüdische Gesetz verbot traditionell Grausamkeit gegenüber Tieren und unterstützte die aktive Sorge um ihr Wohlergehen. Im 4. Buch Mose, zum Beispiel, finden wir die Geschichte von Balaam und seinem Esel, in der der Mann von einem Engel wegen seiner Grausamkeit gegenüber seinem Tier gerügt wird. Die rabbinische Tradition predigte Mitleid für das Wohlergehen von Tieren zu allen Zeiten. Es ist der moralische Anspruch, den der Heilige Franz von Assisi ausdrückt: »Menschen, die irgendeiner Kreatur Gottes keinen Schutz aus Mitgefühl und Erbarmen gewähren, sind Menschen, die mit ihresgleichen genauso verfahren.«

Im Neuen Testament tröstet eine Bemerkung Jesu. Er sagt seinen Jüngern: »Kauft man nicht zwei Sperlinge für einen Groschen? Dennoch fällt keiner von ihnen auf die Erde ohne euren Vater.« (Matthäus 10:29). Die kleinsten und unwichtigsten Vögel, so billig, dass man zwei für fast gar nichts kaufen kann, gelten als der Aufmerksamkeit so würdig, dass das mächtigste Wesen des Universums den Tod jedes Einzelnen von ihnen bemerkt. Mit alldem im Hinterkopf sehe ich keinen Grund, warum jemand kein Beerdigungsritual für ein betrauertes Tier abhalten sollte und dabei vielleicht die Worte von Franz von Assisi, dem Heiligen der Ökologie und der Tiere, spricht. Er glaubte, dass wir alle eins sind, eine miteinander verbundene Schöpfung, und alle, vom kleinsten Insekt bis zum edelsten Menschen, in der Liebe des Schöpfers geborgen. An seinem Namenstag, dem 4. Oktober, finden bei Katholiken und in anderen christlichen Kirchen weltweit Messen statt, in denen Tiere gesegnet werden. Wenn also das lebende Wesen gesegnet werden kann, warum dann nicht auch das tote? Denn es ist ein kleiner Schritt von solch einer Ehrung geschätzter Tiere zu dem Gefühl, dass – da wir wissen, dass auch Hunde »lieben« können (wir müssen hier das menschliche Konzept nutzen) und da die Vorstellung des Himmels die eines Zustands reiner Liebe ist – es eine spirituelle Dimension bei unseren Haustieren geben *könnte*, von der wir nichts wissen. Ich vermute ehrlich gesagt, dass das nicht der Fall ist, aber was bedeutet das schon, wenn der Glauben daran tröstet?

Ich neige immer noch zu den Worten der Weisheit, die von meiner Kuan-Yin-Statue in ihrem Gartentempel ausgehen. Sie sagt mir, dass wir verstehen müssen, dass jedes einzelne Ding in Bewegung ist, daher ist es eine Verschwendung von spiritueller Energie, dagegen anzukämpfen. Wir dürfen traurig sein, doch zu lernen, Frieden mit einem Verlust zu schließen, beginnt mit dem Verständnis, dass wir im Augenblick leben müssen, wissend, dass mehr Augenblicke folgen werden und dass jeder davon vollständig erlebt werden will. An einer Trauer hängenzubleiben lässt den Trauernden in eine Falle tappen. Es ist kein Mahnmal für einen Menschen oder ein geliebtes Tier, wenn man durch ihren Verlust lebensunfähig wird. Tod ist nur *ein* Ende. Wenn es stimmt, dass das, »was von uns überleben wird, die Liebe ist«, dann ist der einzige Weg, das zu beweisen, zu *leben*.

Ich erinnere mich an Freunde, die durch den Tod ihrer geliebten Hunde schrecklich traurig wurden und mir versicherten, dass es nicht so einfach ist.

Um 14:30 am Mittwoch, den 25. Januar 2005 (und wie sie sich daran erinnert), wurde der Hund meiner lieben Freundin Gaynor nach einer langen Krankheit und mehreren Operationen eingeschläfert. Bentley war ein Border Terrier, und sie, eine schöne, lebenssprühende Frau, sagt ehrlich: »Er war der einzige Junge, der mir das Herz gebrochen hat.« Sie macht keinen Witz, und so ein Ausmaß der Trauer kommt auch nicht aus moderner Sentimentalität. Tierfriedhöfe, wie der Cimetière des Chiens in einem nordwestlichen Vorort von Paris oder der in Molesworth in Cambridgeshire, zeugen von der Ernsthaftigkeit, mit der unsere Vorfahren den Tod eines Tieres behandelt haben. Besitzer von Herrenhäusern legten üblicherweise einen Tierfriedhof an und gaben monumentale Skulpturen der Tiere in Auftrag. Auf einem von Flechten überwucherten Stein im Wald von Overwater Hall Hotel in Cumbria fühlten Robin und ich mit den Trauernden von vor hundert Jahren, die »Lyuth – a bonnie dog« und »Brownie – zu herzlich geliebt« beweinten.

Um 1853 kaufte Giuseppe Verdi (dessen Opern mich immer mehr berührten als andere) einen Malteserhund für seine Geliebte (und spätere Frau) Giuseppina Strepponi. Vielleicht sah er die langen Stunden voraus, die sie in ihrer Villa San'Agata in der Provinz Piacenza in Norditalien alleingelassen würde. Die frühere Sopranistin verehrte ihren kleinen Hund, der ihr überallhin folgte und auf ihrem Bett schlief. Aber im August 1862 schrieb Verdi an den Dirigenten Mariani: »Uns hat ein sehr großes Unglück getroffen. Loulou, die arme Loulou ist tot! Armes Ding! Der wahre Freund, der treue, untrennbare Gefährte von fast sechs Lebensjahren! So liebevoll! So schön! Arme Loulou. Es ist schwer, die Trauer von Peppina zu beschreiben, aber Sie können sie sich vorstellen … in meinem Haus herrscht Trostlosigkeit.« Giuseppina und Verdi begruben den »treuen und charmanten« Malteser unter einer Weide in ihrem Garten, und Besucher der heutigen Villa Verdi können das hübsche Steindenkmal am See besichtigen, auf dem steht: »Alla memoria d'un vero amico«, und in Giuseppinas Zimmer ein ovales Porträt des Hundes mit einem blauen Band sehen, ihrem »wahren Freund«.

Ich kann mir Giuseppinas Trauer um Loulou, die meiner Bonnie ähnlich sieht, gut vorstellen. Ich verstehe die Trauer um Flush und Carlo und glaube, dass Byrons Boatswain eine Seele hatte, weil niemand mir beweisen kann, dass er keine hat. Ihre Hunde, wie mein eigener, hatten einen Zweck. Einen Augenblick lang in der neutralen Düsternis der meisten Tage innezuhalten und sich zu erlauben, in die unterschiedliche Trauer anderer Menschen einzutauchen, das bedeutet, von einem elektrischen Strom des Verständnisses reaktiviert zu werden, der die Welt erhellen kann.

Die Hunde sind ein Weg hinein in diese Welt. Sie sind – in dieser speziellen Geschichte – das *Tor*.

Es stellte sich heraus, dass Bonnie damals nichts Ernstes hatte, entzündungshemmende Medikamente und Antibiotika vertrieben, was auch immer es war, und die Tierärzte blieben ratlos. Robin und ich konnten eine Woche lang nicht mit ihr rausgehen, während sie sich erholte, aber schließlich wurde alles wieder normal. Jeden Tag gingen wir mit ihr denselben kurzen Weg spazieren, über die Straße, eine Straße voller moderner Häuser (wie die Wisteria Lane bei *Desperate Housewives*) bis zu den Schrebergärten, einmal außen herum und durch einen kleinen Park zurück. Sie mag den Spaziergang, weigert sich aber mitzugehen, wenn einer von uns zu Hause bleibt. Das ganze Rudel muss gemeinsam gehen. Eines Tages, als wir die ordentlichen Reihen von Kohl und Bohnen bewunderten und Robin sagte, wie schön es wäre, Selbstversorger zu sein, trafen wir eine Nachbarin, eine Witwe. Sie erzählte uns, ihr alter Hund sei gestorben. »Das Haus ist so leer«, sagte sie. »Ich hasse es, dorthin zurückzugehen.« Ihr Hund hatte ihr Trost gespendet, als ihr Ehemann vor ein paar Jahren plötzlich gestorben war, und auch während der dunklen Tage, die folgten. Jetzt war der Korb leer, und sie fand es unerträglich. Wir murmelten die richtigen Worte des Beileids und waren uns ihrer Unzulänglichkeit bewusst. Wir wussten, dass das der Punkt ist, an dem manche Menschen aufgeben, da ihr Hund ihre letzte Verbindung zum Leben oder eher zum Lebenswillen war.

Es ist schwierig, über den Tod des letzten Hundes von Edith Wharton zu lesen, ohne gerührt zu sein. Nach elf gemeinsamen Jahren wurde Linky am 11. April 1937 krank, und vier Tage später musste Wharton die Entscheidung treffen, ihren kranken Pekinesen (»die Beste und Letzte ihrer Rasse«) einschläfern zu lassen. In der Nacht stellte sie sich vor, den Geist ihres kleinen Hundes neben ihrem Bett zu sehen. Am Tag danach steht in ihrem Tagebuch einfach: »Kann mich nicht erinnern. Ach, mein kleiner Hund«, und sie erzählt einem Freund: »Ich wünschte, ich wäre vor ihr gestorben, denn zum ersten Mal in meinem Leben fühle ich mich völlig allein und einsam.« Dann erwähnt Wharton ihren Hund mehrere Tage lang nicht mehr, sondern bemüht sich tapfer, über andere Dinge zu schreiben. Schließlich, am 26. April, erscheint dieser Schmerzensschrei: »Oh, wie soll ich mich nur je daran gewöhnen, Linky nie wiederzusehen?« Im Mai war sie »müde und deprimiert« und notierte: »kann meine Linky nicht vergessen«. Dann auf den Tag genau vier Monate, nachdem ihr Hund krank wurde, starb Edith Wharton an einem Schlaganfall. Sie muss gewusst haben, dass ihre großen Romane ihr Unsterblichkeit sicherten, aber es ist leicht zu verstehen, warum eine kinderlose Frau von fünfundsiebzig Jahren nicht den Wunsch hatte, ohne diesen kleinen Herzschlag zu ihren Füßen weiterzumachen.

Zum Glück war unsere Nachbarin, obwohl auch über siebzig Jahre alt, robuster. Ein paar Monate später trafen wir sie wieder in den Schrebergärten, aber dieses Mal strahlte sie. Sie konnte es kaum erwarten, uns aufgeregt von ihrem neuen Welpen, einem Pudel, zu erzählen: »Er macht einen Unterschied.« Natürlich. Der Welpe brachte wieder Leben und

Bewegung in ihr Zuhause. Kein Wunder, dass so viele Hunde erfolgreich bei Therapien eingesetzt werden. Die Besten sind darauf trainiert, positiv auf die am stärksten verstörten Jugendlichen oder Alzheimererkrankte zu reagieren. Mein Vater war gerührt, als er beobachtete, wie Bonnie, normalerweise unfreundlich gegenüber Fremden und immer ruhelos, irgendwie wusste, dass sie auf dem Schoß seiner hundertjährigen Nachbarin ruhig sitzen musste und ihr damit ein großes Vergnügen bereitete, weil diese das Gefühl hatte, dass der kleine Hund sie mag. Eine meiner Leserinnen schrieb als Antwort auf einen von mir veröffentlichten Brief einer Frau mit vielen Problemen. Ihr Rat? »Das beste Rezept ist, sich einen Hund zuzulegen. Der zwingt sie zu langen Spaziergängen, und man hat jemanden, dem man alles erzählen kann! Ich habe gerade meinen zweiten Rettungshund bekommen, und er verändert wirklich das Leben. Jemand, der einen bedingungslos liebt – immer.«

Leider kann ich das nicht als eigene Standardantwort geben, auch wenn ich zustimme, dass viele einsame und depressive Menschen von dem, was wir alle den »Bonnie-Effekt« nennen, profitieren würden.

Meine Lieblingsabende verbringe ich zu Hause, nur mit Robin und unserem Hund: das Rudel zusammen auf dem Sofa. Familie und Freunde, wenn auch sehr geliebt, erfordern Aufmerksamkeit, außerdem kann ich manchmal nicht mehr den Anforderungen gerecht werden, die Bücher, die ich liebe, zu lesen. Nach einem Tag, an dem ich mit Wörtern und Bedeutungen gekämpft habe, gefällt mir nichts besser, als mit dem Rudel zu kuscheln und einen Film anzusehen. Aber mein Filmgeschmack wird schlechter, je älter ich werde. Als J und ich noch keine dreißig waren, standen wir in einem Arthouse-

Kino in Chelsea Schlange, um Fellini und Bergmann zu würdigen. Jetzt, mit über sechzig, schäme ich mich nicht, Jennifer Aniston in *Marley & Ich* und Sam Neill in *Dean Spanley* zu genießen. Robin und ich teilen eine Vorliebe für romantische Komödien und jeden Film, in dem Hugh Grant mit üppigen Haaren und sehr englisch sich selbst spielt. »Es ist nichts verkehrt an dem Wunsch, dass eine Geschichte glücklich endet«, sagt Robin verteidigend, und auch wenn ich argumentiere, dass Kunst sich so einen Luxus nicht immer leisten kann, stimme ich ihm im Herzen zu. Wir sprachen mal über Richard Curtis' Filme, als ich darauf hinwies, dass ich in der Zeitspanne, die sein Buch umfasst (Frühling 2002 bis Sommer 2009), vier Beerdigungen und eine Hochzeit besucht hatte.

»Wessen Hochzeit?«, fragte er, die Beerdigungen waren ihm klar.

»Unsere natürlich!«, sagte ich.

Ich dachte, ich hätte noch nicht ganz das Alter erreicht, in dem man Bekannte in den Todesanzeigen wiederfindet, doch ab und zu sind sie da, bringen mich auf eine Siebziger-Jahre-Party zurück, bei der jemand persische Liebeslieder singt oder Blues zu Gitarrenklängen, während der Wein fließt, die Räucherstäbchen brennen und jemand auf der anderen Seite des Zimmers sich verliebt und es mit Liebeskummer enden wird. Und dann, Jahre später, erscheint diese Todesanzeige, die die Erkenntnis einläutet, dass wir nicht mehr »Still crazy after all these years«, sondern müde vom Leben sind und Angst vor dem Tod haben. Manchmal.

Wenn die Vorstellung, dass dein geliebtes Tier sterben wird, ein Training ist, dann ist es auch eine Art, das Wissen, dass deine Eltern (zum Beispiel) sterben werden und man trauern wird, zu verdrängen. Aber diese vier Beerdigungen konnte ich nicht vermeiden, und so halte ich hier inne, um meine Freunde zu ehren, als einen Weg (ja, noch ein Tor) zur nächsten überraschenden Stufe meiner persönlichen Suche, wenn ich lediglich von meinem kleinen Hund begleitet werde. Sie müssen mit mir in diese Schatten treten, weil ähnliche Schatten über Ihren eigenen Weg fallen werden und man ihnen nicht aus dem Weg gehen kann, nicht mithilfe von leichten Filmen oder Wein oder Sex, nicht einmal mit dem Lachen über die Albernheiten eines herumtollenden tierischen Gefährten. Die Schatten müssen angenommen werden.

Diese vier Menschen also, die ich alle zum ersten Mal in den achtziger Jahren getroffen habe: zunächst der Autor Bernard Levin, gestorben im August 2004. Es war an der Zeit für ihn zu gehen, denn damals hatte der größte Journalist seiner Generation die Sprache im Dickicht seines Geistes verloren. Wir hatten die Oper, Essen und viele Witze geteilt und auch Vertrauliches. Ich freute mich über das Glück, das seine letzte Liebe ihm brachte, und sah mit Entsetzen und Verzweiflung, so wie alle, die ihn liebten, wie die Alzheimererkrankung ihn uns entfremdete. Wir trauerten um seinen verlorenen Geist, seine Jovialität, seinen Enthusiasmus, seine Leidenschaft für Wein, Weib und Gesang und diese große, grenzenlose Liebenswürdigkeit, die in der Dunkelheit glitzerndes Rheingold vor der Tür stapelte. Bei seiner Beerdigung zu sprechen und dann seinen Eintrag für den *Dictionary of National Biography* zu schreiben, gehört zu den schwersten Dingen, die ich je getan habe, wegen der Bemühung, Worte zu finden, die hoch genug springen, um ihn zu erreichen.

Dann, Anfang Januar 2005, starb einer der talentiertesten Architekten Großbritanniens, Richard Feilden, zu Hause in der Nähe von Bath. Ein Baum, den er fällte, erschlug ihn. Er war vierundfünfzig Jahre alt und auf dem Höhepunkt seiner Karriere. Am Tag vor seinem Tod waren zwei seiner drei erwachsenen Kinder bei mir zu Hause, um den Geburtstag meiner Tochter zu feiern. Dann rief J an, um mir die schockierende Nachricht mitzuteilen. Richards Talent und Energie, sein Idealismus, seine festen Überzeugungen, seine lustigen Herausforderungen, seine Gastfreundschaft und sein Humor – alles fort. Er war derjenige, der mich mal verärgert hatte, weil er meinen Schoßhund neckte. Aber wie sehr wünschte ich mir, seine Scherze wieder zu hören. Nur wenige Tage vor seinem Tod war die Welt von der Nachricht des zerstörerischen Tsunamis in Folge eines Seebebens im Indischen Ozeans erschüttert worden, bei dem über 230000 Menschen in elf Ländern getötet wurden. Solch ein universelles Leiden und Trauern, und doch zieht einem ein individueller Tod das Herz zusammen, wenn man sieht, welche Verzweiflung er bei Familie und Freunden auslöst. Bei seiner Beerdigung erklang in der Bath Abbey Richards Lieblingsmotto »Nach vorn und nach oben«, und wir nahmen alle seine Botschaft mit hinaus in den kalten Tag.

Im November desselben Jahres erfuhr ich, dass die Lektorin, mit der ich seit 1985 an meinen Kinderbüchern gearbeitet hatte, tot war. Ich hatte Miriam Hodgson Ende 2003 das letzte Mal gesehen, als ich in ihren Armen geweint und vom Ende meiner Ehe erzählt hatte. Danach hatten wir ab und zu noch Postkarten geschickt, wie üblich. Sie war in Pension gegangen, und ich schrieb keine Kitty-Geschichten mehr, sodass es keinen Grund mehr gab, sie zu treffen. Ich nahm an, dass es immer eine Weihnachtsfeier geben würde, auf der wir unsere alte Vertrautheit wiederbeleben könnten, umgeben von Kinderbuchautoren, die plaudern und Wein trinken. Jetzt war auch sie von uns gegangen. Keine Haken am Rand eines Manuskripts mehr, keine kleinen Kommentare mit Bleistift wie »hübsch!« und keine gelegentlichen Einsprüche, weil eine Figur gemeiner war, als sie es für notwendig hielt. Die traurige Aufgabe, Miriams Nachruf für *The Times* zu schreiben, fiel mir zu, und ich sah es als Ehre an. Der Artikel endete: »Sie hat immer gesagt, dass Kinder es verdienen, den Glauben daran, dass das Gute das Böse besiegt, zu behalten. Dieser optimistische Geist überlebt sie, sowohl in den Büchern, die sie lektorierte, als auch in den noch ungeschriebenen Geschichten, in denen ihr Einfluss weiterleben wird.«

Ein Journalist, ein Architekt, eine Kinderbuchlektorin ... und dann noch ein Autor. Der erfolgreiche Journalist Miles Kington starb im Februar 2008. Wie die meisten Leute in unserem Gewerbe hatte ich seine Fähigkeit bewundert, tägliche Kolumnen zu schreiben, die wie Cumuluswolken an einem Sommerhimmel über dem Alltäglichen schwebten. Kein Wunder, dass die Menschen bei seiner Beerdigung sowohl lachten als auch weinten. Ein alter Schulfreund erzählte den Versammelten, wie Miles dazu überredet worden war, bei einer Hundeschau bei den Highland Games als Juror mitzumachen. Er wusste wenig über Hunde, kompensierte das aber, indem er neue Kategorien für einen Hundechampion erfand, wie »der ungehorsamste Hund« und derjenige, der einer gewissen verbitterten Fernsehmoderatorin am ähnlichsten sah. Seine Frau musste auf ihn einreden, damit er den ersten Preis nicht dem Hund verlieh, der nichts gewonnen hatte.

Ach, der Humor von versagenden Hunden! Kein Wunder, dass Miles Kingtons letztes Buch *How Shall I Tell the Dog?* heißt. Es ist eine Reihe von geistreichen Briefen an seinen Agenten, in denen er immer verrücktere Buchideen anbietet. Denn weil er jetzt todkrank sei, bräuchte er umso dringender einen Bestseller. Dabei spielt er mit allen möglichen

Vorstellungen, darunter auch, wie man es seinem Hund sagen soll, dass er – entgegen allen Erwartungen – einen überleben wird: »Zunächst mal wird er nicht unbedingt verstehen, dass ich sterben werde. Er weiß nichts über den Tod. Während ich daliege und vergehe … woher soll ich wissen, dass er nicht genau dann, wenn ich den Mund öffne, um die sorgfältig vorbereiteten und geübten letzten Worte zu äußern, hereinstürmt und Gassi gehen will? Und dass meine letzten Worte dann sein werden: ›Um Himmels willen, jetzt nicht, Berry!‹« Hier haben wir einen Mann, der die stürmische, unverwüstliche Natur der Hunde verstanden hat, die ihn sogar im Angesicht des Todes scherzen ließ.

All die Todesfälle, die wir ertragen, lehren uns etwas. Vor vierunddreißig Jahren hatte ich dem Künstler und Steinmetz Iain Cotton den Auftrag für einen Schiefergedenkstein in Erinnerung an den Sohn, der nie geatmet hat, erteilt. Darauf steht »DIE STILLE DER LIEBE BEWEGT SICH EWIG«, was die Dauer des Verlusts, aber auch seine verändernde Kraft anerkennt. Und all diese Gedanken führen mich an diesen Punkt in meiner Geschichte. Denn wie könnte ich je vergessen? Während dieser Jahre starb auch die Sopranistin Susan Chilcott – und ihr Tod war eine Quelle großen Kummers für alle, die sie geliebt haben, aber für J und mich war er ein Tsunami.

Eines Sonntagmorgens, Anfang Januar 2009, höre ich J zu, wie er im Radio über sie spricht. Zur Reihe *Private Passions* (auf BBC Radio 3) wird jede Woche eine andere bekannte Persönlichkeit eingeladen, um Musik, die sie lieben, auszusuchen und zu erklären. Der Komponist Michael Berkeley moderiert und nimmt die ausgewählte Musik ernst, so wie es dem Auftrag des Senders entspricht. Ich kann meine Gewohnheit, aufmerksam zuzuhören, wenn J auf Sendung ist, nicht aufgeben. Ich wünsche ihm einerseits, dass er brillant sein soll, und bewundere ihn, wenn er es ist, doch gleichzeitig enttäuscht es mich, wenn mir klar wird, dass es eigentlich nicht mehr wichtig ist, was ich denke. Während die Erkennungsmelodie der Sendung läuft, rate ich, was er auswählen wird: Sicherlich etwas von Mozart (wahrscheinlich fürs Klavier) und ganz bestimmt etwas von Beethoven (ich sage eine Sonate für Klavier und Geige vorher, den »Frühling«) und natürlich, das weiß ich, wird er Susan Chilcott auswählen, wie sie eine der großen Arien singt. Ich bin vorbereitet.

Worauf ich nicht vorbereitet bin, ist die Entdeckung, dass die Auswahl auf eine gewisse Weise einen Soundtrack unseres gemeinsamen Lebens bildet. Er zielt nicht darauf ab, aber während das Programm läuft, öffnet es Tore im Gedächtnis, wie es sogar Wörter nicht können. Er spricht über seinen Vater, seinen Vorsitz beim Bath International Music Festival, und dann beginnt seine Auswahl. Benjamin Brittens *St. Nicholas* erinnert mich daran, wie er zu Beginn unserer Ehe die Zeile »St. Nicholas was born in answer to a prayer« parodierend gesungen hatte und mir erzählte, wie er es als Teenager liebte, das im Schulchor zu tun. Das Erste, was wir an jedem Weihnachtsmorgen taten, war, seine alte LP von Brittens *A Ceremony of Carols* aufzulegen.

Bei der Wahl von Beethovens Siebter erinnert er sich daran, wie er kurz nach dem Mauerfall in Berlin gewesen war und sich vorstellte, wie es gewesen sein muss, als der Potsdamer Platz wiedereröffnet wurde und die Berliner Philharmoniker die gewaltige Siebte spielten. Und ich erinnerte mich an seine Euphorie, seinen Optimismus, als er mir ein paar von Graffitis bunte Mauerstücke mitbrachte. Das war *unsere* Zeit. Dann erschreckt die abrupte Wahl einer wilden, verrückten, hypnotischen Musik aus dem äthiopischen Hochland, aber für mich ist es keine Überraschung, weil nur ich weiß, wie viel Äthiopien ihm bedeutete, während all der Jahre, die er dort Dokumentationen gedreht hat. Besitzt er, vielleicht in einem Karton auf dem Speicher, noch die Platte *Musiques Ethiopiennes*, die ich ihm gekauft hatte?

Ich hatte recht bei Mozart. Dieser bedauerte seine begrenzten Fähigkeiten als Pianist, aber er sagte, dass er es genoss, bestimmte langsame Sätze recht passabel zu spielen, gut genug, um diejenigen, die nicht viel über Musik wussten, zu täuschen. Während die ersten Takte der Klaviersonate in A-Dur an mein Ohr dringen, erinnere ich mich an das lange, niedrige Wohnzimmer mit der Holzbalkendecke seiner Mutter in Cranleigh, Surrey. Polierte Eichenbeistelltische, Familienfotos in Silberrahmen, tiefe Sofas, blaue und goldene Samtsessel, kleine plissierte Wandleuchter, der Geruch von Hunden und Zuhause. Es ist Frühling 1968, wir sind frisch verheiratet und passen eine Woche auf das Haus und die Labradore Bill und Ben auf und lernen für das Studium. J sitzt am Stutzflügel und spielt mir genau diese Sonate vor, und ich beugte mich vor, um ihn in einer Umgebung zu beobachten, die schöner ist als jede, die ich bis dahin gesehen hatte. Und ich denke, dass es das wundervollste Geräusch ist, den Mann, den ich liebe, Mozart spielen zu hören.

Seine letzte Wahl, Nummer sechs, wird mit Überlegungen zu den Wundern, die er in den über dreißig Jahren als Fernsehreporter und Dokumentarregisseur gesehen hat, eingeleitet – und plötzlich lässt mich ein sechster Sinn »Thomaskirche!« sagen. Ich habe recht, natürlich, denn ich erinnere mich daran, was es ihm bedeutet hat, die Johannespassion in Bachs großer Kirche an Ostern in Leipzig zu hören, als Ostdeutschland sich immer noch unter der Herrschaft des kommunistischen Honecker-Regimes befand und die Musik von Bach eine sublime Form des Protests war. Er brachte ein einfaches Poster des Konzerts mit, das wir rahmen ließen, um dieser Gelegenheitsgrafik ihre wahre Bedeutung zu geben. J erzählt, wie er in der herrlichen Kirche saß und dachte, wie wunderbar es für diese unterdrückte Gesellschaft wäre, frei zu sein, während er von »einem der großen Werke christlicher Kunst« (obwohl er sich als »eigentlich nicht gläubig« beschreibt) begeistert war, das sogar den Klang eines Chores, der nach der Kreuzigung Jesu ruft, in ein elegantes Feuerwerk verwandelt.

Ich nehme die Lektion an. Das ist Teil der Suche, sich bewusst zu werden, dass das Schlimmste verwandelt werden kann.

Aber ich muss noch einmal zurück zu seiner dritten Musikwahl, eingeleitet von seiner Liebe zur Oper. Da ist Susan Chilcott, zwischen Beethoven und den Äthiopiern, zwischen seinen Erinnerungen an die Berliner Mauer und an Hungersnot, und bringt die erste traurige Note in ein Programm voller Begeisterung. Wie könnte es anders sein? Wie hätte er sie nicht auswählen können? Michael Berkeley leitet elegant zu dieser Wahl über, indem er sagt, dass wir, wenn's im Leben hoch hergeht, oft sagen: »Es ist wie in der Oper.« J stimmt zu. Er sagt, dass er immer gedacht hatte, sein Leben würde stetig weiterfließen und dass große Dramen nur anderen Menschen passierten. Aber dann »habe ich mich in eine großartige Sängerin verliebt, in die Sopranistin Sue Chilcott, und sie sich in mich, und ich habe die letzten drei Monate ihres Lebens mit ihr verbracht.« Er spricht über ihre Größe als Sängerin, darüber wie Placido Domingo sie als Genie beschrieb, wie schön sie war, wie gut geeignet für die großen lyrischen und tragischen Rollen, und er wählt schließlich, mit einer Stimme voller kontrollierter Gefühle, ein Musikstück (von einer neu erschienen CD *Susan Chilcott in Brussels*), das ich sehr gut kenne: Desdemonas ergreifende, letzte Arie »Ave Maria«. Als das letzte »Amen« verklungen ist, schafft J es, zu sagen: »Wenn man diese Stimme hört, denkt man unwillkürlich, wie viel die Musikwelt und die Oper doch verloren haben.«

Dem kann man nicht widersprechen. Die Schönheit ihrer Stimme ist überwältigend, aber auch die Botschaft der Worte, während die dem Untergang geweihte Desdemona für Sünder und Unschuldige gleichermaßen sowie für die Schwachen und Unterdrückten zu Maria betet. Sie betet für den Mann, der unter der Ungerechtigkeit und unter den Schlägen des grausamen Schicksals leidet. In ihrer letzten Segnung bittet Desdemona die Jungfrau, für uns alle zu beten (»*prega per noi*!«), und hier, ganz wundersam in Boitos Worten und Verdis Musik, werden die einzelnen Teile der gesamten Sendung in einem Ganzen vereint: Beethovens Taubheit, Mozarts Leiden und früher Tod, die Menschen in Ostberlin und in Äthiopien und all den anderen unterdrückten Ländern, aus denen J berichtet hat, Shakespeares Tragödien, alle verlorenen und einsamen »Außenseiter« Brittens und J selbst, ein starker Mann, der auch trauert.

»Zeig dein Mitleid« (»*tua pietà dimostra*«) bittet Desdemona.

Aber was, denke ich, ist mit *mir*?

»Ich habe die letzten drei Monate ihres Lebens mit ihr verbracht«, hat er gesagt, aber die andere Frau, mit der er all die Jahre verheiratet war, erwähnt er nicht. Nicht einmal nebenbei. Ein paar Augenblicke lang fühle ich mich voll von Traurigkeit und Wut und sogar Empörung. Aber das Gefühl hatte keinen Bestand. Schließlich hat er auch seine neue Frau nicht erwähnt, und ich weiß, dass er die Entscheidungen nach sorgfältigen Überlegungen getroffen hat, weil es in dieser Sendung um Musik geht. Die Musik kommt zuerst. Und Susan Chilcott *ist* jetzt ihre Musik.

Bei diesen Gedanken erholte ich mich schnell, denn was bedeutete dies überhaupt? In dem, was ich weiß, finde ich konstanten Trost: dass hinter der von ihm ausgewählten Musik ein ganzes, reiches Leben steht, das uns beide von jungen Jahren an geformt hat, Koffer, die gepackt und ausgepackt wurden, Anrufe aus weit entfernten Orten, die Kinder, Weihnachten und Geburtstage, die albernen Namen und fantastischen Geschenke, der Bauernhof, die drei Hunde und vier Katzen ... und so weiter, sogar bis ans Ende und zu ihrem letzten, herzzerreißenden »Amen«. Es war unser Leben, und dabei bleibt es. Genau wie die erste Schrift auf einem Palimpsest von denjenigen, die wissen, dass sie da steht, immer gelesen werden kann, auch wenn neue Wörter darübergeschrieben wurden. Und genauso schwebt der Geist einer Note immer noch in der Luft, wenn die Musik schon zu Ende ist.

Ohne so richtig zu verstehen, warum, kaufte ich die neue CD, die J in der Sendung erwähnt hatte, und auch die Aufnahme von Aaron-Copland-Stücken, die Susan Chilcott im September 2002 mit Iain Burnside eingespielt hatte, einen Monat, bevor J und ich sie bei dieser schicksalhaften Abendeinladung getroffen hatten. Mein Kauf hatte etwas Heimliches. Ich erzählte niemandem davon, sondern legte die CDs weg, als hätte ich etwas Falsches getan. Ich wollte sie besitzen, doch ich brachte nicht den Mut auf, sie anzuhören. Ein Monat verging, und ich fing an, dieses Buch zu schreiben. Mein kleiner Hund kuschelte sich an meine Füße. Ich dachte, ich könnte die CDs in der Privatheit meines Büros hören, und lud die Musik auf die iTunes auf meinem Computer. Aber jedes Mal, wenn ich etwas auswählte, änderte ich meine Meinung wieder. Es war mir unmöglich, mich dem auszusetzen.

Dann, eines Tages, passierte etwas Merkwürdiges.

Wenn ich schreibe, lasse ich manchmal den ganzen Tag über im Hintergrund klassische Musik laufen und degradiere damit (tut mir leid) die Wunder von Hildegard von Bingen, Mozart oder Haydn zu einer leisen Begleitmusik. Ich starte irgendwo in einer Kategorie und lass es dann einfach weiterlaufen. An diesem besonders kalten Märztag schaue ich plötzlich auf meine Uhr, und mir wird bewusst, dass ich einen Friseurtermin habe und sofort losfahren muss. Mit geschnittenen und gefärbten Haaren spaziere ich dann in meinen Lieblingskleidungsladen neben dem Salon, dann in ein anderes Geschäft, um Armbänder anzusehen und wieder zurückzulegen. Nach der zufriedenen Zeitverschwendung, die ich mir nur selten erlaube, kehre ich schließlich nach Hause zurück. Mantel aus, kritischer Blick auf meine Haare im Spiegel, einen Espresso gekocht, und dann kommt der Augenblick, den alle Autoren fürchten. Man muss wieder mit der Arbeit anfangen, die sich nicht weiter aufschieben lässt. Ich gehe nach unten in mein Büro, wo iTunes die ganze Zeit über dem leeren Zimmer etwas vorgespielt hat.

Und – was ist *das*?, denke ich.

Blasinstrumente wie Vogelgesang – Oboe, Flöte und Klarinette ertönen wie die Ruhe eines perfekten Sommermorgens.

Ich bleibe stehen, dann höre ich die erste Zeile des Soprans: »Wie schön es ist!«

Die schattenhaften Schmetterlinge, die als Bildschirmschoner über meinen Bildschirm flattern, verschwinden, als ich klicke, um nachzusehen, welches Stück das ist. Aber vielleicht weiß ich es in meinem Inneren bereits. Methodisch arbeite ich mich durch die digitalisierten Alben nach unten.

Das Schicksal hat mir in exakt der Sekunde, in der ich mein Büro betrete, Susan Chilcott mit einer Arie von Brittens *The Turn of the Screw* geliefert. Es ist das allererste Stück auf der Brüssel-CD. Wie hoch ist die Wahrscheinlichkeit für so ein Timing?

Sie singt die Rolle der Gouvernante, die in einem Landhaus angekommen ist, um sich um zwei anscheinend unschuldige Kinder zu kümmern, Miles und Flora. Was sie nicht wissen kann, ist, dass sie verdorben wurden (auf unspezifische Art und Weise, was das schreckliche Geheimnis noch verstärkt) von einem früheren Diener und einer früheren Gouvernante, Peter Quint und Miss Jessel. Beide sind inzwischen tot, und doch besuchen sie die Kinder immer noch. Innerhalb von Sekunden verändert sich die Stimmung. Im Hintergrund hört man die Blasinstrumente, aber sie bilden jetzt einen ironischen, fast grausamen Kontrast zum Unbehagen und zur Angst der Sängerin. Sie singt: »Ich wünsche mir nur eines, dass ich ihn sehen könnte …« Aber warum möchte man einen Geist sehen? Die junge Frau sieht einen Mann (Quints bösen Geist), und man hört die Panik aufsteigen, als sie fragt: »Wer ist es? Wer? Wer kann es sein?« Ein erster Blick auf den Schrecken, der noch folgen wird.

Diese Musik ist voller Geister. Als das Stück zu Ende ist, drücke ich auf Stop, denn ich möchte nicht ihre Desdemona und dieses herzzerreißende »Ave Maria« hören. Oder kann es nicht aushalten.

Glauben Sie an Zeichen? Ich habe die Frage bereits gestellt und frage trotzdem. Zwei Wochen nach diesem seltsamen Ereignis kam es wieder zu einem zufälligen Zusammentreffen. Ich war ins Fitnessstudio gegangen und hatte wieder die Musik in meinem Büro laufen lassen. Nach dem Training habe ich noch Lebensmittel eingekauft, noch mehr Zeit beim Kleiderkauf vertrödelt und bin dann schließlich nach Hause. Dieses Mal betrat ich bloß mitten in einem Stück mein Büro. Ihre Stimme fragte:

Warum sperren sie mich aus dem Himmel aus?
Habe ich zu laut gesungen?

Das Crescendo bei den letzten Noten scheint die unfreundlichen Engel mit seiner Lautstärke herauszufordern (»die Gentlemen im weißen Gewand«). Das ist die Aufnahme eines Liedes von Aaron Copland, und zufällig bin ich bei Stück acht seiner Vertonung von Gedichten meiner geliebten Emily Dickinson eingetreten, die hoffte, von ihrem Hund in den Himmel geführt zu werden. Es gibt kaum eine Pause vor dem nächsten Lied:

Die Welt fühlt sich staubig an,
Wenn wir innehalten, um zu sterben;
Dann wollen wir den Tau,
die Ehrungen schmecken trocken.

Das Gedicht/Lied erzählt uns etwas, was jeder, der schon einmal sehr krank war, weiß: dass Erfolge nichts bedeuten, wenn man im Sterben liegt, und dass man nichts weiter möchte als »den kleinsten Fächer, bewegt von eines Freundes Hand, der Kühlung schafft wie der Regen«.

Das wäre genug, aber es ist das nächste Lied, das mich wie eine Botschaft aus einer anderen Welt trifft:

Herz, wir werden ihn vergessen.
Wir beide, heute Nacht.
Du wirst die Wärme, die er gab, vergessen;

Ich vergesse das Licht.
Und wenn du es getan hast, bitte sag mir,
Dass ich meinen Gedanken Schweigen kann gebieten;
doch eile dich, denn wenn du müßig bist,
Könnte ich mich seiner erinnern!

Wie kann ich das beenden? Auf Stop drücken und dahin zurückkehren, wo ich mich befand, bevor mich die Stimme bat zuzuhören? Es gibt keine Pausentaste für beginnenden Schmerz. Also werde ich nicht mehr versuchen zu fliehen, auch nicht in der Sicherheit meines weißen Zimmers. Denn ich glaube, dass die zufällige Wahl von Susan Chilcott aus so vielen Stunden Musik, nicht einmal, sondern zweimal, aus einem bestimmten Grund geschehen ist. Und ich muss zuhören, nicht aus Masochismus, sondern zur Meditation. Das hat wenig mit Vergebung zu tun, denn das ist nicht mein Vorrecht. Ich bin nur eine weitere fehlerbehaftete Seele, die sich durchkämpft und bemüht zu verstehen.

Es war unmöglich, sofort mit der nächsten Stufe meines seltsamen Treffens mit Susan Chilcott weiterzumachen, solange sich Robin noch irgendwo im Haus befand. Er würde nicht wollen, dass ich etwas tat, was mich aufregen könnte, deswegen musste ich meine Absicht geheim halten. Außerdem wollte ich nicht, dass mich jemand unterbrechen und entdecken könnte. Also wartete ich. Schließlich vier Monate, nachdem ich *Private Passions* gehört hatte, fuhr Robin nach Frankreich, und ich war allein, von Bonnie auf meinem Schoß mal abgesehen. Mein Zimmer wurde nur von einer Kerze und dem Licht des Computerbildschirms beleuchtet, wo der iTunes Visualizer die Musik in magische, abstrakte Muster umsetzte. Mit einem Glass Sauvignon in der Hand lauschte ich Susan, wie sie Britten sang (Ellen in *Peter Grimes* und die

Gouvernante in *The Turn of the Screw*) und Verdi und Strauss und Boesmans. Es dauerte fast eine Stunde, gefolgt von über einer Stunde Copland und mehr Wein. Mit einem Hund, der mir Beine und Herz wärmte, hörte ich Angst, Liebe, Verwunderung und Resignation, während die Klaviernoten auf dem Bildschirm in wirbelnde Fragmente verwandelt wurden, Regen aus bunten Funken an einem Nachthimmel. Lila Schatten, die blau und dann rot und grün wurden. Und in der Mitte von alldem die stets wiederkehrende schwarze Scheibe, bald groß, bald klein, bald vom Licht davongekickt, bald wieder in die Mitte zurückgekehrt, die die unmissverständliche Botschaft der Sterblichkeit auf die Netzhaut brannte.

Ich dachte, wie unaussprechlich großartig diese Stimme war.

Ich dachte, wie kann ein Mann solcher Schönheit widerstehen?

Ich dachte, wie sehr ich wünschte, *ich* hätte singen gelernt.

Aber während ich dieser wunderbaren Musik zuhörte, die so viele universelle Gefühle umfasste, dachte ich vor allem an die Sängerin. Wieder einmal, wie 2003, stellte ich mir vor, wie es gewesen sein muss zu wissen, dass man mit vierzig Jahren sterben wird, seinen kleinen Sohn anzuschauen und zu wissen, dass man ihn nicht aufwachsen sehen wird, und versuchen zu müssen, ihm diese Ungeheuerlichkeit zu erklären. Wie furchtbar. Wenn man dem Tod ins Auge sieht, würde man dann nicht vor Panik das Schreckgespenst anschreien: »Wer ist es? Wer?« Und würde man nicht beide Hände ausstrecken, um diejenigen zu ergreifen, die sich einem liebevoll zur Hilfe entgegenrecken? Als ich das verstehe, erfüllt mich plötzlich eine unbeschreibliche Heiterkeit. Sie stammt aus dem Wissen, dass mein Ehemann mich nicht verlassen hat, um mit einer Geliebten Champagner in einem Hotel am Mittelmeer zu trinken, sondern um der Freund mit dem Fächer zu sein, der Kühlung verschafft, um die Last des Leidens eines anderen Menschen in seiner ganzen Hässlichkeit auf sich zu nehmen, um das echte menschliche Drama zu ertragen – das weit über diese künstlich erhöhten Gefühle der Oper hinausgeht – , bei dem es keine Erlösung, keine Katharsis vor dem letzten Vorhang geben kann.

Und was, wenn so ein Exzess der Liebe für uns beide verwirrend war, für unsere Kinder, für jeden anderen? Unwichtig. Das ist das Ende dieser speziellen Suche, einfach zu akzeptieren. Alles, was ich jetzt, sechs Jahre später, wissen muss, ist die Wahrheit, die in einem der Lieder Coplands ausgedrückt wird, das ich, in der Stille meines Zimmers und der tröstenden Anwesenheit meines Hundes, wieder und wieder spiele. Ich liebe es mehr als alles andere, was sie gesungen hat. Es ist die Vertonung eines Gedichts von E. E. Cummings, dessen Gesamtausgabe J mir 1968 zu Weihnachten geschenkt hat, mit einer liebevollen Widmung natürlich. Es gibt keine Ironie bei solchen Widmungen. Sie erzählen von einer unanfechtbaren Wahrheit, einer, die jetzt in dieser Elegie widerhallt, die Coplands Musik merkwürdig uneindeutig wiedergibt, als wolle er sagen: »Nichts endet, die Musik geht in der Stille weiter.«

Trotz allem, was atmet und sich bewegt
Da das Verhängnis
(das mit langen, weißen Händen jede Falte glättet)
Unsere Geister ganz ebnen wird
Bevor ich mein Zimmer verlasse,
Drehe ich mich um und (halte im Morgen inne)
Küsse dieses teure Kissen
Wo unsere Köpfe lebten und waren.

Das ist Würde.

Und jetzt, da ich das Glück habe, am Leben zu sein, muss ich mich fragen, was ich mit dem Leben, das noch übrig ist, anfangen möchte. Diese Frage stelle ich sooft wie möglich auch meinen Lesern. Du, der du dreißig Jahre alt bist, und du, der du sechzig Jahre alt bist, denk darüber nach, mit mir. Jeder von uns wird auf anderen Wegen dazukommen, aber die Dringlichkeit sollte nicht in Zweifel gezogen werden. Mein Weg beginnt damit, meinen Fuß zu dem kleinen Hund unter meinem Schreibtisch auszustrecken, der geduldig auf jeden Krümel Aufmerksamkeit von seinem besorgten menschlichen Gefährten wartet. Bonnie zu kennen hat mir beigebracht, dass es mehr Arten zu lieben, gibt, als man es sich in romantischen Romanen träumen lässt.

Je älter ich werde, umso mehr verabscheue ich Liebesromane. Der Roman von Penelope Fitzgerald, *Die blaue Blume*, der Gedanken über Suchen und Finden inspirierte, gibt mein Misstrauen gegenüber ihren Schmeicheleien wieder. Er erzählt die Geschichte von Fritz von Hardenberg, der sich im Sachsen des achtzehnten Jahrhunderts in die zwölfjährige Sophie verliebt, eine absurd romantische Neigung zu einem albernen, durchschnittlichen Mädchen, das er seine »wahre Philosophie« und »geistige Führerin« nennt, ohne dessen wahres Ich zu verstehen. Der jenseitige Hardenberg wird später zum großen romantischen Dichter und Philosophen Novalis werden, und die blaue Blume war ein wichtiges Symbol für ihn und für die deutschen Romantiker: Sie steht für das metaphysische Streben nach dem Unendlichen und dem Erreichbaren. In einem seiner Romane träumt der Held von blauen Blumen und ist von ihnen besessen, als existierten sie nur, unerreichbar, in der Geisteswelt …

Aber Moment mal: In meinem eigenen Garten sehe ich

Vergissmeinnicht, Kornblumen, Hortensien, Rittersporn, Veronika und Storchschnabel. Normale blaue Blumen, warum sollte man also nach *der* blauen Blume suchen? Oh, warum sucht der dumme, gequälte Romantiker ständig den Horizont ab und sieht nicht die Schönheit der bescheidenen zertretenen Blütenblätter zu seinen Füßen? Warum die fieberhafte Suche, ohne zu begreifen, was schon gefunden wurde?

Fritz hat sich mit Sophie verlobt, als sie dreizehn Jahre alt war, aber sie wird todkrank. Es werden entsetzliche Operationen nötig, ohne Narkose, aber die Prognose ist düster. Sie wird nur Tage nach ihrem fünfzehnten Geburtstag sterben, als ihr Verlobter (ganz nach Art der Romantiker unfähig, Zeuge zu sein) in sein eigenes Haus abgereist ist. Aber vorher gibt es noch einen vielsagenden Moment mit den kleinen Hunden, die während des gesamten Romans am Rande mitlaufen. Sophies Krankenzimmer ist ein Chaos voller Stiefgeschwister, Vögel in Käfigen und Schoßhunden. Als der Lehrer ankommt, protestiert er und bittet: »Entfernt bitte wenigstens die fünf Hunde aus dem Zimmer.« Das kranke Mädchen sollte ruhig sein. Aber andere Leute kommen, gedanken- und taktlos, und »Sophie streckte ihre Arme zu ihnen allen aus. In all dem Rummel war ihr Lachen und Husten kaum zu hören. Die kleinen Hunde, von denen jeder unbedingt der Erste sein wollte, sprangen auf ihr Bett, um ihr Gesicht abzulecken«.

In der Wärme und dem Geruch eines Zimmers im achtzehnten Jahrhundert hätte sich niemand um Hygiene gekümmert. Menschen, die ihre Hunde lieben, tun das auch heute noch nicht. Jedenfalls sind die Hundeküsse heilend, wenn auch nur vorübergehend. (Ich glaube, dass Bonnies Lecken meine Falten glättet.) Während die Hunde um das Bett des kranken Mädchens springen und sie mit ihrer Begeisterung erfreuen, klappt der alte Lehrer sein Buch zu und denkt: »Schließlich sind diese Menschen zur Freude geboren.«

Natürlich straft das Ende dieser bestimmten Geschichte diese simple Aussage Lügen. Sie liebten, wurden enttäuscht und starben jung. Aber das verrückte, liebende Lecken von Hunden ist, ohne Unterschiede zu machen, großzügig. Auf einem Autoaufkleber in Charleston, South Carolina, habe ich den Spruch gelesen: »Verschiebe die Freude nicht«. Deswegen biete ich die Lehre der Hunde an, die unfähig zum Verschieben sind, die rennen müssen, springen müssen, mit dem Schwanz wedeln müssen, lecken und spielen müssen, gestreichelt werden müssen, als hinge ihr Leben, so viel kürzer als unser eigenes, davon ab. Sie suchen nicht nach der blauen Blume, sondern wissen instinktiv, dass man in dem kleinen Stück Erde graben muss, das man hat, dort finden sie ständig neue Dinge, die sie beschnuppern müssen, und zwar sofort. Die Hunde sagen: »Nur los!«

Im heißen Georgia übernachteten wir in einem Hotel, in dem ein Miniatur Yorkshire Terrier jeden Gast begrüßte. Joey war exakt wie die zwei winzigen Hunde, die ich 2002 in der Wohnung von Amy Tan in San Francisco getroffen hatte – und die Erinnerung an dieses Treffen machte mir bewusst, wie sehr ich mich verändert hatte. Ich hatte gelernt, die flehende und doch ausgelassene Intelligenz in den Augen des kleinen Hundes zu lesen. Als dieser kleine Fremde auf meinem Schoß kuschelte (in Savannah war ich Bonnie fast jeden Tag untreu), flüsterte ich ihm zu, dass ich als Einzige der Gäste wusste, wie viel er zu tun hatte, wie bedeutend sein sehr kleines Leben war.

Charles Baudelaire hat dies verstanden. Er schrieb: »Wohin gehen die Hunde? … Sie gehen ihren Geschäften nach. Eine geschäftliche Verabredung, ein Rendezvous. Durch

Nebel, Schnee und Straßenschmutz, unter dem glühenden Hundestern, im strömenden Regen, von Flöhen gepeinigt, von Leidenschaft, Not und Pflicht getrieben, gehen und kommen sie, trotten sie ihres Weges, schlüpfen sie unter den Wagen durch. Wie wir sind sie frühmorgens aufgestanden und suchen nun ihren Lebensunterhalt oder jagen ihren Vergnügungen nach.« Sein Zeitgenosse Alphonse Toussenel sah weiter, identifizierte den Punkt hinter der meisten Hundeaktivität: »Am Anfang schuf Gott den Menschen, aber als er sah, wie schwach er war, gab er ihm den Hund.«

Ich sehe sie überall und weiß, dass sie still ihrem Geschäft, Gutes zu tun, nachgehen und Leben retten, so wie Bonnie meines gerettet hat. Sie sagen uns, wir sollen die einfachen Freuden genießen, wie sauberes Wasser und einfaches Essen und einen Spaziergang und eine Zärtlichkeit und einfach nur neben jemandem sitzen, den man liebt. Sie wissen, dass es unerträglich ist, getrennt zu sein. Sie führen uns, folgen Instinkten, lieben bedingungslos, lassen sich begeistert verwöhnen, sind loyal und treu und vergeben schnell. Sie wissen, dass man Widerstand mit einem kurzen Knurren zeigen kann und dass es keinen Grund zum Beißen gibt. Sie können sich nicht verstellen, sie werfen sich voller Bewunderung der geliebten Person entgegen, sobald diese durch die Tür tritt. In ihrem Blut fließt das Wissen, dass man, wenn man klein ist, überlebt, indem man liebenswert ist, und das ist die Lektion, die für uns alle am wichtigsten ist. Es ist, als wüssten sie, dass das Leben nur ein paar Mal Hecheln und Schwanzwedeln ist und dass daher all diese Talente ohne Einschränkung in die Zeit zwischen dem Frühstück, dem Abendessen und dem langen Träumen von einer ewigen Jagd hineingequetscht werden müssen.

Und deswegen, weil ich jetzt entschlossen bin, auf das Leben zuzustürmen, wie Bonnie auf die Hose des Briefträgers zustürmt, solange sie es kann … solange ich es kann, lausche ich all den kleinen Hunden. Sie sagen mir: »Los, spür es auf!«, bis man nicht mehr in der Lage dazu ist, weil in dieser Aufforderung Versprechen, Abenteuer, Courage stecken. Und Veränderung. Denn der Prozess, dieses Buch hier zu schreiben, hat mich auf eine neue Ebene geführt, und während ich das Ende einer Geschichte erreiche, fange ich eine neue an.

Es ist mir manchmal unwohl dabei, dass ich dieses elegante Stadthaus in Bath stets als »mein« Haus bezeichne. Meines. Auf meinen Namen. Meine Kinder haben es für mich gefunden, es hat mir die endgültige Flucht vom Bauernhof ermöglicht, und ich habe es nach meinem Geschmack eingerichtet. Robin hatte von *The Times* den Auftrag erhalten, Bonnie und mich zu fotografieren, und zwar, wie wir auf diesen blassen, ausladenden Steinstufen saßen, die von den Füßen derjenigen, die seit über zweihundertneunundachtzig Jahren hier lebten, ausgetreten waren. Jetzt war jede Einzelne von einem runden Fleck markiert, auf den Bonnie jedes Mal, wenn sie die Treppe hinauflief, ihre Vorderpfote setzte. Doch woher hätte ich wissen sollen, dass ich noch einmal heiraten würde? An einem regnerischen Augusttag saßen wir im Wintergarten und fragten uns, was mit dem Sommer passiert war, und Bonnie uns. Mir wurde plötzlich etwas klar, was Robin nie gesagt hatte: dass dieses perfekte Zuhause für eine Autorin, die hochhackige Schuhe mag, nicht zu einem Mann passt, der gern Gemüse anbauen und Zäune flicken würde, über Wiesen streifen und »grüne« Lebensarten entwickeln möchte, Gestrüpp lichten, Holz hacken und kaputte Dinge reparieren will. Manchmal hat er das Bedürfnis, diese Regency-Mauern mit seinen Ellbogen auseinanderzudrücken und in den Garten ein Gewächshaus zu bauen. Der Mann, der auf Tausenden von Morgen einer kenianischen Farm aufgewachsen ist, braucht Platz.

Und ich? Ich möchte die Zeit verlangsamen, indem ich lerne, Dingen beim Wachsen zuzusehen.

Es war an der Zeit, zusammen auf Haussuche zu gehen. Während ich dieses Ende erreiche (vor einem weiteren Beginn), haben wir uns in ein großes, altes Bauernhaus auf dem Land vor Bath verliebt, ein Zuhause, das noch älter ist als das jetzige, mit Deckenbalken und verwinkelt sowie mit Außengebäuden, die darum betteln, von einem Mann, der alles reparieren kann, renoviert zu werden. Wir planen, anders zu leben, einfacher und ruhiger. Nachts der Stille zu lauschen, unterbrochen von den Schreien der Eulen und Füchse. Es wird dort Hühner geben und vielleicht sogar ein paar Schafe. Vielleicht werden wir irgendwann einen Hund retten, einen zotteligen Mischling, der Bonnies Überlegenheit anerkennen und mit ihr über die paar Morgen voller Lebensfreude rennen wird.

Während wir dastanden und auf das uralte Haus schauen und hektisch rechneten, ob es finanzierbar ist, springt Bonnie über die Wiese und trinkt an dem Bach, der durch den Garten fließt. Ihre Pfoten waren bereits schmutzig, an ihrem Ohr klebte eine Klette. Der Schoßhund mit dem glitzernden Halsband sah aus, als wäre er ganz in seinem Element, bei der aufregenden Vorstellung, zum Anfang zurückzukehren und wieder ein Landhund zu werden.

EPILOG

Ich bin zum Oundle Literaturfestival eingeladen, um vor Kindern über meine »Bonnie«-Bücher zu sprechen. Robin, der Hund und ich fahren drei Stunden nach Nordosten, von Bath nach Northamptonshire, ein Teil Englands, der neu für uns ist. Wir verlassen unseren Garten nur widerwillig, Narzissen und Krokusse haben sich dort schon durch die Erde gekämpft, und die Äste der großartigen Magnolie der Nachbarn sind voller Blüten im blassesten Rosa und hängen über unsere alte Backsteinmauer. Nach einem ungewöhnlich kalten Winter ist dieser Frühling vielversprechend. Und ich fahre nicht gern von zu Hause fort.

Wir bekommen ein Bett für die Nacht von einem großzügigen Mitglied des Komitees. Überall in Großbritannien gibt es solche Menschen, die Energie in eine gute Sache stecken und ihre Häuser für Fremde öffnen. Es bestärkt mich in meinem Glauben an die menschliche Natur, der manchmal von Leuten sowie von den Nachrichten im Allgemeinen auf die Probe gestellt wird. Vorige Woche sagte ein guter Freund »Unruhen« voraus, wegen der sich verschlechternden Wirtschaft, und es gibt viele Tage, an denen es nicht viel zu feiern gibt. Doch diese kleinen Kunstfestivals überall im Land erzählen eine andere Geschichte. Die Leute versammeln sich, um Autoren und Musikern zuzuhören und um über Ideen zu diskutieren. Man muss sich an solche Freuden halten, während man die durchdringende Schönheit von Blumen oder die Herzlichkeit in der Begrüßung von jemandem bemerkt (und zwar *immer* bemerkt). Der Wein schwappt in den Gläsern, als wir durch die Tür treten. Stuart und Jennifer gehen zu einem literarischen Abendessen, haben aber für uns etwas zu essen vorbereitet und sagen uns, ihr Haus sei unser Haus. Weil unser kleiner Hund bei uns ist, fühlen wir uns wie zu Hause.

Es ist schwer zu erklären, aber auf eine Weise *ist* er das Zuhause.

Am nächsten Morgen haben wir noch Zeit, vor der Veranstaltung die Gegend zu erkunden, und unsere Gastgeberin schlägt einen Besuch in Fotheringhay vor, »nur ein Stück die Straße entlang«. Mit war nicht klar gewesen (ich habe immer zu viel zu tun, um Karten zu lesen), dass wir uns so nah an dem Ort (der für Liebhaber kleiner Hunde doch sicher etwas Besonderes ist?) befinden, an dem Maria Stuart ihrem Tod entgegenging, begleitet von ihrem versteckten Skye Terrier. Was für ein passender Zufall, dem so nah zu sein, während ich dieses Buch schreibe.

Wir bedanken und verabschieden uns und fahren unter einem tief hängenden Himmel los. Das Dorf Fotheringhay ist mit dem Auto wirklich nur fünf Minuten entfernt, aber es gibt nicht viel zu sehen. Das Zuhause einer königlichen Dynastie, Geburtsort von Richard III. Im fünfzehnten und sechzehnten Jahrhundert war das Dorf national bedeutsam, aber jetzt gibt es nur noch ein paar hübsche Häuser aus hellem Sandstein, eine Kirche und den Ort, an dem einmal ein großes Schloss stand.

Denn davon ist nichts mehr übrig. Der Wind bläst direkt vom Moor im Osten, wo der Fluss Nene in die See mündet. Und es ist niemand da. Da wir beide Kirchenliebhaber sind, sind wir enttäuscht, St. Maria and All Saints verschlossen vorzufinden, und noch trauriger, nichts als den grünen Burghügel zu sehen, wo früher einmal am Ufer des Flusses die Festung Fotheringhay stand. Ein Teil meiner Fantasie hatte auf pittoreske Ruinen gehofft, romantische Steine, die herabgestürzt sind und den Besucher an eine Geschichte erinnern, die im Jahr 1100 begann, wo wir sitzen und Kontakt zum Geist der unglücklichen Königin aufnehmen können ... Aber nein, das ist überspannt, weil ich wusste (aus der Broschüre, die unsere Gastgeberin uns gegeben hatte), dass es wirklich viel Fantasie brauchte, um ein Bild der Great Hall heraufzubeschwören, in der Maria zum Schafott ging. Aber ich hatte auf mehr gehofft als etwas, das wie ein riesiger Friedhof am Rand einer Flussbiegung aussah.

Doch die Vorstellung eines Friedhofs passt auch, angesichts der Melancholie des Ortes und des weiten grauen Himmels. Man hat flache Holzstufen auf einer Seite eingesetzt, damit der Besucher leichter hinaufkommt. Ich sage zu Bonnie: »Komm schon, du musst dem Geist von Marias treuem kleinem Hund Ehre erweisen.« Empfänglich wie immer springt sie die für sie hohen Stufen hoch, bis wir ganz oben stehen und über das breite, flache Gelände schauen, auf dem der Palast gestanden hat. Ich summe plötzlich ein Lied aus dem weit entfernten Jahr 1969, in dem J und ich unser Studium abschlossen und unsere Karrieren starteten. Sandy Denny von Fairport Convention wurde von Maria Stuarts Geschichte zu dem Lied »Fotheringay« (eine alternative historische Schreibweise) inspiriert für die LP *What We Did On Our Holidays*. Ich kenne den Text auswendig und kann diese widerhallende Gitarrenmelodie im Kopf hören:

How often she has gazed
from castle windows all
And watched the daylight passing

within her captive wall
With no one to heed her call …

(Wie oft hat sie aus den Schlossfenstern gesehen und in ihren Gefängniswänden beobachtet, wie das Tageslicht verlosch. Und niemand da, der ihren Ruf erhört …)

Doch ich kann nicht anders als denken, dass Denny es missverstanden hat, da Maria von Dienern umgeben war, die sie liebten, sowie von ihrem berühmten Schoßhund, dem letzten einer ganzen Reihe von Marias Hunden. Sie *alle* hörten auf ihren Ruf, und es ist wichtig, die Stärke von menschlicher Liebe und tierischer Hingabe nicht zu vergessen, die gegensätzliche Seite einer Legende des Versagens, des Opfers und des Verlusts.

Während Bonnie wie eine winzige zerzauste Wolke herumläuft, stehe ich still, um in der historischen Broschüre zu lesen, aus der ich erfahre, dass Maria voller Würde gestorben ist. Ein deutlicher Kontrast zum ungehobelten Verhalten ihrer Richter, die ihr die Sterbesakramente vorenthielten und bis zum Schluss auf einer Reihe puritanischer Mahnreden und Beschimpfungen beharrten. So typisch wie jeder andere war der Earl of Kent, der Marias Bitte, dass ihre Diener bei ihrem Tod anwesend sein dürften, ablehnte.

Aha, denke ich, aber die Schweine wussten nichts von dem Hund! Sie hatten der verurteilten Königin den Trost der Menschen, die sie liebten, verweigert, aber sie konnten ihr treues Tier nicht verbannen. Wie muss es für die todgeweihte Frau gewesen sein, sein raues Fell unter ihrem Unterhemd zu spüren? Ich weiß, dass er (oder sie?) Maria Mut gegeben hat … »Du bist hier, *chérie*, du bist hier.«

Maria Stuart verfügte über mehr Seele als diejenigen, die sie ermordeten. Sie war eine Dichterin, die mit Geist und herzerweichendem Glauben auf Französisch, Italienisch und Latein schrieb, und zwar bis einen Tag vor ihrem Tod. Ein Sonett an ihre Cousine Elisabeth I. enthält folgende Zeilen:

> *Nur ein Gedanke, der mich freut und quält,*
> *hält ewig mir den Sinn gefangen*

Sie bat Elisabeth (»teure Schwester«), sie zu treffen, aber dazu kam es nicht. Maria machte in ihrem Leben viele Fehler, sie liebte unvernünftig (wie so viele) und wurde zur Beute von Politik und Religion und den Umständen, doch am Ende zeigte sie absolute Würde. Wie viele Leute können das von sich sagen? Es ist diese Würde, die bleibt, dort wo ihr mächtiges Gefängnis nicht mehr steht. Und die Ehrlichkeit und Bescheidenheit, die sie zu ihrer Magd Jane Kennedy, die ihr am letzten Abend die Geschichte des guten Diebes vorlas, sagen ließ: »Er war wahrlich ein großer Sünder, doch nicht so groß, wie ich es war.« Und am Ende betete sie um die Vergebung ihrer Sünden.

Wofür sollte man sonst beten?

Ewig von einem Gedanken gequält zu werden, »bittersüß in meinem Herzen« (»*amaro et dolce al mio cor …*«), ist etwas, das ich nachvollziehen kann. Und auch das absolute Bedürfnis nach Würde und Vergebung. Und nach der Liebe eines kleinen Hundes. Als ich an diesem öden Ort, oben auf Marias zerstörtem Gefängnis, stehe, ergibt all das einen Sinn, und ich bin dankbar.

Der Wind zerrt an mir und Bonnie. Robin macht ein Foto von »seinen Mädchen« und fängt einen windzerzausten Augenblick einer, ja, Pilgerreise ein. Ich bücke mich, um einen Stein aufzuheben, und werfe ihn von einer Hand in die andere. Ich stelle mir vor, dass das ein Fragment des Schlosses selbst sein könnte, da Steine bleiben und große Gefühle und großes Unrecht in die Erde eingeprägt werden und nichts je zu Ende ist. Aber es ist Zeit zu gehen, und plötzlich werfe ich den Stein weg. Warum sollte man Steine tragen? Mich beschwert ohnehin schon zu viel Geschichte.

Wir leben und sind fröhlich und haben eine wichtige Aufgabe zu erledigen.

Um 13:30 Uhr marschieren etwa zweihundert Schulkinder im Alter von sechs bis acht Jahren in die Aula der Oundle School, die aussieht, als hätte Maria Stuart sie beehren können, die aber tatsächlich 1908 im Renaissancestil gebaut worden war. Ich warte vorn mit Stapeln meiner Bücher und einem glitzernden Hundenapf. Unter dem Tisch steht Bonnies (für Robin peinlich) knallpinke Hundetasche, um sie im richtigen Augenblick hervorzuziehen.

Ich kenne meinen Auftritt in- und auswendig, schließlich habe ich mit Kindern über meine Arbeit gesprochen, seit 1985 mein erstes Kinderbuch erschienen ist. Manchmal treffe ich auf ein linkisches Teenagermädchen, das dann das kleine Kind, das sie mal war, zeigt, wenn sie sich an eine Geschichte erinnert, die sie im Bett gelesen hat, und mir schüchtern erzählt, wie sehr sie sie geliebt hat. Manchmal nenne ich meinen Namen am Telefon, buche Eintrittskarten oder so etwas, und eine junge Frau am anderen Ende der Leitung ruft aus: »Oh, ich habe früher Ihre Bücher gelesen! Ich habe Ihre Bücher geliebt!«

Mit der neuen Reihe, inspiriert von Bonnie, haben Robin und ich uns etwas ausgedacht. Nachdem ich darüber gesprochen habe, woher Schriftsteller ihre Ideen haben, und den Kindern viele Fragen gestellt und einen Ausschnitt aus *Big Dog Bonnie* gelesen habe, in dem die Mutter der Hauptfigur Harry den kleinen Hund aus einem Tierheim holt, frage ich sie schließlich, ob sie die »echte Bonnie« gern mal sehen würden. Ich erkläre ihnen, dass sie schüchtern ist und nicht kommen will, ich sie aber rufen werde. Ich fische also ein Telefon aus ihrer pinkfarbenen Tasche und wähle Robins Nummer. Er wartet natürlich woanders mit dem Hund. Nach einem angeblichen Gespräch mit Bonnie sind die Kinder vor Aufregung erwartungsvoll und still. Dann taucht Robin hinten in der Halle auf, setzt Bonnie auf dem Boden ab und flüstert: »such Mummy«, und der Hund rast den Mittelgang entlang, um von der Schriftstellerin auf den Arm genommen zu werden, während die Kinder alle vor Vergnügen kreischen und seufzen.

Wie jeder Theaterdirektor weiß, funktioniert dies wunderbar und ist sehr effektvoll. Ein Wald aus Händen in der Luft, Fragen werden gestellt, und es wird gelacht, und Kinder wollen Bonnie Fragen stellen (Lieblingsessen?), und die ganze Zeit ist der Hund in meinen Armen. Die Aula, die Kinder und all ihre Lehrer sind ihr egal, weil sie bei mir ist. Ein kleines Mädchen zeigt schon ewig auf, wedelt wild mit der Hand um Aufmerksamkeit. Als der Lehrer es schließlich aufruft, damit es seine Frage stellen kann, windet es sich und seufzt: »Oh, Ihr Hund ist so *süß*.«

»Das ist er ganz sicher«, sage ich lächelnd.

Kann das Leben noch besser werden? Die Kinder sind glücklich, der Hund in meinen Armen und mein Mann, der lächelnd am Ende der Aula steht.

Wenn es vorbei ist, nachdem sich die lange Schlange von Kindern mit Büchern zum Signieren aufgelöst hat und wir an den Gruppen vorbeigehen, die darauf warten, in ihre jeweiligen Schulen zurückzukehren (junge Stimmen rufen: »Tschüss, Bonnie! …«), fahren wir nach Stamford. Diese berühmte Stadt in Lincolnshire ist ungefähr zwanzig Minuten Fahrt von Oundle entfernt, und man hatte uns gesagt, dass sie einen Besuch lohnt, »die schönste Sandsteinstadt in England« heißt es im Reiseführer. Das Herrenhaus, Burghley, war das Zuhause von Sir William Cecil, dem gerissenen Staatssekretär Elisabeth I. und eines der Befürworter der Hinrichtung Maria Stuarts.

Wir hätten einen besseren Plan machen sollen, denn das Herrenhaus ist ebenso verschlossen wie die Kirche in Fotheringhay. Aber wir spazieren mit Bonnie ein bisschen herum und schauen uns ein Wunder der Tudor-Architektur an. »Wir werden noch einmal in diese Region zurückkehren«, versprechen wir uns, denn es gibt auch noch die Peterborough Cathedral zu sehen, und jedes Jahr sagen wir uns, dass wir eine Autoreise durch unser eigenes Land machen müssen, wie John Steinbeck es mit seinem Hund getan hat, und sie »Reisen mit Bonnie« nennen. Jetzt, da es Zeit für die Heimreise ist, fahren wir nach Stamford, parken den Wagen und wandern herum.

So viele Kirchen, so viele schöne Gebäude stammen aus dem dreizehnten Jahrhundert, und wir haben keine Zeit, ihnen gerecht zu werden. Dieses optimistische »Wir kommen zurück« ist das Versprechen, das wir alle uns geben, in der Hoffnung, dass sich die Dinge nicht zu sehr verändern, dass unser Glück anhält, dass unsere Liebe hält, dass wir mit unseren liebenswerten Hunden noch durch viele Frühlinge spazieren und weiterhin Schönheit bemerken werden (in den Worten Marias: »*O Seigneur Dieu, recevez ma prière*«).

In der Zwischenzeit sind Stamfords Geschäfte so interessant geworden, dass ich jeden Gedanken an die Besichtigung von Kirchen und alten Gebäuden für heute aufgebe und einen Schal in einem Schaufenster entdecke. Es ist kalt, was eine gute Ausrede dafür ist, hineinzugehen und das Accessoire in zwei Lilatönen zu kaufen. Während ich bezahle und Robin geduldig mit Bonnie auf mich wartet, betritt ein älteres Ehepaar den Laden. Als die beiden den Hund sehen, gurren sie und machen viel Aufhebens, wie die Leute es meistens tun.

Der Ehemann fragt, welche Rasse Bonnie sei.

»Ein Malteser«, sagt Robin, und dann, nach weiteren Komplimenten des Paares, fügt er locker hinzu: »Sie ist ein Rettungshund.«

Es entsteht eine winzige Pause, der Mann sieht verwirrt aus. Er versteht nicht. »Wen rettet sie?«, fragt er.

Unwirkliche Bilder blitzen auf:

Der kleine Hund, der sich mit einem Seil zwischen den Zähnen ins tobende Meer wirft,
der kleine Hund, der den Verbrecher an der Wand stellt, um sein Polizeiherrchen zu schützen,
der kleine Hund, der mit einem Fässchen Brandy um den Hals durch die Alpen läuft,
der kleine Hund, der nach einem Erdbeben in den Ruinen schnüffelnd nach Überlebenden sucht.

Der Augenblick ist zu gut, um ihn zu verpassen.

Ich drehe mich um und sage: »Uns!«

DANKSAGUNG

Viele Freunde und Kollegen haben verstanden, warum ich dieses Buch schreiben wollte, aber ich muss vor allem meinen Kindern Daniel und Kitty danken, die zwar nicht gerade begeistert von der Vorstellung waren, dass alte Wunden wieder aufgerissen würden, aber doch nachvollziehen konnten, dass ihre Mutter das überwältigende Bedürfnis einer Katharsis hatte, und auch ihre Suche nach einer kreativen Form dafür verstanden. Mein Ehemann Robin war wie üblich mein Felsen, an den ich mich lehnen kann und der wesentlich für mein ganzes Leben ist. Die Lektorin Jenny Heller liegt, wie ich erfreut feststellte, mit mir auf einer Wellenlänge, und meinem Agenten Patrick Walsh ist der perfekte Titel eingefallen, auch wenn er sich nicht mehr daran erinnert und es leugnet. Die Psychologin Linda Blair hat mir in einer Minikrise, als ich wirklich nicht mehr wusste, ob ich das Richtige tue, unschätzbare professionelle Unterstützung geboten.

Schließlich möchte ich Jonathan Dimbleby für seine Nachsicht danken. Er ist ein Mensch, dem die Privatsphäre noch wichtiger ist als mir, aber er ist gleichzeitig auch Vorsitzender der wichtigen Organisation Index on Censorship, die für die Meinungsfreiheit eintritt; vielleicht liegt hier der Grund dafür, dass er zu dem, was ich schreiben würde – oder eben auch nicht, würdevoll geschwiegen hat. Nicht nur deswegen stehe ich in seiner Schuld.